恋に焦がれる獣達 3

The beasts who yearn for love

人魚たちの恋～愛を与える獣達シリーズ～

茶柱一号《ちゃばしらいちごう》
Illustrator むにお

この物語はフィクションであり、
実際の人物・団体・事件等とは、一切関係ありません。

恋に焦がれる獣達

人物紹介

翠（スイ）

ヒト族。母であるチカの
強い魔力と容姿を受け継ぐ
天才肌の自由人。
チカが熊族・ゲイルと成した子。
ガルリスの『半身』。ツンデレさん。

ガルリス

竜族。スイの守護者。スイの
誕生時に関わりを持ち、
彼を自分の『半身』と
する契約を交わしている。
最近はスイへの接し方がダグラスや
ゲイルに似てきてベタ甘である。

コーレ

？？？。
一族の掟に則り、
生涯ゆいいつの恋をするために
旅をしているようだが……？

ラシッド

豹族。腕っぷしが強く、剣を使っても強い。
キャラバンの傭兵を
やっている。
多少血の気が多いが弱いもの
には優しい心配りの出来る性格。

シスラン

人魚族。イリス（「恋に焦がれる獣達」
1巻に登場）の生みの親。
人魚族の集う村の長。
人魚族はその立場上、
長く存在を隠していたのだが……？

イリシード

獅子族。ダグラスの従兄弟に
当たる。ゲイルとも親友。
普段はその出自を伏せて
マーフィー商会の用心棒
などをしている。

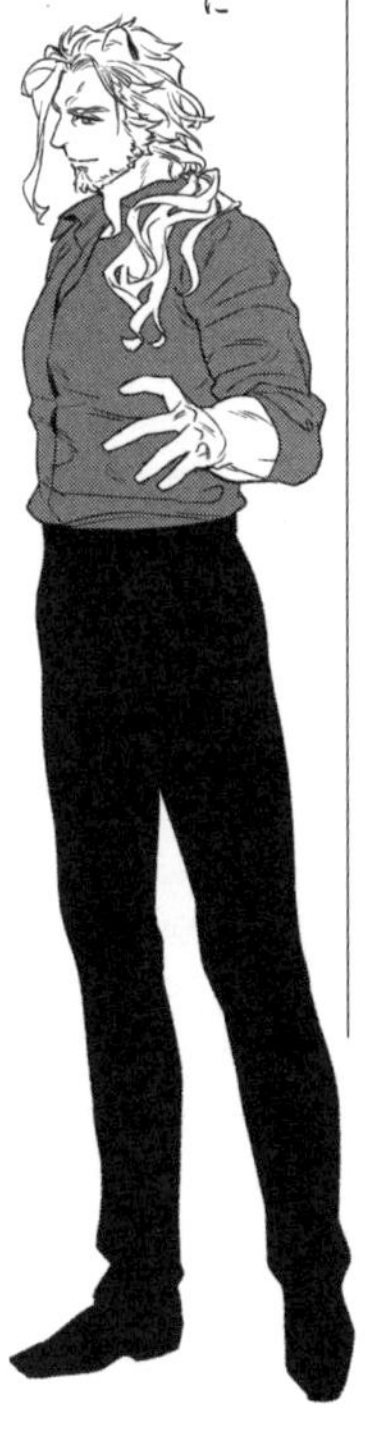

introduction

ここは獣人達の世界『フェーネヴァルト』。
獅子族を王とし、繁栄を続けるレオニダス。
過去を断ち切り、未来へと歩み始めたキャタルトン。
希少種である竜族が住むといわれるドラグネア。
広大な樹海と自然を愛する者たちが住むウルフェア。
海の種族が多く住む南のフィシュリード。
雄しかいないこの世界では第二の性である
『アニマ』と『アニムス』が恋をし、子を得る。

そんな世界で、
現代日本からやってきたチカユキを母に、
最強の熊族の騎士、獅子族の王弟を父に持つ子ら。
これは、そんな彼ら、子ども達が紡ぐ恋物語――……。

フェーネヴァルトの世界
BEAST GIVING LOVE MAP
高山地帯
ドラグネア
・レオニダス国のはるか北方にある。
・標高が高い。高山地帯。
・竜族の長・ガロッシュが治めている。
・竜族のみで構成されている。
・チカとの親交が出来るまではレオニダス国はじめ
他の国々と国交はなかった。
・ガルリスの国。
こっちは樹海
こっちは砂漠
ヘレニアの森
・魔物が多く、
常人では近道する
ことは困難。
・難を逃れたヒト族
が隠れ住む集落が
あるらしいが…？
キャタルトン
・チカが召喚された地。
ここで性奴隷としての
暮らしを強いられた。
・ダグラス・ゲイルとはここで出会
・そこそこ栄えているが
特に南地区は治安が悪い
・未だにヒト族を奴隷とし
扱うものもいるため、
他国とは折り合いが悪い
ウルフェア
・森に囲まれている森林地帯。
・グレンの故郷。
・エルフ、狼族が多く住む。
レオニダス
・ダグラスの兄・アルベルトが国王として治めている。
・各国と比べても治安がよく、商業的に栄えている。
・ゲイルの実家がある。
・現在、ダグラス、ゲイル、チカはここに
生活の拠点を移し家庭を築いている。
・前国王ヘクトルの指図で「チカ」や
彼らの子ども達の名前を冠した通りなどがある。
火山地帯
フィシュリード
・着物風の衣装をまとう和風の国。
・水棲種族、人魚、半魚人などが多く暮らす。
・チカたちが作る和食に使うしょうゆや
味噌っぽい食材はこの国から購入している。
・唯一「海」に接している国。
SEA

朱金の豹と紡ぐ恋歌

足についていた砂が打ち寄せる波に流されていく。

僕たちが住むマミナード村の一角にあるこの小さな浜は崖に囲まれていて、周囲からも見通すことはできない。

僕はその浜の中でも特に大きくて丸い岩の上に座り、足先を寄せる波に浸す。

日が沈み、空には満月に近い二つの月が浮かんでいる。フェーネヴァルトというこの世界に僕たち人の祖を生み出したとされる二つの月はいつも寄り添っていて、子孫を照らしているのだ。

二つのうち大きな銀色の月はアニマを生み、小さな朱色の月はアニムスの祖を創った。そこから世界の様々な種族の人間が生まれたのだという伝説。だからこの世界にいる人々は同じ種族で見た目や体の造りが同じでもアニマとアニムスに分かれているのが普通だ。

なのに僕たち、人魚族は違う。

人魚族はなぜか子を孕《はら》む力を持つアニムスしかいない。その理由は分からない。おとぎ話のようにして伝わる伝説とは別に何か忘れ去られた伝説があるのではないか？

今夜もそんな疑問が頭をよぎり、僕は濃紺の空に浮かぶ二つの月を見上げ嘆息した。

昔、人魚族はその特徴的な姿と高い魔力、不老長寿の妙薬を持っているという噂のせいで欲に駆られた者たちに狩られ、絶滅したというのが世間一般の認識だ。実際には細々と生き残ってはいるのだが、逃げ延びた僕たちの祖先は他種族に自分たち種族の存在を明かすことを固く禁じた。生き延びるために仕方がないとはいえ、たちまち困ったのはアニムスしかいない僕たちは他種族のアニマの力を借りないと子が産めないということだった。

だからといって自ら滅びの道も選べなかった祖先は、成人した者を旅に出すことにした。そして、旅先で人魚族とは悟られないようにアニマと交わり、子を孕んだら別れて村に戻ること、という掟《おきて》を作り今に至る。

その掟を僕は受け入れることができなかった。種族の存続のためにどうして自分を犠牲にしないといけないのか、ずっとそう思っていたのだ。


初めて村の産物を納品しにフィシュリードの都に行った時、僕はその賑《にぎ》やかさと人の多さに驚いた。村しか知らなかった僕にはすべてが眩《まぶ》しすぎて、好奇心をひどくくすぐられたのだ。

ここフィシュリードとは違う国、海がない地域、火山、乾いた大地、砂漠、深い森林、高山地帯など、僕が目にしたことのない世界があるのだと知った僕は、そんな世界を見てみたいという思いが強くなった。

掟として定められた相手探しの旅であれば、そういうところへ行けるのではないか、そのことに気がついた途端《とたん》に、僕は旅立ちの日を心待ちにするようになった。


それが十六歳になった今日だ。

まだ早いと皆に言われたが、ずっと情報を集めて一人旅の危険性も必要なものもしっかりと確かめた。都への納品の旅にも率先して参加してきたから、旅慣れはしている。

そうやって準備した僕の荷物は背負い袋が一つ。着替えと食料、路銀《ろぎん》。お金は節約すれば一ヶ月ぐらいは旅ができるはずだ。

その大切な荷物を傍《かたわ》らに置いて足元に揺れる海へと視線を向けた。

夜空に目映《まばゆ》く輝く月とたくさんの星々が波間に映っている。海は穏やかに満潮の刻を迎え、今は僕の膝下まで海面が届いていた。僕の影が波間に漂っているのを眺めながら目を閉じる。

瞼の裏に浮かべたのは僕のもう一つの姿。身の内からこみ上げる衝動のまま、囀《さえず》るように声を上げた。歌は身体の中の魔力を高め僕を包み込む。同時に虹色の光に包まれ、ヒト族と同じ姿であった身体が瞬く間に変化していった。ヒト族の姿は僕たちにとってあくまで仮の姿、本来の姿を魔力で幾重にも隠蔽してヒト族の姿を取っているのだ。

目を開いた僕の視界に入ったのは腕にできた薄い膜状のひれ。足は鱗《うろこ》を纏《まと》う尾となり、長い尾びれが海の中で漂っていた。頬をくすぐるものに手をやれば、短かった藍色の巻き毛が長く伸びて肩のあたりでうねっている。瞳は海の中まで見通し、耳も遙《はる》かに鋭敏になり、海の底で泡立つ音まで聞こえてきた。

そんな人魚の感覚に慣れるのは早く、瞬きする間に海魔獣のホールイーの求婚の鳴き声が届いて僕は笑みを零《こぼ》した。彼らが愛をささやいているということは海が平和な証《あかし》だ。

人魚となった僕は岩場で飛沫が高く舞うのを見つめながら、誘うように手を伸ばして水の調べを口ずさんだ。徐々に大きく、そして高らかに歌う。

柔らかな歌声が海へと広がり溶け込んでいくと共に、旋律に合わせて海面が躍るようにうねりだした。

人魚族は歌に魔力を乗せることでより大きな魔術を行使することができる。調べに合わせて躍る波が岩に当たって跳ねた。白波が立ち、泡立った飛沫が空高く上がる。宙を舞う飛沫のすべては海が蓄えていた水の魔力に満ち満ちていて、淡く海色に光っていた。そこに月の光が反射して、銀と朱と蒼と白が入り交じる。

空に向かって手を伸ばせば、手の平を中心に様々な色の飛沫が渦《うず》を巻き光り輝いた。

奏でる歌声は遠く届き、生まれた数多《あまた》の飛沫が僕の下へと集まってくる。腕を小さく動かせば、飛沫も併せて舞い躍った。集まった飛沫が視界を覆うほどに大きな渦を作る。その渦が次第に小さくなり凝縮されていくと、水の魔力で構成された珠が差し出した掌の上に浮かび上がった。淡く輝く珠から魔力を失った海の水が掌の上を通って流れ落ちていく。

歌い続けていた歌が終わりに近付くと渦の回転速度も落ち、珠の輝きが落ち着いてくる。

最後の旋律が空に消えると同時に、幾つかの珠が僕の掌の上で落ち着いた。

「……上出来かな」

小さく呟《つぶや》き、掌で包めるほどの透明な珠を目の前にかざした。透明だが中心に向かって渦を巻いているような白っぽい模様が入っている。見た目はただの硝子《ガラス》玉だが、わかる者が見れば水の魔力の結晶体だとわかるだろう。

生命力に満ちた海からの魔力を得た水珠だ。

地上で生きる人魚にとって命綱となるこの珠を僕は大事に背負い袋にしまい込んだ。

人魚は海の生き物だから新鮮な水の気を毎日得ることが必要だ。それは食事と同等、いやそれ以上の意味を持っている。そうでなければ身体が乾いて死に至ってしまう。それを防ぐために、この珠から海の魔力を補給するのだ。

そのために作った珠はこれで五個、一週間に一個で予備が一個の計算だ。

本当はもっとたくさん欲しかったが、この状態では一ヶ月ほどしか保たないからしょうがない。あとは川や泉などの少しでも水の気が多いところにいるしかないだろう。

静かだった風が強くなり、月から注ぐ力が魔力が薄くなった場所へと流れてくる。その流れを感じていると月は魔力の源《みなもと》じゃないかと思うときがある。注がれた魔力が何かに宿ってアニマを作り、アニムスを作ったんじゃないか。それが海の生き物である僕たちを作るときに、朱色の月からの力だけしかもらわなかったのかもしれないと。

そんなことを考えながら荷物を整えていると、視界の端に微《かす》かに灯《あか》りが見えた。あれはマミナード村の誰かの家だ。小さな村は少しずつ住民を減らしていて、次に成人を迎えるのは村長のところのイリスであとはしばらくいない。

真面目で責任感の強いイリスは村のために子をもうける旅に出るだろう、僕のように自分の好奇心を満たすためなんかじゃなく……。人魚族の未来をイリスに押しつけるのは申し訳ない。ただ今は、そんな詮《せん》ないことを考えるより旅に集中したい。

「そろそろ……行こうかな」

いつまでも感傷に浸っていてもしょうがないと、僕は後ろ手についていた掌に力を込めて座っていた岩を尾びれで蹴った。ふわりと浮いた身体がトポンと微かな音を立てて海の中へと沈み込む。空気に包まれた身体が水に触れた途端全身が海へと馴染《なじ》んだ。

砂を巻き上げ澱《よど》んだ視界がすぐに透明度の高いものへと切り替わり視界が広くなる。長くひれを伸ばした耳が海の中のざわめきを伝えてきた。

さっきのホールイーは求愛が成功したのか、甘い鳴き声が重なって聞こえてくる。プップツと聞こえる音はシュクトガイが海水を噴き出す音、珊瑚《さんご》の枝の間を泳ぐ小魚の様子も変わりがなく、海はいつものとおり穏やかだ。満月になればホタリオンが波間に飛び交い、明滅《めいめつ》するのだが今はその姿が見えない。たった一夜だけの儚《はかな》い命を持つホタリオン、その姿を一人で見るのが僕は苦手だった。その姿が自分たちの種族の運命を彷彿《ほうふつ》とさせるから……。

向かうのはフィシュリードの北部地方。水に、海に愛されている僕たちの速度に敵《かな》うものはいない。海がない世界をひと目見たかった僕は、迷うことなく内陸部へと泳ぎ始めた。

隣国に近い地域の河口に広がる港街は交易の要だという。そこで観光地でもある内陸部の街へと向かう乗合馬車に乗ったのは二日前。

目的地はフィシュリードと隣国レオニダスの間の火山地帯にある湖畔の街だ。

海がない大地、火を噴く山、湖。僕の好奇心をくすぐるものがある街の噂を聞いたとき、僕は即座にそこを目的地にした。

乗合馬車三台と荷馬車、商人用の馬車、護衛隊で構成されたキャラバンは結構な大所帯だ。

護衛隊は野盗なんかから僕たちや荷物を守るためで、

今回の護衛隊は六人編成。大半が傭兵《ようへい》で、うち三人が騎乗魔獣であるアーヴィス、残り三人は乗合馬車と商人の馬車に乗り込んで交替で警戒しているようだった。

今日は僕が乗った馬車の後部にそのうちの一人が座っている。直接話をすることはないが、鋭い目と朱金色の髪が特徴的な人だった。筋肉質な身体をしていて持ち背には長剣を背負っている。

時々視界の端に見える彼を眺めつつ、僕は開けっぱなしの窓から入る埃《ほこり》っぽい風を顔に当てていた。馬車の中は暑くて体内にわだかまる熱を吐息と共に吐き出す。口を開けているとすぐに乾き、額から途切れることなく汗が流れ落ちた。

背負い袋に括《くく》りつけていた水筒の水で喉を潤すが、もうほとんど空だ。あと少しで休憩地点だからそこでまた補給をしないといけない。だが消費が速すぎて、もう少し加減をしないと途中で足りなくなりそうだった。

海から離れるにつれて緑が少なくなり、赤茶けた大地が広がっていた。気温が高く、何より乾燥している。街道は川沿いではあるが、風が内陸部から吹いているせいで、目の前の水の恩恵が得られない。それを示すように高い木は皆川へ向かって傾いている。

馬車に同乗している人は内陸部はもっと暑いと言っていた。

それを聞いてから節約のために水珠から引き出す水気の量を少なめにしたのだが、そのせいか暑さが耐えがたいものになってしまった。噴き出す汗は止まらずに半日もたたないうちにシャツも何もかもがビショ濡れになり気持ち悪かった。

お昼の休憩だと馬車が止まり、乗客が三々五々近くの木陰に腰を下ろしていく。僕も早く川に水汲みに行こうとしたのだが、馬車から降りた途端に膝から力が抜け、小さく悲鳴を上げて馬車の取っ手に縋《すが》った。視界が狭くなり、目眩《めまい》と吐き気に眉根を強く寄せて堪《こら》えた。頭上からの太陽の熱がまるで刃のように感じる。

「な、に……これ？」

息苦しいし頭痛がひどくなってくる。馬車にもたれて身体を支え、喉元まで覆っていた外套の襟ぐりに指を入れて隙間を作った。

それでも気持ち悪さは消えず、ぶれる視界に固く目を閉じた。瞼の裏で瞬くきらめきに顔をしかめて深く息を吐いたそのとき。

「おい、大丈夫か?」

「え?」

頭上から降ってきた声と腕を取られたことに驚き、慌てて目を見開いた。眩しかったはずの太陽が大きな影に隠れている。目の前にあったのは襟ぐりが広い生《き》成《な》りのシャツと褐色の肌を飾る太い金鎖の首飾りだ。視線を上げれば喉が、そして逆光ではっきりしない顔がそこにあった。

頭上には縁取《ふちど》るように金に輝く赤毛っぽい髪に丸みを帯びた三角の耳、影の中でも鋭く輝く金色の瞳が僕へと向けられている。

「立ちくらみか? 歩けるか?」

低い声に反射的に頷《うなず》く。だが高かった彼の頭が不意に下がり、代わりに陽の光が視界を焼いて瞼を閉じた。至近距離にあった人の気配が動き、膝裏と背に触れたのが何かわかる間もなく浮遊感に襲われる。

「え、わわっ!」

上げた声は驚愕。フードが頭から外れ、広くなった視界の中で今度こそはっきりと目の前の人物の顔が目に入った。

短く刈られた朱金色の髪と金の瞳、横顔は野性味に溢《あふ》れていて力強さを感じたが、認識できたのはそこまでだ。慣れぬ高い位置の視界と横抱きに抱え上げられて運ばれる震動が怖くて彼のシャツに慌ててしがみつく。

確かに彼に比べたら僕は小柄だが、人一人の体重を意にも介さない足取りは力強い。すぐに木陰に辿り着いた。茂っているとは言いがたい木の陰でも、樹木が持つ清涼な生き物の水気が僕を包み込んだことにほっとする。幹に背を預ければ、太い根に手が触れた。

「熱気にやられたんだ、まずは水を飲め」

命じられるままに、水筒の飲み口から流れてきた水を一口飲んだ。生ぬるいが新鮮な水だとわかった途端、支え持ってくれる彼の手に僕の手も重ねて喉へと流し込む。

「これも舐められるか？　岩塩だ」

ごくごくと喉を鳴らしている僕の唇の端をこじ開けるようにして塩辛い塊《かたまり》が入ってきた。思わず水筒から口を離して見上げるとまた水筒を押し当てられ、注がれるままに水を喉の奥へと流し込む。

その味が海の水と同じようで、慣れた味に身体がただの水より遥かに喜んでいた。

渇きの衝動が落ち着いたのは、彼に渡された水筒を空にしてからだ。いや、空にしてなお欲していたのだが、彼から香る清涼な匂いに気を取られてようやく落ち着いたというか。同時にその水筒が自分のものでないということにも気がついて、正気に戻った。

「あ、ありがとうございますっ。これあなたのものですよね、ごめんなさい、全部飲んでしまって」

旅に必要不可欠な水や食料は各自で確保するのが基本だ。一応キャラバンも保有はしているが有料でかなり高い。それなのに僕が飲み干してしまったのだ。

焦《あせ》って傍らに座り込んでいた彼を見つめれば、口角が上がった。

「川があるから大丈夫だ。お前のも補給しておくから出せ」

「え、あ、はいっ……えっと」

差し出された太い腕を改めて視認し慌てて彼が言った言葉を反芻《はんすう》してその意味を理解したのだが、まだ身体がひどく怠い。わたわたと手に持っていた袋に取りつけていた水筒を外そうとするが、上手くできない僕を見かねたように彼の腕が伸びてきた。

僕を軽々と支えた太い腕には深い傷痕が残っている。細かな金細工の指輪をした長い指が結わえつけていた紐を器用に解いた。荷物だけが返ってきて、彼は二人分の水筒を持つと軽やかに身を翻《ひるがえ》して川へと向かっていく。

高い背に見合った長い脚の動きは速く、細く長い尻尾がバランスを取るように揺れていた。朱金色に黒っぽい斑紋のある短毛の尻尾は多分猫科かそれとも似た種族の何かだ。あの斑紋は豹《ひょう》だろうか。肩幅は広く、だが腰や脚はそれほど太くない。

僕はまだどこかぼんやりとした感覚のままに彼が川へと下りていくのを見ていた。

木陰を吹く風は汗で張りついていた前髪を乾かし、剝《む》き出しになった首筋を心地よく通り過ぎていく。日差しも少し和《やわ》らいできている。僕は着込んでいた外套を外して肌を空気に晒した。

お腹いっぱいになるほどに飲んだ水は塩分と共に瞬く間に身体に広がったようで先ほどまでの不快感はかなり薄れているし、頭痛も落ち着いてきた。

僕はもたれかかっていた幹から身体を起こし、腰のベルトに取りつけていた水珠を握った。こんな太陽の下でも冷たく、触れた指先から魔力が身体へと流れ込む。その一筋の流れが血脈に沿って全身に広がっていく心地よさに、うっとりと目を閉じる。

身体に残っていた熱も冷まされ、思考力もかなり回復してきた。ある程度の補給が済んでから掌で水珠を包み込めば、かなり小さくなっている。一週間は保たせるはずだった水珠だがこの調子では何日保つのか。

湖畔の街まで残り一週間ほどの旅だから十分足りるのは間違いないが、街での滞在時間は予定より短く切り上げないといけないかもしれない。マミナード村から都までの旅ではあまりなかった予定外の状況に、僕は手の中で水珠を転がしながら考え込んだ。

行動可能な残り日数、水珠の消費具合、飲み水の消費量、そして僕の体調。

暑さに慣れていないというのもあるが体力の低下が速いのが困りものだった。乗合馬車という狭い空間で六人もの人とずっと一緒にいるという状態もそれに拍車をかけているのはわかっている。

皆僕がヒト族だと信じているが油断はできなかった。

子供の頃から排他的な掟ができた理由を繰り返し聞かされている身としては、悲劇は繰り返したくない。狩られ滅びかけた歴史はもう決して。たとえこのまま滅びの道を歩んだとしても、それでもあんな悲劇は避けたかった。

そんな思いでいるせいか、日除け目的もある外套を馬車でも外せなかったのだが。

「ほら、これで夜までは保つか?」

いきなり目の前が水筒の袋で塞がれて、瞬きをして見上げた。

遙か高い位置で再び逆光となった彼の髪は、赤色なのに金色に輝いている。

「はい、ありがとうございます」

「だいぶ顔色は戻ったようだな。日差しを避けるためにはいいが、その外套はちょっと生地が厚いしその色は熱がこもる」

「え、ええ、まあ」

それは確かなので素直に頷いた僕に、ふわりと軽くて白い布が頭から被さってきた。

「これでも被っておけ」

視界を白く遮られ、慌てて手を伸ばして顔を出そうとするが、軽いせいか腕に絡みつき、すぐに脱出できない。

「ちょっ、なんですか、これっ」

不意の出来事に思わず叫んだ言葉に笑い声が被さる。手をばたつかせようやく顔を出して原因となった彼を見上げれば、肩を震わせて笑いながら僕の隣に腰を下ろした。

「それでも十分日差しよけになる。顔も隠れるし、風通しもいいからな」

笑われたことに若干の腹立たしさはあるものの、指さされた布地をたぐってみれば彼が着ているのと同じ生地でできた一枚の布のようだった。手に取って透かしてみれば、明るさを阻害するほどではないのに、不思議と太陽の熱が遮られていた。

「俺の出身地はここよりもっと暑い地域で、こういう布を頭から被ることで日差しから身を守っていたんだ。織り方も独特で、熱を反射するようにできているのに風は通す優れものだ。俺はこのあたりの気候ぐらいで使うことはないからお前にやろう」

「え、え？　でもそんな珍しいものを」

いきなりの提案に戸惑うままに彼を見つめた。彫りの深い顔によく見れば髪より少し濃い色の髭《ひげ》が生えていた。無精という感じはなく、だが紳士というほど整えられていない。そんな彫りの深い風貌が明るく笑う。

「いいからもらっとけ。またぶっ倒れられるほうが困るしな、旅程が狂う」

「あ……ごめんなさい」

思わずうつむいて呟いていた。確かに何かあればこのキャラバン自体の旅程が狂って、彼だけでなく皆が困るだろうことは容易に想像ができた。

「あー気にするな。ヒト族で一人旅となれば、顔やら身体を隠そうってのは正しい対策だからな。幾ら治安がよくなっているとは言え、お前さんたちが狙われやすいことに変わりはない。心ないやつはいつの時代もいるもんだ」

そう言って僕が着ていた外套を振るう。そのたびに埃が舞い太陽の下できらめいた。

「ただ夜はこっちのほうがいいだろう、しっかりと着込めよ。これから日が暮れ始めると一気に気温が下がる」

「あ、そうかも。僕、ここに来て寒暖の差が結構大きいのに驚いた……んです」

相手があまりにもざっくばらんに話しかけてきたせいで、ついついつられてしまったが、助けてもらった相手に失礼だったかと言葉遣いを直した。どちらにせよ僕よりはかなり年上なことに違いはないはずだし。

戸惑いがちに言葉遣いを変えたと同時に、彼がそんな僕の頭を撫で回した。だが乱暴な動きに髪の毛が彼の指に絡まってしまう。

「お前はこのキャラバンのお客さんなんだから、そんなかしこまらなくたっていいんだぞ」

「髪がっ、髪が引っかかってるって！」

「おおっと、すまない。大丈夫か？」

　ようやく離れた彼の手のあった場所に自分の手を置いた。なんだろう、乱暴だったから離れて欲しかったのに、あの大きな手が離れたのが少し寂しい。

　ただそれでなくても、もつれやすい巻き毛がひどく乱れてしまった。ちらりと見上げるといたずらっぽい笑みがその顔に浮かんでいて、知らず口を尖らせた。

「もう！　髪がぐちゃぐちゃだよ」

　手ぐしで梳《す》いて整えていると、「にしても、きれいな色だな、藍色って言うのか、その髪の色」と彼がぽつりと零した。

「え、うん、藍色。色はいいけどこの巻き毛が困りものなんだ。僕としては直毛の人がうらやましいかな」

「俺は直毛だが面倒だから短く刈ってるしな。この髪の色は長いと目立つし鬱陶《うっとう》しい」

「そうかな。朱色というか金色に見えてきれいだと思うけど」

　太陽の色だと、確か遠くから見たときにそう思ったことを思い出した。

「俺の種族じゃこんな朱色は珍しいからか、きれいなんて言われたことないな」

「種族？」

「豹族だ、黄褐色とかが普通でこの色は珍しいほうだ。ああそういや、お前の名前なんて言うんだ？　俺はラシッド、呼び捨てでいいからな」

「僕はコーレ。わかった、なら僕も呼び捨てにしてくれる？」

「いいのか、お客様？」

「僕が雇っているわけじゃないからね」

　なんだろう、彼だと不思議と会話が弾む。特にラシッドが浮かべた笑顔は優しくて楽しそうで、気がつけば僕の気分はすっかりよくなっていた。

「ラシッドは豹族なんだ、だから斑紋があるんだね。髪のはあんま目立たないけど尻尾は、はっきり見える」

「それもなあ珍しいんだ。なんでかわからんが髪の斑紋は薄くて、獣体だと全身はっきりと斑紋が出るんだが」

「え、獣体になれるんだ」

「まあな。だから護衛なんていう仕事にも就けたんだ」

僕の驚きの声にラシッドは当然のように頷いた。

獣人といえどもすべての人が獣体を取れるわけではない。生まれたときは獣の姿であっても、長じて人の姿を取りだした後は獣としての力が強くないと獣の姿を取ることができない。

獣体になれる大型獣人で豹族となればかなり強い部類に入るはずだ。

「すごいなあ、うらやましい。僕は貧弱だから」

人魚族は例外的に全員が人魚になれる。いや、人魚としてはあれが普通の姿だから獣体とも違うのか……。今のヒト族の姿は魔力を何重にも纏って真の姿を隠した姿だったことを改めて思い出す。

「本当に弱いやつは一人旅なんてしない。ヒト族が一人で旅をすれば苦労も多いはずだ。俺からすればコーレも十分すごいと思うけどな」

また髪をかき乱された。顔をしかめて高い位置の顔を睨みつけるが、笑っているラシッドはそんなことは気にならないらしい。

その笑顔が眩しくて、彼が触れる手が心地よい。近くなったせいか香る微かなラシッドの香りは僕の大好きな香りで、幾らでも嗅いでいたくなった。

見上げれば金色の瞳は黒いはっきりとした瞳孔を持っていて彼にとても似合っていた。

「コーレの瞳はずいぶんときれいだな」

「ラシッドこそ」

彼の瞳から目が離せない。自分とは違うものをたくさん持っている彼への憧《あこが》れだろうか。初めてこんなに長く話したのに、もっと彼と話がしたいと感じた。

護衛は不規則三交替輪番制。いつも僕が乗る馬車の近くにいるわけではない。だがラシッドは休憩時間が合えば僕に声をかけてくれるようになった。

　彼がくれた白い布はあれからずっと僕の身体を包んで守ってくれている。僕自身も水珠の力を出し惜しみしないようにして、水分も十分に取るようにしている。ラシッドから塩分もしっかりと取るように教わったり、昼間の暑さ対策、直射日光からの身の守り方なども教わって、最初の頃に比べるとずいぶん楽になった。

　それにラシッドと一緒にいるのは楽しい。

　話し上手というわけではないが、彼が話す内容はラシッドがその身で経験したことであってその世界につい引き込まれてしまう。

「竜族ってそんなに大きいんだ？」

「俺が会ったやつは人型だったが俺よりも大きかった。筋肉なんてこんなに盛り上がってたし力も強かったな。さすがに竜化はしてくれなかったが、竜になると俺の何倍もあるって話だ」

「竜族なんて見たことがないよ。いや、僕は田舎の出身だから大型の獣人すら見ることは少なかったんだけど……。それでもすごいよ、竜族かぁ一度会ってみたいなぁ」

「俺が会った竜族もたまたま用事があって出向いていただけで、そもそもの数が少ないからな。見たことがないってやつのほうが多いだろう」

　一年の大半を旅しているラシッドは、僕の好奇心をくすぐる様々な話をしてくれた。それを聞けば自分がどれだけ狭い世界の中にいたか改めて気づかされる、そしてもっと広い世界を知りたいという興味が沸き起こる。

「ラシッドのいたところも砂ばっかりって、それって海岸沿いの砂浜ってわけじゃないんだよね」

「もっと広いぞ砂漠だからな。草も生えていない砂の地が延々と続いてるが、俺がいたところはその端っこで豊かな水源があるところなんで緑もあった」

　遠い故郷のことを話すとき、ラシッドの金の瞳は懐かしむように細められ、長い尻尾がパタパタと地を叩く。

あれから一週間がたち目的地まであと少し。最後の野営地で僕たちは他愛のない話を続けていた。この一週間、途中で乗降した人たちもいて馬車の乗客は入れ替わりが多い。そんな中ラシッドとはいつも一緒に休憩できるわけではないが、それでもたまに顔を合わせると親しく声をかけてくれる。

昨夜も明け方早くに夜警番から解放されたラシッドは、目が覚めていた僕を誘って川辺へと連れ出してくれた。並んで川辺の土手で腰を下ろす、その傍らには汲んだばかりの水でいっぱいの水筒が二つ並んでいる。

草が薄く生えた地面に手をつけばまだ冷たい。だが昇り始めた太陽の光は朝だというのに強い。その日差しをラシッドの大きな身体が防いでくれている。

彼の隣はいつでも心地よい。本当のところを言えば僕は体格の大きな獣人は苦手だった。都で見かけたそういう人たちに、性的な目で見られることも多かったから……。

村の特産品を卸《おろ》すマーフィー商会は、会長を筆頭に僕たちみたいに立場の弱い生産者をとても大事にしてくれているから、そんな心配はなかった。けれど、、店の外ではそうでない獣人もやはりいる。

知り合う前はラシッドもその類いの獣人だろうと思っていたし、実際乱暴でがさつなところもある。僕と一緒にいるときに揶揄《からか》われたりすると、飛んでいって蹴りをいれるぐらいにけんかっぱやい。

そんなラシッドだけど、彼が皆に見せる優しさには裏がない。

あのときの僕みたいに体調を崩した人を、本人が訴えるより先に外に連れ出して涼ませてあげたり、怪我をした人を率先して助けていたり、荷車の車輪が窪地に嵌《は》まったときにも一番に駆けつけていた。面倒臭いとかそういうことを考えるより先に動くようで、護衛隊を仕切る隊長さんにも覚えがよく、商人さんにもよく声をかけられていた。

それに加えて腕っ節の強さもずば抜けているのだと聞いたのはその商人さんからで、「専属で雇いたいという話をしているのだが、あちこちに旅をするのが好きだからと、なかなかうんと言ってくれない」そうぼやいていた。

「なんでそんなに旅が好きなの？」

「俺の知らない世界に出会えるからな。最初は冒険者で鍛《きた》えていたんだが、なんにも縛られない気ままな一人旅が好きなんだ。それであちこち流れ歩いて金がなくなったら護衛なんかに雇ってもらって金貯めて、また旅に出るってのを繰り返してる」

僕だってもっと他の世界を見てみたい。海がない土地、雪と氷に閉ざされた国、深い森が広がる土地、竜が住む地。

ラシッドが教えてくれる話は僕の好奇心をくすぐるとともに、そんな彼の生き方をうらやましいと思ってしまう。

だから彼の話を聞いていて、僕は思わず呟いていた。

「僕もそういうところに行ってみたいなぁ……」

心の底からそう思う。目の前に広がる赤茶けた土地の向こうの川幅はとても狭いのに流れは速い。僕ならあっという間に向こう岸に辿り着けるほどの距離しかない。その向こう、同様の大地が広がる先には空を切り裂くように高い山々がそびえている。

ここはこんなに暑いのに、山頂付近は白い。あれは万年雪なのだと教えてくれたのもラシッドだ。麓《ふもと》の赤茶色、長い裾野は草原地帯で中腹部までは森林、それからまた草原と岩場となり、頂上部に雪。なのにそこから時折火を噴くのだという。

僕の視界に入るだけでも不思議がいっぱいな世界なのに、そんな世界は無限に広がっているのだ。だけど僕がそこに行くことはできないだろう。

そんな詮ない想いを噛みしめていたら、ぽんと頭の上に重みと熱がのってきた。

「重いよ、ラシッド」

僕の頭がちょうどいい位置にあるのか、しょっちゅう手をのせてくるラシッドに文句を言えば、耳触りのいい低音が鼓膜に届いた。

「なら一緒に来るか」

「え？」

「これで終わりじゃなくって俺と一緒にずっと……な」

一瞬何を言われたかわからなかった。顔を上げようとしたが上げられない。

胸の奥で心臓がものすごく速く打っている。その言葉が示すだろう意味に、遅れて気がついてしまったから。川や風の音も一気に遠ざかり、耳の奥で何かが流れる音だけが激しく鳴り響いていた。

「俺が連れていってやる。朝晩で色の変わる湖、沸騰している泥沼。アーヴィスに二人乗りして、いや獣体の俺にお前を乗せてレオニダスにでも行くか。あの国は今一番発展していていろんな珍しいものがあるから面白いぞ」

相変わらず彼の顔を見られない。だが楽しそうな内容の割に彼の声音に含まれるものは真剣なものでしかない。

そして僕は、今すぐにでも彼の誘いに頷いてしまいたかった。

行きたいと叫んで彼の身体にしがみついて、このまま連れていって欲しいという欲求に突き動かされそうになっていた。

だけど……、それはできない。掟でそう定められているからだけじゃなく、僕の中の何かがそれはだめだと叫んでいた。

僕がなんとか顔を上げれば、日の光に染まったラシッドが僕としっかりと顔を合わせてくれた。真剣な金色の瞳が僕の海色の瞳と合わさり互いを映し出す。ラシッドが今まさに言葉を紡ごうとしているのがわかる。だけど僕はその言葉を聞きたいけど聞きたくなかった……。その言葉が僕にいらぬ希望を抱かせることがわかっていたから……。

「コーレ、好きだ。俺はお前を離したくない」

「ラシッド……んっ」

抱きしめられた強い力とぬくもり、何より触れた唇から伝わる熱と彼の香りに全身が震えた。指を絡めた手を痛いほどに強く握り返される。ラシッドからもたらされた言葉は思ったとおりのもの……。嬉しくてたまらないはずなのに心の底から喜ぶことができない。

　触れ合う唇が離れ、伝う唾液が切れると掠れた声で名を呼ばれた。

「コーレ……」

　彼のものとは思えぬほど甘いささやきが鼓膜から全身を侵食していくのに逆らえない。

　唇は触れ合うほどに近いのに、そのわずかな距離にすら喪失感を覚える。

「最初にお前を見たとき、外套ですっぽりと全身を覆っているのになぜか目が離せなかった。俺の護衛対象はこのキャラバン全体だというのに、いつでもどこにいてもお前のことが頭から離れなかった。なのにあと少しで目的地に着いてしまう。俺は……」

「ラシッド……そうだね……、今日には着いてしまう」

　到着すれば僕とラシッドに接点はない。しかも僕がその街に滞在するのは二週間。だがラシッドは一週間後に出発するキャラバンの護衛に付くから……。

　抱きしめられたまま再度の口づけを迎え入れる僕の頭の中では、だめだと分かっているのにこのまま無理にでも攫《さら》っていって欲しいという願望が渦巻いていた。

「街にいる一週間、俺にコーレの時間を全部くれ」

　ささやかれた言葉に反射的に頷いた。それは僕も同じ気持ちだったから。

　歓喜の笑みを浮かべたラシッドの、乱暴に触れてくる唇がこんなに愛おしいものだとは思わなかった。込み上げる欲情がこんなに心を躍らせるものだとは知らなかった。

「んん、ラシッド……僕も……僕も離れたくない……ラシッドのこと、んっ」

　再度ふさがれなかったら、ラシッドが欲しい、このまま僕をラシッドのものにして欲しいと淫らな願いを口走っていただろう。

　発することのできなかった言葉を飲み込み、熱を孕んだ金色の瞳に視線を合わせたまま、深くなる口づけ

を受け入れる。倒れていく身体は力強い腕に支えられて大地へと横たえられた。

日は少し高く昇ったが、まだ皆が起きるには早い。

こんなつもりなんてなかったなどと、きれい事を言うつもりはない。

僕は知っていた。

わずかな時間、一言二言の会話の中からでも彼から伝わる熱のこもった視線の意味に気がつかなかったわけじゃない。彼から声をかけられるたびに身の内に沸き起こっていた歓喜の意味を、考えなかったわけじゃない。

僕もラシッドに触れたい。

熱い吐息が唇を割って入ってくる。歯列をなぞりつつく舌先に、僕はあおられるままに門戸を開いた。

深く割り入ってくる彼の肉厚な舌が、僕のものを捉えて離さない。彼から与えられた薄い布が剝《は》ぎ取られ、シャツが巻き上げられる。背に固い石が触れ、痛みよりも鋭い快感が迸《ほとばし》った。深くなる口づけを受け入れながら、獰猛《どうもう》な獣の表情をしたラシッドが僕の身体を開いていく。

「きれいだ、コーレ。肌も髪もその瞳も、全部を俺のものにしてしまいたい」

「んあ、ぁ、ラシッドっ、待って、はやっ、ああっ」

「コーレ、コーレ……」

欲望に負けた獣人は本能の赴くままに動く。それが怖いと、恐ろしいと思っていた。そんな獣人に襲われたらありったけの魔法をぶつけてでも逃げるのだと思っていた。

だが今はこんなにも嬉しい。

最初の控えめなところは消え失せ、我を忘れたように僕の上に伸しかかってくるラシッドは、乱暴で性急で全く怖くないわけではない。

それでも僕の身体は喜んで彼を迎えていた。

ラシッドのシャツにしがみつき、肩越しに空が視界いっぱいに広がっている。太陽は昇り始めたばかりで、空気には白く夜の冷気がまだ残っている。なのに寒くない。

初めての身体には性急すぎる前戯で走った苦痛すら歓喜の中でかき消えて、僕はとてつもなく大きな熱杭で貫かれた。本当に大きくて、痛くて、だけど幸せで満たされるという感覚。

ああ、どうして僕は恋をする相手なんかいらないと思ったんだろう。

愛されている中で繋がれるこの状況を、どうしていらないものだと思ってしまったのだろう。世界を知りたいという好奇心以上に、誰かに愛されているという感覚、それが僕を虜にしていた。それを僕はもう手放せない。

「ラシッド……あぁ、んんっ」

「すご……いな……コーレの中が熱くて、持っていかれそうだ、きつくて、んん」

耳元でささやかれる掠れた声音に背筋がぞくぞくと震え、肌がざわめいた。

深く浅く、滑りを与えられた僕の身体は、ラシッドの大きなものを咥《くわ》え込み、這い上がる快感に身を捩《よじ》る。広い大地に声が響きわたってしまう前に、ラシッドに口をふさがれていた。呼吸が苦しく、ぼんやりと澱む世界で興奮し、血走った金の瞳を見つけて微笑んだ。

彼が僕を欲しがってくれている、ただそれだけが今の現実で、僕が望むものでもあった。


目的地に着いた後、約束どおりに僕たちはずっと一緒にいた。

ラシッドと僕は同じ宿を取り、僕たちは、いつもどちらかの部屋で夜を過ごしたからだ。いや、ときには昼間も部屋にこもりっぱなしだった。

白煙を高くたなびかせる山々の中腹にある広い湖。僕たちが馬車で辿ってきた街道はその川沿いにあってその源泉はこの湖でもあり、窓からの眺望は大層美しい。

そんな眺望のいい部屋で、あれだけ見たいと願っていたものに見向きもしないで僕は夢中でラシッドと互いを貪り合った。一刻でも離れるのが惜しいとばかりに。

たまに外の空気を吸おうと二人で湖畔の街を散歩したこともあるが、そのときでも繋いだ手を離すことはなかった。

時間とはこんなに速く過ぎるものなのか、気がつけば明日はラシッドが護衛に付くキャバンの出発日であり、僕がそこに混ざることはできなかった。定員がいっぱいだったのだ。

「迎えに来たいが無理なんだ……。だから港街でお前のことを待っている」

「ん、一週間後の馬車には絶対乗り遅れないようにするから」

僕よりラシッドのほうが落ち込んでいる。待つと言いながらその表情はお預けを食らった子供のようだ。

僕は小さく笑いながら、彼の額に口づけた。

「畜生、仕事を入れてなかったらなあ」

悔しげに立ち上がる彼の褐色の肌は情事にほてっていて、全身汗まみれだ。大きく伸びをすると鍛え上げられた全身の筋肉が蠢《うごめ》いてまるで別の生き物に見えた。

「今日はやけに暑いな、先に水を浴びてくる」

「うん、わかった、えっ」

いきなりぐらぐらっと建物が揺れた。ラシッドが窓の外に鋭い視線を向ける。

「多いな最近」

「地震？」

「そうだ。火山が近いからな」

地面が揺れるなんてここに来て初めて知ったことで、最初は驚いて動けなかった。それでも数回体験すれば、不思議と慣れてしまうものだ。

それ以上揺れないのを確認したラシッドはそのまま浴室へと向かった。この宿には珍しく各部屋に浴室があってすごく重宝《ちょうほう》している。そんな浴室の扉の向こうに消えたラシッドを見送ってから、僕は浮かべていた笑顔を消した。別に嘘の笑顔を向けていたわけじゃない。ただラシッドがいなくなると現実が見えてしまうのだ。

たまらない口説き文句で告白されて、熱に浮かされていたような一週間も明日で終わる。

僕があのときラシッドにした返事はとても曖昧《あいまい》で、はっきりとした返事をしたわけじゃない。そのときはそんなつもりはなかったけれど、日がたつにつれ僕の心の中に生まれた惑いは大きくなっていた。

ラシッドと共に旅をしたいという思いは嘘じゃないし、彼と共に世界のいろんなところに行けたらどんなに幸せなことだろうと思う。彼が生まれた砂漠の街は朝日に照らされて金色の海原のようにも見えるという。

そんな光景をラシッドと共に見てみたい。だが現実は厳しいのだと、僕はこの数日特に強く感じるようになっていた。

溜め息を吐いて僕は自分の荷物を取り出した。背負い袋の底の水珠は残り三個だけ。そのうち一個は既《すで》にずいぶん小さくなっていた。

この三つの水珠では残り二週間強しかいられない。


火山が近いせいか、旅中だけでなくこの街でも消費が非常に速かった。

空気自体が火の気が強いと言ったほうがいいのか。僕と相性の悪い火の気が大気中に満ちていて、湖が蓄えている水の気がこんなに近いのに部屋まで届かないのだ。しかもラシッドと交わっているときは身につけているわけにもいかず、離れたところから放出させるという効率の悪いことをしていた。

僕は寝具から身体を起こしてシャツを羽織り窓から湖へと視線を向けた。

一度湖で水珠を作ったほうが無難かもしれない。余裕をもたせておいて海まで辿り着ければまた水の魔力を蓄えることができるし、水珠も数を揃えられる。そうすればラシッドと再会した後、また一緒に旅をして。

「それから……僕は……」

本当に僕はずっとラシッドといられるのだろうか。いや、そんなことができないというのは理解しているのに諦め切れないのだ。

ラシッドの手が離れる恐怖、ぬくもりが消えてしまう寂寥感《せきりょうかん》。それらがだんだん強くなりひどく息苦しくなって、僕は三つの水珠を抱え込むようにして床に座り込んだ。

一緒に旅をしている間、人魚であることを隠し続けることができるだろうか？　いつまで水珠を作ることができるだろうか？

乾いた大地はここだけではない。ラシッドの故郷もここより遥かに暑い砂漠の中にある都だという。見てみたいと言った言葉は嘘ではないが、そこに辿り着く力が僕にあるかどうかは別物だ。いや、僕はそんな地では長くは生きられない。

だが僕は、彼が金色の瞳をきらめかせて見知らぬ世界を楽しそうに語る表情をもう知っている。いつか故郷に戻り定住するなら一人でも多くの子供が欲しい、いつか子供と一緒に新しい土地を見に行きたいと語る様子は、本当に子供のように楽しそうだった。

だがそのどれも、僕が相手では叶わない。

もし僕は人魚だから一生海から離れられないと伝えたらどうなるか。僕が産む子供は必ず人魚だから、その子の誰一人として一緒に旅をすることはできないと伝えたら。

もしかしたら彼はそれを受け入れてくれるかもしれない。だけどそれは彼の夢を壊すことになってしまう……。そんな告白を、僕はできない。

それにラシッドが幾ら人魚である僕と子供を守ってくれたとしても、人魚の伝説は消えたわけではない。そのせいでラシッドが危険に晒される可能性は？　いや、僕のせいでラシッドが死んでしまう可能性すらあるのではないだろうか？

これは人魚族の存続という大事から目を背けていた僕に与えられた罰なんだろうか。

手を伸ばし集中して魔力を練っても湖から水気をたぐり寄せることは叶わない。

溜め息をついて窓辺から離れた。諦めきれない思いはあってもどうしようもなく、僕は水珠の一つを背負い袋へと入れた。そのとき指先に絡まった紐の存在、その先にある物に見当がついて引っ張り出す。

袋から出てきたのは彫刻細工の入れ物、僕は指先に紐を絡めたままその入れ物を目の前にかざした。

人魚族は成人時に親なり村長なりからこういう入れ物を渡される。入れ物の形は様々で決まりはないが、中には必ず核と呼ばれるものが一つ入っている。

この核を胎内に入れて受精することにより子供ができるのだが、この入れ物に一つしか入っていないのは僕たちの受胎率が高いからだ。魔力が強いほど受胎しやすいからだともアニムスしかいない特殊性からとも言われているが、核を入れて性交すればほぼ確実に僕たちは妊娠する。

旅に出るときに置いてこようと思ったのに入れてきてしまったのは、ただ単に掟に従うふりをしただけだ。使うつもりなんかこれっぽっちもなかった。

だがラシッドとの先の見えない未来を考えるたびに、この核のことが脳裏にちらつくようになっていた。このままラシッドに人魚だと告白していつまでも一緒に暮らすというそんな幸せな未来は夢物語でしかないから。

その代わりに浮かぶのは過去に起きた人魚の悲惨な歴史だ。

もともと人魚族は愛するもの――伴侶のみならず家族や子供に対する思いがとても強い。人魚族の秘密を暴こうとしたものの魔の手は人魚のみならずその大切な人へも伸びた。そうして大切な人を失った人魚の嘆きはあまりにも強く、中には狂気の中でその悲しみや怒りを呪いへと変えたものもいて新たな悲劇が生み出されたほどだ。

そんな思いを二度としたくないと人魚族は伴侶を得ることをやめた。人魚という種の存続のためだけならば恋をする必要はない。大切な人を作って犠牲にするなんてこともない。子種さえもらえれば妊娠できて種の存続はできるから。

祖先の悲惨な歴史を二度と繰り返さないために決め

た掟、その理由が今の僕にはわかるからこそ重すぎた。先人たちはただ、自分の愛する人を守りたかったのだ……。

握りしめた容器と水気の珠が手の中で耳障《みみざわ》りな音を立てた。それでも僕は指の力を弱めることなどできなくて。浴室の扉が開いてラシッドが声をかけてくるまでずっと、僕はその場から動くことができなかった。

だがその直後、僕は激しい揺れと大気を揺るがす轟《ごう》音《おん》に手にしていた水珠を落としてしまう。

「コーレっ！」

飛び出してきたラシッドが、棚から落ちてきた飾りから僕を庇《かば》う。かろうじてシャツを羽織っただけの彼がなんとか揺れが治まった合間に服を身につけた。

「噴火だ、避難するぞ」

何が起きたかわからぬままに蹲《うずくま》っていた僕の耳にラシッドの焦燥《しょうそう》に駆られたような声と外からの悲鳴が届く。見上げた僕の目にも窓の外の風景が飛び込んできて、想像だにしなかった光景に目を瞠《みは》った。

「嘘……山が、火を噴いてる……」

さっきまで青空だったところに上がる多量の白煙、木々が燃えだしたのか黒煙も見えた。呆然《ぼうぜん》と呟く僕をラシッドが抱き締めてくれる。

「大丈夫だ、噴火は頂《いただき》の向こうで起こっている。だが灰が降ってくる可能性があるから、ここは避難したほうがいい」

鋭い指示に呆然としたまま頷き、連れられるままに宿屋を出た。揺れはすぐに収まったが、多量の噴煙のせいで薄暮《はくぼ》のように暗い。悲鳴があちこちから上がり、家々からたくさんの人が駆けだしていた。

ラシッドの言葉どおり火を噴いたのは街とは反対のほうで、地震の被害もそれほどない。ただ湖が一部決壊したということで一部の住民や僕のような一時滞在者は近隣の村や町へと移動することになった。住民以外のものを街から出すことで治安の維持をはかるのだと言われれば、逆らうものはいない。

ラシッドが護衛するはずだったキャラバンも馬車や

アーヴィスを貸与し、老人や子供、病人を運ぶのに使われた。元気なものは徒歩だ。もともと噴火の危険性がある街だからか避難態勢はしっかりとしていて、必要な資材も一緒に移動を始める。

僕もラシッドと共に半日ほど歩いて、まずは安全な場所へと移動した。

振り返れば相変わらず空は暗く、なのに大気は熱を帯びている。風向きによっては細かな灰が降りかかり、孕む熱と異物が肌を傷めてくるせいで顔を覆った布を外すことができない。そのせいで余計に熱がうちにこもっていた。

「大丈夫か、顔色が悪いぞ」

「ん、大丈夫だよ。ちょっと疲れただけ」

「だから俺に乗せてやるって言っただろ」

「たくさんの人が歩いているのに、僕だけ楽するのはね」

「体力がある俺でもこの行軍はきつかったからな。だがだいぶこちらに来る灰も少なくなった、明日には落ち着くんじゃないか」

ラシッド自身も額の汗を拭き、口元を覆う布を付け直した。

「後で川で汚れを落とそう」

ラシッドの朱金色の髪も白っぽく肌は薄汚れていて、頷く僕を連れて二人で川へ下りた。だが川は濁っていて浸せば布が汚れそうなほどだ。仕方なく乾いた布で灰を落とすだけにして、その場で休憩を取ることにした。

せめてと思い川に手を浸してみるが温泉のように熱く、水気はあるのだが火気が入り交じり十分に吸収できないし、体が拒絶しているのを感じた。

「コーレ、あまり触れないほうがいい。肌によくないものが入っている場合がある」

その言葉に慌てて手を引き抜く。濡れた灰にまみれた肌は少しピリピリとしていて確かにあまりよくない感じがする。

周りを見渡せば人は少ない。もう少し行けば村があり、今夜はそこで野宿が予定されていた。

だが僕はぼんやりと濁った霞《かすみ》で覆われたような山を見上げていた。僕の背には背負い袋が一つ。じわりと伝わってくる水気は中に入れて無事だった水珠が発しているのだが、噴火の寸前手にしていた二つの水珠は部屋のどこかに転がっていったままだった。

核を入れた容器は紐が指に絡まっていたせいで落ちず、今は僕の胸の上にある。

その容器に触れてこれは運命なのかと苦笑が零れた。もう旅を諦めろと、子を成せと言われているような気がした。人魚の掟から逃れることはできないのだと、甘い夢を見るのはやめろと諭《さと》されているのかと。

実際、残り一つの水珠ではこの熱気の中では一週間保たない。今も供給されるのと同じくらい身体から水分が失われているようだ。

ラシッドには大丈夫だとは言ったが、さっきから座り込んだまま動く気力もないのが事実。せめて川に浸かることができればと思ったが、それも無理だった。

ああやっぱり僕には旅なんてできない。

「コーレ、本当に大丈夫か？」

覗き込むラシッドの顔がぶれた。彼に伸ばした手が届くことなく落ちていく。目の前に愛しい人の顔があるのにそこに手を伸ばしてもなぜか届かない。それが僕とラシッドの現実なのだと告げられているようでひどく悲しくて。

約束したのに一緒に行くって、なのに。

「ラシッド……ごめん、やっぱり僕には無理だったみたいだ……。本当にごめん……」

「何を言って……おいっ、コーレっ!!」

揺らいだ身体を受け止めた逞《たくま》しい腕はとても安心できる。だがこの手に縋りつく資格なんて僕にはない。僕ではラシッドの望む未来を共に歩めないのだから。

僕は縋るように、僕を抱き上げるラシッドに指を伸ばした。指先がラシッドの首にある金鎖に引っかかる。太陽の光にきらめくこれは、ラシッドの瞳と同じ色。そっと頰を寄せれば彼の体温を持っているのに不思議と僕には心地よい。

夢うつつの世界に入り込んだように僕の口は、勝手に言葉を紡いでいた。

「お、願い……ラシッド、僕を海に、戻りたいんだ、海へ」

熱い大地より少しでも水気のある場所に行きたかった。僕が生まれたところ、僕の生きる場所。

繰り返し「海」と呟く僕を見たラシッドの視線が乾いた地平線の彼方に向けられた。暑さで蜃気楼《しんきろう》のように揺らぐ遙か彼方を強い瞳が見据えている。

だがそれも一瞬で、その瞳が優しく微笑みながら僕を見つめ、それから僕をその逞しい背に背負った。腕が彼の肩から下へと垂れた状態で紐で互いの身体が縛りつけられた。

「……ラシ……ッド？」

僕の問いかけに返すことなく輝きだした彼の身体。目映い中で低くなった視界に朱金色の獣毛とそしてその身体を彩《いろど》る独特の斑紋が入ってきた。

『飛ばすぞ』

返事はできなかった。それより先にラシッドが駆けだし、その驚くべき速度に息が詰まる。彼が四肢を動かすたびに僕の身体は上下するがその間隔は長く、まるで空を駆けているような浮遊感が続く。思わず目を見開いた視界の中で、景色がものすごい速度で後ろへと流れていった。

「あ……ま、待って」

そのときになって僕は初めて自分が何を口走ったのか気がついた。慌てて制止するが、前方を見据えるラシッドは口元で笑うだけで聞いてくれない。ただ川沿いの街道をひたすら下っていくだけだ。

逞しく蠢く力強い筋肉、流れる血液の音、荒い呼吸音の中で話しかけられる低声、そしていつも彼から伝わってくる薄い潮の香り。僕の知っている海の香りと似て非なる香りは、ずっと僕を包んでいた。優しくて力強いその香りに僕はいつも癒やされている。

だがそんな幸せな感覚と共に罪悪感は増していく。

火を噴く山の周辺から離れることによって僕の身体は最悪な状態は脱している。だがそのためにラシッドは自身の限界ぎりぎりの力で休むことなく海へと駆け続けている。

その脚の爪に血が滲《にじ》んでも、疲労に毛艶が悪くなっても、荒い呼吸にその声が掠れても『大丈夫だ』と笑みを見せるラシッドに僕は途中から何も言えなくなっていた。

僕は彼の首に縋りつき、こみ上げる後悔と罪悪感のままに涙だけを流し続けた。

胸元に取り出して握っていた水珠の欠片《かけら》が音もなく消えていく。

だがその寸前、僕は確かに空気に混ざる海の香りを感じ取っていた。

遠くても届いた海の力、その強い水の魔力が自然と乾き切った僕の身体に染み込んでいき、僕の身体は少しずつ楽になっていく。それは歯を食いしばり走り続けるラシッドのおかげだ。僕は心の中で何度も謝罪と感謝の言葉を繰り返しながらその背中を抱きしめる。

身体を起こせるまでになったときには、水平線に蒼《あお》い海が見えてきていた。

「ラシッド……だいぶよくなったから、もう大丈夫……ありがとう……」

走り続けたラシッドの乱れた獣毛を梳き、疲労の色を滲ませる瞳の下に触れる。金色の瞳が僕を窺《うかが》うように見た。

『本当に大丈夫なのか？』

「うん。火を噴く山の火の気が……熱気が僕には合わなかっただけみたい。だから、自然と海って言っちゃったのかな……。ごめんね無理させちゃって、ラシッド疲れてるでしょう？　宿で休もう……？」

僕の声に張りが出てきたことに気づいたのか、ラシッドがようやく速度を緩めてくれた。

それは同時にラシッドの気力の糸を断ち切ったようで、宿に辿り着いた途端倒れたのはラシッドのほうだった。

人型に戻った彼の身体には汚れと細かな傷があり、四肢が細かく痙攣《けいれん》していた。

ラシッドのように強い獣人だからこそ成し遂げられた強行軍だ。こんな無茶をすれば、いくら獣人といえど絶命してもおかしくはない。

僕は寝具に力なく横たわるラシッドの看病をし、月と海の魔力が少しでもラシッドの身体を癒やしてくれることを祈った。祈り、紡ぐ癒しの歌に、全力で魔力を乗せ続けた。

今はぐっすりと眠り続けるラシッドの頬に触れて、何度も口づける。

これも全部僕のせいだ。

火山の噴火が起きてしまったことは想定外だったけれどそんなことが人生の中でまた起きないとは限らない。僕という存在が彼に負担をかけるのは一緒にいる限り避けられないだろう。

ラシッドの背に揺られながら僕は何度も夢を見ていた。繰り返し繰り返し、ラシッドが僕のせいで殺される夢だ。僕はラシッドから自由を奪うだけでなく、僕といるせいでラシッドの生命を危険に晒してしまう。

過去、人魚族に起きた様々な不幸な出来事が、僕とラシッドに置き換わる。その夢の中でいつもラシッドは血まみれで倒れ伏していた。そして僕は狂うのだ。狂い、すべてを呪い、その呪いは他種族どころか自分たちをも傷つけていく。

それでも僕が愛したのはラシッドで、僕のためにここまでしてくれた彼以外の誰かを、僕が愛することはないだろう。

その日、顔色の良くなってきたラシッドの横で再び悪夢を見た僕は、胸元に首飾りとしてさげていた小さな容器をきつく握りしめていた。

数日後の夜は満月で、大小二つの月が海と街を照らしていた。

宿の窓からでも窺えるその風景に僕はしばし魅入《みい》ら

れていた。

昼間の明かりで照らされるのとは違う色に見える海が僕は好きだ。

その景色を胸に刻み、僕は回復してきたラシッドを抱いて欲しいと誘った。

最初は戸惑い、まだ無理だと言っていた彼も、僕が何度も誘えばゆっくりと覆い被さってきた。

「本当に大丈夫なのか?」

僕のことを気遣う彼の優しさの中で、僕は頷いた。だってもう引き返せない。

さっき僕はラシッドに内緒で胸元の容器の中にあったもの——僕たちアニムスが子を授《さず》かるための核を胎内に仕込んだのだから。

自ら口づけ、彼の愛撫を請う。艶の戻ってきた彼の巻き毛に指をくぐらせ、彼の重みとぬくもりを受け止めた。

月の光が寝具の上まで入り込み、絡み合う僕たちを照らし出す。


僕はラシッドと手を取り合い未来を歩むことはできない。

だからせめて、たった一つ僕が手にすることができるもの——人魚の掟に定められたとおりの愛した人の子を今は得たかった。

村人たちがなぜあんな掟を後生大事に守ってきたのか、僕にはずっと理解できなかった。愛する人から離れたことで嘆き悲しむのに、どうして子供を得ようとするのか理解できなかった。

だけど今の僕には彼らの気持ちが痛いほど分かる。

愛した人と別れて一人で生きていくのはつらい。愛する人と共に生きたい、だけどそれは叶わぬ願い。だからこそ、愛した人に捧げることができなかった愛を子供へと注ぐ。種族を残すためではない、自分が愛した人が存在したという証が皆欲しかったのだ。

ラシッドの剛直が僕を貫いたとき、そして彼の子種が僕の中を満たしたとき、僕は本当に嬉しかった。だけど同時にたまらなく哀しかった。

どうして僕は人魚なのだろう。

ヒト族でも獣人でもいい。人魚族以外ならばどんな形でもラシッドと共に生きていけただろう。

だけど僕が人魚であるという事実は変えられない。抱きしめられ深い愛に満たされているのに、僕はラシッドを裏切ろうとしている。

そのことが何よりもつらい。そしてこれが彼との別れになることが……。


僕の身体を労《いたわ》って一度で終わった行為の後、ラシッドは僕を腕の中に抱き込んで眠りについた。その幸せそうな表情を見ていると胸が切り裂かれるように痛くなる。

それでも決意していた僕は小さな声で歌を口ずさんだ。

疲れているラシッドの回復を促す歌、そしてそのための深い眠りへと誘《いざな》う調べ。

ささやくような歌声は彼の身体にまとわりつき、まだどこか疲労の色が残る彼の身体に染み渡る。

まるで魔力に抗《あらが》うように瞼が痙攣したのは一瞬で、すぐに規則正しい寝息が続くようになった。

そんなラシッドの顔を両手で包み込む。

「ラシッド……大好き……本当に大好きだよ。いっぱい嘘をついちゃったけど、これだけは嘘じゃないから……。僕が愛しているのはラシッドだけだから」

流れる涙が彼の朱金色の髪を濡らした。僕の身体が嗚咽《おえつ》と慟哭《どうこく》に震えその震動が彼を揺らす。それでも僕の魔力が込められた子守歌から彼が目覚めることはない。

僕は後ろ髪を引かれながらも彼の身体から身を離し、宿を抜け出した。

潮の香りが強くなる先、幾つもの大型船が停泊している夜中の港の片隅には誰もいない。波止場に寄せる波の音を聞くのは今は僕だけだ。

見下ろす岩場の先では、小魚ですら眠っているようで生き物の気配はしない。

そんな海の波間にきらめく二つの月が僕を誘う。戻っておいでとささやいているようだ。

僕は波間の月を眺め、一度だけ振り返った。ここからでは宿は見えないが、それでも僕はそこにいるだろうラシッドにささやいた。

「生きて、ラシッドの望む道を」

それだけが僕の願い。

愛する人を裏切り自ら手放す僕が願うのは、彼の幸い、それだけだった。

❖❖❖

あの日とは違う澄み渡る青空の下、僕たちを乗せてきた船が停泊している港街の町並みを眺める。あれから何年もの歳月が過ぎてしまったけれど港街の景色なんてどこもそう変わらない。そんなことを考えながら僕たちを待っていた馬車に乗り込んだ。

そんな僕たちに、中にいた先客が手を上げるのに笑顔を返す。

「お世話になります、デュークさん」

「久しぶりだね、コーレ君」

「お忙しいんじゃないんですか？　まさかデュークさんが来てくださるとは思わなかったので……」

「何を言ってるんだい君たちみたいなヒト族を護衛するなら俺じゃないとだめだろ？」

にやりと笑顔を作るデュークさんはここフィシュリードで最も力を持っているマーフィー商会の現会長で年はラシッドと同じくらい。大型の犬族で垂れた耳とふさふさの尻尾が特徴的だ。

マミナード村の特産物の納品先という関係でもともと繋がりがあったのだけれど、僕たちの仲間であるイリスとデュークさんの弟であるディランさんが紆余《うよ》曲折《きょくせつ》の末に結ばれたことでその関係性はさらに深まった。だからもちろんデュークさんも僕たちが人魚であることを知っている。イリスとディランさん、そしてマーフィー商会や様々な人たちの尽力で僕たち人魚は長年の呪縛から解き放たれたといっても過言ではない。そのおかげで僕たちは今ここに立つことができているのだから。

今回も僕とシーリンのためにマーフィー商会、いやデュークさんはたくさんの援助をしてくれている。まさか、デュークさん本人がついてきてくれるとは夢にも思わなかったけれど……。

普段から大変忙しい人だと聞いていたので遠慮はしたのだが、なんでもないことだと笑い飛ばすような人だからその本心は読み取れない。もっともその後ろで従業員さんたちが蒼白になると同時に諦めの嘆息を零していたのも印象的だった。

口さがない人は能天気でアニムス好きのお気楽な二代目のボンボンと軽口を叩くが、実際には彼の代になってさらにマーフィー商会は繁栄している。笑顔を絶やさない温和な人だけれど時折見せる大型獣人らしい鋭い表情や精悍《せいかん》な顔つきからはそれがわずかながらも窺い知れる。商売に対する才覚だけでなく武人としても一流だというのだから天は二物も三物も与えるものだと感心すらしてしまう。

「デュークおじちゃんっ！」

シーリンがデュークさんに抱きつくと、その身体が軽々と抱え上げられ膝の上へと下ろされた。

僕の子であるシーリンはデュークさんが大好きで、もう九歳にもなるのだから幼子のように飛びつくのをやめるように言っているのだが一向にやめる気配はない。普段はずいぶんと大人びた態度を取るのだが、デュークさんの前でだけは別のようだ。

……もしかするとデュークさんに父親のような感情を持っているのかもしれない。

「こらシーリン。おじちゃんじゃなくてお兄ちゃんな。で、今日も元気いっぱいだが船旅はどうだったかい？」

「んー、おもしろかった。海の上をするすると動くの、ホールイーが潮を吹いて挨拶《あいさつ》してくれたんだよ」

「へえ、あのホールイーが。さすがシーリンだな、俺も見たかったよ」

「うん、今度一緒に見ようっ」

　不思議と海魔獣に好かれる性質のシーリンは今回の船旅も満喫しており、さらにデュークさんにも会えてずいぶんとご機嫌な様子なのはいいのだが。

「すみません、いつもシーリンが」

「ああコーレ君、シーリンのことなら大丈夫。それと、例のキャラバンとはここから一日もかからないところで合流できるはずだ。向こうよりこっちのほうが足が速いからね」

「ありがとうございます、本当に何から何まで。あのこれ、先ほど船の厨房をお借りして作ったお弁当なんですが」

「へえ、おいしそうだね」

「かーさんのおべんとー、とってもおいしーんだよ。デュークおじちゃんも食べよ？」

「ああ、でねお兄ちゃんも食べよ？」


「ああ、でねお兄ちゃんと呼んで欲しいんだが」

「いっしょにたべよーね！　デュークおじちゃん」

「そうだな、お兄ちゃんと一緒に食べよう、お兄ちゃんと！」

　相変わらずの二人の会話に僕はもう突っ込まない。最近ではシーリンがわざとやっていて、デュークさんもそれに気がついているとわかっているからだ。

　お弁当を満喫してお腹が膨《ふく》れたのかシーリンがデュークさんの膝を枕にして眠り始めた。デュークさんがそれを許してくれているので、僕は反対の席でその姿を微笑ましく見ていた。

　シーリンは僕譲りの巻き毛のくせっ毛をしているが、その髪の色は朱金色。巻き毛だからわかりにくいが、ほんのわずかに色の濃淡による斑紋がある。

　僕がたった一人愛した彼の血が確かにシーリンの中にある証だ。

　この子がいなかったら僕は今ここにいなかっただろう。

「そういえばこの前二人の出会いの話は聞いたけど、どういう風に別れたのか教えてくれるかな？」

デュークさんの窺うような優しい物言いに、僕はシーリンから顔を上げた。

その問いかけが好奇心からのものではないことは知っている。この先旅の手助けをしてもらうための情報として彼にはすべてを打ち明ける約束をしていた。いつも僕たちのために尽力してくれている彼は信用に値する人だ。

「もうゆっくり考える時間も余裕もなかったんです。彼と一緒にはいられない。それならばと僕は思いました。ラシッドとの子が欲しい。村の皆がなぜ子供を得るという選択をしたのか、あんな掟を後生大事に守っているのか、ずっと分からなかったんですけどあのときようやく理解しました。皆掟を守ろうとしたんじゃない、ただ愛する人の子が欲しかったんだって」

「黙って離れるしかなかったのかい？　イリス君とディランが辿った道をまるでなぞっているように思えるよ」

責めるわけではない、単純な疑問としてぶつけられた問いに僕は頷いた。

「何も、あのときは何も考えられませんでした。彼に愛されて嬉しいけど、僕のせいで彼が犠牲になるのではないか。彼が望む未来を僕が壊すのではないか。それまでの楽しかった思い出が、いつか壊れてしまうかもしれないという恐怖に、いつの間にか僕は囚《とら》われていたんです。イリスと同じ……そうかもしれません」

僕たちの村の長の子であるイリス。そしてデュークさんの弟である犬族のディランさん。二人は出会い、そして愛し合った。僕とラシッドと同じように。そして、イリスは人魚の掟に従ってディランさんの子を得て姿を消した。ディランさんの前だけでなく、僕たちの前からも。それは、イリスがディランさんのために人魚の禁忌《きんき》を犯してしまったから。だけど、僕たちはそれを責めることなんてできなかった。愛する人に命の危機が迫っていたとしたら、僕だってイリスと同じことをしたと思う。それでもイリスは自分を許すことができず、僕たちが村を捨てることになった原因になったことをずっと悔やんでいた。居場所だけは知っていたけれど僕たちの前に姿を見せることは決してなかった。そして、本来であればこの話はここで終わるはずだった。今までの人魚たちが辿った悲しい結末と同じように……。だけど、ディランさんがイリスのことを諦めることはなく、何年もかけて僕たちの行方を突き止めて、そしてイリスと結ばれた。僕たち人魚族につきまとっていた呪縛とも言えるものはそこに至るまでの様々な経緯で少しずつ解消されたのだ。そして、僕は知ってしまった。ディランさんがイリスを探す旅路の中で出会った『コーレ』というヒト族を探しているという朱金色の髪を持つ、豹族の存在を……。

「ですが、デュークさんやディランさんたちのおかげで僕たちは多少なりとも自由になることができました。今なら僕を探しているというラシッドに会うこともできると思ったんです。だから、せめてラシッドに一言謝りたい……。それにシーリンを……。僕は父親を知らないし、もうどこの誰かはわかりません。でもシーリンは……」

ラシッドがまだ僕のことを探し続けていると聞いた時は本当に驚いた。僕がラシッドを忘れることはなかったけれど、ラシッドなら幾らでも相手は見つかると思っていたから。なのに、僕が黙って彼の目の前から姿を消したことは結局彼の生き方を縛ってしまっている。それを謝りたかったし、シーリンをラシッドに会わせてやりたかった。いや違う、愛した人と過ごすイリスの姿を見て、僕自身がラシッドに会いたいという強い気持ちを抑え切れなくなったのだ。許してもらえるかなんてわからない。それでもどうかもう一度、あの愛しく雄々しい豹の姿をこの目に焼きつけておきたかった。

「ラシッドが僕を探し続けた長い年月、彼がどんな気持ちだったか……。それを思うだけでもつらいんです。だけど同時にそれを嬉しいと思っている自分もいて……」

「うーん、それでいいと思うけどね。会いたいから会う、シーリンに会わせてやりたいから会わせる。俺には君たちの気持ちを推し量ることはできないから確かなことは言えないけど生きて再会することができれば、互いに一歩踏み出すことはできる。それにコーレ君、安心するといい。もしラシッドってやつが君のことを拒絶するようなら俺が君のことを幸せにしてあげるよ」

その言葉に僕は思わず吹き出してしまう。

「相変わらずですね。そんな風に冗談ばっかり言ってるから特定の相手が見つからないのだと思いますけど。ディランさんも『兄さんもそろそろ落ち着いてもいい頃なんだが』って溜め息をついてましたよ」

「かわいい子ちゃんとお茶をするのが大好きだ」と公言している大店の会長さんは相変わらず軽い。でもその軽い雰囲気がラシッドとの再会に向けて不安と緊張で押しつぶされそうになっている僕を救ってくれているのは確かだ。

本当に何から何まで彼にはお世話になりっぱなしだ。僕だけでなくシーリンも村の人たちも皆がお世話になっている。

デュークさんは微笑みを浮かべながら膝の上のシーリンの髪を撫でていた。

「冗談じゃないんだけどねぇ。本当にどうして俺はかわいいアニムスにふられちゃうんだろう。まぁ、俺は幸せな恋物語が好きなんでね。コーレ君とラシッドが幸せになれるように祈ってるよ」

「ふふ、ありがとうございます」

イリスとディランさんが多くの苦難を乗り越えて結ばれたその背後にはデュークさんの多大な貢献があったという。幸せな恋物語が好きという彼の言葉に嘘はない。優しい瞳でシーリンと僕を見つめる彼の視線に後押しをされるかのように、間近に迫ったラシッドとの再会に向けて僕は気持ちを引きしめ直した。

前もってラシッドがいるというキャラバンにはデュークさんが連絡をしていたとのことで、警戒されることもなく彼らが休憩している傍らに馬車は止まり、僕はシーリンの手を引き降りる。

足を着けた地面は赤茶けて、ところどころに群生している低木の茂みはくすんだ色をしている。馬車の中とは違い、強い日差しで肌は焼けるようだし息を吸うだけで身体の中の水分を取られていく。

過去に味わったのと同じような気候の厳しさに僕はフード付きの外套の襟元を摑み、熱く乾いた風から身を守った。

ラシッドに助けられた場所とは違うが、よく似ている。いやあのときよりもっと乾燥していて暑い。川沿いでない街道を走ってきたからだろうか。

僕は強い太陽を目を細めて確認してから、手を繋いでいるシーリンへと視線を移した。親思いの優しい子で、村では大人と同じように働いてくれるがまだ幼い。成人よりも遙かにたくさんの水を必要とする子供を海辺の村から連れ出すことに躊躇《ためら》いはあったが、僕が守ってやればいい。それにあの時とは違う、僕は一人じゃないし、頼りになるデュークさんもいる。

「シーリン、フードは絶対に外さないで、太陽に肌を晒しちゃだめだからね」

「うん、わかってるよ」

念には念を入れてシーリンの身を包む外套に水の魔力を込めてはいるが、注意を重ねた。

シーリンも頷いた後に、目の前のフードの端を顔が隠れるほどに引っ張っている。

「なあ、あそこに見えるやつがそうじゃないのかい？」

僕たちと一緒に馬車から降りてあたりを窺っていたデュークさんが僕たちの横で指をさす。

「背格好とかあの髪の色とか、コーレ君の探してるラシッドってやつじゃないのか？」

つられて視線を向ければ太陽の光にきらめく朱色の

髪が目に入り息を呑んだ。

あの独特な色を間違えるはずもない。金にきらめく朱色の髪は太陽の下でとても映えるもので、僕の大好きな彼の特徴の一つだったからだ。

「僕の髪と同じだね……」

僕の手を握るシーリンの指に力がこもった。

彼の色を継いだシーリンの髪。種族は違えど、同じ髪色は確かに彼の血の証だ。豹族の中でも珍しいと言っていた彼の髪。

僕は吸い寄せられるように自然と彼のほうへと進んでいく。

「かーさん……」

繋いでいた手が離れたのにも気づかなかった。僕を呼ぶ声すら遠く、それよりも視界に入った彼の姿から目が離せない。

この距離ではまだ顔は分からないが、周りの人より頭一つ分背が高い。あの時と逞しさは変わっていない。あの腕で何度も抱きしめられた。あの厚い胸板に何度も顔を埋めた。そのときの感覚が生々しく蘇《よみがえ》ってきて身体が震えた。

僕たちに気づいたのか彼が立ち上がった。腰から長い尻尾が立ち上がり、そして金色が彼の首元できらめいた。同時に日差しが彼の顔を照らす。

ああ、やっぱりラシッドだ。

僕の記憶にある顔立ちと変わらない。いや、それよりも精悍さが増したような気がする。顔立ちを彩る髭は前より濃くなったようだ。

鋭い視線が僕を射る。

フードを深く被った僕に警戒をあらわにし、その手が向かうのは彼がいつも身につけていた両刃の剣の柄がある場所。

このまま駆け寄りたいのに彼が放つ威圧感に足が止まり、渇いた喉にたまらず唾を飲み込んだ。

声をかけるべきかそれともフードを取るべきか、頭の中がものすごい勢いで回転するが、結論を付けるより先に、「あー、ちょっと待って」と声をかけられ肩を叩かれる。

「ここの隊長さんに話をしてくる。一応連絡は入れておいたけど彼には伝わっていないようだからね」

視線を向ければデュークさんが軽く首を竦めながら僕の傍らを走り去った。外套を取って顔を晒した彼は隊長らしい人に声をかける。その姿を見て、ラシッドが警戒を緩めたのが伝わってきた。

「おかーさん……あの人ちょっと怖い……」

シーリンが僕の外套を摑む。

「うん……、でもあの人のお仕事は人を守ることだから。ああやって皆を守っているんだよ」

「守ってるの？」

「そう守っているんだ、いつも」

僕もたくさん守ってもらった。最初はこの暑さから、乾いた風から、夜に襲ってくる魔獣から、異変が起きたときには命の危機から。

そんな一つ一つが脳裏に浮かぶ。

そして、今より若いラシッドの顔が、優しく穏やかな声が蘇ってくる。もう二度と会うことはないと思っていた愛しい人。その人が今僕の目の前にいる。

「ラシッド……」

呟くというよりは少し大きく、遅れて彼の名を呼んだことに気がついた。

一度言葉にしてしまえばもう止まらない。デュークさんはまだ戻ってきていないが僕はもう耐えられなかった。

「ごめん、シーリン……ここでデュークさんを待っててくれるかい？　大丈夫だから」

「うん」

シーリンの手が離れるかどうかのタイミングで、僕の足は再び動きだしていた。最初はゆっくりと次第に速くなった足はすぐに駆けるほどになる。

駆ける僕の横で誰かが驚いたように後ずさった。

フードが風に吹かれて顔に強い日差しが当たる。一気に乾きを感じる肌よりも僕は目前に迫ったもう二度と会うことはないだろうとずっと思っていた彼に手を伸ばしていた。

「ラシッドっ!!」

「っ!!」

外すことなどできない視線の先でラシッドの目が大きく見開かれた。薄い唇が開き言葉を紡ぐ。

「コーレ!?」

聞こえなくても僕には確かに伝わった。

「ラシッドっ!!」

最後の一歩は大地を蹴っていた。そのまま彼の胸の中に飛び込んでいく。

逞しい身体はその衝撃を半歩も下がらずに受け止めて、彼のシャツと金鎖が僕の視界を占める。伸ばした手が彼の背に回ると共にぬくもりが僕の背にも回ってきた。

あの街で何度も聞いた彼の心音が肌を通して伝わってくる。

硬い筋肉と温かさにラシッドの香りが入り交じっていた。この感触と香りだけがあれば、たとえ目が見えなくても彼だとわかるだろう。

「ラシッド……ラシッド会いたかった。ああ、本当にラシッドだ……」

別れて村に帰ってから何度も彼の元に戻りたいと願った。彼と共にありたいと、一緒にいられる方法があればと何度も考えた。自分から決断したことなのに決してラシッドを諦めることなどできなかった僕は、きっとシーリンが生まれなかったらいつか壊れていただろう。

「コーレ……本当にコーレなのか……。いや、確かに、コーレ……、だがどうして」

頭上で繰り返される呟きに僕は頷く。背に回された腕が強くなった。

くらくらするほどの熱が僕に伝わってくる。

彼の顔を近くでしっかりと見たいのに、鼓動とぬくもりに浸っていたいという気持ちもあって、僕は彼の胸に深く顔を埋めた。

「ごめんなさい……ごめんなさいラシッド……」

「無事だったのか……、一体今までどこにいた……」

「……ラシッド……僕はあなたに話さなければいけないことがいっぱいありすぎて……」

「コーレ、コーレ。本当にお前なんだな……。ずいぶん探した、だがお前はどこにもいなかった……。ああ、お前をもう一度この手で抱くことができると思わなかった。コーレ……」

夢にまで見たラシッドの腕の中、言わなければいけないことがたくさんあるにもかかわらず次の言葉が出てこない。今僕はラシッドの腕の中にいる……そのことに感情の波が溢れてしまう。

「だが、どうしてここが分かった？　それに今までどこで何をしていた？　なぜ俺の前から姿を消した？」

「ラシッド、あのね——」

「おかーさんっ？」

気がつけば外套を纏ったシーリンが僕の外套の袖を小さな手で引っ張っていた。フードで髪は隠れているが、走ってきたせいか顔だけはそこから出てしまっている。

「……母さんだと？」

ラシッドが訝《いぶか》しげに呟く。その声に、「コーレ君、シーリン！」と僕たちを呼ぶ声が被さる。

その声に応えたかのように強く抱き締められていた身体がいきなり引き剝がされた。摑まれた腕に痛みが走るほどの強い力が僕とラシッドを引き離す。

「コーレ、お前……!?」

「ラシッド、お願いだから話を——」

「まさか……まさかお前の子なのか……!?」

怒りと苦悩が混じった悲痛な表情のラシッド。自分勝手にラシッドとの再会に幸せを感じた自分が恥ずかしかった。ラシッドの気持ちも考えずに……。ラシッドに強く摑まれてこわばった全身から音を立てて血の気が失せていくのがわかる。再会を喜ぶより先にシーリンがあなたの子供だと伝えなければいけなかった。でも、それを今伝えるのは順番が……僕がどうしてラシッドの前から姿を消したのかそれから説明しないといけない……。

「あっ」

彼の手が僕を突き放した。

バランスを失った身体がたたらを踏んでなんとか堪えたが、その分だけラシッドとの間に距離ができた。

同時に彼が後ずさり、自分の掌を見つめて俯くと同時にその手を握りしめていた。

今彼と僕の間にある距離。近いと言えば近いのに僕にはなぜかそれがものすごく遠く感じられた。

それこそ村で海を見ながらラシッドのことを思っていた頃の距離より遙か遠くに。

「大丈夫かっ」

呆然としていた一瞬の間にデュークさんが駆け寄ってきてラシッドと僕たちの間へと割って入ってきた。

大きな身体に遮られてラシッドの姿が視界から消えた途端に、身体から力が抜ける。

ラシッドから感じる混乱、そして怒りの感情に必要以上に力が入っていた身体は、そのまま崩れ落ちそうになったところをデュークさんに支えられた。

「すまないね、遅くなってしまった」

「いえ……僕が勝手に……」

シーリンがデュークさんのシャツを摑み強く引っ張る。

「ああ、シーリン、わかってる。大丈夫だから落ち着いて」

頷くデュークさんは僕を片手で支え、もう一方の手であやすように頭を撫でてシーリンをその腕に抱え上げた。高い位置にあるシーリンが頷くとデュークさんが優しく微笑み「いい子だな、シーリンは」と言っている。だがそのことがラシッドにいらぬ誤解を与えたのだと気がついたのはすぐだった。

「生きてさえいれば……、生きてさえいてくれれば俺が助けてやれる。そう思っていろんな街に行った、村にも、人里離れたところにも行った！　なのにお前はどこにもいなかった!!　それなのにお前は子供と伴侶を得ていたのか……!?」

デュークさんの背からなんとか視界に入ったラシッドは先ほどまでよりさらに険しい表情をしてデュークさんを見つめていて。

「……違う違うんだよラシッド!!」

頭までフードですっぽり覆った外套姿のシーリンはラシッドから受け継いだ髪の色が全く見えていない。そのうえ今はデュークさんに縋りついていて、その姿は何も知らない人からすれば親子だと勘違いされても仕方がないものだ。

「お前が幸せなら俺はそれでよかったんだ。嫌なら嫌とはっきり言ってくれれば俺から身を引いたさ」

「お願いだからラシッド、落ち着いて話を――」

だが僕の必死の訴えはラシッドの言葉にかき消された。

「こんな思いをするぐらいならいっそ姿を見せてくれないほうがよかったよ……。コーレ、俺は今でもお前のことを愛しているんだ。だからこそお前たちがここにいることが俺はつらい」

「待って！　ラシッド！」

僕の言葉を無視してその場から立ち去るラシッドはもう怒ってはいなかった、ただその表情は波が一切ない海のようで感情が感じられない。そんなラシッドに朝焼け色の翼を背に持つ人がしなだれかかり何かを言っていた。その様子に胸の奥が疼《うず》く。

「おい、ラシッドっ！」

聞き慣れぬ声がラシッドを呼んだが、ラシッドが歩みを止めることはなかった。

「そんな……」

間違ってしまった。僕が先走ってしまったせいで、順序を誤ってしまったせいでラシッドに必要のない勘違いをさせてしまった。怒られることも恨み言を言われることも覚悟していた。だけど、こんな事態は想定していなかった。呆然としている僕の近くにさっきラシッドに声をかけた人が近づいてきて、デュークさんに声をかける。

「大丈夫かね」

「ああイリシードさん、ちょっとしくじってしまいましたね。とっさに割って入ったのはまずかったかな」

「いや、あれの性質であれば仕方がない。頭も腕も悪くはないが感情の制御が不得手だ。ましてや、長年探し続けた想い人絡みとなればなおさらのこと」

その人、イリシードさんは溜め息をつきつつも僕には微笑みを見せてお辞儀をしてきた。

「はじめまして、私はこのキャラバンの護衛隊長をしているイリシードだ。よろしく」

黒の縁取りがある耳に先端に房のついた尾は獅子族のものだとすぐに分かった。数多の獣人種の中でも獣性が強い獣人が多い獅子族だからか、彼からも圧倒されるような強い力を感じる。だが強いだけでなく彼の笑みからは安心感も伝わってきた。その表情が動揺し切っていた僕になんとか力をくれた。

「あ、コーレ……です。この子はシーリン」

「君たちのことはデュークさんから聞いている。だが、ラシッドにあらかじめ伝えておくこともできなくてね。もし伝えてしまえばあいつはすぐにでも君たちのもとへ飛んでいったはずだ。だが、君たちには君たちの事情があるし、心の準備というものが必要だろう？」

苦笑を浮かべてラシッドが去っていたほうを眺めるイリシードさんは、彼のことをよく知っているようだった。

「まずは、イリシードさんに話を通しておこうと思ってね。商隊長にも話を通して一緒に旅をする許可はもらっているし、話いかんでは彼が外れてもいいように護衛は多めに雇うように根回しもしておいたんだが……。コーレ君すまない。俺が余計なことをしたせいで誤解を与えてしまった」

「いえ、そんなことは……。僕が先走ってしまったから……、デュークさんに言われたように待っていなかったせいですから……。でも誤解を解かないと」

いつも飄々《ひょうひょう》としているデュークさんらしくない苦虫を噛みつぶしたような表情だ。それに対してイリシードさんが苦笑を浮かべた。

「そのことなんだが少しだけ時間をおいたほうがいいかもしれないな。君のほうがラシッドのことはよく分かっているだろうが、一度ああなってしまってはすぐに話をすることも難しいだろう。それに私はあいつの気持ちが分からないわけでもない」

「ああ、そういえばイリシードさんも彼と同じように探し人がいるんでしたっけ」

「ああ、ラシッドよりずいぶんと長いがな。もし私がラシッドと同じ立場になって今のように冷静でいられるかはわからない。だからこそコーレ君、つらいかもしれないがゆっくり少しずつ歩み寄ってもらえないだろうか？」

「同じ……？　あっいえ、大丈夫です。確かに誤解をさせてしまったことは想定外でしたけどそんなにすぐに許してもらえるとは思っていません。僕はラシッドにそれだけのことをしてしまった……」

僕の答えに深くなったイリシードさんの苦笑。それに返すようにデュークさんが同意の意味か肩を竦めていた。

「まあ確かに見た感じ頭より先に身体が動くタイプだろうな。コーレそんなに思い詰めないほうがいい。今の君たちには幾らでも時間があるんだからね。それにそんな顔をしているとまたシーリンが心配してしまうよ」

「あっ……シーリンごめんね。大丈夫だよ」

僕は自分とラシッドのことばかりで、今もデュークさんの腕の中で不安そうな顔をしているシーリンへの意識がずいぶんとおろそかになっていたことに気づいた。

「よし話はまとまったな。それならそろそろ出発だ。今日の野営地まではまだ三時間ほどかかるのでね」

ぐるぐると回る僕の思考を遮るように、イリシードさんが次の野営地の情報を伝えてきた。それでも僕の思考は上手くまとまらない。そんな僕に不意にイリシードさんが声をかけてきた。

「大丈夫だよコーレ君。ラシッドは今頃君に投げかけた言葉を死ぬほど後悔しているはずだ。長年想い続けた相手をそんな風に割り切ることなんてできはしないんだ。私たち獣人のアニマはね」

その言葉からはまるで親が子を見守っているような、そんな気持ちを感じる。

「はい、僕のことはいいんです。ただ、シーリンの……この子のことだけはラシッドに知っておいてもらいたいので……」

「心配する必要はない。だがなぜ気がつかなかったのか、それだけ頭に血が上っているということか」

イリシードさんがフード越しにシーリンの頭を撫でていた。

「それは髪が見えなかったから……」

「目元も、よく見ればいろいろなところがあいつにも似ている」

そう言われてシーリンは不思議そうな顔をしていたが。

「あっありがとうございます！」

そう思わず言ってしまうほどに、シーリンが彼に似ていると言ってもらえたことが嬉しかった。

◆◆◆

俺が腰を下ろした岩場から遠く離れたところに他とは明らかに質の違う馬車がある。

コーレとデュークと名乗った大型の犬族が乗ってきた馬車は俺が警護しているような乗合馬車とは違い、細部まで丁寧な造りのずいぶん金がかかったものだ。

そんな馬車の近くにある焚き火の周りに四つの影が見えた。

揺らめく炎に照らされるコーレと小さな子供。すらりとした背に海色の巻いた髪、髪はあの頃より少し長い。俺の手はあの髪が指に絡まる感触を今でも覚えている。

コーレと出会い、コーレが俺の目の前からその姿を消すまでの時間はそんなに長いものではなかった。だが、出会って、コーレのことを知り、恋をして抱き合った幸せな時間を生涯忘れることはないだろう。

港街で妙に深い眠りに落ちている間にコーレの姿を見失った後悔はいまだに消えていない。

どんなに探してもその痕跡を辿ることはできず、だからといって諦めることもできずに結局今の今までそれを引きずってしまっている。

だが俺があんなに必死にコーレのことを探し苦しんでいたときにコーレはあの犬族と結ばれ子供、たしかシーリンという名の子を産み育てていたということか。

もう日が暮れているのにフードを深く被ったままのあの子供が、あの犬族の男の足元にくっついている。

繊細な顔つきはコーレと変わらない。何より母と呼んでいるのを聞き間違えるはずもなかった。

結局、あの日俺はコーレに捨てられたのだろうか。

それならそれでいい、ならばなぜ別れの言葉の一つも残さなかったのか……。

事故や奴隷狩り、何かがあって旅立ったのかといろいろ考えた。死と同様の考えたくなかった状況が何度も脳裏に浮かんだこともある。だが今のこの状況は、もっとひどい。

思わず犬歯を剝き出し唸るほどの悔しさが沸き起こり、こちらに背を向けた黒い影のうちの一つを睨みつけた。

デュークという名の犬族がコーレをその背に庇ったときに感じた嫉妬《しっと》と憎悪、そして殺意はかつてないほど凄まじく、我を忘れかけて獣化しそうになったほどだ。

かろうじて衝動を抑えられたのは、コーレにそんな俺の姿を見せられないというなけなしの理性。

そしてイリシードさんの声で俺は荒ぶる感情に冷水をかけられ、自分の感情を制御できぬまま混乱したままにあの場を立ち去った。あんな言葉をかけるつもりではなかった。もしコーレに再会できたらコーレがどのような状況にあったとしても生きていたことを喜ぼうと、もし今が幸せなのであればその幸せを一緒に祝福してやろうとそう思っていた。だが、それは所詮《しょせん》理想でしかなかったのだ。

　揺らぐ視界の中でコーレが動き、飛びついてきた子供を抱きかかえた。

　遠くてわかりにくいがきっと優しい笑みを見せているだろう。俺の名を呼び飛びついてきたあの瞬間、微笑んでいたコーレの顔が鮮《あざ》やかに蘇る。

　それは俺がずっと欲していたものだった。笑顔も肌を通して感じたぬくもりも深い潮の香りも何もかもがあの頃と変わっていなかった。変わってしまったのは俺だけだ。

「コーレ……」

　そうだ、俺は今でもあいつのことを愛している。長い年月がたったがコーレを忘れることなどできなかった。

　ただ抱きしめたと同時に俺の頭の中に浮かび上がったのは、なぜ、という怒りだった。後悔、絶望、焦燥を繰り返してきた俺の中の何かが、あの瞬間得られるはずだった幸いを受け入れることができず、喜びを負の感情へと転換し暴れた。なぜ今頃現れた、なぜもっと早く会いに来なかった、なぜあのときいなくなった。

　コーレという存在は俺にとってそれほど大きいものだった。過去には何度もコーレが俺の『番《つがい》』ではないかと考えたこともある。だが、それを確信するための何か決定的なものが足りなかった。コーレが『番』であれば俺のような獣性の強いものは本能ですぐに気づくはずだ。それがコーレにはなかったのだ。俺の魔力をコーレに流してみればすぐにわかるのだが俺はそれをしなかった。コーレが『番』であろうとなかろうとそれはどうでもいいことだった。コーレという存在そのものを俺は愛していたからだ。

　コーレへの複雑な気持ちが俺を混乱させていた中で、さらにあのデュークとの子供を見せつけられて。

「くそっ、なぜだ！」

　コーレはどういう思いでここへやってきた？　別れを告げるだけならもっと早くてもよかったはずだ、それがどうして今になって……。

獣化をするつもりはないが、それでも抑え切れない激情のせいで牙が爪が獲物を求めていた。今この場で何かを切り裂いてしまいたいという凶暴な感情が抑え切れない。

だがこんなところで乱闘騒ぎなど、それはそれで俺の矜持《きょうじ》が許さなかった。それにあそこにいるイリシードさんが俺の暴走を許さないだろう。

眼の前に広がる光景から外せなかった視線を無理やりに引き剝がす。太陽が沈み一気に冷え始めた空気を深く吸い込み、こもっていた熱を冷まそうとした。

だが目を逸らしてもあそこにはコーレがいる、俺の中の凶暴な何かがコーレを貪欲に欲している。

抗えない衝動に剣の柄を強く握り今にも溢れ出してしまいそうな衝動をなんとか抑える。

こんな俺を誰にも見られたくはない。だが、俺は何かが近づいてくるのに気がつき、苛立《いらだ》ちの中で耳を澄ます。

荒ぶる感情のままに鋭敏になった感覚が捉えた気配に俺は視線だけを送った。土を踏む音と嗅ぎ慣れた匂いに気配、視界に入るより先にその正体に気づく。

「ラシッド、食事を持ってきました。まだ食べてないですよね、どうぞ」

肉のスープの香りを嗅いでも食欲など湧かなかった。皿を差し出されぞんざいにそれを受け取り膝の上に置く。意識して隣にいるそいつには視線を向けない。

「ラシッドの夜警番は早番と聞いたんですけど、私も一緒にいていいですか?」

特に考えることもなく頷きながら、受け取ったスープを口に運ぶ。

「いいんですね、じゃあ私もここで」

何が楽しいのか、俺にしなだれかかるようにして座り込んだのは、確か名前はミスリアだったか。背中に大きく美しい翼を持つ鳥族で踊り子を生業にしていると聞いている。街から街へと移動するキャラバンと共に移動して芸で稼いでいるらしいが、俺がいるとこうやって世話を焼きたがる。そこに潜《ひそ》むものがわからないほど朴念仁《ぼくねんじん》ではないが応えるつもりはなかった。俺が愛したのは唯一人だけだからだ。

だから好きなようにやらせていたが、今はひどく鬱陶しい。

「あのコーレって人、お知り合いですか？」

俺の視線の先に気が付いたのか、ミスリアが唇を尖らせた。

「ずいぶん親しそうでしたね。まさかラシッドに抱きつくとは思いませんでしたけど」

「古い知り合いだ……」

俺の答えにミスリアは妖艶《ようえん》な笑みを返してくる。

「もしかしてあの人がラシッドがずっと探していた人ですか？　ですが、独り身ではありませんよね？」

俺が遮らないせいかミスリアが少し高い声音で言い募る。

「お母さんって呼ばれてましたし、一緒にいる犬族の方はいろんな噂のあるマーフィー商会の会長ですよ」

滔々《とうとう》と語る声が耳障りでしょうがない。

「マーフィー商会ってヒト族保護に力を入れてますし、現会長は遊び人だってもっぱらの評判です。コーレさんもヒト族だってことで上手く取り入ったんでしょうね。マーフィー商会の跡継ぎを産めば、生涯安泰《あんたい》でしょうし」

取り入る、あいつが？

俺といるときのあいつは明るく振る舞ってはいたが世間知らずで、贅沢《ぜいたく》は好まなかった。荒れてひび割れた働く人間の手をしていたコーレ。すり切れた外套に手作りだという背負い袋を大事に使っていたあいつがそんな打算を？

「いきなりいなくなったんですよね。自分に贅沢をさせてくれる相手を探してたんじゃないですか？　ヒト族ならその身体を使えばどんなアニマだって――ひっ!!」

甲高い音と共に地面に食器が転がった。

気がつけばミスリアの胸ぐらを掴み持ち上げていた。

鳥族は総じて華奢《きゃしゃ》な体つきで軽く、片手で簡単に持ち上がる。

「い、痛っ、ラシッドっ何をっ」

「お前にあいつの何がわかるっ！」

コーレを悪《あ》し様に言われることが我慢できなかった。たとえ、こいつが言っていることが当たっているとしてもそこに何かやむをえぬ理由があったのだと思いたかった。

「ひ、ご、ごめんなさいっ！」

宙に広がる翼がばたつき鮮やかな色の羽が散った。そのわずかな風圧と恐怖に染まった表情を見て俺は我に返る。結局、俺がコーレに放った言葉もミスリアが言った言葉と同じだったからだ。

手を離しミスリアの身体を解放する以上のことはせず、俺は再び元の場所に腰を下ろした。

「すまん、悪かった。一人にしてくれ」

ミスリアは何かを言いたそうにしていたが踵《きびす》を返し、その場を離れた。そうしてようやく頭も冷えてきた。

コーレは俺を騙すようなやつじゃない。

一人旅のときでさえヒト族である利を表に出すことを決してしなかった。そのコーレがあいつを、デュークを選んだというならば、それはあいつにとって正しいことなんだろう。それを受け入れなければいけない……だが……。

「ああっ、俺は！」

コーレを拒絶しても受け入れても胸のざわつきは収まらない。一体あいつは俺に何をさせたくてここに来ているんだ。

なぜそこにいる？　何をしている？　何を考えている？　できることなら駆け寄ってこの腕の中に抱きしめ問いかけたい。

だが一度突き放したせいでそれをすることもままならない。

「ラシッド」

獣の唸りを上げる俺を、イリシードさんの声が呼んだ。

さっきまでその気配はみじんも感じられなかった。跳ねるように顔を上げれば、いつの間にかすぐ近くで半眼で睨みつけられている。

俺の気持ちなんてお見通しなんだろう、長年の付き合いで俺の御《ぎょ》し方を心得ている相手には敵わない。単純に力の差というのもあるのだが。

「落ち着いて状況をよく見ろ。感情の赴くままに動けばどんな戦いでも負ける」

静かに諭す言葉は、過去何度も言われていた。

「……」

だが頭で理解はしていても、今回ばかりはそう簡単にいくものではない。

視線を逸らして視界から外れたイリシードさんがどんな表情をしたのかはわからない。ただ今度ははっきりと聞こえた足音、それが遠ざかるのを聞きながら、俺は嘆息した。

夜警番が終わり横になっても自分の中での小さな混乱は続き、虫の声にすら苛立って睡魔は一向に訪れない。

結局俺は気分転換に静まり返った野営地を後にして、その外れにある泉へと向かった。

このあたりで貴重な水源となっている泉は、俺の知っている湖などと比べれば水たまりのように小さい。だが俺たちのような旅人には恵みの場所だった。

街道の傍《そば》の窪地の泉へと少し離れた場所から降りていく。泉の周りの低い雑木をかき分けているとき、不意に微かな歌声が聞こえた。

こんな時間にキャラバンの歌い手が歌っているのかと不思議に思った直後、そうではないと気がつく。

「この声は……」

あたりを包み込むような不思議な歌声に懐かしさと愛おしさがこみ上げてくる。

「ああそうだ、この歌はコーレの故郷の」

夜目の利く俺の視界はわずかな星明かりでも十分にコーレの姿を映し出す。

コーレは泉の端に脚を浸けて腰を下ろし小さな声で歌っていた。ささやくようなその歌声は俺の耳でなければ聞こえなかっただろう。その手は何かを誘うように動き、その動きにつられて水が躍り、コーレの輪郭《りんかく》が淡く輝いているように見えた。見間違いかと思ったが数度瞬きしても変わらない。

あれは何かの魔力の輝きだ。

だが強い力は感じるが恐ろしさは感じない。

ああそういえば、前にもあんなコーレの姿を見たことがあったことを思い出す。

過去に共にあった野営地で……、あのときもこんな風に歌っていた。

歌いながら手を動かし、何かを誘っているようだと思ったのは今も昔も変わらない。時折困ったように首を竦める姿すら同じだった。

何をしているのか聞きたかったが、コーレの歌を妨げることもしたくなかった。

そんなことすらもあのときと同じだ。

どこか懐かしく、胸に染み渡るその歌声をいつまでも聞いていたくて、歌が終わるまで俺はその場に立ち尽くしていた。

歌が終わってそっと隠れるようにコーレが移動した後も、その姿が消え去るまで俺は伸ばした手を握りしめ、見送ることしかできなかった。

◆◆◆

僕たちがキャラバンに加わって数日たったある日のことだった。

街道沿いの宿場町に泊まったその朝、デュークさんが別行動を取るという話が出た。近くの別荘に滞在している商売相手に呼ばれて急遽《きゅうきょ》挨拶に行くのだという。

もちろん僕に異論があるはずもない。もともとこちらが迷惑を掛けているのだ。

僕たちがデュークさんの馬車をそのまま使わせても

らって、彼は騎獣を借り受けて移動するらしい。だから明日の早朝にはまた合流できる。

「というわけなんでコーレとシーリンを頼むよ」

「…………」

「この人怖いから嫌っ」

「シーリン大丈夫だ。それにラシッド、これはイリシードさんも承知のことだ。君の仕事だろう？」

デュークさんが声をかければ速攻でラシッドが怒り、シーリンが僕の外套を摑んで隠れてしまう。

結局あれからラシッドと話はできていない。お互いにぎこちなく、互いに避けてしまってなかなかシーリンのことをラシッドに教えるタイミングはなく時間ばかりが過ぎていく。互いの距離感の問題もあったが、人魚族のことに触れずに説明できるわけはなく、なので人の耳があるところでできる話ではない。

「それじゃ俺は行ってくるから、しっかりやるんだよコーレ」

デュークさんは軽い口調でウインクを投げかけ騎獣に乗っていってしまった。

その姿を見て僕は気づいた。今回のデュークさんの申し出は、歩み寄ることのできない僕たちを気遣ってという側面もあるのだ。デュークさんという庇護者がいなければ僕とシーリンは誰かに守ってもらうしかない。それがラシッドであれば否応なく、距離は近づき、三人の時間も増える。それを見越してデュークさんは……。

「ラシッド……あの……。よっよろしく……」

「…………。気にするな……これが俺の仕事だ」

「コーレ」「ラシッド」

互いが互いを呼ぶ声が重なり合う。

ラシッドが何かを言おうとしている。僕もラシッドに伝えなければいけないことはたくさんあるのに言葉を交わせたことが嬉しくて次の言葉が見つからない。

そんな僕の様子に気づいたのか硬かったラシッドの表情が緩む。ああ、僕の見たかった、僕の大好きなラシッドだ。

「今日の夜、時間を作る。その時で……いいか？」

「う、うん！　ありがとうラシッド！」

ようやくラシッドと落ち着いて話ができる。本来の目的が果たせることにほっとして少し気が抜けてしまった。そうしている間に昼の休憩地へと着き、水の補給をしていた僕の耳に届いたのは怪我人が出たことを知らせる声。多少の応急処置の心得がある僕はシーリンに馬車の中で待っているように声をかけた。

「僕もお手伝いできるよ？」

「大丈夫、まだ外は暑いからシーリンはここで待ってて、ね？」

シーリンはまだ何か言いたそうにしていたが僕は自分の鞄を手に取り、怪我人の元へと走った。後から考えれば僕はこの時、怪我人のこと、そしてラシッドと話ができる、そのことで頭がいっぱいだったんだと思う。シーリンの言葉に耳を傾けて、シーリンの思いを聞いてやらなければいけなかったんだ……。

怪我人の治療に予想以上に時間がかかってしまい、戻ってきたとき馬車の中にシーリンの姿はなかった。いなくなってしまったシーリンをラシッドやキャラバンの皆も探してくれた。それでもシーリンは見つからなかった。

このあたりの環境が自分によくないと理解しているシーリンが一人でどこかに行ってしまうとは思えない。キャラバンの本来の出立時間を過ぎても日が沈みかけるギリギリまでシーリンを皆が探してくれた。それでも見つからず、僕たちは申し訳なさそうに出立するキャラバンを見送る。僕とシーリンのせいでキャラバンの予定は大幅に崩れている、それに人数の多い彼らが安全に野営できる場所ではないのだ、ここは。

その地に残ったのは僕と、そしてラシッドだけだった。

だけど、ラシッドと話をする暇なんてなかった。僕はラシッドに少し休むように言われてもわずかな手がかりを求めて寝ることもなくシーリンを必死で探す。それでもシーリンの痕跡は見つからない。焦燥ばかりが募り、気がつけば朝日がその姿を見せる時間となっていた。

デュークさんが僕たちのところに戻ってきたのは夜明け間近だった。

キャラバンに合流したところでシーリンのことを聞き、戻ってきてくれたらしい。

彼は険しい顔をして僕の手に見慣れた、だけどここに絶対にあってはいけないものを手渡してきたのだ。

昔ラシッドに譲ってもらった布を裏地に張り、全体に水の魔力を込めた外套。シーリンのために僕が作ったそれを……。それが野営地から遥かに離れたところに落ちていたと聞いた途端、僕の身体から血の気が失せると共に膝をついた。あの子が一人で歩いていける距離ではない、皆で探しても見つからないはずだ。どうしてそんなところに……。

この外套の内側は僕が作る水珠と同じような効果がある。人魚族の子供は常に水の力を浴びておく必要があるからで、シーリンもそれはよく知っている。

「何か手がかりがないかと街道を外れて来たんだが、トゲのある雑木に引っかかっていた。やっぱりシーリンのか……」

「その布……」

ラシッドが目を見張っていたが、それよりも僕はこの外套とシーリンが離れてしまったという事実に目の前が真っ暗になっていくのを感じた。

「早く……、早く見つけないと」

「コーレ君、待てっ、落ち着け」

闇雲《やみくも》に走り出そうとした僕の腕を、デュークさんの手が掴む。涙を流しながら振りほどこうとするが、デュークさんの腕から逃れることはできなかった。

「ああ、シーリン、どうして、どうして……」

「幾らヒト族の子供だからといって一日ぐらいなら大丈夫だろう。心配なのはわかるが少し落ち着け」

デュークさんと僕の様子にラシッドの少し苛立ちがこもった声が重なった。

「それにそんな大切な子供ならこんなところになんで連れてきたんだ。優しくて裕福な旦那がいるんならそこで蝶よ花よと育ててやればよかったんだ。俺に別れを告げるだけならお前だけでよかっただろう。それとも家族を連れてこないと俺が諦めないとでも思ったのか？」

「違う、違うんだよラシッド。僕とデュークさんはそんなんじゃないんだ……」

「いい加減にしろ!!」

不意に激しい怒声があたりを支配した。

その勢いは凄まじく、あのラシッドが一歩後ずさったほどだ。

僕たちにはいつも優しく接してくれたあのデュークさんが、豊かな毛の尻尾を逆立て鼻息も荒くラシッドの胸ぐらを摑んでいた。

「少しはコーレ君の話も聞いてやれ！　俺もアニマだ。お前の気持ちがわからないでもない。だが、コーレ君を愛してるんだろう？　今でもコーレ君のことが好きなんだろう!?　なら目の前のことから逃げるなよ！　諦めないでその気持ちを伝えろよ！」

「てめぇ、何を言ってやがるんだ。お前とコーレは……」

「だからそれが勘違いだって言ってるんだ！」

「……っ!?」

「よく見ればすぐにわかったはずだ、確かに俺も悪かった。だが、よく思い出せっ、シーリンの髪の色をお前は見たか？　その顔を瞳の色をよく見てやったか？」

「何を言ってるんだ……」

「ああっ察しろよ！　コーレ君、ここから先は君が言うべきことだ」

ラシッドの胸ぐらから手を離したデュークさんに促されて、ようやく僕は一番にラシッドに伝えなければいけなかったことを口にする。

「ラシッド、あの子は……シーリンはラシッドの子供なんだよ」

「っ!?」

僕の言葉にラシッドが呆然とした表情で僕を見た。その視線での問いかけに、なぜか涙が溢れて止まらない。

「別れる直前の最後のあのとき、僕は黙ってあなたの子を……。シーリンは間違いなくラシッド、あなたの子供です。ごめんなさい……」

謝罪の言葉を続けようとしたのだがその前に僕の肩が強い力で摑まれた。至近距離に彼の、ラシッドの精悍な顔が迫っていた。

「俺の、子なのか、あの子が。俺とコーレの……？」

「うん」

「じゃあこいつは？」

「デュークさんは僕たちの村の恩人で、今回の僕の旅の援助をしてくれているだけで」

「君がもしコーレ君を諦めるんなら。コーレ君をもらおうかと虎視眈々《こしたんたん》と狙っているけどね」

僕の言葉に被せるようにデュークさんがラシッドを揶揄う。

途端ラシッドの髪と尻尾が逆立った。

「誰がお前なんかに渡すかっ！　俺のだ、コーレもシーリンも俺のものだ」

「ちょっと待ってラシッド、詳しいことはまた話させて、伝えなきゃいけないことはたくさんあるんだ。でも今はシーリンを探さないと、あの子は僕とラシッドの子。だけど特別な子なんだ」

「特別……？　その外套が関係あるのか？」

「うん、それも含めて全部教えるよ。だけど、シーリンには本当に時間がないんだ。だから……！」

「わかった。急ぐぞ」

もうラシッドの言葉に迷いはなかった。こんな形ではなくもっときちんとした形でゆっくりと伝えたかった。でも結果としてはよかったのかもしれない。だが、見上げた先で太陽がゆっくりと昇り始めている。

乾いた大地を生み出す焼けつくような太陽は、雲一つ遮るもののない大地をこれから照らし始めるだろう。そうなればシーリンには耐えられない。

僕たち三人が慌てて動きだそうとしたとき、「待ちなさい！」と鋭い声が割って入ってきた。皆の視線が声の出所に集まる。

そこにはいつか見た鳥族の人と共にやってきたイリシードさんがいた。その険しい表情に何事かと息を呑む。

「皆がシーリンの心配をしているときにこいつだけは様子がおかしかったのだ。問いただせば明らかに挙動不審になった。シーリンがいなくなったのはミスリアの仕業《しわざ》だ」

そう言って美しい翼を持つ鳥族が僕たちのほうへと押し出された。

「ミスリア、お前何か知っているのかっ!?」

「あ、いえ、その……」

ラシッドが僕から手を離しミスリアと呼んだ彼の肩を掴み揺さぶった。

「何か知っているんですか、ミスリアさんっ！　お願いです、何か知ってたら教えてください。このままだとシーリンは死んでしまうっ！」

僕も必死になって彼の腕に縋りついた。

「し、死ぬってそんな、いくらヒト族だからって一晩ぐらいで……」

僕の言葉に彼の顔が一気に青ざめた。

「水がっ、あの子には水が必要なんです！　飲み水だけじゃない、水の魔力を常に纏っていないとだめなんです！　そのための外套もここに……」

頭の中であの子が乾き切って死んでしまう最悪の想像が浮かび上がってしまった。その焦燥が、僕の口を動かす。もう隠していることなんてできなかった。

「お願いです！　何か知っていたら教えてください！　僕たちの種族は水がないと生きていけないから、特にシーリンみたいに幼い子は絶対に水気から離れてはだめ、死んでしまうっ!!」

僕の言葉にミスリアさんも、そしてラシッドも愕然《がくぜん》とした面持ちで僕を見つめた。

「嘘……あなたたち、ヒト族じゃないの？」

「どっ、どういうことだ……」

呆然とする彼らに縋りついたままその場に膝をついた。頭の中に浮かぶのは幼いシーリンが僕を呼んでいた声と笑顔。そんな笑顔が苦しむ姿に変わる。涙は溢れ続けていて僕を見る彼らがどんな表情かもわからない。ただ早く早くと急《せ》いた心が僕を突き動かしていた。

「コーレ、お前が俺の前から姿を消したことにそれは関係があるんだな……？」

そんな僕の肩に大きな手がのせられた。安心させるように優しく触れられたその感触に顔を上げればラシッドが僕を見下ろしていた。その言葉にイリシードさんが頷いた。

「ミスリア、知っていることをすぐにすべて言いなさい。あの幼い子を死なせたくないなら」

「ひ、あ……そ、そんなつもりはなかった……。だってラシッドがこの人たちの護衛になって、いなくなったらこっちの護衛に戻ってくれると……私のことを見てくれると思って……」

「なんだと……」

「ひっ！」

地を這うような声でミスリアさんに詰め寄ったラシッドがその胸ぐらを掴んだ。

「そんなことのために俺の子を！」

「だって知らなかったっ、あの子があなたの子だなんてっ！　そんなに簡単に死、死ぬなんて。だからお母さんのお手伝いをしようって誘ったんですっ、よく効く薬草が生えてるところがあるからって……それで忘れ物をしたから待っててってそれだけで、ひいっ！」

向けられたのが僕じゃないとわかっていても、全身が硬直するような殺気がラシッドから発せられている。今にもミスリアさんが殺されそうなほどの殺気。なのに誰もが動けない。

と思ったが、不意にそんなラシッドの肩にイリシードさんが手を伸ばす。

「落ち着けラシッド、それよりシーリンの居場所を言いなさい、ミスリア」

「あの、あの北の荒れ地を抜けた丘の裏っ、窪地があるんですっ！」

「あそこかっ！」

聞き終えるより先にラシッドが身を翻す。全身が光り輝き眩しさにくらんだ視界が元に戻ったときには赤みを帯びた金色の獣が駆けだしていた。丸い頭にすらりとした肢体、伸びた長い尻尾、独特の斑紋が浮かび上がった姿が岩場を飛び越えて瞬く間に小さくなる。

「さすが豹族、身が軽くて、足が速い」

「デュークさん、あなたたちも急いだほうがいい。私はミスリアとシーリンの手当てができるように準備して待っていよう。ミスリアのこともその時に」

イリシードさんが促すと同時に、デュークさんの姿も目映い光に包まれた。

『コーレ君、乗るんだ』

獣体へと変化を終えたデュークさんが首を巡らせるのに頷いて、豊かな長毛に覆われた彼の背へと手を伸ばす。僕の身体が大地から離れると同時に彼は駆けだした。その前方にいるはずの、ラシッドの姿は既に見えない。

人の足ではずいぶんと時間がかかる場所も全力で駆ける獣たちであればわずか十数分。吹きすさぶ風に目も開けられていなかった僕は『シーリンっ！』と叫ぶラシッドの声を焦燥と共に聞いた。

『どこにもいねえっ！』

ラシッドが叫ぶ。僕はデュークさんの背から飛び降りてラシッドへと駆け寄った。

「場所が違う？　ああ、シーリンどこに……」

『あいつ、嘘をつきやがったかっ』

『いやわずかに匂いが残っている、シーリンはここにいた』

デュークさんが鼻を鳴らして地面の匂いを辿っていく。デュークさんみたいな大型の犬族は嗅覚がずば抜けていると聞いたことがある。彼が言うのだから間違いはないのだろう。時折空気の匂いを嗅ぎ、大きな耳があたりの気配を探っていた。ラシッドも負けずその

鋭い瞳を凝らす。

　僕にできるのはただシーリンの気配が感じられないか目を閉じて感覚を研ぎ澄ますことだけだ。

『こっちだっ！』

　デュークさんが駆けだした。

　慌てて駆け寄ろうとした僕の身体が掬い上げられ、ラシッドの背へと乗せられる。

『俺以外のやつの背に乗るんじゃない』

　独占欲を隠そうともしない言葉に「ごめん」と返す。間髪を容《い》れず駆けだし、激しく上下する背から振り落とされないように必死になっていると『本当に俺の子なんだな、あの子は』と彼の声が届いた。

「うん、ごめんね……」

『なぜ謝る？　俺は嬉しいんだ』

「え……」

　彼の声音の中に感じる喜びに、僕は縋りつきながらも彼の顔を覗き込んだ。彼の金色の瞳が僕の姿を映している。風が耳元で音を立て頬が獣毛でくすぐられた。その音と感触、彼から伝わる香りに既視感を味わう。

　こんな風に彼の背に乗せてもらって旅をしたことを、こんなときだというのに思い出したのだ。

『嬉しいんだ、そうだ、俺は嬉しい』

　心の底からの喜びを含んだその言葉の意味を問いたいと思ったが、『見つけたぞ！』というデュークさんの叫びがそこに割り込んだ。


　駆け寄って人の姿に戻ろうとするラシッドの背から降りた僕は、同じく人の姿に戻ったデュークさんの腕に抱え上げられたシーリンの姿に悲鳴を上げた。外套もなく外気に晒されたシーリンの顔色はひどく悪く、忙しない呼吸を繰り返している。唇はひび割れて肌もしなやかさを失っていた。

「シーリンっ、シーリンっ！」

　名を呼んでもぴくりとも動かない身体を急いで外套に包み僕が持つ水の魔力を送る。だが幾ら注いでも乾いた砂に染み込んでいくようで、全く足りていないのはすぐにわかった。これではシーリンの身体が生きるために必要な量を満たすことは叶わない。

ラシッドが水筒から水を与えようとするが飲み込む力はなく、口移しで無理やりに飲ませるがほとんどが口から零れ落ちてしまっている。その横ではデュークさんがシーリンの全身に水を振りかけたが、乾き切った肌はその程度では潤すことはできない。

「治癒術はだめなのか!?　キャラバンに連れていけば使えるやつもいる」

「ここまで弱っていると魔力の拒絶反応のほうが危険だ。くそっシーリン、しっかりしろ俺だデュークだぞっ」

デュークさんもラシッドも絶望に駆られながらまるで悲鳴を上げるように叫んでいる。

僕はそんな二人へと視線を送って、そしてシーリンへと視線を落とす。

「大丈夫です。僕が必ず助けます」

二人の視線が僕へと集まる。

「海の力、命を育《はぐく》む力に溢れていて僕たちに最も馴染みが深い海の力があればこの子は助かるから！」

「コーレ……海といってもここからは遠すぎるだろう？　俺の脚で駆けても一昼夜はかかるっ！」

ラシッドの視線が睨みつけるように陽炎《かげろう》に揺らぐ地平線へと向いた。

「うん、ラシッドの言うとおり。でも、僕なら……僕ならそれはできるんだ。僕の命に代えてもこの子は救ってみせる！」

一族の中でも水の魔力を操ることに長けている僕ならば……。どんなものと引き換えにしても目の前の愛しい命を救わなければならない。

僕は二人の問いかける視線に返事をすることなく、シーリンの上に水珠を置きその力を一気に解放した。

圧縮した魔力が解放された圧に二人が押されて下がる。その中心で僕はシーリンを抱きしめたまま空中で渦巻く水の力を僕に集めた。

あたりには大小様々な水滴が舞い躍り、光り輝く世界の向こうでラシッドが僕を見つめていた。

太陽の色が似合うあの人との大切な子供を守るためなら僕は後悔などしない。

目映い光が落ち着けば僕は本来の姿――人魚の姿で乾いた大地へと腰を下ろしていた。伸びた深い藍色の髪が風に揺れ、強い日差しが乾燥に弱い下半身の鱗や薄いひれをチリチリと焼く痛みが走る。陸地には向かない身体にこの熱い大地は苦痛しか与えない。

「コッコーレ、その姿にその身体は……お前、に……んぎょなのか、絶滅したはずの……それにこの香りは……」

呆然と呟くラシッドをちらりと見遣《みや》り、小さく微笑み頷いた。

段階を踏んでちゃんと説明をしたかったが今はその一秒が惜しい。

すぐに意識を腕の中の愛し子に向け、大きく息を吸うと魔力をたっぷりと込めた音を紡ぎ出した。

風に乗るのは癒しと再生の歌、奏でる音階は波の調べ。心の底から願う僕の歌声に大気に存在するわずかな水の力が呼応する。

「この歌は……聞いたことがある……。昔お前が歌ってくれた歌か……？」

そんなこともあったと思い出した。ラシッドと別れる直前、宿でラシッドを介抱しながら歌った癒やしの歌だ。まさかあの時のことをラシッドが覚えてくれているとは思わなかった。

「人魚は歌に魔力を込めて操ることができる。今、コーレ君がやっているのはそれなんだろう。俺も弟に聞いただけで見るのは初めてなんだけどな」

歌声をさらに強め、集まった水に魔力を乗せて細く長く伸ばす。脳裏に水の道を創りだし、近くの水の存在へと辿り着かせた。広い荒野にわずかに点在する池や泉を伝い川まで届けばあとは一気に下っていく。絹糸より細い魔力の糸は周りの水の力を糧《かて》にし遠い海まで辿り着いた。

人の足では遠い海、だが魔力と歌で繋がればあとは招き寄せるだけだ。

繊細な魔力の行使のためにわずかなミスも許されない。僕のすべてを乗せた旋律《せんりつ》を間違いなく紡ぎ続けていると、戻ってきた力により風景が揺らぎ始めた。

漂うのは嗅ぎ慣れた潮の香り、そしてなぜか強くなったずっと嗅ぎたいと思っていたラシッドの香り。自分の中のありったけの魔力を歌に乗せれば、僕たちの周りでたくさんの水が躍り始めた。

「ああ、コーレ。やっぱりお前は俺の……コーレもシーリンも頑張ってくれ。だが、これほどの力……簡単なことではないはずだ。本当にお前は大丈夫なのか？」

ラシッドは鋭い。もしかしたら僕の表情から何か悟っているのかもしれない。そう、僕が今していることはシーリンに僕のすべてを与える行為。シーリンにすべてを与えて空っぽになってしまった僕は……。だけどそれでもよかった、最後に愛する人の顔を見られて、ラシッドならシーリンを優しく強い人間に育ててくれるはずだ。


届いた海水が大きな渦を描き僕たちを包み込んでいく。

僕とシーリンを中心にしたそれは次第に泡立つ白波と緑と蒼が入り交じる海の色の大きな珠となる。珠の中心にいる僕たちは海中にいるのと同じ。海水と共に運ばれた海の力は僕を介して、僕の力を吸い取りながらすべてをシーリンへと惜しみなく注いでくれている。これでこの子はもう大丈夫。歌声を止め、僕はラシッドへと声をかける。

『ラシッド、僕のすべてをこの子に託したよ。ごめんね、せっかくもう一度会えたのに……僕はラシッドにつらい思いをさせてばかりで……でも、シーリンのことお願い……』

ぐらりと視界が揺れる。なんとか魔力は制御できているけれど力はどんどん失われていく。倒れそうになった僕を海水の中へと手を突っ込んできたラシッドの腕が支えてくれた。

「おい、コーレ！　何を言っている！　っ、お前顔色が！」
「すべてを託した……？　コーレ君、君はもしかして
シーリンに自分の命を!?」
二人の問いかけに僕は弱々しく笑みを返すことしか
できない。シーリンを元に戻すまでにはもうちょっと
だけ力が必要だ。それが僕の最後の力になるだろう。
「魔力も命もすべてシーリンに与えて……？　なぜだ
……なぜ君たちの一族はこんなつらい思いばかりしな
ければいけない。恋する二人の物語はハッピーエンド
じゃないとだめなんだよ。コーレ君……」
デュークさんが涙を流してくれている。僕たちの一
族の過去も現在もよく知るデュークさんが……。
「ふざけるな、ふざけるなっ！　絶対に、絶対に終わ
らせてやるもんか！　何年お前のことを思い続けたと
思ってる！　何度お前をこの腕の中に抱くことを夢見
たと思っている！　目の前にお前がいるんだ。もう二
度と失ってなるものか!!」
雄叫びのようなラシッドの叫び声。それに合わせる
かのようにラシッドに掴まれたところから力が流れ込
んでくる。
『ラシッド……だめ……だよ。他人の……魔力は……
拒絶……され……』
「いいから黙ってろ！　お前は俺の『番』だ！　俺の
力ならお前は受け取れる！」
ラシッドの言葉が僕の薄れゆく意識を覚醒《かくせい》させる。
『番』……？　嘘だ……、僕とラシッドが『番』なら
なんで今まで気づけなかった？　でも、確かに流れ込
んでくる力は優しく温かい。それは僕の失われゆく力
をまるで埋めてくれるかのようだ。
「お前がその姿になって確信した。お前は俺の唯一だ。
だから、そんな風に弱音を吐くんじゃない！　お前と
シーリンと俺と三人でこれから生きていくんだ！」
ラシッドから香る匂いが一層強くなる。それに今の、
本来の僕がラシッドのことをそうだと認めている。あ
あ……そうか、僕たちはヒト族の姿を取るけれどあれ
は魔力の層を重ねてヒト族へと擬態《ぎたい》しているようなも

の。その厚い層に阻《はば》まれて、そうだと認識できなかっただけなのかもしれない。

「お前たちは俺の『番』で俺の子だ。誰よりも強いはず、だから二人とも戻ってこい！　コーレっ、シーリンっ！」

ラシッドの声に応えるように僕の身体はラシッドの力で満たされていく。ああ、僕はもう大丈夫だ。あとはシーリンが……そう思ったと同時にシーリンは淡い光に包まれてその姿を変えていく。

朱金色の強い巻き毛は変わらず、だが耳や四肢からひれが伸び、足が鱗に覆われ長い尾びれが翻った。鱗は僕と同じ色合いで深い海に溶け込むようだ。そして、僕たちを包んでいた海水は弾けた。

完全に本来の姿を取り戻したシーリンは、数度むずかるように身を捩った後ゆっくりとその瞼を開けた。ラシッドと同じ金茶の瞳が数度の瞬きの後僕を捉えた。

ラシッドによって満たされた幸福感とシーリンが無事だったという安堵感で身体から力が抜ける。そして再びシーリンの身体をきつく抱きしめた。

「シーリン、ああ、シーリン……」

「ん……おかーさん？」

自分が死の淵《ふち》にいたという自覚はないのだろう、何が起きたかわからぬように不思議そうに僕を見つめた後は周りの海水へと手を伸ばした。

「あれ……僕、いつの間に？　暑くって道に迷っちゃって……？　あれ……？」

呆然と呟いた直後、腕の中のシーリンが強張った。尾びれが僕の腰に巻きつくようにしっかりとしがみついてくる。

「ああ大丈夫。皆僕たちのこと知っているから。いいんだよ」

「人魚ってばれてもいいの？　デュークおじちゃんみたいに？」

「そう、この人は大丈夫。シーリンのお父さんなんだから、ほらずっとシーリンのことを心配してたんだよ」

「……おとーさん？　でもおとーさんは……」

シーリンが不安そうにラシッドと僕を見比べていた。その眉間に深い皺《しわ》が寄っているのは、よほど初対面のあのときのことが印象に残っているのだろう。

「コーレ、お前はもう大丈夫なのか……？」

「うん、ラシッドのおかげで大丈夫。だから……」

僕がラシッドを目で誘えば、彼の腕がそっとシーリンの身体へと伸ばされる。その腕を見つめたシーリンが僕へと視線を向けて窺う。それに頷けば、再度ラシッドを見上げたシーリンがおずおずと自分の手を差し出した。

躊躇い近づく茶褐色の逞しい手と白い小さな手。一瞬触れて弾かれたように離れた指が、再度触れ指が絡み合う。

「……シーリン、すまなかった。お前をこんな目にあわせてしまったのも全部俺のせいだ。不甲斐《ふがい》ない俺のことをどうか、どうか許してくれ……」

感極まったように震えるラシッドの声が、僕の耳にもはっきりと届いた。その響きに僕の胸のうちも熱くなってしまう。

シーリンが生まれてからずっと願っていたことが今叶うのだ。

「んーと……、おとーさん？」

小さな呟きのように零れた言葉も、ラシッドにはしっかりと届いたのだろう。彼が大きく頷いた。

「ああ、俺がお前のお父さんだ。シーリン、俺とコーレの大切な子、こっちにおいで」

「……うん」

震える呼びかけに応えるようにシーリンが僕の腕から抜け出せば、ラシッドはその逞しい腕でしっかりとシーリンを抱きしめた。

「シーリン、シーリン。ああ、こんなにも俺の色を継いでいる」

「僕、おかーさんにそっくりなんだ、でも」

にっこりと微笑んだシーリンは、ラシッドの首へと抱きつきながら朱金色の頭を見上げた。

「おとーさんにもそっくりなんだって、太陽の色だっておかーさんがよく言ってるよ」

「ああ、ああ……俺とコーレの……」

むせび泣きながらシーリンの肩に顔を埋めたラシッドを、僕はシーリンごと抱きしめた。

「ラシッドありがとう。シーリンもありがとう。ずっとずっとこうしたかったんだ……」

夢にまで見た光景に、僕の目から熱い雫《しずく》が溢れ出した。堪え切れずに震え、ぎゅっと二人を強く抱きしめる。そんな僕をシーリンが腕の中から見上げている。

「おとーさん、あのね、会いたかったの、ずっと、僕もおとーさんに会いたかった！」

シーリンが屈託のない笑顔を浮かべてラシッドに縋りつく。

ずっと願っていたことが叶ったことがたまらなく嬉しくて、幸せで喜びの涙が僕の瞳からは溢れ続けていた。

幸せな時間をそのまま永遠に味わっていたかったけれど、いつまでもこんなところで人魚の姿のままではいられないと、人の姿に戻った途端に身体がふらつく。

「コーレっ」

シーリンを片腕に乗せたラシッドに支えられ倒れるのは免《まぬか》れたが、目眩にも似た不快感は変わらずその場に跪《ひざまず》く。

「おかーさんっ、どうしたの？」

「大丈夫か？」

「ちょっと……さすがに疲れたみたい、ラシッドが力を分けてくれたけど本当だったら……ね」

そんな僕をラシッドが抱きかかえてくれた。片手にシーリンを抱えているにもかかわらず、軽々と。触れた部分から彼の香り、『番』の証である潮の香りに似た、でもいつも嗅いでいるそれとは違う香りが匂い立つ。ラシッドを見上げれば優しい、だけど力強い笑顔が返ってきた。

「あー二人の世界を作ってるところ悪いんだがそろそろ戻らないかい？　イリシードさんも心配しているだ

ろうから」

「あっそうですね……。デュークさんもご迷惑をおかけしました」

「いや、結局俺はなんにもしてないけどね。シーリンが無事で何よりだ。それよりコーレ君とラシッドは本当に『番』なんだね？」

デュークさんの観察眼はさすがだ。きっとラシッドが僕へと魔力を分け与えた行為で確信したのだろう。

「そう……みたいですね……」

「間違いない。コーレは俺の『番』だ。だが、なぜ今まで気づけなかったのか……今は確信が持てる。俺の本能がお前だと訴えているからな」

「俺たちみたいな獣人のアニマであれば『番』にはすぐ気づくはずなんだけどな。二人だけにしかわからない香り、それにラシッドほどの獣性であればひと目見ればそうだってね」

「それも僕のせい……かな。ヒト族の姿を取っているときの僕たちは魔力の殻《から》で本体を覆っているようなものだからそれできっと……」

その言葉に納得するようにラシッドが返事をくれた。

「ああそうか、そういうことだったのか……。そうだという可能性は考えた、だが確信が持てなかった。それでも本能がお前を『番』だと気づいていなかったからこそ俺は正気を保てたかもしれん」

「僕も壊れかけた……。シーリンを身ごもっていなかったら、生まれるのが後少しでも遅かったら僕は生きていなかったかも……」

言われてみれば互いに納得するしかない。

「なるほどね……おっと俺のせいでシーリンが退屈してしまっているね。さあ、僕とラシッドも頷いた。

デュークさんの言葉に、僕とラシッドも頷いた。


イリシードさんは泣き疲れて目を真っ赤にしたミスリアさんと待っていてくれた。いざというときのために様々な準備をしてくれていたがそれが使われることはなかった。無事だったシーリンの姿を見て再び泣き崩れたミスリアさんはその場に膝をつき、謝罪の言葉を口にする。

そんな彼にシーリンは「ごめんなさい。まってなくちゃいけなかったのにまよっちゃった。おにーちゃんも僕のことさがしてくれてたの？」と屈託のない笑顔を向けた。

シーリンを抱きしめ「ごめんなさい。ごめんなさい」と涙を流し続けるミスリアさん。それを不思議そうに見続けるシーリンの姿。

「ミスリアさん、あなたがシーリンにしたこと……それは許されないことだと思います。ですが、僕もアニムスです。愛しい人に振り向いてもらいたい、そのためなら……あなたの気持ちが全くわからないわけではありません。シーリンは無事だった。それであなたのことを許したいと思います。だけどごめんなさい、ラシッドを……ラシッドをあなたに渡すことはできません。僕はラシッドを愛しているので……」

僕もラシッドも、もうこれ以上の何かをミスリアさんに求めるつもりはなかった。もともと僕たちのすれ違いから起きてしまった事件だ。ミスリアさんはイリシードさんに背中を支えられつつ、僕の言葉に頷き、それでも謝罪の言葉を紡ぎ続けていた。

そして僕たちは今、僕は豹となったラシッドの背に乗り、シーリンは犬の姿になったデュークさんの背に乗っている。キャラバンと合流するというイリシードさんたちと再会の約束を交わし、別れた。いくら大丈夫だと言っても無理をしたことに違いはないと僕たちの身体を心配するラシッドとデュークさんが少しでも早く港街に戻るべきだと言い張ったのだ。

馬車で三日はかかった行程だが二人が全力で駆ければ一昼夜もあれば着けるという。

その言葉を裏付けるように実際に二人が駆けだすと風景が風のように去っていく。豹族のラシッドのほうがわずかに脚は速く、最初は聞こえていたシーリンのはしゃぐ声も今は遠い。

僕は後ろを振り返り、かろうじて見えたデュークさんたちの姿を確認してから、ラシッドの首筋へと身を伏せた。

彼の獣毛に触れた感触は、確かに昔味わったものと同じ。

あのときは体調を崩した僕を、ラシッドが必死に運んでくれた。そのときのことを思い出して無茶はしないでと声をかけたが、大丈夫だと笑うラシッド。確かに前回より周りの景色の流れる速度がゆっくりには感じる。

そして僕は、ラシッドに言わなければならないことをすべて伝えるならこのタイミングだと口を開いた。

「ラシッド、僕はあなたをずっと騙していたんだ……」

『騙す？　何をだ？』

「自分の素性を偽《いつわ》って、あのとき体調を崩した原因も嘘をついて。しかもあなたに黙ってあの子を……」

『あーそのことはもういい。俺はお前がどんな種族だろうと構わない。ヒト族だからお前のことを好きになったわけではないんだ、俺はコーレだから、お前だから一緒になりたいと思った。だからそれでいい』

「それで、いいんだ？」

『いい』

あまりにあっさりとした返事に僕のほうが拍子抜けしてしまった。

「でも僕はあの日勝手にいなくなって、ラシッドはずっと探してくれていたって聞いた。それにすごく落ち込んで、目も当てられない状態だったって……」

『イリシードさんだな？　お前に余計なことを言ったのは……。確かに、探したよずっと。心配もした、絶望もしなかったとは言わない。だがお前が生きていてくれたのが分かったとき、そんなすべてが報われた気がした』

「すべて……？」

『心配したことも探し回ったことも全部。まぁ、そんなことを言いながらお前とデュークの様子を見て頭に血が上ったのは確かだ』

そう言ってラシッドの金色の瞳が僕へと向けられた。

耳が動く。僕の言葉を一言も逃さずに捉えようとしているようだ。

『コーレ、すまなかった』

「え、なんで、僕のほうが謝らなきゃ」

『お前にひどい言葉を吐いた』

「え、あ、そんなことは……」

『だからこそ、俺はお前のことが知りたい。お前が人魚だろうとなんだろうと構わない。お前がどんな風に生きて何を考えていたのかそれを俺にも教えて欲しい。何か抱えていることがあるなら俺にもそれを一緒に抱えさせてくれ、お前が抱えている重荷を俺も分かち合いたいんだ』

「ラシッド……」

僕が逡巡したのは一瞬だった。怖くないと言えば嘘になる、僕という存在のせいでラシッドが傷ついてしまわないか。だけど、きっと今の僕なら……シーリンもラシッドも守れる気がした。

だから、僕はラシッドの背で話し続けた。


人魚族の昔の話から今のこと、僕のこと、シーリンのこと、村での生活のことを全部。

ラシッドはときに切なそうに、ときに憤《いきどお》り、そしてときに楽しそうに、僕の話を全部聞いて、受け入れてくれた。


一昼夜もかからず辿り着いた港街の宿で用意されたのは、目を見張るほどに豪華な部屋だった。

満面の笑顔のデュークさんが何を考えているのかは想像がつく。そしてそのデュークさんにくっついていってしまったシーリン。今この部屋にいるのは僕とラシッドだけだ。

「デュークさん……、シーリンを任せてしまったけどいいのかな……」

「シーリンのことも大事だが……今は俺が我慢できん。やっと俺の腕にお前が戻ってきてくれたんだ。休ませてやりたいがすまん……」

その言葉が孕む熱に肌があわ立つ。

「ラシッド……ラシッド。僕も僕もだよ。ラシッドのことが欲しい」

僕はあの時欲しがった。自分の身体の限界を知って、ラシッドと共に描く未来が想像できなくて、そのつらさから逃れるように彼を求めた。

だが今は違う。

彼と共にいる未来は確かに今始まっている。傍らにいるラシッドともっと触れあいたくて身体の奥が疼いていた。

「もう二度と俺の傍を離れないでくれ。お前もシーリンも俺が必ず守る。いや、他にも人魚がいるのなら俺が守ってやる。デュークだけにいいかっこさせられるか」

「ありがとうっ、うん、ラシッドのこと信じてる」

抱きつく僕の頬を流れる涙をラシッドが舐め取っていく。熱い舌が頬を辿り、顎先から喉へと下りていく。

「ん、あっ」

ざらついた舌が肌を刺激し、官能的な疼きが体の奥底から沸き起こる。零した声が恥ずかしくて掌で覆えば、「聞かせてくれ」と低い声でささやかれた。

「だって……」

「ずっと聞きたかった」

そんなことを言われたら逆らえない。見上げれば金色の瞳が僕をじっと見つめていた。獣の野性が瞳の奥で揺らいでいて目が離せない。

「ラシッド……」

「コーレ、お前が欲しい。もう止めてやれないぞ」

言葉と共にラシッドが自分の身体からシャツを勢いよく脱ぎ捨てた。晒された逞しい茶褐色の肉体が僕を包み込む。筋肉質の固い腕にきつく抱き締められ、それだけで息が止まりそうだ。頭の後ろに回った大きな掌に押さえつけられて唇が深く触れ合った。

鼻孔をくすぐるラシッドの香りが強くなる。

以前もずっと感じていた香りが、まさか『番』の香りだったなんて想像だにしなかったが、自覚してみればそうだったと納得できた。

媚薬のように僕を酩酊《めいてい》させるこれは、確かに『番』の香りでしかあり得ない。

そのまま寝具に押し倒されて、服を乱された僕の瞳はきっと熱く潤んでいることだろう。絡み合う視線は近くなり、金色の瞳いっぱいに僕のとろけた顔が映り込む。海の色が金と混じり合って深い緑色が揺らいでいる。

僕の飢えに気がついたのかラシッドが喉の奥で笑い、頬に触れた手に力を込めた。促されて上向いた唇に軽く触れられたと思ったら、すぐに深く貪られる。

唇を突かれ隙間から潜《もぐ》り込んできた舌に口蓋《こうがい》をくすぐられ、甘ったるい疼きが背筋を這い上がってきた。息継ぎすら貪られて息が上がった。なのにもっととばかりに奪われる。

ざらついた舌が僕の舌に絡みつき、強く吸われた。大きな手がシャツの裾から入り込み腰から上へと辿っていく。

「あ、や……そこ、は……」

敏感な肌をまさぐられ甘い疼きはさらに強くなる。衝動のままに唇の端から、かろうじて発した言葉は既に掠れ、甘い吐息が長く零れた。

最後にラシッドに抱かれたときの記憶が蘇る。これで最後だからと必死で、悲しみに満ちた交わりだった。シーリンを産み育てているうちに気持ちの整理はついたが、やはり悲しみはいつまでも引きずった。

今、ラシッドに触れられるたびに感じることはあの時とは違う。すべてが喜びに満ちている。そして気がついたのだ、前よりももっとラシッドに触れられることが嬉しくて幸せだということに。

本当に心から愛して抱かれる幸せは、先の不安がない未来への希望に満ちた幸せだ。

「久しぶりだ。優しくしてやりたいんだが……すまん」

「ん、いい、僕もラシッドが……欲しい、我慢なんてしないでお願い」

ラシッドの声にささやき返せば、指を取られて口内へと導かれた。敏感な指先に触れる犬歯と熱く滑る舌。

指の腹まで唾液が滴《したた》っていき、辿る舌に全身が震えた。疼きは肌を震わせ、こみ上げる快感に吐息が止まる。

ラシッドの舌先が掌から手首へと移動したが、視線は僕の淫らにとろけた顔から離れなかった。

力の抜けた手が落ちそうになり急いで彼の手を摑んだら、指を絡められた。

再び唇が合わさり舌が深く吸われる。僕を包むラシッドの香りが強くなり、肌からも侵食してきそうだ。それはラシッドも同様のようで、感極まったように吐息が触れる距離でささやかれた。

「コーレの潮の香りが強くなった。単なる海の香りとは違う俺だけが知ってるお前の香りだ……」

首筋に鋭い痛みが走って声を上げた。その声にラシッドが喉を震わせたのが肌から伝わり頰が熱くなる。赤みを帯びただろう顔を晒すのが嫌で隠そうとしたら、身動《みじろ》いだ拍子に太ももに当たった彼のものに気が付いて息が止まった。

服越しに伝わる熱くて大きな塊は僕の記憶にあるものと寸分変わらず、それが与えてくれる快感までをも思い出す。同時に期待が強くなり、僕は彼の背に回した手に力を込めてはしたなく下半身を擦りつけてしまった。

「あ、ご、ごめんっ」

遅れて気がつき身体を離そうとしたが、情欲に潤んだ瞳に囚われる。動けない間に大きな掌が腰へと回され、今度は下穿きの中まで潜り込んできた。

「う、あっ……そこっ、さ、触らないで……」

敏感な先端に指先が触れて全身が総毛立った。無意識に両肩を強く押したが頑丈な身体はびくともせずに伸しかかってくる。

しかも喉から鎖骨さらに胸元の小さな突起にまで舌が絡みつき、僕の口からは淫らな声がひっきりなしに零れた。太い脚で押さえられているせいで腰は動かせないのに、襲ってくる快感に衝動的に突き上げる。

甘い声で呻《うめ》くたびにラシッドが吐息で笑い、それが肌をくすぐって快感を強くした。

優しく始まった行為はすぐに激しくなり、押さえつけられたまま舌と唇に指、さらに脚での圧迫すら利用して快感を与えられた。

唾液で濡れた乳首が月の明かりを淫らに反射する。そこをつま弾かれ、強い刺激に大きくのけぞった。晒した乳首に舌先が触れ、再び喉を辿り耳朶《じだ》を食《は》まれた。耳孔に熱い吐息が注ぎ込まれる。

何か言葉をささやかれたが、とろけた頭では上手く聞き取れなかった。何よりその刺激にすら身悶えて甘い悲鳴が零れる。

上も下もいじられて快感が混じり合い、僕のものは先端から粘液をだらだらと零し続けていた。さらに指で嬲《なぶ》られて粘着質な音を立てるのが鼓膜まで響く。

「ん、あっ、ラシッド……だめ、そんな……強く、しないで」

「どうしてだ？　すごくかわいい、お前は本当にかわいい」

嫌だと言っているのにやめてくれず、さらに強く扱《しご》かれる。僕のそこはラシッドの大きな手でされるがままだ。

「あー、あっ、だめぇ、もう、もうっ」

「ああ、一回先に出せばいい」

「ああぁっ！」

耳朶を噛まれながら促され、僕はあっけなく精を放つ。その衝動はとても強くて一回で収まらずに、腰が震えて数度雫が溢れ出した。

「あ……は、あぁ」

ラシッドと別れて以来、性交はもちろんのこと自慰すらまともにしていない。性欲がないわけではなかったが、触れるとラシッドのことを思い出しその哀しみに萎《な》えてしまうのだ。

そのせいもあっての久しぶりの刺激に、しかもラシッドが与えてくれる刺激だという事実に、僕の身体は敏感に反応していた。

「ずいぶんと敏感な身体だ」

含み笑いを零すラシッドにそのまま腰を押しつけら

れて、明らかに主張している彼の熱く太い物に一度いったはずの僕のそれもまた硬くなっていく。

「いいか?」

何を問われたかこの状況でわからないはずがない。僕はこくりと頷くと、期待に潤んだ瞳を彼へと向けた。

金色の瞳の奥で欲が熱く燃え揺らいでいるようだ。吸い寄せられるように顔を寄せ合い、僕たちは固く抱き合って唇を貪った。

ラシッドの手が器用に僕から残っていた下衣を引きずり下ろし、隠された場所をあらわにする。熱い肌に触れた外気に身震いしたのは寒さのせいではない。

「ラシッド……僕、ずっとしてなかったから……その」

「……そうか」

ラシッドの感傷のこもった吐息が喉元をくすぐった。

「嬉しいな」と呟かれ太い指がゆっくりと狭間を割り開く。

固く閉ざされた奥は、それでも彼の指で入り口を軽く突かれただけで綻《ほころ》び始めた。

僕がアニムスだからというわけではないと思う。それは相手がラシッドだからで、彼のことを貪欲に求めている証。

彼の指が奥へと潜り込む痛みはわずかにあるが、それすらも僕は嬉しい。慎重に指を進めることが物足りなく、もっと早くと腰が揺れるのが止められなかった。

解れるたびに痛みは快感へと変わり、生まれた快感は体内奥深くに蓄積していく。凝り固まった塊はさらに蓄えてすぐに爆発しそうなほどに大きくなった。その苦しみに喘ぎ、さっき解放されたはずなのに次を求めて腰が揺れる。

しかも内部を探られて生まれた疼きが四肢の末端まで広がり、震える指でラシッドの首に縋りついた。

濡れた音が下半身から響くのが恥ずかしくて耳をふさぎたいのに、縋りつく手は離せない。

広がるにつれて喉から迸る嬌声《きょうせい》は激しくなり、もう身体の中の指、肌に触れるすべてに意識が集まり、与えられる快感を強く味わった。

「コーレ、お前を食ってしまってもいいか？」

ささやく声にわけもわからず何度も頷く。

伸しかかる熱はさらに熱く、逞しい身体の熱量で喜びに震える。力強い腕が僕の脚を持ち上げ、広がった間に彼の身体が入り込んだ。

熱を帯びた肌がしっとりと汗ばみラシッドの肌と触れ合う。敏感な先端同士が触れ合うと、もうそれだけで激しい射精衝動が沸き起こる。

「コーレ、愛している」

掠れた声音は普段の彼のものとは少し違う。だからこそ僕の背筋は痺れて震えた。そんな僕の緩んだ身体に灼熱が押しつけられる。

「僕もっ、僕も愛してるよラシッド。あ、あぁっ」

強制的に入り口を広げられる感覚に身震いし、強く彼の身体に抱きついた。喘ぐままに喉を晒したら、ラシッドが嚙みついて牙を立てる。

広がる刺激は快感となり、ゆっくりと割り入ってくる熱塊に震え、声にならない悲鳴が零れる。

荒く繰り返した呼吸が不意に途切れた。見開いた瞳にラシッドの苦痛を耐えているような顔が映る。どうしてそんなに苦しそうなのかわからなくて、手を伸ばして彼の頰に触れた。

途端に息を吞むラシッドが眉根をきつく寄せた。

「う、あぁぁっ‼」

ラシッドが上げた声に合わせて、今まで感じたことのないほどの快感が全身を貫く。

「ひ、あ、こ、こんな……ラシッド、ラシッドっ！」

「う、コーレそんな顔で俺をあおるな！　優しくできない！」

「ああ、いい、いいから……！」

奥深くまで貫かれた直後、ギリギリまで引き抜かれまた押し込められる。

そのたびに上がる嬌声を止められない。

体内を穿《うが》つ熱に全身が蕩けた。その蕩けた肉へと硬くて熱くなったものが潜り込み、またとろける。僕の投げ出した脚にラシッドの長い尻尾が絡みつき逃がしてはくれない。濡れた音が激しくなり繰り返される抽《ちゅう》送《そう》の刺激が身体の奥深くまで響いて僕を壊していくようだ。

「あ、あっ、ひいっ！」

僕のが震えて解放感が訪れる。だが瞼の裏が白く瞬《また》き意識が吹っ飛ぶような快感は変わらない。

彼の大きな身体の下で強く抱き締められ激しく揺すられ続ける。ほとんどお尻だけついていて、脚も彼の腰に絡みついてた。

そのせいで、さらに深くラシッドを受け入れる。

「だめぇっ、ふかっ、いっ！　やあ、また――っ!!」

「コーレ、コーレ、コーレ。お前は俺のものだ。コーレ！」

繰り返される絶頂に意識が遙か高みに駆け上がる。僕の奥深くでラシッドが弾けるのを何度も感じた。

そうしてラシッドの熱を感じながら、何度絶頂を迎えたのかわからない。

ただすべてをラシッドに委《ゆだ》ねて、僕は与えられる快感に溺《おぼ》れていった。

虚《うつ》ろに開けた視界の中で朱金色に輝く豹が僕を見下ろしてた。

その身体に浮かぶ斑紋は尾の先まであり、戯《たわむ》れのようにその先端が寝具を叩いている。

窓から降り注ぐ二つの月の明かりが彼をより輝かせており、その美しさに陶然としながら手を伸ばした。

「僕の……ラシッド……」

ずっと夢を見ていたような気がしたが、今目の前にある存在は夢ではなかった。触れる獣毛の感触は確かにそこにあって、僕が微笑めばラシッドも小さく僕の名を呼んでくれる。

上げた手を握って引き寄せられ、大きな舌で頬を舐められた。それがくすぐったくて声を上げたら、細められた目が細く弧《こ》を描く。

その彼が穏やかに言葉を紡いだ。

『コーレ、俺の牙も爪もお前に捧げよう。お前の剣と

なり、盾となりたい。そして、たとえこの力で敵わぬ敵がいたとしても、それでも俺は最後の瞬間までコレと共にありたい。俺の旅の終着点としてお前の村を選んでも良いか』

愛をささやくにしては重い言葉だった。だが、だからこそ彼の本心が伝わってくる。

正直、不安がないわけではない。だけど、僕はもう目の前の愛しい獣から離れることは考えられない。

「ラシッドありがとう。どうか僕と一緒に村へ、僕たちの村へ来て欲しい。そして、いつか……いつかラシッドの故郷にも連れて行って欲しいんだ」

僕の言葉にラシッドの尻尾が動きを止めた。

『ああ、ああ、お前が知らない海を見せてやろう。砂でできた海……。過酷な場所だが俺を育んでくれた場所でもある。お前とシーリンにそれを知って欲しい、お前たちのことは必ず俺が守ってやる』

僕はその言葉に口づけで返した。

ラシッドが僕を守ってくれるというならば、僕は僕のできることで精一杯ラシッドを守ろう。

逃げ続けるのではなく受け入れて、共に暮らすことで得られるものを守り続けよう。

「いつまでも一緒に」

『共にあろう』

互いに誓うように言葉にして、僕は額をラシッドのそれにくっつけた。

近くで交わる金色と海色の瞳が笑い合う。

それは長い年月を経てようやく得ることができた安らぎの時間だった。

＊＊＊

僕は酒と干物を炙《あぶ》ったものをかごに入れて、岩場の浜へと向かう。

海からも陸からも見通しのききにくいこの浜は、僕たちが月明かりの下で本当の姿で遊ぶのに最適な場所だ。

その一角、月明かりの下で朱金色の髪の二人が楽しそうに遊んでいるのを見かけ急いだ。

「おかーさん」

先に僕を見つけたシーリンが手を振った。そんなシーリンを抱きかかえながら、ラシッドも手を上げる。離れていた時間なんてなかったかのようにそれはとても自然な親子の姿だった。

「ラシッド、シーリン、ごめん、お待たせ」

このあたりにだけ生息している一夜しか生きられない儚い生物ホタリオン。満月の夜、ホタリオンが波間に輝いて見えることを伝えたらラシッドが見たがったのだ。そんなラシッドの手を引っ張り案内すると言い張ったシーリンに任せて、僕は酒と食事を準備をしてから来たのだが。

「きれーだね」

シーリンが指さす波間にホタリオンの輝きが明滅する。

「ああ、きれいだな。初めて見た」

「そうなんだ、ラシッドでも知らないことがあるんだ？」

「海は知らないことのほうが多いぞ」

岩に腰を下ろしグラスに注いだ酒をラシッドに勧めながら、僕も神秘的な輝きを眺めた。

波が打ち合うところに幾重にも点が輝いては消え、また違うところで光っている。

ラシッドはあれから僕たちと共に僕たちの村で暮らしている。村での生活は決して楽なものではない、それでもラシッドはいつも笑っている。それは僕も同じだ。愛した人と共に歩む幸せは何物にも代えがたいということを実感する毎日。

他の村人も僕たち家族を温かく受け入れてくれている。そんな仲間たちに対して僕だけがラシッドと再会して幸せな日々を送っていることを少し申し訳なく思ってしまう。だけど、ラシッドのように僕たちのことを想い続けてくれているアニマがもしまだいるのであれば、この村はもっと幸せに満ちた村になるかもしれない。

　いや、きっとそんな日が遠くない将来訪れると僕はラシッドの姿を見て確信している。愛した人を強く想い続けるのは何も人魚だけではないのだ……。

「ねぇおかーさん、ホールイーが歌ってるよ」

　ラシッドの腕の中で耳を澄ませていたシーリンが不意に叫んだ。

「ね、僕たちも歌おうよ！」

　ラシッドの腕を抜け出し、そのまま海へと飛び込んだシーリン。それをラシッドが慌てて追いかけようとしたのを、僕は笑って止めた。

「ああ、そうか」

　肩を竦めて再度僕の隣に腰を下ろしたラシッドがグラスを傾ける。

　そんな僕らの目の前で人魚の姿になったシーリンが高らかに声を張り上げた。

　明るい、あの子らしい旋律が波間に遠く響いていく。

　その歌声を聞きながら僕もシーリンを追いかけて海へと入り、本来の自分の姿へゆっくりと変化を始める。

　ああ、こんなにも幸せに満ちた時間があっていいのだろうか……。一度は諦めた人、だけど愛した人、そしてその人の子が今傍にいてくれる。

　岩場でグラスの酒を呷《あお》ったラシッドが僕の視線に気づき、音のない声で愛しているとささやいてくれた。

　僕はその想いに応えるように歌を紡ぎ始める。

　ラシッドへの愛を込めて、この幸いがどうか永遠に続くようにと願いを込めて、シーリンの歌に合わせて歌声を響かせる。

　ホールイーが愛をささやく鳴き声とそして僕たちが歌う喜びの歌が月明かりの空いっぱいに響いていた。

ホタリオンの儚い明滅と共に。

Fin.

流浪の獅子と忘れぬ歌声

深い闇が姿を見せ始めた空の下、大きな帆にたっぷりと風を孕《はら》んだ船は海原を順調に進んでいた。

　この世界の船は小型であれば風力で、大型になれば自然の力と魔力で移動する。今乗っている船は海洋船で航路の大半を帆で風を受けて進む帆船型。

　出航から変わらずほどよい強さの風の力で目的地へと向かう船は、大きな白い帆いっぱいに風を孕み進んでいる。これが昼間なら蒼《あお》い空と海に白が映えて美しいのだろうが、と私は暮れなずむ景色を眺めた。

　どこまでも見渡す限りの海原は、川や湖とはやはり違うものだなと白く泡立つ水面と空、そして白い帆を見比べた。

　帆に描かれているのは南国フィシュリード随一の大《おお》店《だな》、マーフィー商会の商号。若い頃にもこの商会の船に乗ったことはあるが、当時からその時代の技術の粋を集めた船の乗り心地はすばらしく、とても貨物船とは思えなかった。短距離用のため船の規模は小さいらしいが、今も船倉には荷がたっぷりと積載されている。

　そのような船に乗せてもらう礼も兼ねてその積み込みを手伝ったのでどんな品があるかは知っている。客人なのだからと最初は断られたものの私とて獣人、しかも獅子《しし》族で力は有り余っているのだからと説得し、船員達と共に身体を動かした。その品々は商会が持つ幾つもの港を有する拠点で一度降ろされ、そこから陸路で各地へと送られるのだという。私が向かうのは、その二つ目の拠点。先ほど一つ目の拠点から出たばかりだが、後二時間ほどで着くと聞いている。

　その間私は甲板に積まれた木箱に腰を下ろし、流れる景色を眺めていた。

　空はすでに黄昏時《たそがれどき》を迎え、雲は少ない。絶好の海路日和だと言ったのは、都から船が出航する時に手を振って見送ってくれた昔なじみ。

　イリシード、と懐かしげに呼ばれたその瞬間は思い出せなかったのに、皺《しわ》が深くなったその顔はすぐに埋もれていた記憶を呼び覚ます。過去に何度か彼が率いる商隊の護衛任務に就いていたことがあったからだ。

優れた商売人でありながらそうとは思えぬ剣さばきを見せていた彼も、今では息子に代を譲って悠々自適らしい。だがかくしゃくたる風情はまだまだ現役の頃と変わらなかった。

そういえば、私が生涯忘れることのできない出会いを果たしたあの街には彼も一緒に行ったことがある。それを思い出すと否応《いやおう》なしに私の心には沸き立つものがあった。これは郷愁なのか、それとも目の前へと迫りくるものに対する喜びなのか不安なのか……。

穏やかな海の様子とは相反するように私の心は僅《わず》かにさざ波だっていた。

そんな時でも時折気まぐれな強い風が吹き、戯れのように私の後ろで緩く括《くく》った髪を揺らし、前髪を乱していく。薄明かりに照らされた前髪は、長年の旅から旅への生活で色が少し抜けているように見えた。

光の加減で金にも見える明るい茶色の髪と黒い縁がある耳、琥珀《こはくいろ》色の瞳の獅子族ともなれば故郷では出自をごまかすことも難しい。自由な気質を尊ぶ祖国ではあるが、家のしがらみや望まぬ人付き合いをせねばならぬ場面もないわけではない。しかし、旅に出てしまえばそんなわずらわしさとは無縁。全てを押しつけてしまった弟には申し訳なくも思うが、定住することなく各国を冒険者として渡り歩いてきたことは自分が選んだ道だし性にも合っていて後悔は無い。

何よりも、そのお陰で私はあの人と出会い、そして恋というものを知ることができたのだから。あの人と共に過ごした時間はそれほど長いものではない。だが今でもその時のことは鮮明に思い出すことができる。それは、私の生涯で最も明るく色づいていた刻《とき》。

そんなあの人がこの腕の中から消えて随分と長い年月が経ってしまった。あの人は私のことを覚えているだろうか……？　あの人は私との再会を望んでくれているだろうか……？　あの人は元気に暮らしているだろうか……？

あの人のことを思い出す時、私はこの南の地でもそれなりに名の知れた冒険者である獅子族のイリシードではなく、この腕をすり抜けてしまった愛する者を忘れられない哀れな一人のアニマになってしまう。

そんな自分の思考に苦笑していると波音に紛れて人の軽い足音が届き、私の耳がひくりと動いた。視線を向ければ、私がこの船に乗り込む要因となった細身の青年が柔らかな微笑《ほほえ》みを浮かべながら近づいてくる。

青年が伝えてきたのは、後一時間ほどで目的地へと着くということ。

彼は私にそれを伝えると船縁《ふなべり》にもたれ海風に髪をなびかせた。明るい茶色の髪と水の色の瞳を持った彼が、楽しそうに船縁から身を乗り出して白く泡立つ波に浮かぶ月を見ている。

朱の月が寄り添うように銀の月に付き従い、銀の月が優しく朱の月と共にこの世界を照らすのは海の上でも変わらない。その中に溶け込む彼の姿にどこか既視感を覚え、私は目を細めた。

船に乗り込む前から共にいるとはいえ、彼とはまだ挨拶と簡単な会話しかできていない。

何か会話のきっかけを探そうとしていた私を尻目に、波の音の強いさざめきに合わせたかのように彼が私の名を呼んだ。

月が甲板に色濃い影を落とす中、彼が私の正面に腰を下ろし、水色の瞳を瞬かせて私に笑いかける。その笑顔は私に強い郷愁をもたらした。

さっきよりも勢いよく潮の香りを含んだ風が強く吹き、私は乱されほつれた髪紐を手に取った。長年使ったその紐は、よく見ればけば立ち切れかけている。

ならばと私は普段は腕に巻いている飾り紐で髪を括り直した。そういえばあれ以来だったか、この紐を腕に巻くようになったのは。

それは？　と彼が小さく呟《つぶや》いたように聞こえて私は、貰《もら》い物だと込み上げる懐かしさを胸中に秘めつつそれに触れた。元は濃い藍色《あいいろ》だったそれは色あせ、端がほつれ、施された白の刺繍糸《ししゅういと》も細くなって模様が欠けてしまっている。その姿は、あれからどれだけの時間が経ってしまったのかを雄弁に物語っていた。

大切な、本当に大切なものなのだ。これは私とあの人を唯一繋《つな》ぐもの、それを支えにこれまで生きてきたのだから。

ふと喜びと悲しみがない交ぜになった当時の感情に煽《あお》られて、今は何もない空っぽの手のひらへと視線を落としたが、それも一瞬ですぐに大きく息を吸い船が進むほうを見据えた。

ただ無意識に触れた自身の髭《ひげ》に、そういえばいつ整えたかと指先で確認し、変なくせがついていないことに安堵《あんど》する。

昔から手入れを欠かしたことはないが、そんな習慣すら忘れていたほどに私は今この先で起こる未来へと思いを囚われていたのだ。

そんな私に彼が言う。海の景色はいつ見ても飽きが来ることがないのだと。

確かに太陽が大海原に沈む時の色の変化は見物だったと私も頷《うなず》いた時、海魔獣の声が遠く響いてきた。

その声に合わせて彼も口ずさみ始めたが、まるで海魔獣と共に歌っているような姿はどこか懐かしさを覚えた。

先ほどより色を濃くした空から、銀の月と朱の月が自身の姿をそれぞれ波間に落とし、波音と共に揺れている。

この世界――フェーネヴァルトにある二つの月は、遙かな昔にアニマとアニムスという二つの性をこの世界の人々にもたらした。同じ外観を持ってはいるが、一方は子を孕ませる力を持ってアニマと呼ばれ、他方は子を孕むことができるアニムスと名付けられた。

アニムスの胎内に核と呼ばれる存在を入れ、アニマが精を放つことで子はできる。

その理《ことわり》により人は種族の違いはあっても子を産むことができた。必ず親のどちらか片方の外見を持って生まれ、交わるのは色だけだ。ただ子を産むには魔力が強くないと難しいという問題は常につきまとっていた。

始祖である存在がこの地に生まれた時にどんな采配があったのか、強き力を持つ獣人は往々にして魔力が少なく子ができづらくアニマが多い。対してアニムスが多い種族は魔力が多く子を産みやすい。その最たる種族がヒト族で、戦う術《すべ》という意味で力の弱い彼らは一時期心なき獣人に搾取され滅びかけたこともある。

獣人にとって悔やんでも悔やみきれない負の歴史だ。

だが今は彼らも保護されることで数を戻しつつあり、世界はいっそうの平穏と繁栄を手に入れようとしていた。彼らの復権にはこの大陸の中央に位置する国――私の故郷であるレオニダスが力を尽くしていると聞いて、私に流れる血が誇らしいと思ったほどだ。

そして、つい先日も滅亡したと言われていた一つの種族の存在が私の耳に入ってきた。今もレオニダスに住む従兄弟であり親友、そしてマーフィー商会の先代から同時に、そして秘密裏に。

その種族が住まうのはこのフィシュリードの南岸沿い。沿岸部で暮らし、海から糧を得て生活する伝説の種族となっていた人魚族。アニムスしかいないという、ヒト族よりさらに特異な種族であり、下半身が魚の尾となる獣体の美しさと不老長寿の万能薬を作れるという間違った情報により狩られてしまった種族だ。

滅びたと思われていた彼らはヒト族としてその身を偽り生き延びて、細々と隠れ住んでいた。しかし、マーフィー商会とレオニダスの王家に連なる人間が関わるある事件によって、その存在がごく一部の人間にだけ明らかにされたのだ。

私は別件で人魚族の生き残りをこの目で見ることにもなったのだが、それは私がある確信を得るのに十分であり、その縁で関係者の一人となった私は今こうしてここにいる。

再び海へと視線を走らせていた彼が私のほうに向き直っていることに気づき、柔らかく笑みを返した。

だが、その顔を見るたびに私の胸の内を満たしてくるこの消えない思い。確かに彼にはあの人の面影があって、彼を見るたびに私の心を過去へと引きずり込む。

そんな私の気持ちを察したのか、私から視線を離さないままに彼が私に聞きたいことがあるのだと問うてくる。元よりなんでも答えるつもりだった私は、続けて彼が口にした問いの答えをもちろん持っていた。

「そうか……、それならば私の昔話に少し付き合ってもらえるかな？　少し長くなるが構わないかい？」

頷く彼に私は遠い目で海の彼方《かなた》を見つめながら口を開いた。

今でも思い出せば胸の奥が重苦しくなるほどにつらく、けれど不思議と満たされる大切な私の思い出を伝えるために。

海に面するフィシュリードと違い内陸のレオニダスの四方は他国に接しており、水と言えば各地の湖や北のドラグネアの山脈を源泉とした幾本かの大河に頼っている。だが幸いにもそのいずれの大河も潤沢な水量をたたえており、このレオニダスの大地にあまりある恵みをもたらしていた。

そんな大河の源泉の一つにほど近い港街ドーネイは北部最大の街。

河口付近では対岸が霞《かす》むほどの水量をたたえる大河も、この辺りだと渡し船を使えば渡るのに二十分とからない。対岸のウルフェアとも、交易が盛んに行われていた。

ただ港から離れると海面から突き出る岩が無数にある浅瀬が座礁の主な原因ともなっており、冬は川上から氷の塊が流れてきて往来の邪魔をすることもあるらしい。

それでも長年整備されてきた港湾の街だけあって、港に入った後の問題は少ないと聞いている。

そのドーネイの港で私が乗っていた船も無事係留作業を終えて、甲板の水夫達が停泊のための作業にいそしんでいた。

山間の港ということもあって太陽は高い山に遮られてすでに見えない。山から吹き下ろす粉雪混じりの冷たい風は寒さに強い私も身を震わせるほどだ。外套に身を包みながら夕暮れ特有の朱色の濃い空に麓から薄墨が混じり合う様子を眺めていた。

「おーイリシード、ご苦労さんだったな」

不意にかけられた声に私の黒に縁取られた耳がひくりと動いた。その動きにつられるように振り返れば、商船団を率いる人物が手を振っている。垂れ耳の犬族の彼は、大手のマーフィー商会の会長とは思えぬほど人なつこく付き合いやすい人物だった。船の中でも護衛でしかない私にもいろいろ気を配ってくれたこともあって、今ではかなり打ち解けている。当人曰《いわ》く、信頼できる人間には鼻が利く、そうでなければ商人なんてやってられないと軽口を叩《たた》いていたが……。

「お役に立てたのであれば何よりです」

護衛の依頼を受けて乗り込んでいたものの、熟練の水夫が巧みに操る商船を襲える人間はおらず、時折現れる小型の水棲《すいせい》魔獣を追い払うだけの日々。たいした仕事をしていないと伝えるが、それはたまたまだと返された。

この川は川縁近くまでウルフェア側の森林がせり出し、そこに巣くう賊の船や凶暴な魔獣に襲われることも多いのが普通らしい。

「賊や魔獣に襲われにくくなる強運持ちだって聞いていたが本当だったようだな」

バンバンと痛いほどの力で肩を叩かれ苦笑する。いつのまにやらそのようなうろんな噂《うわさ》がつきまとうようになったが、実際私はそんな特技を持っていない。

ただ獅子族のような大型の獣人が持つ強い獣気に敏感な魔獣が近寄らないことがあるのもまた事実。だが人が感づくほどだだ漏《も》れにしているわけではないので、今回のことは偶然に過ぎないはず。それでもまた噂が一人歩きしそうだと会長の上機嫌な様子に内心で嘆息した。

そんな私の髪を山から吹き下ろす冷たい風が乱していく。視界に入った前髪は夕日を浴びて朱金がかって見えた。前髪は油を使って後ろへと軽く撫《な》でつけ、肩の辺りで一つに緩く括っているのだが、整えてから時間が経っていることもあり、吹き下ろす強い風には保《も》たないようで仕方なく手で押さえる。

「さて俺も降りるとするかね。帰りもまた頼めるんだろ?」

「ええ、ぜひ」

悪い仕事ではなかったこともあって私は頷き返し、促されるままに共にタラップを下りた。その途中、私の影が船が起こした波の上に落ちていることに気づく。

腰に佩《は》いた長短二本の剣の影に沿って、私の獅子族特有の尾もまた揺らいでいた。水面下には魚らしき姿も見え、尾で釣りをしているようだなとよく似た状況で従兄弟とそんなことを言い合った昔を思い出す。

自分は冒険者のほうが性に合っているからと、社交性に溢《あふ》れて文官として政治に向いている弟に爵位《しゃくい》の継承権から何から全てを譲り……いや、押しつけて出てきたのは何年前だったか。従兄弟ともそれ以来会っていないが、あいつも私と同じように継承権を放棄し、彼の片腕と共にレオニダスで冒険者をしているはずだ。

自由奔放さが目立つ奴であったがあれで意外に義理堅いところもある。きっと連絡をしてこないことに今ごろ憤慨しているだろうか、それとも私らしいとばかりに笑っているだろうか。

私も普段は従兄弟のことを気にしたりしないのだが、さすがにあいつが伴侶を得て婚姻の儀をしたと風の噂で聞いた時には本当なのかと驚いた。あいつの性に対する奔放さは、私のもう一人の親友であり、あいつの片腕でもある奴がいつも苦言を呈していたほどで、私にとっても頭痛の種だった。

しかしそれがどうやら特別な相手――『番《つがい》』だったのだと後から伝わってきた噂で納得した。しかもあいつの片腕であるもう一人の私の親友と『番』が同じ相手だったとは一体どんな希運だというのか。

運命の『番』と呼ばれる存在は獣人にとっては唯一無二であるにもかかわらず、出会える確率は奇跡のようなものだ。そんな相手を見つけたというのであれば、大型獣人としても飛び抜けて獣性の強い彼らのことだ、相手を自らのものにするために手段は選ばないだろう。

そんな懐かしい顔を思い出したのも、ドーネイの街の賑《にぎ》やかさが暮らしていた街と似ているからか。

岸壁に降りて揺れていない地面に内心で安堵し、私は夕暮れ時の街の喧騒《けんそう》を心地好く思いながら歩き始めた。


ウルフェアという狼族が多い国と川を挟んで隣接しているせいか、街の住民には狼族や犬族が多い。だがそれも港地区だからであって、水産物やその加工品の取り引きを主とする水産地区、山の恵みを得ている林業地区、放牧やその加工品の製造に携わる畜産地区など、それぞれ様相が異なるのがこのドーネイの街だ。

そんなドーネイで私が取った宿は港地区ではあるが数分も歩けばすぐに水産地区へとたどり着ける場所にあった。

ギルドも近いため宿には冒険者もいて、この街では魔獣退治や警備、護衛の仕事が多いという情報も彼らから得られた。商船団はすぐには動かないから、しばらく滞在しても仕事はあるだろう。

「へえ、イリシードはレオニダスの獅子族なんだ。じゃあ、もしかして王家の関係者だったりすんのか？」

「王族がこのようなところにいるわけがないだろう……。ましてや冒険者などと……」

内心でぎくりとしながらも平静を保ちながら言葉を返す。私は冒険者をしているレオニダスの王族を知っているし、私自身にも薄くはない王族の血が流れているからだ。

「ふぅーん、そうか。まぁ、王族だろうとそうじゃなかろうとお前さん相当強いだろ？　身のこなしもだがたまーに漏れる獣気が俺に訴えかけてくるわけよ。こいつは手強《てごわ》いぞってな」

相席となったテーブルで、頬に傷を負った虎族の冒険者が杯を掲げながら片目を瞑《つぶ》った。少し掠《かす》れた低い声で問う彼も相当強いのだろう、だからこそ私の力を正確に察しているようだ。驕《おご》るわけではないが私も獅子族の端くれ、腕っ節だけであればそれなりの自信がある。

「武を重んじる家であって武術については幼い頃から学ぶことができたしな。長いこと冒険者をしていれば強くなければ生きてはいけない。それはわかるだろう？　今回の護衛も指名を受けてのことだ」

ギルドである程度の評価を得ていなければ指名は受けられない。それを知っている彼らはうんうんと納得していた。

だがこの虎族も相手の力量を察し、自分の立ち位置を正しく判断するだけの冷静さを持っている。それは熟練した冒険者だからこそ持ち得ているものだ。

これが血気盛んなだけの者であれば、相手の力を読めずに絡み面倒ごとを引き起こすことが多いが、幸いここにはそういう輩《やから》はいなかった。

そんな彼の隣にいる犬族も「へえー」と頷いてはいるが、酔いが回った様子でテーブルに上半身を投げ出し、顔だけを私に向けて首を傾《かし》げている。小柄ではあるが敏捷《びんしょう》さが窺《うかが》える体軀《たいく》で、その視線は平時であれば鋭いのだろうが、今は良い酔い方をしているようでおとなしい。

「でもさあ、聞いた感じ王都生まれの王都育ちなんだよねー？　それなのになんでこんな僻地《へきち》まで来てんのー？　王都だったらこの稼業でももっと割の良いのが一杯ありそうだけどさー」

ふにゃりと半分閉じた瞳が見せるのは純粋な疑問の色。

「長く住んでいるとそれだけしがらみも増えてきてしまってな。自由にやるにはこのほうが丁度いいんだ。実入りもそんなに変わらないぞ？」

その邪気の無い様子につい私の口も軽くなっていたようだ。一つの任務が無事に終わって気が緩んでいたのもあるだろう。気のいい者達との酒をうまく感じていたというのもあった。

自分の発言の意味に気がついて口を閉じたが、「へえ」と興味なさげな返事が戻ってきただけなのでつい笑みが零《こぼ》れる。

「それよりさ、聞いた感じ良いとこのお坊ちゃん育ちなんだよなー？　それなら、武術以外にもなんか楽器とか習ったんじゃねえのー？　なぁなぁ」

だが不意にそんなことを聞かれて、私は目を瞬かせた。それを彼らは肯定と受け止めてしまったらしい。

「おお、お前さん楽器が弾けるのか。なんか今日は流しの吟遊詩人も来てねぇらしいし、おもしろくねぇなと思っていたんだ。なあ歌が無くてもいいからちょっと弾いてくれよ」

どうやら私がここに来る前にそういう話をしていたらしい。

「楽器と言われても、トゥリングスぐらいだぞ。それも素人《しろうと》に毛が生えた程度だ」

トゥリングスとは膨らんだ胴体部から上へと伸びる軸にかけて張られた四本の弦を指で弾《はじ》いたり擦《こす》ったりして奏でる楽器のことだ。弾き方に奏者の癖が強く出るのが特徴で、弾き方次第で一つの曲が全く別の曲にすら聞こえることがある。実際なかなか難易度の高い楽器で、私も幼い頃しばらく嗜《たしな》みとして習ったがそれほど深く極めたわけではない。

特に曲に情感を乗せるなどと言われても、そればかりは性に合わないと早々に放り出した口だ。

だがそんな事実はお構いなしに、目の前の連中はひどく盛り上がってしまっていた。

「トゥリングスっ！　おい有ったよな？」

「有りますね」

虎族の大きな手がパンと小気味よい音を鳴らして店員を呼び出したと思った数秒後、なぜか私の手にはなかなかに年季の入ったトゥリングスが握られていた。

「おい……」

「あれ弾けるか？　こう、いい雰囲気になるようなやつ、アニムスにこう、な」

「アニムスに？　もしかして恋歌か？」

「そうそうそういうやつ、弾けるか？」

正直に言えば弾ける。習った曲の比較的定番と言われるものの中にそういうものがあったのだが。

「なぜ、そんな曲を？」

「いや、愛に溢れる曲が流れたら、少しはいい雰囲気にならねぇかなぁと」

むくつけき髭面で大きな傷が目立つ強面の虎族が顔を赤らめている姿は、正直あまり見たくないものだなと微妙に視線を逸《そ》らす。

だが彼が密《ひそ》かに向けた視線の先を見て私は納得した。どうやらこの虎族の気になる相手が今そこにいるようだ。

私達の視線の先にいたのは、フードを被《かぶ》ったまま食事をしている小柄な青年だった。食事をしているせいでフードの隙間からその横顔は見える。そのどう見ても華奢《きゃしゃ》な体格からして小型の獣人かもしくは……。

「ヒト族か？」

「みたいだぜ。一週間ほど前からこの宿に泊まっているんだが、誰が誘ってもいい返事はないどころか無視されちまうんだ。そういう性格なのか、警戒してるのかはわからんが……ただなあ」

肩を竦《すく》めた視線の先で、そのヒト族だという青年がちらりとこちらを見た。その視線と私のそれが僅かに交わる。

透き通った水の色だ、と思ったのが第一印象。

どこまでも透明感がある、だがそれなのに水面で遮られてその奥底まではっきりと見通せない。

「ヒト族なら獣人を警戒するのはわかるんだが、俺ってばそんなに悪い人間に見えるか？」

「何言ってんのー。見えるに決まってんじゃん。黙ってても山賊の頭《かしら》だし、黙ってなくても確実に堅気じゃないんだからー」

ぼやく虎族に間髪《かんはつ》をいれず言葉を返した犬族の頭が鈍い音を立ててテーブルに沈む。そんな喧騒の中でも私の視線は彼から外れることはなかった。

その垣間見える横顔から表情は窺えないのだが、なぜかひどく寂しさを感じる。

時折彼の視線が窺うようにこちらに向けられているのは、警戒からかそれとも人恋しさからか。だが彼がヒト族であるならば、その警戒心も仕方が無いことだった。

アニムスの多いヒト族はその魔力の強さによる妊娠率の高さと性交時の具合良さという特性から別の種族……特に我々獣人に虐げられた歴史を持っている。今ではほとんどの国が政策としてヒト族を丁重に扱うがそれでも過去の遺恨がすぐに消えることはないだろう。

「そういやお前さん、そっちのほうはどうなんだよ」

不意に問われて、目を瞬かせた。目の前で眇《すが》めた視線の虎族がにやりと牙を出し、私を見つめている。その隣で顔を上げた犬族が楽しそうにたたみかけてきた。

「獅子族ならその獣性に惹《ひ》かれるアニムスも多そうだよねぇー。どっかの虎族と違って見るからに育ちが良さそうだしなぁー」

「どういう意味だごるぁ！」

もう一度鈍い音を立ててテーブルに沈んだ犬族の言葉に自然とため息がでるのがわかる。

「……否定はしないが、特定の相手がいたことはない」

私も好い年だ、今までそういう経験が全く無かったというわけではない。だが獅子族特有の性質といおうか、恋しい相手を自らの獲物と見なすほどの執着心は過去抱いたことはなかった。出自故《ゆえ》に積極的に関わろうとする相手には食傷気味だということもある。

そもそも私は恋をするということがどういうことなのかその正解を知らない。求められれば当たり障《さわ》りのない対応をすることはできるがそれはきっと恋ではないのだろう。どんな相手が好みなのかと聞かれてもいつも答えに窮していた。

そんな私は、外面の良すぎる冷血漢らしい。それは自由奔放で恋多き男として有名な先ほどの従兄弟の談だが、それでもあいつの片腕ほどに堅物ではないという自覚もある。

「今はこういう稼業故に、誰かと親しくなる暇が無い

というのも事実だな」

「ま、そりゃそうだな。仕事次第であちこちに行く俺らだとどうしてもなあ」

虎族の彼もうんうんと頷いていたが。

「まあそれはそれ。やっぱり出会いの機会ってのは大事にしないとなぁってことで、少しばかしいい感じにするために雰囲気の良い曲をだなあ」

虎族の彼の願望はともかく、視線の先にうつるどこか所在なさげな彼がこの場になじんでくれるのなら確かに一曲奏でるぐらいしてもいいかもしれない。

私は促されるままに店の一角にある小さな舞台に移動して、トゥリングスを腕に抱え直す。そこから店内を眺めると自然と皆の視線は私へと集まっており、壁際の彼も食事の手を止めていた。こうも注目されると正直なところやりづらさもある。なんといっても演奏など久方ぶりだからだ。

まずは年季が入ったトゥリングスの弦を一つずつ鳴らして音階を合わせ、指先をなじませていく。久しぶりに触れたそれだが指はすぐに滑らかに動き、音が店内へと響くようになった。

虎族の彼の希望からして曲目は『愛の讃歌』あたりか。最近再び人気が出ている古典曲であり、吟遊詩人の数だけ違う詩がついている。共通するのは運命のいたずらからすれ違いを繰り返し、ようやく出会えた奇跡の『番』を思った詩であるということ。

静かに始まる曲は優しく、だがその波乱の出会いを表すように激しく、そしてまた穏やかに続く。一節ごとに音階の高低差が大きく奏者の技量が問われる曲だ。

もっとも聴衆は師事していた厳しい師匠ではなく、雰囲気が合えばいいという酔客ということもあって、私も最近聞いた詩を思い出しながら気楽に弾いた。

奇跡の出会いを果たした『番』の物語に浸ったせいか、脳裏に浮かぶのは真に愛する相手と出会った自分の姿。そして、具体的な形とならないそれを現実のものにしたいと思う僅かな欲。

そんな私が見ていたのは、窓際にいる青年のどこか寂しそうな横顔だった。

帰りもよろしくと言われたものの商船団の出発は二週間ほど先なので、私は暇つぶしもかねてギルドで依頼を受けることにした。

運良くあった依頼は魔獣のリーガイン退治で、数頭の群れが近くの森に潜んで放牧地のモウが被害にあっているというもの。

夜行性で四足歩行、体毛は赤茶色、頭部の三角耳の根元から自在に動く太い触角が体長の数倍あるのが特徴のリーガイン。長い尾と触角は当たれば痺《しび》れて動けなくなるほどの力がある。

ただ複雑な連携をするだけの知恵はないので、闇夜に紛れての強襲に気をつけ各個撃破すれば、私にとって脅威のある魔獣ではない。

その夜のうちに薄く雪が積もる森へと分け入って探索すれば、すぐにその気配を捉えることができたほどだ。転がる倒木に身をかがめて気配を殺し、右に長剣、左に短剣を握って周囲の音に全神経を集中させていく。

察知できた気配を数えてみたがおそらく四頭の群れ。リーガインの平均構成からして雄が一頭、雌が三頭。柔らかな毛で覆われた足は音を立てにくいが、動きで生じた風が葉ずれの音を響かせていた。

だがその群れが私の射程範囲の一歩手前で止まり、明らかに気配を窺ってきている。

率いるのはなかなかに老獪《ろうかい》な雄らしいと私がわざと音を立てて身体を起こせば、リーガインとしては珍しいほどの巨体が牙を剝《む》いて威嚇してきた。体中にある傷がその強さを物語っている雄の気配が強すぎて、雌の気配は紛れてしまっている。

その雄も威嚇の後にすぐに密集する雑木の中へと姿を隠していった。

葉ずれの音が四方から聞こえるが、それはリーガインの長い触角や尾がわざと音を立てているもの。明らかな罠《わな》に私が誘われるはずもなく、突き出した長剣に驚いた雌が一匹、雑木の中から飛び出した。

「まずは一匹」

身を翻し、目測を誤り通り過ぎるリーガインの背後からその身体を左手の刃でなぎ払う。

鳴き声を上げてもんどり打つその首を掻《か》き切りながら走り抜け、怒りに咆哮《ほうこう》を上げる雄より先にその右手方向に隠れる若い雌の肉を長剣で断ち、返す剣で三頭目のやはり若い雌を切り捨てた。

戦闘経験の少ない若い雌ばかりに、魔獣の世界にも好みがあるのかと頭の片隅で考える余裕すらあるほど単純な群れ。

だが血の臭いが充満する場所で低く身構える雄は、そのまま突っかかってくる程愚かではないようだ。

それでも次の瞬間には木の幹を足場に飛び上がると頭上から私に襲いかかってきた。もっともその白く鋭い牙も爪も囮《おとり》だと知っている私からすれば、対応するのは容易《たやす》い。真に気をつけるのはその触角。

「ギャンッ!!」

リーガインの触角が私に到達するより早く長剣で弾き、間合いのすぐ外に着地したそいつに短剣を走らせた。

長剣が二本の触角を叩き切ったのが先か、短剣がリーガインの目をつぶしたのが先か。

どちらにせよ惑乱して前後不覚になったリーガインの喉を長剣で切り裂けば仕事は終わり。

依頼は達成できたが、戦いとしては私の獣人としての本能をたぎらせることはなく、興ざめ感が強い。

だが最期の足掻《あが》きだとばかりにリーガインが暴れ狂えば血しぶきが舞い、返り血を浴びてしまった。

盛大に立ち上がる血の臭いに顔をしかめ、暇だった商船団の旅で身体が鈍ったかと剣を握る手を見つめる。

やはり自分と対等に戦える相手がいない今、もう少し鍛錬にあてる時間を増やさねばなるまい。

戦っている時の私の笑顔が怖いと言ったのは従兄弟だったか。だが同じ双剣使いのあいつであれば噴き出す血よりも早く身をかわし、離れた場所で涼しい顔をしているはず。今の私の姿を見たら「何やってんだ、鈍ってんのか」と笑われるのがオチだろう。

依頼されたのはリーガインの一群れ分だから、討伐の証《あかし》である触角の先端を一対ずつ計八本を切り取って防臭袋に入れてしまえば後は戻るだけ。

それならばこの不快な血の汚れと臭いを先にどうにかしてしまいたい。この姿で依頼主の元へと戻るのもいささかまずいだろうしと、私は帰るより先に水場を探すことにした。

幸いにして私の得意な精霊術は土と水、風と火も使うことは出来るがこの二属性は他よりも巧みに扱うことができるのだ。

体内の魔力で精霊へと呼びかけその力を借りる精霊術は、人が持つ魔力の組み合わせでいろいろな使い方がある。精霊との相性、そして術式の組み方次第で幾通りもの術がある。

その力でこの緑豊かな森のどこかにある水場を探ろうと、手のひらで地面に触れる。水場を知るには、土の魔力で精霊に呼びかけ地中を探って水が流れているところを知り、水の魔力で水の気をたどればいい。

意識を集中していると、まぶたの裏で色の無い世界が一気に広がった。

多種多様なものでできた土が幾層にも重なった先で、きらめく水の粒子がさらさらと流れていくイメージが浮かぶ。力ある生き物の気配もあるが私を狙うようなものは無く、地下水をたどれば次第に地表へと上がっていき、そのままたどった上流では湖らしき水のたまり場が脳裏に浮かび上がった。

今いる場所から歩いて十分ほど東に移動したところ。戻るべき牧場からそれほど外れるものではないため、そこへと向かうことにした。


目的の場所に近づくにつれ、私の耳がその場には似つかわしくない涼やかな音を拾い始めた。

「音……ではなく声か、これは」

魔獣の鳴き声ではない。か細く聞き取りにくい今にも消え入ってしまいそうな声ではあるが、それでも明らかに理解できる言葉が混じっている。だが話し言葉よりももっと抑揚があり、脳に心地好く響く。これは音階、ならば聞こえてくるのは歌。

しかし今は日も沈みきった月の明かりと闇が支配する時間。これからますます闇が色濃くなる中、しかも魔獣も生息する森の湖からなぜ歌声が聞こえるのか。

私は長剣は腰に佩いたまま、短剣を構えて気配を殺してゆっくりと近づいた。

山あいから姿を現した月の光を浴びてその水場の湖面は鏡のようにきらめいていた。

湖と呼ぶには少し小さいが、それでも湖岸の植物に浸食されることなく透明度の高い清らかな水をたたえている。

その水面、湖岸近くから湖の中央へと半円状に波紋が広がっていた。その中心となっているのは、今まさに湖の中に片足を踏み入れた——人間。

藍色の髪に淡く色づいた肌色。細身の身体は私のような獣人からすればよほど華奢ではあるが、若々しい張りがあった。

それだけでも見入ってしまう美がそこにあったが、残っていた足もまた水の中へと沈み込むと同時に肩から布が滑り落ちていき、現れた艶《つや》やかな肢体から目が離せない。

布はただ羽織っていただけなのか、ふわりとたなびいたその布が湖岸の木の枝にかかり、そこに降り積もっていた雪が湖へと滑り落ちていく。私の視線の先にある人間は肌を全て晒《さら》したまま一歩一歩湖の中へと足を進めていった。

くるぶしから膝下へ、太腿、そして腰まで。

聞こえるはずないのに揺れた水面から水音が届いたような気さえする。

その姿から私はどうしても目を離すことができなかった。

少なくともその時点で、私の頭の中は何も考えていなかった。ただ美しいその姿に魅入られて、完全に自失していると言っていいほどだ。

だからこそ私は気づけなかったのかもしれない。吐く息は白く、いつの間にか舞い始めた粉雪の中で一人の人間が裸で、突き刺すように冷たいであろう水の中に浸かっているその異常さに。

大木の幹に身を隠しそっと窺うその先で、月の光に照らされた肌はみずみずしく輝いていた。細く華奢な手が湖の水を高くすくい上げれば、手のひらからの水流が生き物のようにその腕にまとわりつき落ちていく。

肩に流れ落ちた水は胸や腰へと分かれ、再び湖へと戻っていった。

その寸前、跳ねた水滴がまるで踊っているかのようだと思うのは、気のせいではないだろう。

細身の体躯は華奢といえるもので、私のような大型獣人とは全てが違う。

水と戯れるその姿は清廉で、しかし妖艶でもあった。惜しげもなく晒された裸体が私の下腹に熱を集めていくのを、そんな場合でないと自身を戒める。


よく見ればその頭上には獣人にあるべき獣耳がない。凍てつくような空気に晒された肌は妖精族のものともエルフ族のものとも違う。

ならば目の前の人間はもしかすると……。

「……ヒト族？　いや、まさか……」

その時私の視線の先の人物が身を捩《よじ》り、垣間見えたその横顔が私の琴線に触れる。遠目でも、彼の顔が昨夜食事の時に見かけた青年のものと重なった。

フードを被ったままではっきりと見てとれたわけではなかったが、思わず視線を取られた瞳を……横顔を私は忘れていない。

あの時覗《のぞ》いた髪は紺か藍だったが、今は月の光を吸収したように青みを帯びた銀にすら見える。その髪が風に煽られてふわりとたなびき、半身をまるで月に捧げるかのように向けた彼は高らかに歌声を響かせ始めた。

「さっきの歌……彼だったのか」

彼の声を聞いたのは初めてだ。

高い音域の声が澄んだ空に響き渡り、豊かな声量を持ってこそ歌えるそれは、この場で唯一の聴衆となった私の心へと深い哀愁を刻んでいく。あまり聞いたことのない言葉が時折歌詞に混じっているが、それでも悲恋の歌であることはわかった。

それは聞いているだけで胸の奥に何かを刻みつけていくかのような切なさで私を包み込む。込められた情感に、私の精神までもが揺さぶられると同時に、それが目の前の彼そのものであるように感じられて私の心はひどく痛んだ。

なぜそれほどまでにつらそうなのか、なぜそこまで世を儚《はかな》んでいるのか。

恋人と死に別れるという悲恋の物語、それを目を伏して歌う彼はまるで現実でもそうであったかのようにひどく悲しげで。

そう、まるで自死を選んだ者のように。

「……まさか？」

ぞくとり肌が総毛立つ。

――身投げか？

ぶるりと全身の筋肉が震えたのは、寒さからだけではない。

ここに来てようやく私の意識が現実の光景と結びついていく。

吐息が白く曇るほどに冷たい空気と同じように、あの湖の水は凍えるほどに冷たいはず。湖畔の草の葉が白いのは、降りた霜と粉雪に覆われているせい。

今度こそ激しい悪寒に身が震え、考えるより先に足が地を蹴った。

「待てっ！」

止めたかった。ただその思いだけが私を支配し、突き動かす。

私の声が聞こえたのか歌声が止まる。振り返った彼は驚愕《きょうがく》に目を瞠《みは》ったかと思えば、すぐに逃げるように踵《きびす》を返した。藍色の髪がふわりと浮かび、すらりとした背が淡く輝いて月の光を反射する湖のきらめきに混じり合う。

――消えないでくれっ！

その光景はこのまま引き留めなければそのままかき消えてしまいそうなほどに儚く淡い幻《まぼろし》にすら見える。

声なき悲鳴が空気を切り裂き、私は全身を丸めて手のひらを地面へとつけた。そのまま一気に力を解放し、全身が金色の光に包まれると同時に四足歩行の獅子の獣体へと変化した。

その最中でも私は決して彼から視線を外さず、光が消えるより先に彼に向かって全身の筋肉を使って跳躍した。

『はやまるなっ！』

叫んだ声は湖の水に反射する。

今や彼の身体の大半は水の中だ。彼の動きに合わせて湖面が波打つ。月と私の変化の光、そして淡い光をまとったような彼の肌の輝きでその姿が惑わされる。

激しい水音を立てて私の全身が水の中に沈んだ。

透明度の高い水といえど月明かりだけでは奥まで見通せない。冷たい水に厚い毛皮を持つ獅子の獣体でも肌がびりびりと痺れた。それでも獣毛に守られた身体はすぐに凍えるようなことはないが、彼はヒト族。その身体がこの冷たい水の中でいつまでも保つわけがない。

助けねば、という強い思いで沈んで湖底についた足を思い切り蹴り、全身をバネにして飛んだ私の前脚が彼に触れたのはその直後。

「えっ？　うわっ！」

一度浮かんだ身体が勢いあまって再び沈む。水の中にたくさんの空気の泡が浮かんで視界を遮る中、私は触れた彼を前脚で抱え込んで水を蹴った。

ざばっと二人同時に顔を出し、水面へと顔を出す。

「ひっ、やぁっ！」

だが彼は至近距離の私の姿に激しく驚き、腕の中で暴れた。

獅子の足では彼を抱き締めるのは都合が悪く加減も難しい。それでも必死になって押さえ込み、『大丈夫だ、何もしない』と混乱している彼に聞こえるように叫んだ。

『私は君を助けたいだけだ。自ら命を絶つなどと馬鹿げたことを考えるんじゃないっ、生きてこそ幸いは訪れるものだっ！』

暴れた拍子に彼の髪が私のたてがみに絡みつく。濡《ぬ》れたたてがみは色を濃くし、そこにきらめく藍色が混じった。

近くで見た彼の瞳は淡い水色で、二つの色違いの月がその瞳に映っている。その瞳を覗き込み、私は何度も何度も繰り返し言い含めた。

それが功を奏したのか、不意に彼が訝《いぶか》しげに呟いて動きが止まった。

「命を……絶つ……？」

不審気な表情を浮かべ私を見ているが、それよりこの冷たい水の中から脱するのが先だと、彼をしっかりと抱き締め直してから身を反転させた。

気が急《せ》くままに一気に湖岸まで泳ぎ切ってその勢いのままに地面へと駆け上がれば、浮力を失った身体は重く人型より不自由な腕から彼の身体が落ちる。

地面に尻をついて座りどこか呆然《ぼうぜん》としている彼に、私は荒い息を整えて声をかけた。

『確かに愛した者を失うことはつらいだろう。だが死を選ぶなど馬鹿なまねをするものではない。今はつらくとも生きていれば死ななくて良かったと思える日々が必ず訪れる』

こんなところで一人死ぬなど彼には似つかわしくない。もう二度と死のうなどと思わないでほしい。

その願いを込めて諭していた。

そんな私を見る彼は最初はその顔に大きな困惑を浮かべていた。

ヒト族にとって、獣人が一対一で目の前にいるというだけで警戒されるのは仕方のないことだ。私は彼から五歩程度離れた場所に身体を伏せて、座り込む彼の目線より顔が下になるようにした。

そんな私の考えがわかってくれたのか、青ざめた彼の表情が僅かに緩む。それでもそのまなざしから戸惑

いの色は消えてはいない。

それでも彼は、私の言葉に応えてくれた。もっとも甚《はなは》だ疑問だとばかりに小首を傾げて、だったのだが。

「えっと……死ぬっていうのは、誰が?」

心底わからないとその声が伝えてくる。私は続けかけた言葉を飲み込んで、目の前の彼を見つめた。

『……死ぬつもりだったのだろう?』

「わたしが……ですか?」

これは、もしかして私は何か大きな勘違いをしているのだろうか?

『夜遅く、こんな森の中の冷たい湖に入るなどそれ以外の理由があるのか……?』

「……別にそんなつもりでは……」

彼が小さな声で呟きながら首を横に振った。

「死ぬつもりは特に無かったんですけど……」

『無かったって……』

その言葉に私の口が完全に閉じた。

入水ではなかったのか?


だが先ほどは夢中で乗り切ったものの、私の濡れた身体は身震いするほどに冷えてきている。水も大気も並の身体なら凍えるしかない温度であることは違いないのだ。

『ならばなぜこのような夜更《よふ》けに、氷が張るような湖に身を浸からせていたのだ?』

その理由がわからぬと、問いただすように私の声は大きくなっていた。自然と口調も強いものになってしまう。

『身を守る獣毛を持たぬ身では凍死するか、身体が麻《ま》痺《ひ》してあっという間に動けなくなるほどの水温だ』

「凍死? 麻痺、水温?」

私の勢いに怯《ひる》んだように彼が身体を仰《の》け反《ぞ》らせた。

だがその直後に私の言葉の意味が判らなかったとでもいうように湖を振り返り、随分と不思議そうに湖畔に伸ばした指先を水に浸け、その温度を確かめている。

その傍《かたわ》らでは刃に似た細身の葉が雪を載せ、白い霜が降りているというのに。

『冷たくないのか？』

「――え、あっ、そうか。あっいえ、そんなことはないです。冷たいのは冷たい……です、確かに」

私の問いに首を傾げ、だがすぐに慌てたように何度も頷いた。

しかも今気がついたかのように慌てて木の枝にかけていた布を引きずり下ろし、身を覆っているが、それでもその下は濡れたままの素肌。

だが彼の表情は変わらず、逆に私のほうがしんしんと染み入るような寒さに体力を奪われているぐらいだった。

もっとも数度軽く振るえば獣毛はすぐに水を弾き、孕んだ空気が体温に暖められ致命的な冷たさは遮られた。

だが彼はそのような獣毛を持ち得ていない。

そんな疑問が私の顔に浮かんだのか、彼が焦ったように言い募った。

「あ、あのすみません。その、わたしは水に関わる魔力があって、その関係で温度を遮ることができるというか、冷たくても平気というか」

それはどこかとってつけたような言い訳に聞こえた。

しかし、魔力を持つ者はその魔力が関わる属性に耐性はある。そう言われてしまえば、そういう力があるのだと思うしかない。ないが、水の魔力を持っている者でそういう力の行使をしている者を私は見たことがなかった。

だが世界は広く、魔力持ちの力の使い方は千差万別と言って良い。探索に秀でた私の魔力の使い方と違い、彼は生きるためにそういう力を持ち得たのかもしれない。そう思うのは目の前の彼がその水の冷たさを感じていないのは事実のように見えるからだ。そんなことに考えが至ると、それ以上彼を問いただすことはできなかった。

何より、彼が死ぬつもりでないのであればそれでいい。

『……私の勘違いだったようだ。突然のことで驚かせてしまってすまない。しかしなぜこの湖に――』

水の中で死ぬつもりはなくても、今この場にいること自体も自殺行為なのだが、と言うつもりだったのだが。

その問いかけのせいか、いまだ続いてはいた緊張感がさらに張り詰めた。どこか慌てた様子の彼が言葉を遮り、逆に言葉を紡ぐ。

「え、あ、それは……。そのですね、わたしは水がたくさんあるところに住んでいて、いつも水と共にあって。それで水に入るのは平気……というよりとても好きなんです。でもこの街では川遊びすらしないと聞いて、それでここまで……」

ぽつぽつと語るそれは若干要領を得ないところもある。だが最後まで聞き取り理解してみたところによれば、結局のところ彼は水源豊かな地で暮らしていて毎日水に浸かるのが日課。しかも広い場所で手足を伸ばして入るのが好きなのだがこのような北の地ではそもそも水に浸かるという習慣がない。

そのせいで滞在中にたまった鬱憤《うっぷん》を晴らしたくて今夜ここまで来ていたと。

確かにこの地では風呂と言えば蒸し風呂を指す。しかも寒さの増してきた今の時期、水に入るなど獣人ですら厭《いと》うものだ。それこそフィシュリードに多く住む、鱗《うろこ》をその肌に持つは虫類系の獣人達ですら。

『確かにゆったりと浸かるのであれば湯の張った風呂のほうが私も好みではあるが……』

それでも凍えるような水温の中に入りたいとは思わない。

だが習慣というものは地方によって違うし、水の魔力持ちは応用範囲が広い。魔術というのは内蔵する魔力量や精霊との相性でも変わるものだから、私が把握できないものもあっておかしくはない。そもそも彼は別に何も悪いことはしていないのだ。私が大きな勘違いをしてしまっただけ……。

それでもと、私は小さく咳払《せきばら》いをすると、本来言いたかったことを彼へと伝える。

『この森は昼間であれば人も入って山の恵みを得ることもあるが、夜はたいそう危険なのだ。闇が深くなればなるほど魔獣の動きは活発になる。つい先刻私もこの森で魔獣を討伐したばかり。このような地に一人で入り込むなど危険極まりない、それこそ自殺行為なのだ』

「え、ああ。そうか、魔獣……そうですね。すみません、わたしの住んでいたところは陸の魔獣はそれほど強くなくて……そうか、土地が違うからですね」

知識が偏っているのか、世間知らずなのか、そんなことを言う彼が逆に心配になってしまった。

『それに君達のようなヒト族を狙うのは魔獣だけではない。この意味はさすがにわかるだろう？』

私の言葉の持つ意味に気づいてくれたのか彼は一度大きく目を見開き、そして俯《うつむ》いてしまう。

そう、彼らにとっては悪意を持つ獣人に襲われることのほうが下手をすれば魔獣に襲われるより不幸なことなのだ。

そんな私の真意を察してくれたのだろう。顔を上げた彼は、それは理解できると頷き、はにかむような笑みを見せてくれた。

濡れた身体を火と風の魔術で乾かし、服を着た彼に街に送ろうと告げ、私は獅子の姿のまま彼を背に乗せた。

この闇夜の中を一人で帰らせることなどできないと説得をすれば、最初は固辞していたシスラン君も結局納得してくれた。

そう、彼の名はシスラン。フィシュリードの海近くの村の出身だと教えてくれた。

随分と遠くから来ているということに驚いたが、彼はそれ以上のことを語ろうとしない。だから私も無理に聞き出そうとはしなかった。旅をする身であれば多かれ少なかれ語れないことはある。それは私も同じ身の上だからだ。

私のほうもイリシードという名とレオニダス出身ということは伝え、今は冒険者だとも教えれば、彼からは思わぬ反応が返ってくる。

「昨夜、あの酒場でトゥリングスを弾いてましたよね？」

『ああ、聞いていてくれたのか？』

「はい……とても上手で、すばらしかったです。わたしの村でもあそこまで弾ける人はいませんから」

そんな褒め言葉に、私の心がなぜか歓喜に打ち震えた。

うまい、すごい、さすがだ、と褒め称《たた》える声は昨夜幾つもあがったが、シスラン君の言葉ほど私の胸を打ったものはない。

『ありがとう。だが盗み聞きしたようになってしまったが君の歌もすばらしかった。私はただ弾くことはできるが、あそこまで想いを込めて奏でることはできない。だからこそ、君が死を選ぶほどに悲しんでいるのでは……、と勘違いしてしまったのだがね』

自らの言葉に苦笑が零れる。今考えるととんだ早とちりだったが、それでもこうして彼と話をすることができたきっかけとなったそれは得がたいものだ。

「あれは……。その……ありがとうございます……。ですが、わたしの村ではもっとみんな上手なんですよ。わたしは未熟者で、だってホールイーが応えてくれな……、あ、いえ。とにかく村の人からすればわたしなんてまだまだなんです」

謙遜する彼は褒められ慣れていないのか、戸惑いも露《あらわ》に首を振っている。途中言いかけたのは、歌の師匠か誰かのことか。

せっかく彼の村の様子が聞けるかと思ったが、そのまま彼は口を閉ざしてしまった。

それに私自身、なぜかうまく言葉が出てこない。

彼のぎこちない物言いが移ってしまったようなのもあったし、私自身、彼に何を話していいのかわからない。気の利いたこと一つも言えない自分が嫌になる。

それにどうやら私のことは、昨夜のあの冒険者仲間から伝わっていたようでそれほど伝えることもない。

だからといって黙っていると、頭が考えてしまうのは先ほどのシスラン君の姿。一糸まとわぬ裸体で湖の中にいる姿を思い出すと、駆けているという理由だけでは説明がつかないほどに胸の鼓動が速くなったように思える。

背に触れる彼の熱を意識して、私自身の熱まで上がってしまっているようだ。

そんな自分を落ち着かせようと走ることに集中したら、気がつけば随分と早く宿に着いてしまった。街の中を獣体で駆けてしまう程に自分が背中の彼に意識を奪われていたことにようやく気づく。

『……着いたな』

昨日と同じ宿の前で、立ち尽くす。それは背中に乗せた彼と別れるのが名残惜《なごりお》しいからなのか……。自分の気持ちがわからないとは随分と歯がゆいものだと自問自答してしまう。

「本当に速いですね……。あっいえ、今まであまり獣体になった獣人の方を見たことがなかったもので。ましてや、獅子族の方の背中に乗せてもらうなんて……」

そういうシスラン君の声は僅かに震えていて、私の背から降り立った瞬間足がもつれて私にもたれかかってきた。

『大丈夫か？　もう少しゆっくり走るべきだったな、君の身体のことを十分に考えられていなかった。君と同じように私もヒト族を背に乗せるなど初めてのことで……』

「あっいえ、すみません……。その、少し緊張してしまったというか、あまりの速さに驚いたというか、すごいんですね獣体って」

『遠慮はしないでくれ、それに身体が冷えてしまったのではないのか？　水の中は平気でもこの気候だ。風に身体が晒されればその冷たさはさすがに堪えるだろう。そうだ、酒の一杯でも一緒に……』

という言葉に下心が無かったとは言えない。続いた言葉に他意は無かったとしても。

「いえ、今日はもう遅いですから。それにお酒はあまり飲めないもので……」

だが私の誘いはあっさりと断られてしまう。

少し寂しそうな笑みは変わらず、何か物言いたげな瞳は僅かに潤んでいるように見える。

私は私の中に芽生えてくる欲を自覚していた。目の前の彼のことを好ましいと思っている自分がいる。それは私の中に眠る獰猛《どうもう》な獅子が僅かに目を覚ましているかのようで。

それは彼がまとう空気のせいもあったのだろう。常に何かに怯《おび》えているような、そして何かに戸惑っているようなそんな彼の姿。強烈なまでに庇護欲《ひごよく》をそそられるそれ。しかし、それは僅かな拒絶にもなり、私と彼との間に壁を作ってしまう。

だがその壁すらも私は壊してしまいたかった。獣の本能がおもむくままに彼を蹂躙《じゅうりん》したいと願う私の本能が鎌首をもたげているのを必死で押さえ込む。

『ああ、それならゆっくりと休むといい。身体が冷えているはずだしっかりと暖をとって、何か温かいものでも飲みなさい』

「はい、イリシードさん。今日は本当にありがとうございました」

深く頭を下げた彼の後ろ姿を私はそれ以上の言葉無く見送ることしかできない。

小さくため息をついて人の姿へと戻り、身なりを整えてシスラン君の後を追うようにして宿へと入る。

そのまま部屋へと戻ろうとした私を呼び止めたのは昨日親しくなった虎族と犬族の二人。獣体でシスラン君を背に乗せていたのを彼らに見られていたのだろう。話を聞かせろとどこかからかうような笑顔を向ける彼らの席に私は腰掛け、強めの酒を注文した。


借りている宿の部屋へと入り、扉を後ろ手に閉めたとたんに身体から力が抜けてずるずるとその場に座り込んだ。

手のひらが触れた乾いた木の板の感触が心地好いと思う程に身体が疲れ切っている。それでもわたしの心は今の状況をどこか喜んでいた。

それはきっと今夜会えたのが彼——イリシードさんだったからだ。

「良かった……気づかれてなくて……」

手のひらを胸に当てれば、まだ胸の高鳴りが治まっていない。声をかけてきたのがあの人だと気づいた時からずっと、わたしの鼓動は速いままだ。

月の光しかない夜ということである意味油断していた。森の奥にある湖とはいえ、周囲の警戒を怠ったなど気が抜けているにもほどがあった。本来一番気をつけなければいけないことだったのに、あまりの心地好さにそのことを忘れていたのだ。

わたしが今床に投げ出している二本の足は幼い頃から見慣れたもので、今更違和感はない。だけど、イリシードさんの声があと少しでも遅かったら、わたしは本当のわたしの姿——人魚へとこの身を変えていただろう。

わたしは普段ヒト族の姿をしているが、これは魔力で身体を覆い見た目を変えているだけの仮初《かりそ》めの姿。本当は足の代わりに長いヒレと尾を持ち水の中で暮らす一族だ。

だが幸いなことに人魚へと変化する寸前にイリシードさんに飛びかかられて、わたしは正体がばれずに済んだ。もしあと一歩遅ければ、わたしは彼の記憶に干渉して今日の記憶を夢にしなければならなかっただろう。そしてわたしの旅は終わり、また次の機会を待たなければならなかった。

人魚が見舞われた忌むべき歴史を繰り返さないために、他の種族から正体を秘匿することを選んだ先達の選択は決して間違いではないと思っている。

「でも……、ちょっと言い訳が苦しかった……かも。信じてもらえたかな……」

水の民である人魚はその水がどれだけ冷たかろうと

気にならない。意識せずとも自然と身体の周りの水がわたし達に適するものへと性質を変えてくれるからだ。そのことも失念していた……。普通のヒト族がこんな気候の中、あの湖に浸かればイリシードさんの言うとおりにあっという間に凍死してしまう。

はあっと安堵のため息を零しながら、わたしは床にへたりこんだまま上半身を寝台へともたれかけさせた。重い頭を乗せて窓を見れば、二つの月が寄り添うように浮かんでいる。

銀の月と朱の月はそれぞれアニムスとアニマを象徴し、わたし達の祖を生み出したと言われていた。

その月に視線をやれば、自然に願うのは人魚族が種としてこの先存続すること……で、高望みをすれば繁栄だ。

過去に一部の獣人が様々な理由で人魚という種族を滅ぶ寸前にまで追い込んだ。それならばいっそ全滅したと思わせてしまえばいいと、ヒト族の姿をとることのできるわたし達一族は世界を欺いてなんとか生きている。だが問題はアニムスしか存在しない、人魚族だけでは子は望めないということ。

そのため成人した人魚はその本性を相手に告げることも、現すこともなく他種族のアニマと交わり子をなすことが必要となったのだが……。

伴侶として他種族を迎えるわけにはいかない上に、本当の理由を話すわけにもいかない。こっそり核を仕込んで相手に気取《けど》られずに性交をすることはできる。だが、決して恋に落ちてはいけないと、情を通じすぎてはならないと村の年かさの者達から言われ続けてきた。私にはまだわからないことだがそれは人魚の気質と深く関係があるのだろう。

だからこそ本来であれば行きずりの、後腐れのなさそうな相手が望ましいのだが……。

実際に探してみてると、そういう相手を見つけることがどれほど難しいか、今のわたしは知っている。子をなす相手、一緒に暮らすことはできなくても生まれてくる子の父親、そんな相手を誰でもいいと割り切れる者などいるはずがない。

村でも時折子をなさずに戻ってきて二度と旅立たない者、旅立ったまま戻ってこなくなった者が増えてきており村はさびれる一方。

そんな中、村長の子であるわたしぐらいは、しかるべき相手を見つけ、次代を担う子をなすべきだと思っていたのだが……。

現実はそう甘くはなかった。

村の交易品を持って都を訪れた時に獣人を、それもアニマの獣人を見たことがないわけではない。ただ、自らと一夜を共にし、子の親となってくれる相手を探すとなると……正直なところわたしはそれを怖いと思ってしまった。

旅の間も、外見がヒト族ともなれば獣人から声をかけられることも多かった。それは純粋な好意や下心が入り交じったものでわたしはそれに応えることが怖かったのだ。

この宿に腰を据えてからも頻繁に声をかけてくれる獣人達はいる。それはきっと、人の輪に交じることができないわたしを心配してくれてというのもあるのだろう。だけど、彼らの本心がどこにあるのかそれがわたしにはわからない。

姿形の恐ろしさであればそんなものはすぐに慣れることができる。だけど、村人以外と極力関わることなく生きてきたわたしにとって相手の気持ちがわからないというのは何より恐ろしいことだった。

そのせいで無意な日々が過ぎていく。

こんなことでは旅に出た最大の目的が果たせない。一族の繁栄になんの寄与もできない……。

だがそんなわたしの前にイリシードさんは現れた。

湖でかけられた問いかけは、最初は驚きで何がなんだかわからなかったが、次第に彼が本当にわたしを案じての言葉だったと理解できたし、その誠実さは彼の態度の端々から感じられた。その姿は、旅に出て出会ったどの人達とも違って見えたのだ。

そんなイリシードさんを初めて見たのは昨夜。

最初はまた新しい獣人が増えたのかなと、警戒心も露に窺っていたのだが、彼が他の人と話している様子を見ているうちに、目が離せなくなっていた。

わたしなどその腕にすっぽり収まりそうな大きな身体に太い腕。腰に佩いた二本の長さ違いの剣は使い込まれていて、彼より大柄な獣人ですら彼の力を認めているようだった。

獅子族ということだが、野性味に溢れた相貌《そうぼう》にもかかわらずその少しタレた瞳は理知的で、落ち着いた物腰は見ていて安心感すら覚える。酔っ払いの戯言《たわごと》を笑って受け流すその笑みは終始穏やかなもの。何よりその声は、耳に残る低音で酒場の雑踏の中にあってすら心地好さを感じたほどだ。

そして極めつけはあのトゥリングスの演奏。わたし達人魚は水とそして歌と共に生きる種族で、必然的に音楽への造詣も深くなる。いや、生まれながらにして音楽や歌というものを生きる上での糧としているといっても過言ではない。

イリシードさんの指先から奏でられるトゥリングスの音色はそれこそ本業の吟遊詩人が弾くものとはその技巧に大きな隔たりはある。それでも、あの無骨な指がこんなにも優しくわたしの心に語りかけてくるような音色を生み出すことが不思議でしょうがなかった。それはまるでわたしの魂に訴えかけるほどに深く自分の中へと染み入ってくるようで。

それこそ毎回出された物を味わうこともなく食べてすぐに自室にこもるわたしが、食事の手を止めて聞き惚《ほ》れてしまったのだから。

それまでどんな獣人に話しかけられても顔が引きつり、視線を合わせたくなくてフードで顔を隠すしかなかったのに、あの人のことをもっと知りたいと心の底で願ってしまう程に。

そんなイリシードさんとまさかこんな形で知り合うなんて……。

湖で突然飛びかかってきた獅子に驚きはしたけれど、不思議とその姿を恐ろしいとは思わなかった。

本能的な他者への警戒心を緩めることはできなかったが、それと同時にその逞《たくま》しい獅子にならわたしの全てを差し出しても良いと不思議と穏やかな気持ちですらあったのだ。なぜかはわからない、それでもそれはイリシードさんだったからだと今のわたしには思えた。湖での誤解のされ方には驚いたけど、それはどうしても水に浸かりたいという欲求を抑えきれなかったわたしの無知さが原因だ。

その柔らかく大きな背にわたしを乗せて宿へと駆ける間もわたしが答えにくさに口ごもれば、無理にそれ以上聞き出そうとせずに自然に話を変えてくれたし、揺れる背はつらいだろうと何度も大丈夫かと気に掛けてくれていた。

「本当に優しい人……」

予想外の出来事の中で取る態度に嘘《うそ》は無い。そう思うから、今日のイリシードさんの姿は彼の本当の姿なのだろう。いや、トゥリングスの音色を聞いた時に感じた彼の姿と一致したと言えばいいのだろうか……。

いまだ手に残る彼の獣毛のしなやかさ。温かい熱と聞き心地の良い低声。

水に思う存分浸かれなかったという身体が欲する欲求はいまだ完全に消えたわけではないが、それでも苛《いら》立《だ》つような不安定さは今はきれいに消え失せて、わたしは寝台に背を預けて長く息を吐き出した。

窓から注ぐ銀の光を浴びて、あんな短時間浸かっただけにもかかわらず不思議と体内に満ちた水の気もまたわたしの心を静めてくれている。

驚愕から恐怖、緊張の後の安堵そして……。めまぐるしい感情の変化に疲労は激しいが、今わたしの心を占めるのは彼の優しさばかり。

「また話しかけてくれるでしょうか……？　いえ、今度はわたしから……」

そうしたらまた一緒にいられるかも。もっと話ができるかも。

そんな期待を胸に、わたしはそっとまぶたを下ろした。

今の感情を手放したくなくて、心に湧き立ったさざ波を味わっていたかったのだ。

翌日、目覚めたわたしは窓の外が随分と明るいことに違和感を覚えて空を見上げた。冬の今の時期、この地方では山に遮られた太陽がなかなか出てこずにいつまでも薄暗い。

だが見上げた視線の先では太陽が輝き、いつもの切れるような冷たさはなく穏やかな空気に満たされていた。

「えっ……まさか昼すぎ？」

呆然と呟き、立ち上がって窓から賑やかな人通りを見る。

どうやらすでに昼すら過ぎているらしい賑わいに、わたしは呆然とその場に立ち尽くした。

こんなに寝坊したのは旅に出たばかりの頃、強行軍過ぎて疲れが出た日以来。

そういえば昨夜はいつごろ眠ったのか覚えていない。宿へと戻った時間がそれなりに遅かったのは確かだけど、だがその後ぼうっと月を見て目を閉じてからの記憶がない。

寝台の上で毛布にくるまっていたから自分で上がって寝たのは違いないのだが。

「そういえば最近ちょっと眠れてなかったかも」

自分がこの旅に出てこの宿に泊まっている意味を考えているうちに明け方近くになっていたこともあった。何度も夢にまで見るほどの悩みはいまだ何一つ解消されていないが、昨夜はその夢も無く幾分か精神的に楽になっていた。

いつも重苦しく感じる一日の始まりの空気がすがすがしいと感じるほどに。

昼を取るには遅すぎて、だが夕飯には早すぎる微妙な時間。

とりあえず手持ちの保存食で腹ごしらえをしている時、不意に背にした扉を叩く音が聞こえた。その不意打ちに出かけた悲鳴を飲み込んで振り返る。

「シスラン君、いるか？」

訪ねてくる知り合いなどいないと警戒していたわたしの耳に届いたのは、昨夜聞いたばかりの声。

「イリシードさんですか？」

「ああそうだ。大丈夫なのか？　昼になっても食堂に顔を出さないし、朝も来ていなかったようなのでどうしたのかなと思ってな。もしかして具合でも悪いのかと」

「えっ、あっいいえ、昨夜はあの後すぐに熟睡してしまって、昼近くまで寝ていたんです。起きてからは部屋で少しぼんやりとしていました」

まさか今まで寝ていたと言えなくて、思わずそんな言葉を返してしまった。顔が熱くなったのはそんな怠惰な自分を知られたくないという焦りから。

扉に手を伸ばすが、自分の顔が赤いのを見せたくなくてためらってしまった。それなのに彼は心配そうな声音のまま会話を続けてくれる。


「そうか、それなら一安心だ。昨日は随分と身体も冷えていたようだから……。あー、それより昼食はどうしたんだい？」

「えっと、今済ませたところです」

「そうか、食欲があって食べられているなら大丈夫だな」

彼が頷いている様子が伝わってきて、わたしは顔ぐらいは見せないとと思い、慌てて扉を開けた。

「え、あっ！」

「おっと」

「す、すみません」

慌てて出たせいでつんのめり、イリシードさんの胸元に飛び込むような形になってしまい彼が抱き留めてくれた。慌てて身体を離すが、予期せぬ自分の行動に恥ずかしさやら驚きやらでいたたまれない。

せっかく落ち着いた顔が再び真っ赤に染まっているような気がして、わたしはもう俯くしかなかった。

「ああ、本当に元気そうで良かった」

「はい大丈夫です。すみません、いろいろとご心配をおかけしてしまったようで」

本当に彼はわたしのことを心配してくれていたのだろう。それは今わたしに向けられている穏やかな笑みからも素直に感じ取れる。大型の獣人種、しかもどちらかといえば精悍《せいかん》な顔つきの人のこういう微笑みは間近で見るとなかなかに新鮮さとそれ以上の何かを感じてしまう。

「もう昼は済ませたなら今日の夕食を一緒にどうだろうか？　君さえよければだが」

その誘いの言葉に不意に胸が高鳴るのを感じる。

「わたしがご一緒してもいいんですか？」

「ああ、私が話し相手になってほしいんだよ。ほら、一人で食べるより二人のほうが食事も美味《おい》しいとは思わないかい？　それに君が昨日海について教えてくれただろう？　私はまだ海まで行ったことがないし、そのあたりも教えてくれると嬉《うれ》しいのだが」

「はい！　わたしでよければぜひご一緒させてください」

海のことならばとわたしは反射的に頷いていた。旅で初めて知ったことのほうが多いほどにわたしの人生経験は少ないが、それでも育ってきた海のことならたくさん知っている。

それなら話が途切れることはないだろうと思っていれば「良かった」と本当に嬉しそうな声が振ってきて、わたしは思わず見上げてしまった。

「それじゃまた日が落ちた頃に呼びに来るよ」

再び笑みを見せたイリシードさんがわたしの頭にぽんと優しく手をおいた。そんな彼が向けてくる表情にわたしの心臓は高鳴り、意識が彼へと集中する。

わたしよりずっと年上の人なのに、笑顔が可愛《かわい》いなどと思うなど失礼なことだと思いつつもそれでもその笑顔に惹かれていた。

手を振り踵を返す時にその口元がほころんだままなのも、どこか軽い足取りも、楽しそうに揺れている尻尾の先も、耳がぴょこんとこちらを向いたのも全てから目を離せない。

ずっとずっと大人で、冒険者としてもいろんな経験をしている人だろうに。

彼を見ているとわたし自身嬉しくて楽しくて幸せな気持ちになる。

思わず握りしめた拳、それを動悸《どうき》がする自分の胸に押し当てて、そんな自分に戸惑いが隠せない。この気持ちはなんだろうと自分に問いかけてその答えを出すのを無意識にやめてしまう。それでもわたしは去っていくイリシードさんが階下に降りるまで目が離せなかった。


約束通りにイリシードさんは日が落ちたと同時にわたしの部屋の扉を叩いた。そんなわたし達が連れだって宿の階下にある食堂兼酒場へと向かえば、イリシードさんの知り合いから様々な声がかけられて彼は気さくに返していた。だがそれに続く言葉が皆一様に一度止まる。それはイリシードさんに連れられたわたしを見たせいだと鈍いわたしでも気づく。

酒場で食事をしていた人達の視線がわたしに集まっているのを嫌でも感じる。

そんな視線に戸惑って足が止まりかけたわたしの背にイリシードさんの手が添えられて進むように促してくれなければ、そのまま後戻りしていただろう。

それでもわたしはいつもよりさらに深くフードを被り、促されるがままにテーブルについた。それはいつもの壁側ではなくて、中央席。しかもすでに人が二人いる。この宿にわたしが来てからというもの何かと話しかけてくる虎族。その隣の犬族の青年は今も眠そうにしていてわたしへの関心が薄いとわかるからまだいいのだが、虎族のほうは向けてくる視線から悪意こそ感じないものの強い感情がのっているのが苦手でいつも言葉少なに避けていた。

「うるさい奴らが多いが気にしないでいい、と言っても難しいのはわかっているつもりだ。君がヒト族であればどうしても獣人はその存在が気になってしまう。だが、ここにいる連中に君の気持ちを無下にするような奴はいない。それは保証しよう」

声をかけられて、わたしが「はい」と頷くと同時に虎族の彼がテーブル越しにイリシードさんのほうへと身を乗り出してきた。

「なんであんたが彼と一緒なんだ？」

一瞬わたしに向けられたその視線が無くても、彼というのはわたしのことだろう。イリシードさんが肩を竦めてわたしへと視線を走らせた。

「そんなに睨《にら》むな。彼が怖がるだろう。昨夜彼とのことでさんざん酒の肴《さかな》にしただろうが。今日は一緒に食事でもどうかと誘っただけだ」

虎族の視線が言葉の真意を確かめるようにとわたしへと向けられる。

「見知った相手がいれば彼ももう少し気楽に食事を楽しめるだろう。私達にその気がなくともヒト族が私達を警戒する理由は獣人ならわかるだろう？　それにこの食事はせっかくうまいんだ、楽しく食べられないのはもったいない」

その言葉に頷くわたしの様子に彼も納得はしたようだ。

「確かに獣人しかいねぇし、声だけはでかいうるせぇ奴が多いからなここは。まぁ、話してみれば皆気の良い奴ばかりだ。お前さんを無理にどうこうしようって奴がいたら俺達に言えばいい。とっちめてやるからな！」

「まぁ、声のでかい筆頭はあんただけどなー」

先ほどの低いだけのものとは違い柔らかくなった声からは労《いたわ》りが感じられた。今までは恐ろしさしか感じなかったそれの変化に、それだけでも内心ほっとする。そして、犬族の彼が言葉を発したとたんその頭を虎族の人に机に押しつけられているけど大丈夫なのだろうか。

「この二人のこれはじゃれ合いみたいなものだから気にしなくてもいい。ヒト族と獣人の歴史を考えればしょうがないことだがあまり壁を作ってしまえば、獣人は逆に興味をそそられてしまうものだ。それならば、少しずつでもこの場になじんだほうが君にとっても良いだろう」

イリシードさんの言うことはもっともだ。わたしが作りだしていた壁はヒト族故にという訳ではないがその本質に大差はないだろう。過度な拒絶は必要のない誤解ともめ事の種なのだと今更ながらに気づき、わたしはゆっくりとフードを外す。

店内で何人かの息をのむ声が聞こえたがそれだけだ。

「ご挨拶が遅くなってしまいました。シスランと申します。イリシードさんには大変お世話になっていまして、今更ではありますがよろしくお願いいたします」

わたしが小さく頭を下げおずおずと手を差し出せばその手が強く握られた。

「初めましてじゃねぇがよろしくな。虎族のバースだ。うーん、やっぱり可愛いと思っちまうんだよなぁ」

「犬族のフリッツだよー。よろしくなー。隣のおっさんはただのエロ親父だからあんまり近づかないほうがいいぞー」

わたしがフリッツさんの手を握り返す前に彼の頭は再びバースさんの手で机に押しつけられている。机がミシミシと音を立てているが本当に大丈夫なのだろうか……。

「さて、それでシスラン君、何を食べるかな？　ここは肉も魚もうまいが」

問われて戸惑うわたしが言葉を発するより先に勢いのある低い掠れ声が響く。

「俺はやっぱり黒モウの塩焼きがお勧めだぜ。おいっ、こっち注文頼むっ！」

「はーい、俺も俺もー」

今まで頭を机に突っ伏していたはずのフリッツさんも不意に手を上げて声を上げた。その変わり身の早さに驚き仰け反ったが、その背をイリシードさんが支えてくれた。そのたわいない触れあいを心地好く感じてしまうが、今はそれよりもとわたしも品書きに目を通す。

　彼らが頼もうとしているのは、ドーネイ特産の黒モウの骨付き肉に香味野菜の汁と塩で味を付け豪快に直《じか》火《び》で炙《あぶ》って焼いた料理。この宿でも獣人の大半が食べている物だ。大皿いっぱいのその肉と大きな杯に入った酒が瞬く間に空になるのにはいつも圧倒されていた。

　実際モウの一種である黒モウの肉は、普段肉を食べ慣れないわたしが食べても美味しいと感じたぐらいだ。ただわたしが毎日食べるには量も多いし、少し重い。

「だがここは魚料理も捨てがたいと思わないか？　なんと言ってもここは港町だからな」

　わたしが戸惑ったのを見抜いたのか、イリシードさんがそう言ってくれたことに安堵すると同時に嬉しさが込み上げる。

「はい、こちらのサラモス料理はとても美味しいんです」

　海で育ち産卵時期に川をさかのぼるサラモスは、今が旬で脂がのっていてとても美味しい。塩焼きも美味しいが、わたしが一番好きなのはここの名物料理でもあるチーズがけサラモスの蒸し焼き。一口大の切り身のサラモスと葉野菜やキノコ類にたっぷりのチーズを載せて蒸し焼きにする料理で、ピリッとした辛みのある香辛料と岩塩、それにチーズの味が合わさって素朴ながらくせになるような美味しさなのだ。

　わたし個人としてはこれに少しソイソを垂らしたいと思うのだが、さすがにこの地ではソイソは貴重品らしくこの酒場には無かった。その分を強めの香辛料が補ってくれていて、これはこれでいいかなと思っている。

　そもそもチーズなんて村では貴重品でめったに食べることはできない、ここにいる間だけしか食べられないだろうなと思うからこそ毎日同じ物を食べてしまっている。

「なるほどサラモス料理か。そういえばまだ食べていなかったな」

　イリシードさんも頷いて、わたしと同じ物を店員に頼んでいた。

「いいんですか？　肉料理ではなくて」

「まだ食べてない物を食べてみたいと思っただけだよ。その地域の食材を使った料理を楽しむのも冒険者の醍醐味だからね」

わたしに気を遣ったのかと思ったが、そうではないと言う。

それが彼の思いやりだと気づかないわけがなく、わたしは面はゆい笑みを見せながら、そうですかと頷いた。

そんなわたし達を見て、バースさんも「じゃ、俺も食ってみるわ」と言って追加で注文している。

「うーん、だったら俺はこっちを食べてみたいかもー。これも食べたことないんだよねー」

フリッツさんのその言葉に便乗したかのように次々と追加される料理に酒。

まずは酒の杯がなぜか人数より多く机の上に並び、続いてさらに多くの皿が所狭しと並べられた。


その量に目を丸くしているのはわたしだけで、目の前の三人はそれぞれが杯を持つと一気に飲み干し、すぐに別の杯へと手が伸びていく。なるほど店員が運ぶのが間に合わない故の量かと納得する間に、イリシードさんが今度は骨付き肉を摑《つか》んだかと思えば肉が瞬く間に消えていく。

「すごいですね、これだけの量を食べるんですか……というか食べられるんですよね……」

明らかにわたしが頼む時より一皿に載っている量も多い。どうやら体格によって量を調節しているようで、同じ料理でもイリシードさん達の皿は肉もサラモスもそしてチーズも大盛りだ。

その料理の山を彼らは豪快に平らげていく。

その光景は一人で見ているだけの時には怖いとすら感じたものだが、今はその食べっぷりと飲みっぷりが気持ち良いとすら感じる。

「うまいな、確かに」

イリシードさんはそう言って頷き、次々と手を伸ばしながらも一つ一つを味わいながら食べているのがわかる。そういえば昨日だったたか、彼は裕福な家の出だと聞いた。彼の所作が洗練されて見えるのはそのせいだろうか。

そんなことを思い出しながら、わたしも美味しい料理の数々に舌鼓を打った。

その間にも目の前に座る彼らの輪が自然と広がっていく。時には隣の席とも声をかけ合っている。その楽しげな様子はすぐに酒場全体へと広がっていく。

いつもは壁際の端っこもいいところで一人食べていたからこういう喧騒の渦からは外れていたが、今わたしがいるのはその輪の中心。

誰もがイリシードさんには声をかけ、その会話にバースさんやフリッツさんも自然と混ざる。その自然な振る舞いは長年の友と言えるような雰囲気に見えるが聞いたところによると誰もがこの街で初めて出会った人ばかりのようだ。

それはわたしにとって未知の世界だった。

もう二週間もこの街にいるが、わたしが会話をした人と言えばこの宿の人と、水産物の加工品店の人ぐらい。

それも最初は事務的な会話だけで、少しずつ打ち解けて話ができたのは相手が気に掛けて話しかけてくれたからだ。

基本他人と話をするのに身構えてしまうわたしの悪いくせだが、生来の人見知りがどうしても出てしまう。

ふとそんなことに思い至って、どことなく寂寥感《せきりょうかん》のようなものが胸の奥を冷たく通り過ぎた。こんなふうに賑やかな食事は程度の差があるにしろ村を出て以来だと気がついたから。

自覚すればますますその思いは強くなる。

そんなことを考えていたせいか、自分の手が止まっていたことにも気がつかなかったのだが。

不意にその手を取られその力強い感触に顔を跳ね上げた。

「シスラン君、ちょっと来てくれるかい？」

そこにあったのはイリシードさんの優しい笑顔で、少し首を傾げてわたしを誘う。

「えっと、どちらへ？」

立ち上がりながら問えば、腕を引かれ導かれるようにして奥にあった小さなステージへと連れていかれた。

それこそ二人が並べばそれだけでいっぱいになるような狭さではあるが、そこに押し上げられたわたしは、一斉に集まった酒場中の視線に硬直した。

「えっ、何です……か？」

「勝手に決めてしまって申し訳ないが皆に君の歌を聴いてもらいたくてね」

「え……ええっ？」

そんな彼の手には昨日見たトゥリングスがあって、微《かす》かな音色を響かせる。

「昨日聴いたのは……こんな感じだったかな？」

戸惑っているわたしを尻目にトゥリングスを構えたイリシードさんの指が音色を紡ぎ出した。その調べは確かにわたしが湖で歌っていたものとよく似ている。


最初の節を何度も繰り返すイリシードさんはわたしをずっと見ていた。彼の明るい琥珀色の瞳を見返していると、灯《あか》りの具合で金色に揺らめくそれがわたしの気持ちを落ち着かせ、そして昂《たかぶ》らせていく。

大丈夫だとその瞳が語りかけてくるたびに、店の中から寄せられる数多《あまた》の視線が意識から外れていった。何より聞き慣れた調べがわたしを誘う。

わたし達人魚族にとって歌はとても身近な存在だ。生きる術そのものでもあるし、日常の作業すら詩と共にある。だからこそ自然と数え切れないほどの歌を覚えて育つ。

楽器を奏でない訳ではないけれど、波と風が奏でる調べがわたし達にとっての伴奏。

だがイリシードさんが奏でるトゥリングスの音色もまた、波の音のようにわたしを誘っている。

「ぁ……あ――っ」

声が自然と喉の奥からせり上がり、音となり空中へと放たれる。

歌ったのは昨夜と同じ恋しい人を思う歌。

歌い方次第でこの歌は変わる。旅に出た恋人を期待の中で待ちわびる歌になったり、別離による悲しみの歌にもなったりする。歌の元になった物語の結末をわたしは知らないが、別離の歌を歌うことのほうが多い。それは人魚族の宿命故か……。

だけどと、わたしは楽しそうにトゥリングスを奏でるイリシードさんの姿を見つめる。そして、わたしの視界にはたくさんの人々の姿。

先ほどまでの雑多な喧騒はなりを潜め、みんなが期待と共にイリシードさんの演奏と、わたしの歌を待っているのが見えた。

ならばここで歌うべき歌は悲しみに満ちたものであってはいけない。わたしは歌を別離の歌から再会の希望に満ちたものへと自然とその流れを切り替える。

村で恋人を待ちわび、海の中の生き物達と戯れながら遠くを見つめて彼の姿を探す。明るい日射しが差す海辺に砂をはむ音をさせながら近づく黒い影。逞しいその姿が視界に入ったとたんに、波より高く跳ねて彼の元へと泳ぎ出すのがその歌詞だ。

歌詞の一部を陸に暮らす人へと変えて、差し伸べた手が触れあい抱き締められる瞬間の幸いを、わたしはイリシードさんの奏でる旋律に合わせて高らかに歌い上げた。

そんなわたしにイリシードさんは最初驚いたように目を瞠ったが、それでもすぐにわたしの歌に合わせて曲調を変えてくる。

それは彼の持つ技巧なのか、それともわたしの心を読み取っての技なのか……。昨日の彼の奏でるそれともまた違う、歌い手に合わせて音階を作り、自在に曲調を変えていくなど、慣れた吟遊詩人でも他人の歌では難しいはず。

なのにイリシードさんは戸惑うこともなく、わたしに合わせてくれている。

そうやって彼と共に歌うことが楽しくてしょうがない。歌を、音楽を愛するわたしの本能が彼との共演を心から喜んでいるのを感じる。

次に続いた曲は先日イリシードさんがここで弾いた曲。確か愛の讃歌と言っていたはず、レオニダスから伝わったこの曲をわたしも聞いたことがあった。二人の獣人と一人のヒト族、彼らの奇跡の出会いを歌ったこの曲。喜びに溢れたその歌を自らのことのように感じながら、わたしは声を張り上げる。

いつの間にか残っていた微かなざわめきすらあたりからは消えていて、厨房《ちゅうぼう》から料理人まで顔を出していた。

そんなことすら気づかずにわたしはイリシードさんが奏でるままに歌い続けていく。そうすることが自然で、そうするべきだと思って、そして彼とわたしが曲と歌で一つになれていることがたまらなく嬉しくて楽しかった。

初めて聴いた曲でも不思議と口が止まることはなく、込み上げる思いのままに歌い上げる。イリシードさんが奏でる曲が自分の中へ染みこんできて、歌を自然と作り上げるのだ。

ああ……すごい、大いなる海の中で数多の音を聴いている時よりも全てが満たされていく。

イリシードさんの奏でる音色がわたしを誘い、わたしの声が彼の調べを引き出す。どちらが先か、どちらが後かもわからない。ただ感情のおもむくままに歌っていると、いつしか誰の視線も気にならず自分が何者であるかも忘れて歌っていた。

どれぐらいの時間が経ったのだろうか？　イリシードさんの指が止まり、演奏が終わった。それと同時にわたしの歌も止まる。

トゥリングスの最後の音色が消えて、辺りが静まりかえった。

わたし自身も音の名残のような息を吐き終えて、ふっと自分が静寂の中にいることに気がついた。思わず周囲に走らせた視線の先で、みんなが固まったように動いていない。

だが一拍後、すぐに割れんばかりの拍手喝采が沸き起こる。息をのみ目を見開いていた人達が怒濤（どとう）のごとくステージへと押し寄せてもみくちゃにされる寸前、太い腕に搦《から》め捕られた。背に感じる厚い胸板と熱が誰のものか、頭上から聞こえた案じる声ですぐわかった。だからこそ逃げることなくその腕に身を委ねる。

それはとても自然なことのように思えた。

皆が褒め称える声も、たぶん一人では受け止めきれなかったに違いない。だがイリシードさんと共にいるから、わたしは笑って彼らの賛辞を受けることができていた。

わたし自身初めての経験でいまだ興奮が冷め切らない。

「大丈夫かい、シスラン君」

「はい、大丈夫……です」

シスラン、と彼がわたしの名を呼ぶと胸の奥が熱くなる。

「なんだろうな、知らない歌なのにすでに知っているように手が勝手に動いていた。こんな不思議な体験は初めてだが、これもシスラン君の歌の力かな？」

彼が見せる満足げな笑みにわたしはまた満たされる。

「本当にすばらしかったよ。シスラン君が良ければまた一緒に演奏をさせてくれ」

そんな誘いにわたしは不覚にも泣きそうになってしまう。それほどにわたしの心は昂り、感極まっていた。

はいと頷くわたしの頬にイリシードさんの手のひらが触れてきた。それは剣を握る手らしく固い。だが優しい心地のそれにもっと触れていてほしい。

ああ、そんなふうに思える相手の存在がなんなのか、いくらわたしでも知っている。

まだ互いを知って一日も経っていないのに……。それでもわたしの中ではっきりとした答えは出てしまっている。

自分はこの人を好きになってしまったのだ。これが恋というものだと、いくら鈍いわたしでも強く自覚した。

「すげぇな、あんたら。イリシードの演奏がうまいのは知ってたが、お前さんもすげぇな。歌に聞き惚れるっていうのはああいうことを言うんだろうな。初めてだ」

「うー俺もさすがに寝てる場合じゃなかったなー。うん、すごかった」

こくこくと頷いて合いの手を入れたフリッツさんの肩を抱いて、バースさんが杯を差し出してきた。彼らのものではない、小さなそれの酒精の香りは僅かだけ。

「店主がいい歌を聴かせてくれた礼だとよ」

「ありがとうございます」

甘く澄んだ香りは柑橘系。わたしはありがたく受け取って一口二口と飲んだ。酸味と甘みに身体がほころび、存外に疲れていた身体を自覚する。酸味の強いレイノンの果汁に花の蜜《みつ》で甘みを付けた物で喉に良いのだとイリシードさんが教えてくれた。

「しかしヒト族ってのはみんなお前さんみてぇに歌がうまいのか？」

だが不意にかけられた問いに、わたしは小さく震えて強張ってしまう。

「え、ええとそれはその、違うと思います」

それでもなんとか動揺を抑えて答えた。

「わたしがいた村は海の恵みで生活をしてるんです。そして、海に祈りを捧げたり仕事をしたりする時に、何かあれば歌を歌うことが多いんです。それはもう日常のことなので歌い慣れているだけだと思うんですが……」

「そういえばシスラン君は海辺の村の民だと言っていたな。海というのは果てまでずっと水が広がると聞いているが」

そういえばとばかりにイリシードさんが問うてきた。それを知りたかったと居住まいを正し、わたしに向き合う。

「はい、ここの大河も海に近くなるほどに対岸が見えなくなりますが、それでも微かに見えますよね。ですが海は島でもない限り、本当に見渡す限り水。そしてその水は塩辛い水なんです」

「ほお」「ふぇぇ」

わたしにとって海という存在はあまりにも身近で、海がもたらす全てのことは当たり前のもの。だがこの大陸で海があるのはフィシュリードだけ。他の国の人達は海を見たことすらなく、そこに住まう数多の生物のことも、それ以前に海の水が塩辛く飲めないものだということも知らない。

たくさんの質問を投げかけられ、それに答えている間に、再びテーブルの上は料理と酒で満たされる。どうやら、他のお客さんが演奏のお礼にと注文してくれたらしい。

「おいイリシード！　ほらこれも飲んで見ろ！　うまいぞぉ！」

「乱暴だな、ああ髪が……」

酔っ払った人が絡んできた拍子に引っ張られたらしく、肩の上で緩く括っていたイリシードさんの髪が解けてばらけた。彼の髪はきれいに整えられてはいたが、さすがにぐしゃぐしゃと力任せに掻き回されてはまとまりもなくなってしまう。

わたしはふと帯に付けていた飾り紐を自身の腰から取り外した。後から考えると随分と大胆なことをしたと赤面したものだが、この時のわたしは多少なりとも酔っていたのだろう。

「これ、良ければ使ってください」

立ち上がり、彼の髪を手に取ってその紐で束ねた。深い藍の紐を平たく組み、白い糸で細かな模様を刺繍した村に伝わる伝統的な物だ。解けないようにときつめに結べば飾り紐の先が肩下へと垂れた。

「……ありがとう」

一瞬目を見開いたイリシードさんは、先ほどより酔いが回ったのか目元を赤くして微笑んだ。

なぜか周りの人達が悲鳴とも歓声ともつかぬ声を上げたが、それを気にもとめず杯の酒をあおっている。

「なあ……、もしかしてもしかするわけ？」

不意に声をかけられ見上げれば、客の一人がわたしに問いかけてきていた。わたしはすぐにその質問の意味がわからなかったが、イリシードさんの髪を結んだ飾り紐のことだと思い至ってこくりと頷く。

「イリシードさんの髪の色と思いのほか似合ってますよね」

イリシードさんの髪色と飾り紐の色がケンカをしないかと結ぶまで不安だったので、そんな返事をしたことは覚えている。

なぜか肩を落として去っていった人が誰かにその肩を叩かれていたが、それもすぐに喧騒に紛れてしまう。

それがどういう意味だったかなど考える暇などなく次から次へと酒場中の人が集まってきて、イリシードさんとわたしに話しかけてくる。こういう歌を歌ってほしいというリクエストも多く、それに応えられそうな時はイリシードさんと共に再び歌い、賛辞の声に会話が弾む。

その経験全てが新鮮だった。知らぬ相手と話すことは苦手で、警戒しながら接するよりは離れていることを望んでいた。だが今はどうしてそんな態度が取れたのかわからないほどに、今の状況をわたしは楽しんでいる。

バースさんも話してみたら気の良い人だった。寝てばかりいるフリッツさんも話を聞いていないようでちゃんと聞いていて、熱の上がりすぎた仲間を巧みに制御している。

少なくともイリシードさんが気さくに相対している人達に悪い感じの人はおらず、それはイリシードさんの言葉通り。

楽しいと素直にわたしは感じていた。ものすごく楽しいとわたしは旅に出て初めて心から人との交わりを楽しんでいた。

だがその喧騒が少しばかり変わったのは、わたし自身の身体がふわりふわりとたよりなく泳ぎ出した頃。楽しくてイリシードさんだけでなくみんなに笑いかけていたような気がする。

見たことのない串刺しの魚を持っていた人に自分から話しかけていたから、それだけ気も緩んでいたのだろう。

そんなわたしの様子に辺りがざわめいたことをわたし自身は気づいていなかった。

「おいイリシード、お前さんが一番危険人物じゃねぇかよ……。こんなところでそんなに獣気をまき散らすな……ってまさか無意識なのか。獅子族って奴は怖いねぇ……見てみろよ、肝っ玉の小せぇ奴らがびびって固まっちまってるじゃねえか」

そんな言葉が聞こえてどうかしたのかと首を傾げるが、言ったバースさんは苦笑を浮かべて首を横に振っているし、言われたイリシードさんは苦汁を舐《な》めたような表情を見せている。

「イリシードさん、どうかしたんですか？」

「いや、気にしないでくれ。それよりシスラン君、いろいろあったが今夜の食事は楽しめただろうか？」

その問いかけにわたしは何を考えるより先に頷いていた。

「はい、とっても。本当に楽しかったです。わたし、こんなに楽しかったことって村を出てから初めてのような気がします。イリシードさん、バースさん、フリッツさん、それに皆さんも本当にありがとうございます」

わたしが立ち上がり小さくお辞儀をすれば、皆がそれにそれぞれの反応を返してくれる。そんな些細（ささい）なことが何よりも嬉しい。

旅に出ることもその道中も困難はあっても楽しかったが、それでもわたしはいつも一人だった。

人魚と明かすことなどもちろんできないし、ヒト族はヒト族として獣人を警戒しないとならない存在でもあった。そのせいで道中一緒になった人となかなか親しくはできなかったのだ。

それにわたしが村を出た最大の目的、それはこの身に子を宿すためだ。

どうやってその相手を探せばいいのか。

どんな人ならわたしと子作りしてくれるのか。

そんなことばかりを考えていた旅だからこそ、今日のようになんの憂いもなく楽しめた時間はわたしにとってはずいぶんと貴重で、そんな時間を与えてくれたイリシードさんには感謝しかない……。いや、彼に対するこの気持ちがそれだけではないことは自分でもわかってる。


楽しい時間はあっという間に過ぎていく。夜も更ければ少しずつ客は減っていき、わたしとイリシードさんも頃合いを見計らって、それぞれの部屋へと戻ることにした。

だができればこの時間をもう少し……、何よりイリシードさんのことをもっと知りたいと思ってしまう。恋をしてはいけないと、心の底から愛《いと》しいと思う人を選ぶことは諸刃《もろは》の刃だと村の年長者からは言われている……だけど、もうこの思いを秘めておくことなどできはしない。それはある意味人魚としての本能だった。

「シスラン君、今日は本当に楽しかったよ。私のわがままにも付き合ってくれてありがとう。もし君さえ良ければここに滞在している間は一緒に食事を取らないかい？　考えておいてくれると嬉しいんだが……。それじゃあ、おやすみ」

誘いの言葉に舞い上がり、就寝の挨拶に気分が落ち込んでいく。それでなくとも昂揚《こうよう》したままの精神と心地好い酔いにわたしの理性は糸のように細くなっている。だからこそ普段であれば考えられない行動にでてしまった。

「イリシードさん……その」

伸ばした手で彼の逞しい腕を掴む。

「もう少し……一緒にいて……もらえませんか？」

ただ話がしたい、この胸の高鳴りをもう少し味わっていたい。だがそんな無邪気な思いに隠れて、よこしまな感情もまたそこにあった。

掴んだ腕を振り払われてしまうのではないか、そんな不安もあった。しかし、イリシードさんも私をその優しい瞳で見つめ返し、踵を返すことはしない。

「そう……、だな。もう少し私も話をしたいが……いいのだろうか？」

「もちろんです、どうぞ入ってください。なんにもありませんが」

遠慮という言葉は今は邪魔だった。

イリシードさんをわたしの部屋へと招き入れれば、その背後でパタンと扉が閉じる。

一歩二歩とイリシードさんを促し、共に歩みを進めればもう寝台の横だ。

そこに二人で腰を掛けて、わたしは窓際のイリシードさんを見つめた。月明かりは風通しの良い窓越しに注ぎ込み、彼の豊かな髪を輝かせる。わたし達とは何もかもが違う。屈強な肉体も、精悍な顔つきも、そして獣人の証である耳と尻尾も。

「本当に今日は楽しかったです。知らない人にわたしの歌をあんなふうに聞いてもらうことも初めてで、歌うことの新たな喜びを知ることができました。それも全部イリシードさんのお陰です」

「私の……かい？」

「はい、イリシードさんがわたしをあの場に連れ出してくれたから……。そして、イリシードさんの演奏があったからわたしは歌うことができました」

「……ここはどういたしまして、と言うべきかなこの場では」

わたしはその言葉に笑顔で応じる。

「イリシードさんは不思議な人ですね。まだ、わたしはあなたのことを知って数日しか経っていません。それなのに、あなたはこんなにもわたしの心を満たしてくれているんです」

「それは……、そうか君もそうなのか。シスラン君、私もだよ。好い年をして一目惚れというのも恥ずかしい限りだが、私の中は君でいっぱいだ」

イリシードさんの言葉で自分の中の鼓動が一気に速まるのがわかる。

苦笑を浮かべたイリシードさんがわたしの頬にその手のひらを当ててきた。大きくて温かい。優しくてたのもしい手。

その手が誘うようにわたしの顔を仰向《あおむ》かせる。

「あの、イリシードさん。わたしは――」

わたしの言葉はイリシードさんの指が唇に触れることで止められてしまう。

「……シスラン君、私のほうから伝えさせてくれ」

月の光を浴びたイリシードさんの顔がゆっくりと近づいてきた。淡い光を浴びて輝く金糸、そして彼が囁《ささや》く甘く低く、骨の髄にまで響く声にわたしの全てが搦め捕られてもいた。

「君のことが好きだ、シスラン君」

蕩《とろ》けるような声音での告白。イリシードさんが自分と同じようにわたしのことを思ってくれている……。告げられた事実にただ数度瞬き、自分の口の中でその言葉を呟いている間に、イリシードさんが次の言葉を紡ぐ。

「……一目見た時からずっと君のことが気になっていた。君の姿を見て、君の言葉に触れて、そして君の歌を聞いて。私はもっと君のことが知りたいと思った」

「わたしのことを……」

「そうだ。君のことを愛してるからこそ君の全てを知りたい。そして私のことを君に知ってほしい」

言い含めるような言葉に、わたしはただ呆然と彼を見上げた。だが胸の内に喜びが溢れている。

この人が好きだと気づいた時のような瞬間的な激しさは無い。だがそのゆっくりとした感情の波は次第に大きくうねりわたしを飲み込んでしまう。

目を大きく瞠った視界の中、ぶれるほどの距離に彼がいた。わたしとイリシードさんの影が重なり、温かな熱を唇に感じた瞬間、胸の奥が大きく跳ねる。

すぐに離れた彼の唇を見つめてわたしは歓喜に震える体でそれでもなんとか言葉を紡いだ。

「わたしも、わたしもイリシードさんが好きです。……わたしにあなたの全てを教えてください」

それは紛うことなきわたしの心からの言葉であり、その瞬間とても嬉しそうに破顔したイリシードさんにわたしはまた恋をした。


流れるような動きでイリシードさんがわたしの上に覆い被さってくる。再び施された口づけは次第に深くなり、彼の肉厚のざらついた舌が歯を割り開いた。

ぞくぞくと背筋を這《は》い上がる感覚にたまらずきつく目を瞑る。

身体が自然と示す反応が恥ずかしくてきゅっと唇に力を込めたが、イリシードさんの舌先が突くように刺激してきてすぐに緩んだ。

はっと息を吐き出す僅かな隙間。

その隙間から再び差し込まれた熱い舌に思わず目を見開く。だがその直後わたしは目を開けたことを後悔した。

なぜならイリシードさんのまるで別人のように情欲を孕んだ顔が目の前にあったからだ。わたしにとって初めて感じる野生の激情。しかも彼の瞳は琥珀色から金色に輝き、その視線でわたしを搦め捕ってしまう。

そのまま硬直したわたしの口内に入り込んだ舌は器用に動き、強張り縮こまったわたしの舌をくすぐった。

「んあっ」

厚く長い舌がわたしを蹂躙するたび走る疼《うず》きに全身の皮膚が総毛立ち、小さく跳ねた身体がイリシードさんの手によって寝台に押しつけられる。厚みのある大きな手がわたしの指に絡み、身体の上に重みが乗ってきた。

濡れた音が唇でして、唾液の糸が二人の間を結ぶ。

その糸が切れるより先に再び降りてきたイリシードさんの顔。慌てて固く目を閉じたが、彼の熱い吐息が触れたのは喉だった。

「んんっ、んくっ」

舐められていた。舌先が喉を突き、歯先がかりっといたずらに皮膚に食い込んだ。

彼にとっては戯れなのだろうが、だがわたしにはいつ起こるかわからぬ刺激に翻弄されて、硬い歯先が触れるたびに嬌声《きょうせい》が零れた。

それでもなんとか理性を保っていられたが、彼の太い指がわたしの胸にと触れればもう駄目だった。

「や、んっ、そんなところっ、んくぅっ！」

今まで自分でも触れたことのない胸の小さな飾り。だがそれを舌先で嬲《なぶ》られるだけでわたしの声は止まらない。震える身体は快感にぐずぐずに蕩け、力の入らぬ手が闇雲にイリシードさんの身体にしがみつく。

彼のざらついた舌先はまるで指先のように巧みに小さな突起に絡み、舐められそして甘噛《あまが》みをされる。

わたしを襲う快感は背筋を走り、全身を駆け巡る血流に胸を反らして大きく喘《あえ》ぐ。そのせいでさらに強く刺激を受けて、強すぎる快感にわたしのまなじりから涙が溢れて寝台へと落ちた。そんな涙すらイリシードさんの舌で舐められる。

「つらいかい？」

問われても答えられず、ただ闇雲に首を横に振るだけだ。

「シスラン君、本当に嫌だったら私の頭を叩いてくれ。こんなに可愛い君の姿を見てしまっては私の獅子としての本能が暴れてしまう。君の言葉だけで止まれるほど私は紳士ではない」

真剣な表情で告げながらも、イリシードさんは舌と指でわたしを責める。

「あ、あうっ、くぅ、いやじゃ……な――ああっ」

胸ばかりに意識を集中していれば、不意にイリシードさんの太い指で触れられたわたしのものが大きく震える。思わず迸《ほとばし》った嬌声は甘ったるく、震える身体が止められない。

じわりと熱い液で濡れたわたしのものにイリシードさんの指が絡み、緩い力で扱《しご》かれた。

「ん、んんっ、ふわっ、そこ、気持ちいっ、いいっ」

自分で触るのとは全く違う、イリシードさんから与えられるそれは今までに味わったことのない強烈なものだった。

イリシードさんの厚い胸板、盛り上がった筋肉。わたしを組み敷く彼の身体が重いはずなのに、その重さも肌の触れあいも全てが心地好い。

彼の大きな手のひらがわたしの太腿に触れて、さらに奥へと指先がたどっていく。その行き先がどこに行くのか、その先に何が待っているか知らないわたしではない。

だがだからこそわたしの身体は自然と腰を上げて彼の侵入を許した。

「息をしっかりと吐いて、そうだ全身の力を抜いてくれ」

「ひあっ」

太い指の圧迫感は不思議な感覚で、奇妙な声が零れた。異物感が強くて、この程度で音を上げていれば次に続かないとはわかってはいる。だが無理なのではという悲観的な思いも、彼の指がある一点を刺激したとたん身体にわだかまった熱と共に爆発した。

声にならない嬌声は長く続き、太い指から与えられる刺激とそれが出入りする粘着質な水音に全ての神経が持っていかれたように感じる。

その指がいつの間にか増やされても、そのたびに訪れる満たされるような快感にわたしはもうなされるがままだった。

わたしが微かに呻《うめ》き声を上げればイリシードさんは動きを止めてなじむまで待ってくれる。それがたまらなくじれったくて仕方がない。

「イリシードさん、もう、もういいです。来てください」

「……くっ、シスラン君、今の私は獅子の本能に支配されつつある。そうやってあまり煽ってはいけない。できる限り君に無理をさせたくないんだ」

「で、でも、あうっやぁ、そこばっかぁひゃぅ、気持ちいいっ、すごっ」

指だけで翻弄されるなんてと思ったが、わたしの身体は彼の指による愛撫《あいぶ》だけでどろどろに蕩け、弛緩《しかん》した身体をイリシードさんの丁寧な愛撫に拓《ひら》かれていく。

　イリシードさんの額には汗が浮かび、きれいな金髪が張り付いている。僅かに視線を下に向ければイリシードさんの逞しいものが目に入った。それは隆々と立ち上がり、粘液を先端から溢れさせ、とても苦しそうにすら見える。それでも彼はわたしの身体と心の準備を優先してくれた。

　実際どのぐらいの時間が経ったのだろうか。全身とそして後ろを丹念に余すことなくイリシードさんの巧みな手腕で愛撫され、わたしの身体はすっかり脱力している。

　喘ぐわたしの声が掠れ、もう今にも愛撫だけで絶頂を迎えてしまいそうになったその時。

「シスラン……君、君の中に入ってもいいかい……？」

　きっとイリシードさんも限界なのだろう。少しくぐもった声でそう告げられた。

「はい……。イリシードさん、わたしに……あなたをください」

　わたしの返事を待ちわびたとばかりに高く掲げられた足が視界に入った。あれはわたしの足、そしてその間にいるのはイリシードさん。そんな位置関係が不思議で呆然と見上げたその時。

　彼が眉間の皺を深くしたのが先か、それとも強い圧迫感に襲われたのが先か。びくりと震えた身体はそのままの状態で硬直する。

　広がった壁が太いものを飲み込んでいく感触。

　わたしは口を開きっぱなしにしてその衝撃に呼吸すら忘れていた。そこに入り込むのは指などとは比較にならないほどに大きなもの。

　強い圧迫感はつらいほどなのに、じわじわと肉を割り開くたびに震えたわたしのものは歓喜に涙しているかのような粘液を零す。イリシードさんの硬い肉の塊がわたしの敏感なところを刺激して、そのたびに強く激しくわたしを快感の渦に放り込む。

「んあ、ああっ、すごっ、太っくうっ！」

「シスラン君、ゆっくり……ゆっくりと息をするんだ」

もう何度目わからないほどの小さな絶頂が繰り返され、次第に大きくなるその衝動に翻弄される。

確かな存在感を持ってわたし中に入り込むそれが入りきったのがいつだったかわからない。

「あ、あっ、ひあ――っ！」

ただお尻にイリシードさんの身体の温《ぬく》もりを感じたその瞬間、わたしは全身を激しく痙攣《けいれん》させて精を吐き出した。

まるで体内から押し出されたような勢いのない射精。それでも味わった快感の余韻に浸りながら、わたしはぼんやりとイリシードさんを見つめた。

「シスラン君……、全部入ったよ。ああ、やっぱり君はきれいだな……」

だから彼が苦しげにそう呟き、今わたしの中が彼によって満たされていることを知って何よりも嬉しかった。

そんな時頭の片隅にちらりとよぎるのは子作りというわたしの使命。今も胸元に肌身離さずつけている小さな楕円の首飾りの中にそのための核が入っている。彼と交わるのであれば本当はそれをわたしの中に仕込んでおく必要があった。だが、今はそれを意識から追い出して、イリシードさんに抱かれている、イリシードさんに愛されている、そのことだけを頭の中に残した。

「イリシードさんがわたしの中に……。ああ、嬉しい。イリシードさん愛しています……本当に……」

「っ……、煽ってはいけないといっただろう。君は理性を失った獅子の恐ろしさを知らないから……」

そう言ってイリシードさんはわたしの唇を優しく食《は》むようにして塞いだ。投げ出されたわたしの手もイリシードさんの大きな手で包み込むように握られた。

そして、わたしの体内を占めるのは熱く硬い彼のもの。

それがたまらなく幸せで涙が止まらない。

だがそれでもこれが終わりではない。

わたしを貪っていたイリシードさんの口がゆっくり

と離れていく。

その額に玉のような汗を浮かべたイリシードさんが獰猛な肉食獣の表情でわたしに告げる。

「シスラン君、君を貪ってもいいか?」

そう問う彼にわたしはすでに荒くなった呼吸のままに頷けば、ゆっくりとそして荒々しく抽挿が始まる。

何度も何度も彼の熱い迸りがわたしの中を満たす感触に心が震えた。全身が甘く痺れ、逆らいがたい衝動に必死になって彼の身体にしがみつきながら、わたしは終わることのない絶頂を迎えていた。

⁂

思ってても見なかった誘い。それでも私はその千載一遇の機会を逃すなど考えられなかった。

細い身体は獣人よりも華奢で、私が力を込めれば簡単に折れてしまいそうなほど。だがいざことに及べば、その身体は艶やかに私を包み込み、底なし沼のように我を忘れて溺れてしまった。理性などあの快感の前ではなんの役にも立たないのだと実感したのは初めてだ。

これは彼がヒト族というだけではない。

互いに想いを告げあった私と彼との相性が、非常に良かった故だと私は信じている。

一度目を乗り越えた私達が深い仲になるのはあっという間だった。シスラン君は言葉は少ないが礼儀正しく控えめで、そんなところも私には好ましい。それに彼は勤勉だ。ヒト族ながら一人で旅に出た理由も、海産物で生計を立てている村のために新しい技術を学びたいと思ったからだという。

そんなシスラン君が通っている水産物の加工品店が、このドーネイの街の水産地区にあるというので、今日は一緒にその店へと向かっていた。

「お仕事のほうは大丈夫なのですか?」

「ああ、ギルドの依頼は確認しているんだがなかなか条件に合うものが見つからなくてね。一週間後には商船団が出発するからあまり大がかりなものを受けるわけにもいかないし、何より今は君との時間を大切にしたい」

「あっ……ありがとうございます」

私の言葉に頬を染めるその姿も愛らしい。

だが自らの言葉で後一週間しかないのかと、妙な焦りのようなものが胸の内に湧いてきた。

できれば彼とはこんな形ではなくもっとゆっくりと仲を深めたかったが、互いに旅の身の上だと考えると残された時間はあまり多くはない。

そんなことを考えていると、シスラン君も物憂げな表情を浮かべた。

「そう……でしたね。イリシードさんは商船団の護衛を……」

「ああ、そうなんだ。だから、あと一週間後にはこの町を発たなければならない」

だから君も一緒に来てくれないか、その言葉が喉元まで出かけたがなんとか飲み込んだ。

この地を訪れた時は早く来てほしいと願った帰路の旅。だが今は、それが迫ってくることが苦しいとすら思ってしまう。

もちろん彼とここで終わりにするつもりなど毛頭無い。だからこそ、今こんな場所で歩きながら彼の気持ちを確認することが怖かった。

だが実際、私はもっと早くに行動すべきなのかとも思う。

私は彼を愛し、彼もそれに応えてくれている。それでも彼と完全に心が通じ合えているかといえば、そこには僅かな疑念が生じてしまう。

シスラン君はきっと何か他人に言えない秘密を持っている。彼の言動の端々に、僅かながら存在する違和感。ヒト族として慎重にならざるを得ないのはわかるが、彼のそれはそれだけが原因ではないような気がした。

強いていえば、悲壮と戸惑い、その言葉がふさわしいだろう。

だがそこまで感づいてはいても、それ以上踏み込むことが私にはためらわれた。

彼が隠し持つ秘密に私が無遠慮に踏み入ることで彼がこの腕の中から消えてしまうのではないか、それが何よりも恐ろしい。

だからこそ彼のほうから全てを話してくれるようになるまで、この関係を穏やかに進めたい、そんな願いを私は抱いていたからだ。


目的の店に入れば出迎えてくれたのは熊族の店主で、陽気で快活な人だった。なるほど、これなら人見知り気味のシスラン君もなじみやすいだろうと思わせてくれる人で、初対面の私ともすぐになじんだ。

「シスランちゃんもお連れさんもこっちこっち。ほら、これがこの前教えてもらった製法で作ったやつ、どうだい？」

奥へと連れていかれさっそく出されたのは、大きな葉で包むようにして塩蔵していたサラモスの切り身。

それが何種類か味付けのための加工がさらにされ、今目の前で炭火で焼かれている。

店主に差し出されるままに味見をしたが日常的に食されているという物は塩味が強い。だが別の物はほどよい塩気で香ばしい風味の中に僅かな甘みを感じるし、まろやかな酒精を感じる味付けの物もうまい。それとは別の柔らかい一夜干しも絶品だった。

私は魚よりも肉が好物だが、それでもこれなら食べたいと十分に思える。

「私はこれがいいかな」

特に一番香ばしい物は酒にもよく合いそうだ。

それにしても味付けの差でここまで変わるものなのかと感心していると、店主が「それってシスランちゃんに教えてもらったんだよ」と楽しげに笑う。

「わたしの村の特産品なんですけど味付けのための調味料がここには無いものがあって、全く同じという訳ではないんです……。それに実際の味付けをされているのは店主さんですから」

それは違うと首を横に振るシスラン君だが、「何言ってんだい。評判は上々、そんなに手間もかけずに作れるのにいろんな味が楽しめるって常連さんも喜んでるんだよ。売れ行きも普段とは比べものにならないぐらいだ。シスランちゃんのお陰だよ、ほんとに」

店主がご機嫌なのはそういう理由もあったのだろう。

「いえ、わたしも教えていただくことが多いですからお互い様だと思います」

「全く、対価を支払うといっても受け取ってくれないし本当にいいのかねぇ。おっ客だ、ちょっと行ってくる」

店舗の方からかけられた声に店主が慌てて向かい、商品を案内していた。

「新製品だよ、できたてほやほや、酒のあてに最高だよ」

「へえ……ってすげぇうまいじゃねえか、これ」

一口食べた客が目を輝かせた。それを見ていたシスラン君が何やら感慨深げに呟いた。

「こうやって、自分が関わった物を目の前で美味しいと食べてもらえるというのは嬉しいことですね。普段は店に卸してしまえば後はそちらにまかせっきりだったので」

「なるほど、わざわざこんな北限の街まで来たのも無駄ではなかったようだね」

「はい、本当にここに来て良かったと思います。何より……、その……イリシードさんにも出会えましたし……」

最後は少し照れたように、しかし明るくはにかんだ笑顔でシスラン君は頷いてくれた。

その笑顔はまるで花開くようなものだと感じられて、私の胸を自然とわしづかみにしていく。

「やはり、君は笑顔が似合うな」

「！」

私がそう告げればとたんにシスラン君の顔が真っ赤に染まり、口元を片手の甲で覆った。その可愛らしい仕草に驚くと同時に愛らしさが募る。

思わず伸びた手で私は彼の頬に触れていた。

「できればいつでも君にはそうやって笑っていてほしい」

そう願わずにはいられない。

そんな私の脳裏に浮かぶのは湖で見た彼の思い詰めたような表情。あの表情があったからこそ、私はあの時彼が自死を選ぼうとしているのだと思ってしまったのだ。もしあの時この笑顔が見られていたら、そんな勘違いはしなかっただろう。

「あの……、イリシードさんはいつもわたしの頬に触れますよね、そうやって手のひらで」

頬を朱に染めたまま身長差のある私を上目遣いで問いかけてくるシスラン君だが、嫌がってはいない。触れた手をどうしたものかと横目で窺ってはいるが外そうとしなかった。

それもまた嬉しいことだと、私はシスラン君へと笑みを返す。

「ああ、言われてみれば確かにそうだ。気がつけば君に触れてしまっているが、そんな私は嫌だろうか？」

本当はどこでだって触りたい。

触れれば否応なしに、あの夜味わったシスラン君の肌を思い出してしまう。だからこそ触れていたい。そうしないと、この目の前の青年はふとした弾みにかき消えてしまうかもしれない。

「嫌……じゃないです」

今や首筋まで赤く染めたシスラン君が俯いて答えてくれた。せっかくの笑みが見えなくなったのは残念だが、今は見えなくてもまたいつか見られるだろう。

私が彼を幸せにして、そして笑顔溢れる未来を作ってあげればいいのだ。

そのままシスラン君を抱き締めたいともう一方の手を上げかける。

だがその瞬間、不幸にも私の耳が人のざわめきを捉えてしまった。それはシスラン君も同じだったようで、勢いよく一歩下がって私から離れてしまう。お陰で手が宙を泳いだ。

「店主殿……」

シスラン君の向こう、店舗の方から覗く頭に自然と言葉が漏れてしまった。

「あはは、いやいや俺達は裏の加工場に行くからごゆっくりー、あははは」

笑いながら去っていく店主と客に、「待ってくださいー」と声を上げたのはシスラン君だ。

「この塩漬けなんですけど、今日次の工程についてーー」

本来の目的を思い出したように店主の元へと行ってしまったシスラン君に、私はなんとも言えないため息をついて彼の後を追った。


今日もまたシスラン君は午前中からあの店に行っている。何やら仕込んでいた物が今日あたり完成するらしい。さすがに部外者の私が毎度ついて行っては迷惑だろうとシスラン君を見送ってから宿の自室で机に向かい一通の手紙をしたためた。


このようなことを書くのは初めてで、気がつけば書き上げるのに随分と時間がかかってしまったが、宛先はレオニダスの王都に住む従兄弟。

内容は、シスラン君と共に歩むことを彼が望んでくれた時の協力を頼むものだった。

ペンを置いて手紙を読み直し、齟齬が無いことを確認して封をする。

手紙はギルドに依頼すれば届けてくれるのだが、王都に届くには通常であれば一週間はかかるだろう。それだけの手間をかけてでもあいつにこのことを知らせておく利は多い。

もしシスラン君が私と共に歩む未来を選んでくれるのであれば私は全力をもって彼のことを護《まも》ると決めている。それでも彼はヒト族だ、とれる手段は全てとっておくにこしたことはないだろう。

彼がレオニダスで共に暮らすことを望めばそれでいい、もし彼が彼の村で私と暮らすことを望んでくれれば私は喜んでそれに従おう。話を聞く限りではシスラン君の村はヒト族が多く住んでいるらしいから、そのような村であれば従兄弟は彼らの大きな後ろ盾となってくれるはずだ。

　私のような獅子族は本能的に自らの獲物を求めてしまう。それを私自身今まで実感したことはなかったものだ。だが、今の私はシスラン君を知ってしまった。彼のことを心から愛しく思うし、彼のことを想わない時はない。

　今もあの店主の人柄を知らなければ、彼を一人にしなかっただろう。それにこの街には彼に無体を働くような愚かな人間がいないことも知っている。だからこそ彼を一人にできているだけだ。

　私は自らの愛しい者《シスラン》を見つけてしまった。本能が彼を求めている、獣の私が彼を貪れと遠吠《とおぼ》えを上げている。もう彼を知らなかった頃の私には戻れない。

　今日、私は彼に今一度愛を請う。この先の未来を二人で歩んでいくために。


　日も落ち、戻ってきたシスラン君と共に食事を取る。その後私はシスラン君を自室へと招く。

　もう恒例となったやりとりだ。今までであれば二人で茶か酒を飲み、甘味か酒の肴をつまむのだが今日は違う。

　部屋に入りシスラン君を椅子《いす》へと座らせると、私はその手を取り彼の前に跪《ひざまず》いた。

「イリシードさん？」

「シスラン君、改めて君の気持ちを聞かせてほしい。私は君のことを愛している。これから先、君の隣で君の手を取り、共に歩むことを許してくれないだろうか？」

　考えあぐねた末に私はまっすぐにシスラン君に自分の思いを伝えた。複雑な言葉で飾るなど性が合わないことをしても私らしくない。それに匂わせる程度では私以上に色恋に鈍そうな彼に気づいてはもらえないだろう。

「イリシードさん……」

妙に掠れて戸惑ったような声がシスラン君の口から零れ落ちた。

一世一代の告白をして全身から力が抜けた私とは裏腹に、見上げた彼の表情は暗い。

「シスラン君……駄目だろうか？」

「いえ、いいえ、駄目……では……。嬉しい……です。とても……」

拒絶の言葉ではない。しかし、その表情は明らかに困惑の色を浮かべている。

「なぜそんな顔をするんだい？　無理強いをするつもりはないいんだ。私のことが嫌いならそう言ってくれて構わない」

「違います！　イリシードさんのことは本当に……本当に愛しています。だけど……だけど……」

「それは君が隠している何かが関係しているのかい？」

私の言葉にシスラン君の顔から血の気が引いていくのがわかる。ああ、本当は彼の口から話してほしかった……。こんなふうに彼を追い詰めたくはなかった、だけど私達にはもう時間が残されていない。

「私はもう家を出ていて貴族位でもなんでもない一介の冒険者に過ぎない。だがシスラン君を護りたいというこの気持ちに嘘はない。君が抱えている何かを私が共に背負うことはできないだろうか？」

彼の澄んだ瞳が潤んでいるのがわかる。私は彼の手を握りしめ、その手の甲に口づけた。

「シスラン君、君のことが好きだというこの気持ちは紛うことなき私の本心だ。どうか君の本心も聞かせてほしい」

「好き……わたしも……イリシードさんが好き。イリシードさんとなら……」

好きとうわずった声で答えてはくれる。だが単純に喜んでいるだけには見えない何かがシスラン君から伝わってくる。

私とならと呟きながらまるで何かに怯えているような暗い表情が垣間見え、私はもう一度問いかけようとしてそれが音になることはなかった。

　言葉を発するより先に私の耳が奇妙な衝撃音を捉えたのだ。それはこの場所で聞くには異質で、だからこそ何か非常事態が起きたと知らせてくる音。

　シスラン君も何かに弾かれたように顔を上げて窓の向こうへと視線を走らせる。

「水の中で……港で何かが……」

　シスラン君が顔を歪《ゆが》めながら呟き、窓へと駆け寄った。私でもかろうじて捉えられたその音を彼も感じ取っていることを不思議に思ったがそれよりも彼の様子が気になった。

　シスラン君の瞳がいつもより濃く鮮やかに見えたのは、きっと月の光のせいに違いない。それだけではないと何か予感めいた胸騒ぎがしていたが、私は無意識のうちにそこから意識を逸らしていた。

「水の精霊が騒いでる……。どうしてこんなに！」

　シスラン君のそんな呟きに窓の外、海へと耳と意識を集中させる。

　聞こえるのは激しい波と何かがぶつかる音、そして人の声のざわめき。

　窓の桟に手を掛けて乗り出すが、ここからでは港も海も見えない。だが確かに奇妙なざわつきが伝播《でんぱ》してきている。

　特に感覚の鋭い獣人達が騒ぎ始めたのか、そこかしこの建物から人が姿を見せ始めた頃その一報は届いた。

「船がっ、船が流氷にぶつかった！」

　あたりのざわつきが一気に大きくなる。流氷という言葉に私もシスラン君も共に顔をしかめた。

「えっ、流氷ってあの大きな氷の塊ですよね？」

「ああ、だが船がぶつかって壊れるほどの流氷というのは聞いたことがない。船は流氷群から航路をずらすし、港に近づくような流氷はそれほどの大きさは保てないはずだが……」

　確かここまで共に来た水夫達がそんなことを言っていた。だからこそ氷が張る冬の季節でも、この街の港は使いやすいのだと。

それでも自然の脅威は人の考えなど簡単に凌駕《りょうが》する。監視の目を逃れた流氷が港にまでたまたまやってきてもおかしくはない。

「とにかく私は港に行って様子を見てこようと思う。助けがいるかもしれないからな」

「わたしも行きます」

「いや、シスラン君はここにいてくれ。これだけの騒ぎだ。何が起こるか予想もつかない」

「いえ、行かせてください。実は私がお世話になっているお店の店主さんが息子さんとお孫さんが隣町に行くのに今日の船に乗るっておっしゃってたんです。仕事が終わってからと言われてましたし、もしかしたらその船に乗っているかもしれません」

「あの店主殿の？」

「はい。力仕事ではお役に立てないでしょうけど、怪我《けが》の治療のお手伝いぐらいはできると思います。わたしは海辺の村の民です。規模は違えど海での事故や怪我には経験がありますから」


シスラン君の真剣な表情を見ればそれを止めることなど私にはできなかった。

「わかった。だが自分の身の安全を第一に考えると約束してくれ。本当は君の側にいて護ってやりたいがこの混乱だ、そうもいくまい……」

「はい、約束します。わたしもイリシードさんに心配をかけたくはありませんから。さあ、行きましょう」

決断してしまえば後の行動は早かった。

港までは獅子の姿になり背にシスラン君を乗せ駆けた。人の姿で地面を走れば時間がかかった道のりも獅子の姿で建物の屋根を駆け抜ければあっという間だ。

シスラン君を仮設の救護所の横に下ろすと私は人の姿へと戻り、すぐに沖へと救援に向かう人々に交じり小舟へと乗り込んだ。

近くの船には食堂で知り合った冒険者もおり、事情を聞けばやはり今夜最後に出航した船が運悪く港へと流れてきた巨大な流氷にぶつかり、今にも転覆しかけているという。皆が緊張した表情で傾きつつある船へと視線を走らせていた。

「急げっ！　川の水は冷たい、落ちたら長くは保たないぞっ！」

「変身できる獣人は獣体を取らせろっ！　少しは保つっ！」

「水の精霊術が使える者は波を抑えろ！　沈んでいく者を少しでも浮かせておくんだ！」

数多《あまた》の指示が飛び交う中、水や風の精霊術が駆使されてすぐに小舟は大破させた船へと近づいた。

太陽はすでに沈みきった時刻だ。あたりを照らすのは、篝火《かがりび》をたいた船がもたらす灯りと僅かな月明かり。それをたよりに船から投げ出された人々の姿を探せばちらほらと視界に人の頭らしきものが入ってきた。

しかし、ここは港といえど流れのある川だ、その姿は少しずつ川下へと流されている。

「急げっ！」

咆哮を上げ、私は再度獣体になるとすぐに川の中へと飛び込んだ。


最後の船は仕事が終わって休暇を自宅で過ごす出稼ぎ労働者でいっぱいだったという。そのせいで何人助けてもまだ次の水難者がいた。救助者の元へと泳ぎ、自らの力で掴まれる者はなんとかして私の背に乗せる。しかし、中にはぴくりとも動かない身体もあって、背に乗せた動ける救助者にその身体を抱えさせて一度に何人も運ぶのを繰り返す。

あまりの救助者の多さにきりがないと思えた救助作業も、一致団結した皆の頑張りでようやく終わりが見えてきた。

この様子であれば死傷者は多くないだろうと安堵したその時。

「誰かっ！」

背に乗せた救助者を小舟へと運び終えた私の耳に、誰かが突堤で叫んでいるのが聞こえた。波と風の音に流されるように聞こえた微かな声。それでも一度認識すれば、確かに聞こえたその声に意識が集中する。

蠢《うごめ》いた耳が悲鳴にも似た嘆きを聞き取った。

「孫がっ、孫がどこにもいないっ、誰か、誰か捜してくれっ！　頼むっ！」

それは先日、シスラン君と共に伺った店で接してくれたあの店主の声だった。

遠い突堤から血を吐くような慟哭《どうこく》が響き渡る。

孫とはシスラン君が言っていた話のことか。

水中へと落ちた者はほぼ救助されたはずだ。そうすれば傾きゆく船体かとすぐに身を翻し、傾きが大きくなった船へと急いだ。小さな子であれば、避難の最中にはぐれてどこかに潜り込んでいるかもしれない。

だが私の身体はすでに長時間冷たい水の中にいる。すでにいつもは考えるより先に動く手足の動きが鈍くなっていることも自覚していた。凍えるような水の冷たさを遮る獣毛と強靭《きょうじん》な皮膚も限界が近く、今や地肌がピリピリと痛むほど。

それでもあの悲痛な声を無視することはできなかった。

今まさに沈没しようとしている船の甲板にはもう誰の姿も無く、波間に浮かぶ人の姿も見当たらない。

ならばもう海に沈んだかと最悪の事態を想像しながら、それでもと船の壁面に触れて私は意識を集中した。

土の精霊に呼びかけ砂や土といった物の動きを探らせる。靴を履いた人が動けば必ずそこに細かい砂や土の粒子が発生する。魔力を練り上げ、土の精霊達と意識を同調させて船内の微小な変化に集中する。

船の中の至る所に土や砂は存在する。私は繊細な魔力の行使は得意ではなく、すぐに頭の芯《しん》がきりきりと鋭い痛みを訴えた。元より魔力はそれほど多いわけでもない。

それでもと広げた魔力の網に何か異物がひっかからないかと船首へと向けたその時だ。

「そこかっ！」

砂や土にまみれた小さな何かが動いている。

細い魔力の糸をたどるそれの形がわからなくても、それが私の捜している者だという確信があった。

私は小舟と港に知らせるように咆哮を上げると、急ぎ大破した船首へと向かった。

船首の小部屋を急いで巡れば、逃げる最中にはぐれてしまったのだろう。小さな身体が壁材やら建具の間で声もなく横たわっているのを見つけた。

意識を失ったばかりなのか、その頬は涙に濡れている。

近くに小さな花のついた帽子が落ちていなかったら、一筋の月の光に導かれなかったら。幸運にも似た偶然で私はその子を見つけることができた。

意識の無い身体を銜《くわ》え、見つけられた奇跡に感謝しつつも私は困惑していた。意識が無ければ私の獣体の身体にしがみつくこともできない。何よりさっきから軋《きし》む音が次第に大きくなり、船底は明らかに先ほどより傾きを大きくしていた。

仕方ないかと喉の奥で唸《うな》り、私は人の姿へと一度戻った。

近くにあった麻袋を力任せに裂いて紐を作り、意識の無い身体を背に括り付けていく。人型と獣体では胴回りが違うため余裕を持って緩く結び、背中の子供が落ちてしまわないように手足を床につけて背に乗せた状態で再度獣体へと姿を変えた。

『ぐう……』

その瞬間思わず喉の奥から唸り声が零れ、尽きつつある魔力とひどい倦怠感《けんたいかん》に苛《さいな》まれた身体を、気力を振り絞って奮い立たせる。普段なら意識せずともできる変化であったが、魔力が尽きてきた身体にはつらい。他者には無尽蔵だと言われがちな体力も、やはり限界が近かった。

それでもこれが最後だと私は侵入した経路を戻り、脱出口へと近づいたのだが。

『ぐぅっ！』

いきなり船体が大きく傾いた。悲鳴のような木材が割れる音がそこかしこで響き、頭上から木片やら家具が降り注ぐ。

悩む暇などなかった。

ただ背の子供にそれらが当たらないようにとだけ意識して、四肢に力を込めてもはや直立と言っていいほどの船底を蹴った。

渦を巻く水面に一度深く沈んだ身体を、なんとか水中を蹴り上げ水面へと浮き出る。霞む視界の向こう、離れた場所にいる小舟へと流れに逆らって泳ぐのには力をほぼ使い果たした私にとっては限界ギリギリの行為だった。

ズキズキと激しく痛むこめかみに、うまく動かない右腕。襲ってくる目眩《めまい》は魔力切れの兆候か。

「もう少しだっ、頑張れっ！」

どこかで聞いたダミ声に気がつけば、すぐそこに伸ばされた力強い腕が見えた。

『頼む……、意識が無い』

食い込む紐が千切られて背にあった軽い重みが消えた。

「すまん、もう少し保たせてくれっ、すぐに俺が替わってやる！」

最後の小舟だったのか、船には他の救助者も乗っていて定員を遙かに超えている。実際もう喫水線ギリギリだ。私から子供を受け取ったバースが水の中の私と替わろうとしたが、かろうじてバランスを保っている小舟にその行為は致命的となりかねない。

力強い櫂《かい》の動きは、沈みゆく船が起こした渦に巻き込まれまいと激しい。

『駄目だ。私が乗れば沈む。行け、私ならまだ保つ』

そのまま小舟を押し出すように自身の足で船尾を蹴った。その力と櫂の動きとで小舟は一気に離れていく。

「すぐ戻るからなっ！　絶対に死ぬんじゃねぇぞ!!　戻ったら浴びるほどの酒が待ってるんだからな!!　絶対に！　絶対だからな！」

「イリシードさんっ！」

励ましの声に混じりどこか遠くで小さく愛おしい声が私の名を呼んでいるのが届いた。

その声に導かれるように自然と視線が向いた先、そこには小舟が一艘《いっそう》こちらに向かっているのが見える。

そこに乗っていたのはただ一人。

『シス、ラン……』

その姿を目にしたとたん、私の身体は暗い水中へと引きずり込まれていった。それに抗《あらが》うこともできず、腕はよく見れば歪《いびつ》に曲がり血が糸のように水面へと伸びていっている。

だが痛みは無くいつ怪我をしたのかも覚えていない。冷たい水は今や身体の芯まで凍りつかせていた。

月の光がかろうじて水面で揺らぎ、ふと先ほど宿屋で見た彼のあいまいな笑みを浮かべた顔を思い出した。

シスラン、ああシスラン……。

君の笑顔が見たい、君にはずっと笑っていてほしい。

だから一緒に、いつまでも一緒に。

ごぼっと大きな泡が口から零れ出た。胸を焼く痛みと苦しさに意識が急速に遠のいていく。

ただ視界に残った月の光に手を伸ばし、愛おしいあの子の元へ戻ることだけを祈ったその時。

『イリシードさんっ!!』

聞こえるはずの無い声が聞こえたような気がして、閉じかけた重いまぶたをこじ開ける。

その視界に入ったのは美しく虹色にきらめく薄絹の領巾《ひれ》をまとったシスランの姿。

藍色の髪が水中でたなびき、水より濃い色をした瞳が私を見つめて手を伸ばしていた。

美しい姿態はあの湖で見たもの。だがその腰から先はきらめく鱗に覆われた尾。

――ああシスラン、君は……。

子供の頃寝物語に聞いた滅びた種族の話を思い出す。水の中に住む美しき種族のことを。

そうか、君は……君から感じていた違和感は……。

私は愛おしいシスランの真の姿を抱き締めたいと手を伸ばした。だがそれは獣の鋭い爪を備えたそれ。

ああこれでは駄目だ、この腕では抱き締められない。

布に見えた薄い領巾が水をかき、近くなった彼の手が私に伸ばされたその時、私は最後の息と魔力を放出していた。

深い意識の奥底にいた私を呼び覚ましたのは美しくも悲しい歌だった。

記憶の中にあるそれと同じ旋律が私の脳を揺り動かし、目覚めの時だと呼び起こす。誘われるままにまぶたを開けた私は、自分がどこにいるのか惑いながら視線を動かした。パチパチという音は小枝が燃えて弾けた音だと柔らかな橙《だいだいいろ》色の炎に気づく。そして私の身体を抱き締める優しい温もりにも。

「……シスランく、ん？」

「え、あっイリシードさん、目が覚めたんですね……。あぁ良かった……」

掠れてかろうじて音になった呼びかけに、傍らで私を横抱きにしていたシスラン君が跳ね起きて覗き込んでくる。その今にも泣きそうな顔が切なくて顔をしかめた。

一体何がどうなったのかと問いかけようとした私だったが、それが言葉になる前に断片的に記憶が蘇る。

「ああそうか、私は力尽きて溺れたのか」

「イリシードさん、無茶をしすぎです。イリシードさんが強いのは知っていますけどあんなに長いこと水に浸かって……。湖でわたしを叱ったのはイリシードさんじゃないですか……」

顔をしかめる彼には申し訳ないが、そんなふうに私を叱るシスラン君を愛おしく思ってしまう。

「確かに少し無理をしすぎてしまったかもしれないな。すまなかった、溺れた私をシスラン君が助けてくれたのか」

「あ、えっとはい。わたしは泳ぐのが得意ですから。それに水の冷たさもどうにでもできるので……。それでもあのタイミングでイリシードさんが人の姿に戻ってくれて本当に良かったです。さすがに獅子の姿のイリシードさんを抱えて泳ぐのは難しいですから……」

そういって見渡すここは古い漁師小屋のようなものだと教えてくれた。

「人の姿に、ああそうだな」

確かに溺れた時には獣体だったと思い出す。だが今は人の手だと、なんとか持ち上げた腕を見つめた。

水の中、彼が助けに来てくれたことも覚えている。爪のあるこの手では抱き締められないと、無意識に人の姿に戻ったのだろう。そして摑もうとした彼の腕に生えていたのは……。

見上げるシスラン君の瞳は前に見た水色で、髪も藍色のまま。だがあの時見た色はもっと濃かった。目の前の現実を受け入れれば、あれは夢か死の間際の幻だったのかと思うところだ。だが私はそんなあいまいな記憶でもあれが本来のシスラン君なのだと確信していた。

そう考えると今までのシスラン君の言動で腑《ふ》に落ちなかった部分が全て理解できるのだ。彼の持つ不自然な部分を……。

「シスラン君、君を抱き締めてもいいだろうか？」

「え、あっまだ寒いですか」

その言葉に私はあぐらを組んだ膝の上に彼をひょいと乗せ、強く抱き締める。彼もまた私を抱き締め返してくれるがその手はヒト族のそれとなんら変わりは無い。

「温かいな君は」

耳元で囁き、軽く口づけをすればそこからほんのりと白い肌が色づいていく。

溺れた時私の右腕は深い傷を負って、たぶん骨が折れていたはずだ。だが今その傷は無い。

もしかしたら……という考えが頭に浮かび、だがと私は内心でその考えを打ち消した。たとえその理由が彼の種族にまつわる伝説と関係があるとしても、そんなことは今の私にはもうどうでも良いことだったからだ。

細い身体をもう一度強く抱き締めて、彼の耳に囁きかける。

「あの時私はシスラン君を最後にこの腕で抱きたいと強く願った」

「イリシードさん、こんな……、重いでしょうから……」

「顔を見せてくれ」

逃れようとするシスラン君を右手で抱き締めたまま、左手でその頬を包んだ。至近距離の水色の瞳を覗き込み、すぐにその唇を引き寄せた。

柔らかな唇は冷たく乾き、彼の身体もまた冷え切っていたのだと伝えてくる。それが私のせいだというのならば、それはどんなに申し訳なく、そして嬉しいことだろうか。彼が関わる全てが私のことであってほしい。貪欲なまでの独占欲が込み上げて、私はただその激情のままに彼を包み込む。

「ん、あっイリ、イリシードさっ、んんっ」

息を継ぐ間も与えずにシスラン君の唇を貪り、口内へと潜り込む。

愛おしい者の肉が牙に触れてそれをかみ切りたいという欲が込み上げた。それを寸前で抑え込み、そんな苦行ですら彼のためだと思えばひどく好ましい。煽られたように体内で生まれた熱が全身に広がる感覚に酔いしれた。

だが死を間近に経験したせいか、いつもは制御できている本能が暴れている。シスラン君の肌に触れたいと渇望することを止める理性はすでに限界だ。

「シスラン君、いやシスラン……君の中で温もりたい。君の全てを感じたい。君のことを愛したい……」

冷たい身体が触れあった部分から熱を持つ。力なく萎えていたはずの股間のそれは、すでに硬く立ち上がっていた。それに気がついたのかシスランが目を瞠り僅かな逡巡《しゅんじゅん》を見せた。だがすぐに。

「イリシードさん……」

「君もイリシードと」

「っ……、イッイイリシード……。わたしもあなたを受け入れたい。あなたに愛されたい。あなたが好き……」

しなやかな手が私の頭に回されて、私の瞳を覗き込む。

「こんなに自分が欲張りだとは思いませんでした。水面で冷たくなったあなたに気がついた時、わたしは全てを失ったように心が悲鳴を上げました。でもあなたは生きていてくれた。お願いします、それをわたしの身体に感じさせてください……」

涙が双眸《そうぼう》から流れ落ち、私の顔に滴り落ちてきた。そのままそれが床へと落ちるのが許せなく、私はそのままシスランの身体を組み敷いた。唇から舌を入れ塩味が口内に広がるのを味わいながら、再度彼を引き寄せその唇を存分に貪る。

「私も同じ気持ちだよ。シスラン」

愛おしい人の身体で、生きているからこそ味わえるもどかしい熱と快感。

暴れる獣の本能のままこの身体を蹂躙し尽くしたいとすら思う自身を、それでも私はその本能を抑えつけるだけの理性を無くす一歩手前で踏みとどまる。

「シスラン、君の唇は甘いな。いや、君の全てが甘い」

涙のような塩水の香りと味。塩辛いだけでなくどこか甘い複雑な味わいのそれを堪能しながら、指先でそっと彼の喉をたどった。震える喉から鎖骨へと舌を這わせ、軽く口づける。柔らかな皮膚に残る赤い所有痕が増えることがひどく喜ばしい。

「んあ、ぁぁっ」

微かな喘ぎ声が狭い小屋の中で響いた。湿り気が残っているのか薪が何度も爆《は》ぜる音も同時に響く。

そんな些細な音にすら煽られて、私は彼の胸の小さな突起に舌を絡ませた。

その刺激にシスランの声が高く響き、跳ねる身体に腕に力が入る。逃さないとばかりに強い本能が鎌首をもたげて、彼の全てを覆うように足を絡めた。

硬い自身のものが彼の腰に当たり、彼のものが私の足に触れる。確かに硬くなったその存在に喜びが胸の奥で広がった。

「愛している。シスラン、誰よりも君を愛している」

この私がこんなにも誰かに囁くことになるとは思わなかった言葉。だがシスランへは何度でも伝えたい。

「ああイリシード……、んっ、ぁはぁっ」

しっとりとした肌を味わい、震える肉の存在に自身のそれを押しつける。ぬるりと滑る感触が広がり、指先が触れた狭間の奥で誘い込むような収縮を感じた。

一度味わったことがあるそこ。

だからこそこの先にある快感を欲して私は急いてしまう自分をかろうじて抑え込んで、そこにゆっくりと指を埋めた。

ここで味わう快感がかつて経験した誰よりも心地好いと思ったのは、彼がヒト族でなくてもきっと同じ。ならば愛おしい人を相手にする幸いがあるからこそ味わえるもの。

シスランが身を捩れば、彼の胸元から首飾りが肌の上を滑り落ちていった。木の実のような楕円の形は手作りなのか素朴で可愛い。

それを追った私の視線に気がついたのか、シスランがそれを取って手のひらに包み込んだ。

「邪魔……でしたね」

「いや構わないが、手作りなのか？」

「はい、大切な……お守り入れです」

愛おしげに両手で包み込んでから、それを枕元に置こうとして身を捩ったところで、思い出したようにシスランが手を差し伸べてきた。

「えっと、これを……」

手にしたそれは、粘液をまとうミズクサだった。渡されて持ち上げれば滴るほどの粘った液体が指の間から落ちてくる。

しばらくその様子を眺め、その滑る感触を手のひらで堪能してすぐに私はその用途を察した。視線を向ければ、頬の赤みを強くしたシスランが丸めた身体を伸ばしているところ。

「あ……」

その手からカラカラとあの首飾りが転がっていく。

ふたが開いているように見えたのは気のせいだろうか。だがその時の私は、粘り気を持つミズクサの汁が彼の肌に落ちて流れる様に意識を取られてしまっていた。

「すまない、汚してしまった」

「いえ、肌に害はありませんから」

「本当に大丈夫なのかい？」

それでも得たいのしれないものを使うためらいが問いかけをさせたが、シスランは赤く染めた顔で頷いた。

「薬草として使われているものですから大丈夫です。えっとあの、怪我の治療にと思って集めてて、その」

「ああわかっている」

そのつもりだったのか、怪我のためだったのか、その理由は今更どうでもいいことだ。私にとって、今ここでシスランを傷つけることなく交われるならばなんだっていい。

粘着質なその液を指に絡めてそっと狭間に潜り込ませれば、狭い入り口は難なく私の指を受け入れた。

「ん、んあっ」

息を堪《こら》えて広がる感触に耐えるシスランをなだめるように口づけを交わし、その肌を撫でる。一度受け入れた身体だからか、それともアニムスだからか、その両方だろう柔らかさに、私の指はすぐに奥まで入っていく。

二本、三本と入っていくにつれ、そのきつさは強くなる。

シスランもまた耐えきれないとばかりに私にしがみつき、全身の肌が触れあった。

「あ、ああっ、そこはっ！」

不意にシスランの身体が跳ね、私に触れた先端から粘液が溢れ出す。

「可愛いなシスラン、もっとイっていい。君の全てを私に見せてくれ」

過ぎる快楽に身悶《みもだ》えるシスランは愛らしい。体内の特に反応が良いところを押し上げれば、全身を痙攣して絶頂を迎えて、心地好い響きの声を高らかに響かせた。

歌のように私の頭の中にまで響く声。それは心地好い酩酊《めいてい》感を与えてくるが、まるで極上の美酒がもたらす酔いのようでもあって次第に意識すら飲み込まれていく。

弛緩した身体を抱え直して組み敷いて、彼の片足を高く抱え上げ間に自分の身体を進めた。

「……イリシード」

「シスラン、すまない……」

すでに私のものは弾けそうなほどに硬く育ちきっていた。この大きさがシスランにはつらいと前回で経験済みだ。だがそれでもこれ以上待てなかった。

「大丈夫、来て……」

眼下のシスランが両手を広げて私を誘う。私の大好きな幸せな笑みを溢れさせながら、私を引き寄せる。その動きに従うように私は腰を進め、彼の入り口へと誘われる。

「んくっ、ううっ！」

やはり狭い。それでももう止まらない。

獣の本能が露になった私にとって、シスランの中に入るということは至上の喜びでそれを止める術は私の命を絶つ以外にないだろう。

「シ、スランっ」

くっと喉を鳴らし、きつい肉の狭間を押し開いていく。その圧迫感と包み込む熱、内壁の動きに意識が持っていかれそうな快感が何度も襲ってきた。

「あ、あぁぁ、イリシードっ、おっきっ、あぁっ」

そうではないとわかっていても抗う動きを見せたシスランを押さえ込み、その喉を甘く噛みながら腰を進める。

太い私のものはゆっくりと彼の蕾《つぼみ》に埋まっていき、最後の一押しは一息。

「ひゃっ、あぁぁっ！」

衝撃に跳ねた身体が上になった私の身体に当たり床へと落ちる。硬い音を立てて初めてそのことに気づき、私は彼の身体を抱き上げた。

「ひゃんっ！」

入れたままの動きに刺激を受けたのかシスランの可愛い声が耳に届く。向かい合って膝に乗せた身体が小さく震えるのをなだめるように抱き締めて、その耳朶《じだ》に囁いた。

「すまない、痛かったろう？」

「な、に、やっ急になんか、んっふかぁっ……」

深く繋がった快感にたまらず腰を動かしてしまってたらしい。シスランの可愛らしい抗議の声がしたが止まるはずもなかった。

こうして対面で抱けば彼の身体は私の腕にすっぽりと収まるほどだ。だが確かに私のものをしっかりと受け止めて、恥ずかしげに全身を朱に染めて喘いでくれている。

私は腰を突き上げながら何度も何度も彼の肌に唇を落とし、その肌をまさぐった。刺激に仰け反る頭を手のひらで受け止め、肩へと押しつけて腰を揺らした。その動きが次第に強く大きくなるが止められない。

つい先ほど死に至りかけていたのに。あの尽きかけていた体力も魔力も一体どうなったのか。

そんな疑問がちらりと頭の中をよぎったが、それも襲い来る悦楽に酔いしれて瞬く間に霧散した。

シスランが上げる甘い嬌声もそれを助長して、そのうちにもどかしい体勢であることが耐えられなくて、再び彼を床へと押し倒した。

「んああ、イリシードっ、イリシードっ！」

「シスラン、お前の全てを私のものに」

牙が無防備な首筋に触れる。腰の動きは激しくなり、高まる快感からの衝動に牙が柔肌に食い込むのが止められない。

もう動きを止めることなどできなくて、私は脳髄が焼き切れるような快感の中で獣の唸り声を上げ、首筋へと牙を突き立てた。

「んぐぅぅっ！」

「ひゃっ、奥に、熱ぃっ、いいっああっ！」

大きく腰を動かして突き上げれば最奥を貫き彼の体内に私のものが溢れていく。愛する者を組み敷き貫き征服する。そんな捕食者たる獅子の征服欲がひどく満たされていくことを感じた。

「シスランっ」

荒い息を零すシスランを抱き締めれば、快感に濡れ

て水色の瞳に朱を散らし私を見つめた。

「イリシード……」

私の名を呼ぶ声は掠れていて、縋《すが》る手は震えている。そのいずれも愛らしく感じる私は、たったそれだけのことでまた強く兆すのを感じた。

「シスラン、まだ足りないのだ」

そんな言葉にシスランは微笑んでくれる。

「あっ……嬉し……い」

そんな言葉を返されて、私の理性が保つはずがなかった。


意識が無理矢理に引きずり上げられる感覚に重いまぶたをこじ開ければ、人の気配はどこにもなかった。

愛おしく大切なシスランの気配が私の鋭敏な感覚ですらたどれない。身体から絞り出すように魔力を使って探ってみるが、私の精霊術が届く範囲に彼の気配は全く感じられなかった。

ああきっと、もう遥か遠くへと行ってしまったのだろう……。

あの幸いの時間が儚い幻か夢であったのだと思えれば一番良かっただろうが、私の記憶もこの身体が味わった感触も全てが現実だと否応なしに訴えかけてくる。

「シスラン、私は……」

思わず呟き、腕で目を覆う。

あれだけ感じたシスランの温もりはどこを探っても感じられず、気配の欠片《かけら》すら見つからないが、確かに彼はここにいたのだ。

あれからそれほど時間は経っていないだろう。

果てぬ快楽の時間が終わりを告げて、私はシスランを抱き締めて眠りについた。だがしばらくしてシスランが動き出す気配に私は目が覚めたのだ。

それは私の冒険者で培った気質とも言えるもので、どうしても眠りが浅くあたりの気配を鋭敏に察してしまう。彼に声をかけずにそのまま眠ったふりをしたのは、うっすらと視界に入ったシスランの表情がひどく悲しく苦しげだったからだ。

　何かを堪えるように顔を伏せた彼は、私が共に未来を歩んでくれないかと告白した時に垣間見せた表情にも似ていた。

　だからだろうか、彼を抱き締め彼を苦しめている元凶を払拭してやりたいのにそれをしては彼をさらに苦しめることになると私は本能的に感じてしまったのだ。

　そして彼の口から紡がれるのは悲哀に満ちた旋律。その調べが私の耳に届いた時には私の身体は動かなくなっており、自然とまぶたも閉じていた。

　それはシスランの魔術なのか、歌声よりもその旋律に意識が搦め捕られ、シスランの涙が私に落ちるのがわかってもその涙を拭《ぬぐ》うことすらできない。

「ごめんなさい、ごめんなさい、イリシードさん……。わたしを愛していると言ってくれたこと絶対に忘れません。わたしをあの湖で見つけてくれたこと、一緒に歌を歌ったこと、あなたの背に乗ったこと、どれも本当に嬉しくて楽しくて……。本当に、本当に嬉しかった……、楽しかった……、できることならずっとずっと共に……わたしもずっとあなたの側にいたかった……」

　唇に触れる柔らかな温もり、それが今はただひたすらに悲しい。

「あなたはわたしを抱いてくれて、そして心からの愛をわたしにくれました。こんな幸せがあるなんてわたしは知らなかった……。でも、だからこそわたしはあなたを裏切らなければいけないのがつらい……。わたしがしてしまったこと……、わたしが今からすることをあなたは決して許してはくれない……。いいえ、どうかわたしを許さないで……！」

　悲痛な声を聞くのがつらかった。泣き叫ぶ彼の心に私の心まで揺さぶられてしまう。だが意識はあるのに身体はぴくりとも動かず硬直したままだ。彼に声をかけてやることも、その身体を抱き締めてやることもできない。

しかも覚醒しているはずの意識すら、揺れ動く波にさらわれるようにゆっくりと遠のいていく。

「……う、う……」

なんとか声を出そうと意識するが呻くような声しか出ず、それすらもシスランが再び歌い始めるともう叶《かな》わない。

これは湖で彼が歌っていた歌。だがあの時より遙かにそれは悲哀に満ちていて、今は悲しげに響き渡る。シスランのその歌声が私の耳に届けば届くほどに抗う気力は失せていき、意識は遠く霞んでいく。

駄目だ、駄目だとなんとか力を振り絞ろうとするが、それも限界が近づいていた。

——人魚は歌に魔力を乗せる。

伝説の中にはそんな文章があったはず、滅んでしまった種族のそれが真実かどうかなど検証もされていない情報。だが確かにあの伝説は正しかったのだろう。

ならば彼らが持っていたという、万能薬という伝説も……。

傷つき折れていたはずの私の右腕。目が覚めた時には何事もなかったかのように動いていたことがその証。

だが今はその右腕も役立たない。彼を抱き締めた腕は、今はシスランを引き留めることすらできない。

「わたしは悲しい過去を二度と繰り返したくないんです。その昔、大切な家族、愛おしい恋人を奪われ滅びの道をたどるしかなかったわたし達の祖先のつらい思いを繰り返さないために。だから……二度と他種族と関わらないと決めた言い伝えを守ると決めたのに。でも……」

肌に冷たく触れるのはシスランの涙だろうか。どうか泣かないでほしい、君に幸せになってほしいと、だからずっと共にいたいと願ったのに。

「愛おしいと、こんなにも愛していると思う人に出会えたのに……。こんな思いをしなければいけないのなら始めから……！　でも、あなたのことを知らなければ私はこんな幸せも知らなかった……。どうして……、どうして……！」

私の肌に雨のように滴るそれはシスランの瞳から溢れ出たものだろう……。どうかそんなに悲しまないでくれと祈ることしか今の私にはできない。

「ああそれでも駄目、駄目……全部、全部消していかなければ。わたしの痕跡は残したら駄目……でもこれだけは、これだけは……」

泣きじゃくるシスランが私の腕を取り、そこに頬をすりつける。それは私が彼にしていたように彼の温もりを感じた。そして手首に何かが括り付けられる。

「さようなら、イリシードさん。わたしが愛するのは今までもこれからもあなただけです。わたしはあなたのことを決して忘れません……。だけど、お願いですイリシードさん。あなたはわたしのことを忘れてください。どうか私のことを捜さないで……、イリシードさんをわたし以上に愛してくれる人を見つけて幸せになってください。ありがとう……そして、さようなら」

唇に触れる柔らかで優しい感触。

ああ、シスラン、シスラン……。

シスランが再び歌を歌い始めたことで意識が一気に遠くなっていくのを感じる。意志の力が弱まって、渦の底へと引きずり込まれるように闇の奥底へと沈んでいく。

行くな、行くな、行くな。

何度心の中で叫んだことだろう。

役立たずの自分の身体をどうにかして立ち上がらせたかった。遠のく意識を罵倒して、奮い立たせたかった。

だがそれすらもできずに、私の意識はそこで途切れた。

それこそ夢など見ぬほどに深い眠りはそれでも短く、意識が戻った私を待っていたのはただ一人でいる壮絶な孤独感だ。

見渡しても、気配をたどっても、どこにもシスランが感じられない。

愛すると、大切に守り抜くと誓った最愛の人。だが今はその愛おしい人の気配をみじんも感じられない絶望と孤独、そしてそんな自分に対する失望がこの身の中に満ちている。

最後にシスランが触れていた手首の違和感に視線をやれば、そこにはあの日酒場で私の髪を束ねてくれた飾り紐が巻かれていた。その時の感触も、彼の言葉も表情も全て私の中に残っていた。

「忘れることなんてできるわけないじゃないか……。君からされた最初で最後のお願いがそんな悲しいことだなんてあってたまるか！　私は……」

胸の奥で狂おしい熱が暴れていた。よどんだそれは、吐き出したいほどに苦しいのに出ていかない。吐き出す方法もわからない。

無様な声を上げたくないとばかりに食い縛った奥歯が鈍い音を立てた。身体を丸め、胸を拳で押さえ、床に額を打ち付けてそれでも止まらない激情に私は叫んだ。

「うおぉぉぉ――――――おっっっっ!!」

その叫びは港まで響き、力の弱い者はその場にへたりこんだと後から聞いたが。

その時の私は、彼の最後の言葉と自分の感情の折り合いが付けられずその場で声が嗄《か》れるまで叫ぶことしかできなかった。


「……これが私とあの人との出会いと別れだよ。今となって思えば随分と私も若かったと言えるが。しかしこんなことを君に話すのは少し照れくさいな」

そう締めくくれば、目の前で微笑を浮かべていた私と同じ薄茶の髪にシスランと同じ色の瞳を持つ青年が肩を竦めて呟いた。

「よく似てる……」

「なんだい？」

「いえ、ちょっと自分の過去を思い出していて……。やっぱり僕と母さんは親子なんだなって実感してました。それに、あなたも……」

「ああ、私もそう確信しているよ。君が私の子だとね」

小首を傾げながらも確信に満ちた表情を見せたイリスという青年に、私もだと頷いた。

「君を一目見た時から、私とシスランの子だと。シスランが最後に懺悔《ざんげ》のように呟いていた言葉の意味も今ならはっきりとわかる。君達の種族のそれが宿命だったのだろう？」

「はい、僕も母さんと同じようにディラン——えっと僕の伴侶なんですけど彼の子を……」

照れくさいのだろう少し顔を朱に染めたその表情もシスランによく似ている。

「君の顔もその髪の色も瞳の色も、そして君の名前も」

「僕の名前、イリス……？　あっもしかして、イリシードさんの名前と僕の名前は」

「それにシスランの名も、きっとそうだと思うんだ」

私の名とシスランの名、二つの音を組み合わせているとしか思えなかった彼の名。

「だがシスランにはまだ何も言ってないのだろう？　あの人が私を覚えていてくれればいいのだが……」

あの時、すぐにシスランを追うことができなかったのは彼の最後の言葉のせいだった。

シスランの秘密を知ってしまった私が彼を追うことで不幸にしてしまうのではないかと思い悩んでいるうちに、その消息は完全に絶たれてしまった。

それでも未練がましく冒険者家業の傍ら商隊の護衛を積極的に請け負ったのはもしかしたらシスランとどこかで再会できるのではないかという希望を抱いていたからだ。

それでもシスランと別れてから随分と長い年月が経ってしまった。

私の心はいまだシスランを求めてやまないが、あれは彼にとっては若気の至りだったと言われかねない逢《おう》瀬《せ》でもあったしと、私の心が気弱な言葉を吐いた。

「大丈夫ですよ。僕達の一族が恋をするのは一生に一人だけなんです、もうずっと……。だから大丈夫です」

「そういうものなのか？」

「ええ、それにその髪を結わえてる飾り紐は母さんのですよね？」

問われて私はそれへと手を伸ばした。ざっくりと髪を結わえた編み込みの飾り紐の先が視界の中で踊っている。深い藍に白い糸の刺繍が入った飾り紐。

「ああそうだ。これはあの日シスランが最後に残してくれた物だよ。私の手元に残った物でシスランとの思い出の品はこれだけだ」

「この刺繍に使う糸は海で採れるウミクサの一種でとても丈夫な繊維を持つ物から作るんです。一つの葉から一本しか採れないので量は作れないんですが、旅の安全を祈りながら刺繍を入れて……。それを渡すのは本当に愛すると決めたその人だけですから」

その言葉に飾り紐をそっと撫でればシスランの顔が脳裏に鮮明に蘇る。シスランは最後どんな顔をして私の腕にこれを巻き付けてくれたのだろうか……。

「その刺繍の入れ方は僕も母さんに教えてもらいましたから、すぐにわかりました」

色あせ、ほつれても決して切れないのは魔力が込められているからか。旅だけでなく冒険者としての仕事の間も護っていてくれたのだと、今は考えている。これを見返してはシスランのことを想っていた日々が懐かしく感じられた。

「この素材は珍しい物だと知って、これを元にシスランの行方を捜したこともあったが。君達の一族の秘密を思い出して迷惑をかけてはいけないとやめてしまったんだ」

私の言葉に嬉しそうに笑みを浮かべたイリス君は、本当にシスランによく似ている。その笑顔を微笑ましく、そして懐かしく見つめていると、イリス君が頬を染めてはにかむように問うてきた。

「あ……そのそれで……えっと」

「どうかしたのかい？　何か気になることがあればなんでも言ってくれて構わないが」

「いえ……その……おっお父さん、と呼んでもいいですか？」

その言葉に目を瞠る。彼の口からそんな言葉が出ることが意外だった。血の繋がりはあったとしても私は彼に父親らしいことを何一つしてやれていないのだから。そんな彼に父と呼ばれるとなんとも面はゆい。

「イリス君は私を父だと認めてくれるのかい？　何年も君達を放っておいた私を」

「それは違います。僕達の一族はそうしないと確かに生きていけなかった……でもそれは僕達が犯した罪だと思うんです。それなのにディランもラシッドさんも、イリシードさんも……僕達を許してくれた……。いえ、僕達を救ってくれたんです」

「そうか……誰もがつらい過去を乗り越えてきたというわけか……」

目の前にいるイリス君もきっと難しい選択を迫られて生きてきたのだろう。人魚族の存在は、彼らの正しい情報とヒト族と同様に保護されるべき対象として関係各国の中枢に知られてはいるらしいがそれはごく最近のことだ。

「君がそう言ってくれるのであれば君が呼びやすいように呼んでくれるだろうか？　無理をせず互いの距離を詰めていきたいと私は考えているんだが」

「はい！　それなら僕のこともイリスと」

その言葉に小さく頷けば目に入るのは彼の後ろにいる犬族のディランという青年と彼に抱かれたセーレという名の子供。

二人の色を持つその子が私の孫だと言われて私としてはまだ戸惑いが大きい。それでもその仲睦《なかむつ》まじい様子は微笑ましく、彼らもまた私の家族なのだと知った喜びはまだこの胸の内にあった。

「お父さん、ホールイーって知ってますか？　こういう銀の月が明るく輝く夜は、ホールイーが求愛の歌を歌うんです」

「ホールイーか、聞いたことがないな……」

いやどこかで聞いたような気もする。それがどこでだったか今は思い出せないが、なぜか懐かしさばかりが込み上げてきていた。

「ホールイーは僕達の何倍も大きな水棲の魔獣です。けれどとてもおとなしくて人が何かしない限りは襲ってきたりはしません。僕達にとっては小さい頃から一緒に育つ友達みたいなものなんですよ」

懐かしい面影を見せて彼が笑う。

「今も歌っています」

私には聞こえぬ声を彼は聞いているのだろう、楽しそうに小声で歌を歌ってくれた。

「それがホールイーの歌なのかい？」

「ええ、本当に上手な歌い手であればホールイーも応えてくれるんです。僕は駄目ですけど、セーレはいつもホールイーと歌ってます。それに母さんも旅から帰ってからはホールイーが応えてくれるようになったと言っていました」

どこか誇らしげに伝える彼に私は頷いた。彼らにとって歌は生きる糧そのものなのだと私はすでに知っている。

「そういえばこんな夜更けに付き合わせてしまってすまないね。私が急いたせいで幼い子を連れ歩くような時間ではなくなってしまった」

私の孫であるセーレはすでに父親の腕の中で小さな寝息を立て始めている。

「いえ、気にしないでください。ディランもお父さんの気持ちはよくわかると言ってましたし、何より母さんも……きっと少しでも早くお父さんに会いたいはずですから」

実際明日の朝一の便であれば昼間のうちに着けたのだ。ただシスランに会えるのだと思うと気持ちが急いてしまってしょうがなかった。そのせいで彼らの旅立ちの準備なども加わり、こんな時間になってしまったのだ。

その結果水夫には危険な夜の入港をさせることになってしまったのだが、みんな慣れてますからとイリスは笑いながら私の心配を受け流した。

「あっ見えてきましたよ。あそこです、僕達が暮らす村は」

その彼が指さす辺りに灯りが見えた。昔はその日を暮らすのがやっとなほどに貧しかったという彼らの村。確かに入り江の奥にあって、それほど大きくはない。

だが今はこの船が出入りできるだけの港が作られ、港の警備に当たっている者達は明らかに私と同じ獣人の特徴を持っていた。

「彼らは？」

「レオニダスの王族の方とマーフィー商会が手配してくれた人達と、あとはお父さん達のように僕達人魚と縁があった人もいます。船の中でもお話ししましたけど、こんなふうに僕達が暮らせるのも偶然スイさんがこの村に来てくれたからなんです。あの時、僕達の未来は開けたんだと僕はそう思っています」

スイという名前に自然と耳がぴくりと動く、彼らの一族を救ったそのスイという人物が私の親友達二人を父に持つ子なのだと知ったのもこの船旅の途中だ。

「そうか、スイというその青年にもあいつらにも再会したら礼を言わねばな」

生まれた時からの付き合いで従兄弟であり、悪友であり、大切な親友達。

結局あの時の手紙はその真の役割を果たすことはなかったが、巡り巡って彼らの子に私の愛した者達が助けられるとはまた縁深いものを感じた。

船長の声に合わせて船が帆をたたみ、静かに港へと入っていく。

「あ、コーレ」

不意にイリスが声を上げ、手を振った。その名に私も視線を向ければ、ランタンを掲げて振っている懐かしい姿が見えた。

紺色の巻き毛の子、そしてその側には朱金色の髪を持つ長身の獣人。遠目でも彼の姿は闇に浮かぶ炎のように見えた。

「ラシッド、コーレ君。それにシーリン君も元気にしていたかい？」

タラップがかけられるのもそこそこに私は船縁から桟橋へとその身を翻した。着地すると同時に、ラシッドがシーリン君を抱いて近づいてくる。

「久しぶりですね、イリシードさん」

「お久しぶりですイリシードさん、その節は本当にお世話になりました。それにご迷惑もおかけして……あの時はろくにお礼もできずにすみませんでした」

元々私と共に商隊を護衛する任に就いていたラシッドは豹《ひょう》族のアニマで、いなくなった恋人を捜しずっと旅を続けていたのだ。その相手でシスランと同じ人魚族だったコーレ君が再会を求めて我々がいる商隊にまでやってきた。彼らの再会にも色々と複雑な物語はあったが、今はこうしてお互い仲睦まじさを見せている。

「そんなことを気にする必要はない。むしろ君達が来てくれたお陰で私は今ここに立っていられるのだから……。だがラシッド、お前はな」

後から駆け寄ってきたコーレ君の律儀な礼には笑って返したが、手紙一つで別れを告げそのまま姿を消したラシッドにはげんこつを一つ落としておいた。


だがまあ多分に加減はしたし、ラシッドもわかっているのだろう、返ってきたのは笑顔だ。ずっと何かに追われるように捜し続けていた『番』を見つけ出したラシッドの表情に、もうあの時のようなどこかすさんだ危なっかしさは無い。

「それにしてもイリシードさんも俺と『同じ』だったとは縁ってのは不思議なもんですね。今思えばあまりに類似点が多すぎて逆になんで気づかなかったんだろうと思いはしますが」

「恋人に逃げられた話は数あれど、お前と私の境遇は似通っていたからな。だが私は彼らが人魚《そう》であることを知っていたからなおのこと全てを打ち明けることもできなかった」

「ああ、そういえばイリシードさんは知ってたんでしたね」

「そういうことだ」

互いに、にやりと含みを持たせた笑みを浮かべる。

ラシッドが捜していた相手も私と同じ人魚族だった。

ラシッドの話を聞くたびにシスランとの出会い、そして別れまでが幾度となく私の中で繰り返され、ラシッドの思い人もシスランと同じなのではという可能性にはすぐに至った。だがそれを告げてもラシッドに信じてもらえるとは思えず、たとえ相手がラシッドであっても彼らの秘密を私が勝手に打ち明けることなどできはしなかった。

だがラシッドの場合はコーレ君のほうから再会を望んでその姿を現してくれたが、私の場合シスランはまだ私が彼の居場所を知ったことを知らない。

「母さんはこの村の代表としていつも忙しく駆け回っていますが今日は家にいるはずです。私達が戻ると伝えているのでその準備をするのが母さんの常ですから」

必ず私達の好物を作って待っていてくれるんですとイリスが笑い、私もそれにつられて笑ってしまう。

ラシッド達とはまた落ち着いてからゆっくりと手を振りあい、私はイリス達に案内されるがままにシスランがいるという家へと足を向けた。

一歩足を進めるたびに胸の奥がざわつくのがわかる。この足を進めた先に、ずっと恋い焦がれた愛しい人がいるのだと思うと自然と鼓動が高鳴っていく。

そう遠くはない距離にもかかわらず私にはその道のりが無限のようにすら感じられる

そうして案内された家は、村の代表が住まうものとしては質素な建物だ。

だが道具はきちんと片付けられ、網に並べられた干物はきれいに等間隔。彼らしいと思わず私の口元に笑みが浮かんだ。

「この村で作ってる物はほとんどが海から得られた物なんですけど、母さんが旅から帰ってからはいろいろと改良を重ねたらしいんです。そのお陰で売れ行きも良くなって生活が楽になったと村の皆がよく言ってます」

そんな説明と共に漂う香《かぐわ》しい香り。それを嗅ぎながら私はあの北限の街の小さな店で真剣に日々を過ごしていたシスランの姿を思い出していた。それは胸の高鳴りを微かな震えに変えるには十分で。

「ここにあるのは全部母さんが作った物なんです。後で食事の時に出しますから楽しみにしておいてください」

ああと頷く声がちゃんと出ていたかどうか。

あの日、私は彼を失った。去っていく彼を追うことすらできなかった。

あれからあの北限の街に行ったことはない。あの街にはシスランとの思い出が残りすぎていたからだ。

だがあの街から離れても、どんなに仕事に打ち込んでも、いつでも頭のどこかにシスランの存在があった。

それが彼の願いだったのだから、彼の願いを叶えてやらなければと諦めようとしても諦めきれない日々。

それはまさに地獄の日々だった。

だが、ようやく……。

「こっちですよ」

狭い戸口から中へと入り、イリスが「母さん」と呼ぶ声が響く。だがそれよりも先に私の耳には彼の小さな歌声が届いていた。

一度目は湖で、二度目はあの酒場で、そして三度目は別離の時に。

変わらずどこかもの悲しい、だが美しい歌声がイリスの呼びかけに途切れた。

その瞬間、私はイリスを追い越して奥へと足を進めていた。土間から奥へと入る戸口の向こう、そこに彼はいた。どうやっても忘れることのできなかった私が生涯で唯一愛した存在が。

振り返った愛しい人《シスラン》の姿に心臓が跳ねる。

シスランの訝しげだった表情が驚愕に彩られたのはすぐだ。

「そんな、まさか……」

と口が動く。

「君の最後の願いを叶えてやることはできなかったよ。だから、代わりにあの時の告白の返事を聞きにきたんだ」

私が聞きたかったのはこの一つだけ。

「……わたしはあなたを騙《だま》して、そして……裏切ったんですよ？」

押し殺した声で答えるシスランはやはりシスランのままだった。そんな彼に私は笑みを浮かべて問いかける。

「君が抱えていた事情は全て聞いたよ。どうして私の前から姿を消してしまったのかも。それにあの子――イリスは私と君の子だろう？　あの子と話をしてその姿を見れば君がどれだけイリスを愛してくれたのかすぐにわかった。私にはそれで十分だ」

その言葉にシスランは愕然と立ち尽くした。口が何かを言いかけては止まり、眉根がきゅっと寄せられる。伏せた水色の瞳がゆらゆらと揺れ、押し殺した声がその唇から零れ落ちた。ああ、やはりあの頃と何も変わってはいない。

「……それはだって、あの子はあなたとの大切な……大切な子供だから」

不意にシスランの身体が崩れ落ち、その場に膝を突いた。駆け寄った私はその身体をしっかりと抱き締めて囁いた。

「随分と遅くなってしまった。だが、私の気持ちは何一つ変わってはいない。シスラン、君のことを愛しているよ」

「イリシード……さん」

「だから君の答えを聞かせてほしい」

「わたしの……答えはあの時から決まっています……。わたしも――」

シスランからは嗚咽《おえつ》が漏れているが、私の耳には続く言葉がはっきりと聞こえた。

腕の中にいるのは一度は手放してしまった温もり。だがもう二度とこの温もりを手放すことはない。

そんな私の耳に、歌声が届いた。

それを歌っているのはイリスとセーレ、私の大切な家族達だ。

それはいつか聞いたような懐かしい歌だが、どこか明るく、どこか楽しい出会いの歌。

波の音に重なって、遠く隔たれていた二人が再会を果たす愛の歌がいつまでも私達を包み、遠くからホールイーの鳴き声が響いていた。

Fin.

海辺の国のその後の話

レオニダスの澄んだ青空とはどことなく違う色の空とその先に見え始めた濃い空の色にも負けないほどに鮮やかな青色の海を、僕は竜となり空を飛ぶガルリスの広い背から眺めていた。

竜となったガルリスの飛ぶ速さであれば目的地まではあと数刻。目的地は僕たちが普段住んでいるレオニダスから火山地帯を経て南に位置する海の国フィシュリード。

レオニダスで研究され続けている最先端の医療知識と技術を世界各地へと広めるために開かれた学会へと一研究者として招聘されたのがきっかけ。

まぁ、きっと僕が名指しされたのは『至上の癒し手』の子供であることやそのチカさんとそっくりの容姿、そしてダグラス父さんさんやゲイル父さんから受け継いだ血筋も関係しているのだろう。

今更それに何を思うわけでもないし、医学会へと参加するような人達はどこか変わり者が多いからそれはそれで楽しみでもある。だけど僕にはこの国へ来るもう一つの大事な目的があって、実は前者のほうがついでだと言ったら待っていてくれる人達に怒られるだろうか。

それでも僕は期待せずにはいられない。この国、フィシュリードには僕の大事な友達がいるのだから。手紙を交わし続けてはいるけれど直接彼らと最後に会ったのはいつだろうか。懐かしい彼らが元気でいることは知っているけれど、彼らを取り巻く環境は僕が直接この目で見て知っている頃に比べてどんどん変わっているはずだ。

まだまだ医師の数が十分ではないこの世界。先日のキャタルトンのような特別な事情でもなければ、まだまだ未熟な僕のような医師ですらなかなか国を越えて長期にわたり旅をするというのは難しい。

まぁユウキさんの魔術を使ったりガルリスにこうやって空を飛んでもらえばそう時間をかけずに来ることもできはするのだけれど……。ある意味、国やこの世界にとって、重要で戦力である彼らをそうそう僕の私用に付き合わせるわけにもいかない。

だからこそ気にはかけていたけれど、なかなか会いに来ることが出来なかった。そんな彼らにようやく会えることが嬉しくて、僕はいつも以上に張り切って旅の準備をしたほどだ。

そんな旅行鞄の中には両親から預かったお土産もたっぷりと入っている。僕の友達へのお土産はもちろんのこと、それとは別にマーフィー商会の元会長さんにも様々なものを預かった。マーフィー商会といえば、フィシュリード一の大店《おおだな》で今から会いに行く僕の友人とも縁深い。

なんでもチカさんが昔、父さん達とフィシュリードを訪問したときに、あれこれお世話になったのだとか……。国を挙げての記念式典と街で行われた豊漁祭のことやフィシュリードの民族衣装のお土産のことは子供心に良く覚えている。そして、ゲイル父さんが必死の形相で絵付けをしたというウミクサのカップのことも。

僕とイリスとディラン、そしてチカさん達とマーフィー商会の元会長であるデニスさん。縁というのは奇妙なものでどこでつながっているのか想像もつかない。だからこそ楽しいのだとチカさんがそういえば言ってたっけ。

そんなことを思いながら空の旅を続ける僕の視界いっぱいに海が大きく広がり始めた。視界の隅々までゆるやかな弧を描く紺碧の海と白波の交じる水平線。この心打つ光景を見ることが出来るのもガルリスという強く逞《たくま》しい竜族を伴侶に持つ僕の特権。改めてそれを思い出すとどこか気恥ずかしさを覚えてしまうがこうして空を飛ぶたびに、チカさんから聞いた話を思い出す。それはもしかしたらこの世界も自分たちの世界と同じであれば、大地は球状のはずだというものだ。

もちろんすぐに、この世界は自分の常識が通じないことも多いから、そうじゃない可能性も大きいんだけどねとも言っていた。

チキュウという異世界からこのフェーネヴァルトと

いう世界にやってきたチカさんの知識は、直接教えてもらった僕でも理解しきれていないことが多い。でもこうしてガルリスの背に乗ってどこまでも広がる世界を見ているとそれは間違っていないような気もする。

球状の大地にどうやって僕たちが立っているのか、そのことについても教えてもらったけど僕の興味をあまりそそるものではなかった。ただ世界の果てというものがフェーネヴァルトでは未《いま》だ発見されていない。

北を険しく高い山々に西を生い茂る樹海に、東を砂の大地が広がる死の砂漠に、そして南はどこまでも続く海原に囲まれている。いつかその先にある世界、もしかしたら獣頭人の国ベスティエルが存在したように、別の国すら存在するかもしれないそこに行けたらいいなと僕の好奇心は欲となり、僕の中にある。

もちろんそのときはガルリスと共に。

けれど僕にはまだこの狭い世界でも知らないことがたくさんある。何しろ、僕の大切なガルリス——謎に満ちた種族である竜族。その竜族についてすら僕はまだよく分かっていないのだから。

そもそも竜玉とか半身とか当たり前のように話してるけどこれも多分竜族にとっては本来であれば門外不出のものだろう。

『スイ』

ぼんやりとそんな思いを巡らせているさなか、不意にガルリスが首を傾《かし》げながら声をかけてきた。

「どうしたの？」

『あの雲が見えるか？　ありゃあ積乱雲ってやつじゃねえのか？』

「すごいねガルリス。積乱雲って言葉知ってたんだ!?」

『お前は俺をなんだと思ってんだよ……』

「言わなくてもわかってるくせに。うちのチカさんがあれだけ気安く脳筋なんて軽口を叩《たた》くのはガルリスぐらいなんだから」

『そりゃまぁ、俺とあいつの間にはこう色々とあってだな……』

「はいはい、分かってるって。それより今はあの雲のことだよ」

　さっきまで青空にふわふわと浮かんでいただけの白い雲。だが今は海上の一角に猛々しいほどの勢いで、海からむくりと鎌首をもたげ天を目指すように伸びて渦巻く雲の塊があった。あの雲の塊がもたらす嵐を僕は過去に一度経験したことがある。ここと同じフィシュリードの海で。

　あの時、荒れ狂う波と吹き付ける嵐を受けて揺れる船上で、僕を救おうとして竜となったガルリスの羽ばたきに飛ばされたディラン。そして、彼を追って海に飛び込んだイリス。

　その時のディランが負った傷が、あの事件の始まりだった。海の中での怪我《けが》がきっかけとなって獣人の全身に広がるたちの悪い流行病に見えた呪《のろ》い。対処方法などなく死に至るその呪いは、人魚族の家族を奪われた憎しみによるものだった。

　長い年月の間にこの大いなる大海が癒し薄めた呪いは、ディランが受けたもので消え去ったはずだと願いたい。何より、イリスから提供してもらった彼らの秘薬を研究したお陰で、もし発症者がでたとしても特効薬は存在しているから安心ではあるのだが……。

　なによりあの呪いの存在は、今を生きる人魚達には罪の意識を植え付け苦しめるだけのものだったから。

　ふと、そんな願いが心の奥から湧き上がるのを胸に思わず手を当て、僕は遠い積乱雲へと今一度視線を走らせた。

　運命や宿命といった様々なことを乗り越えたディランとイリスは、子供も授かり幸せに過ごしている。今は仕事で離れていた彼らが自分たちの住む村へと船を走らせて帰宅の途にあるはずで、最後に交わした手紙では村で会おうという話になっていた。

　だけど僕は、はやる気持ちを抑えきれずガルリスでそのまま船に突撃してしまえとその船を探していたのだ。

「まさかイリス達、巻き込まれてないよね？」

『大丈夫だろ、お前の目じゃ見えねぇかもしれないけどな。あの雲の下に船はいねぇよ。多少強い風は吹くかもしれんが、ありゃかなり遠い。それにあん時も無事だったろ』

「あの時はあの時でしょ……ってガルリスに言っても仕方ないか」

直感ばかりが先に立つガルリスへ思わず口を挟みかけて、けれど今さらだと口を噤《つぐ》む。何艘かの帆船が見えるが、帆を張ったまま航海を続けているようだった。それは黒々と見える積乱雲からは遠く、あの時のような強い風が吹くような感じはない。

『ん？　あの辺に何かいそうだな』

不意にガルリスが何かに気付いたように声を上げた。その言葉の意味を理解するより先に、僕の身体は強い浮遊感を味わう。

「えっ、ちょっと!?」

視界が転じ、空ばかりだったそれが一面海へと染まる。遠かったはずの海が、高くなった白波がどんどん近くなって、僕はぎゅっとガルリスにしがみついた。

強い風は僕の精霊術で遮られているけれど、その分しっかりと視覚に入る落下の勢いに僕は強く目を瞑《つぶ》った。人が持つ固有の魔力を感知する力が鋭い竜族であるガルリスが、目的の魔力――多分人魚であるイリスのそれを感じ取ったのだと推測はできるけれど。

『あれだな』

あたりの空気を振動させるように響く声にうっすらと目を開けてみれば、大きな帆に風をはらんだ帆船が白波をかき分けるように海の上を進んでいた。近くにあるほかの船より新しく立派に見える帆船は、その帆にフィシュリードきっての豪商マーフィー商会の家紋が描かれている。威風堂々としたその姿はあの時乗った船よりも一回り大きい。

『このまま下りるぞ』

「うわっ」

合図と唐突な落下感は同時だった。ガルリスが僕を落とすなんてことは考えもしないけど、それでも身体は反射的にその背にしがみつき、一瞬後まばゆい光に包まれる。とっさに目を瞑った僕を襲うのはふんわりとした浮遊感と軽く固いものへと着地した音。

訳もわからぬ状況で、しがみつく身体は竜の鱗《うろこ》よりも柔らかい。あたりの状況を把握しようと急ぎ目を開ければ、僕は人に戻ったガルリスの広い背にしがみついていた。鱗のない逞しく日に焼けた肌と翼の代わりに盛り上がる肩の筋肉、そして着いたぜとばかりに得意げなガルリスの赤銅色の髪と同じ色の瞳が目の前にあった。

僕はそんなガルリスを見上げて、彼の向こうにはためく帆の紋をもう一度見上げ、そして何事かとこちらを窺《うかが》う水夫達へと視線を移す。その中に苦笑を浮かべている見知った顔を見つけると同時に、なんとなく彼らの視線が僕の後ろにも向かっていることにも気が付いた。

「いやあ、荷物をどうするか考えてなかったんだが案外うまくいくもんだな。さすが俺だぜ」

得意満面なガルリスと僕の背後には、その背に乗せていたはずの荷物の山。どうやら着地寸前で竜から人に戻り、僕を背負ったまま着地し、荷物も器用に甲板へと降ろすなんて芸当をしてくれたのだと分かった。

確かに竜の姿では船の上に着地は難しいから、僕が風の精霊術で空中からの降下を制御するつもりだったんだけど……。

割れ物がなさそうでよかったよ、と現実逃避しかけつつも、僕は丸裸で突っ立っているガルリスの背中に真っ赤な手形が残るほどの張り手をお見舞いしたのだった。

⁂

「竜のような姿が見えると見張りの水夫から連絡があったもので、もしかしてとは思ったのですが。やはりお二人だったのですね。スイ殿、ガルリス殿、マーフィー商会の船にお迎えできたこと嬉《うれ》しく思いますよ」

前より幾分か精悍《せいかん》さが増しただろうか。夕焼けの色味の強い金髪を後ろで軽く結わえた犬族のディランは、苦笑を浮かべながらも歓迎の意を示してくれた。

「相変わらずディランは堅苦しいね。でも本当に久しぶり、驚かせちゃってごめんね。ほら、ガルリスも謝って」

「よう久しぶりだな！　元気そうでなによりだ」

差し出された手を握り返し、いらぬ騒動を起こしたガルリスを睨《にら》みながら小さく頭を下げた。

「スイさんもガルリスさんも……まさか空からやってくるなんて……。ほら皆驚いてしまって口が開いたままですよ」

ディランの背後からゆっくり現れて、悪戯《いたずら》をする子を見て苦笑する親のような表情をしているのはイリス。僕の大切な友人。

「やあイリス、久しぶりだね。ガルリスじゃないけど元気そうで安心したよ」

「スイさんもガルリスさんも変わりがないようで本当に良かった……よ。でも、黒髪とエメラルドの瞳を持つ次代の『至上の癒し手』と燃えるような赤い竜の噂話はこんな田舎にいても聞こえてきてたから……」

「嘘でしょ……？　えっそれどんな噂話？　ちょっと詳しく聞きたいんだけど」

「ちょっ、スッスイさん落ち着いて落ち着いてってば」

衝撃の言葉に慌ててイリスに詰め寄りそうになった僕をやんわりとディランが制止した。ああ、そうだった。大事なことを忘れるところだった。

ディランにその背中を片手で支えられ、薄茶の髪を虹色に輝く硝子玉《ガラスだま》のついた紐でまとめているイリス。懐かしげに僕を映す水色の瞳も変わらないが、一つだけ前と違うところがあった。

「そろそろかな？」

「うん、もう数日中かな。この子が教えてくれている気がするんだ」

そういって愛《いと》おしげに僅《わず》かに膨らんだ自分の下腹を抱えるイリスは、今は二人目の子を妊娠中。長子であるセーレ君は一人で産んだイリスだけど、今度はディランの傍で出産すると、それが嬉しくてしょうがないのだと手紙には書いてあった。

海が近い人魚達が住む村で産みたいからディランの実家から、急ぎ新しいマミナード村へと戻るのだとも。

今彼らが住んでいる村――新マミナード村は、元々のマミナード村の人達も合流してとても賑やかになっているという。僕が以前イリスと再会したときにはまだマーフィー商会の新しい拠点として人の住む所が数軒しかなかった場所だ。

「ああ、それよりも大事なことを伝え忘れてた。イリス、ディラン、本当におめでとう。順番が逆になっちゃってごめんね」

「子供が増えるのは良いことだ。俺たちの種族は子供が少ないがそれでも新しい命は全ての精霊に祝福されて生まれてくるからな。きっとお前達の子供もそうだろう」

「ちょっガルリス、何急に偉そうなこと言ってるのさ」

「何かおかしなことを言ったか？　俺たち竜の間では普通のことなんだが」

「たまに突拍子もないことを言い出すのも竜族の特徴なのかな……いや、ごめんねディラン、イリス。多分ガルリスなりのお祝いだと思うんだけど」

「その言葉だけで……いえ、お二人がこうしてここに来てくださったことで十分伝わっていますからお気になさらず」

「ちょっと照れくさいけど、ガルリスさんもスイさんもありがとう。それにお医者さんのスイさんが一緒にいてくれるっていうのはとっても心強いから」

思いがけないイリスの言葉に自然と言葉が口からこぼれる。

「えっ、僕が出産に立ち会ってもいいの？」

「だって気になるでしょ？　人魚の出産が他の獣人とどう違うのか見てみたいって顔に書いてあるもの」

イリスが悪戯っぽく笑う。ディランと共に数多《あまた》の苦難を乗り越えてきたイリスの表情に、初めて会ったときのようなどこか危うさすら感じるもろさは今はもう見えない。僕の好奇心なんて看破ずみとばかりの視線に仕方なく頷《うなず》いた。

「まいったな。そこまで見透かされてるんじゃ正直に言うしかないじゃないか。人魚族のことは資料も口伝すらも少ないし、その全てが謎に包まれてるんだよね……。だからイリスがこのタイミングで呼んでくれたことに多少の下心はあったんだけど……。でも、もちろん友達として祝いたいというのも本当だよ」

一度は滅亡したと伝えられたほどに希少な人魚族は、陸に住む獣人とはまた違う習性が多い。それ故にあわよくばと思う気持ちがなかった訳ではなくそれが少し後ろめたかった。

「スイさんは僕たちの恩人だし、隠すことなんて何もないからね。ディランとも相談して決めたことなんだ。多分これもスイさんへの恩返しの一つになるんじゃないかって、だからスイさんのお仕事と僕の出産がうまく重なって嬉しかったな。それにスイさんが僕たちのことを知ってくれたら、今後の人魚族のためにもなるでしょ？」

茶目っ気あるイリスの表情は、本当に今が幸せなんだろうなと伝わってくる。その横ではディランもどこか照れくさそうに笑っている。

「ありがとうイリス。それなら遠慮なく出産に立ち会わせてもらうよ。でも大役を仰せつかったみたいで僕の方が緊張してきちゃったよ」

「何柄にもないこと言ってるんだ。お前なら何が起きようと平気だろうが」

「いや、そうなんだけどそうじゃないんだよなぁ……。こう、人の気持ちの複雑さとか機微とか未だにガルリスそこを理解しないよね……」

僕の言葉にお前こそ何を言ってるんだという顔で首を傾げるガルリス。

「いや、ガルリス殿のおっしゃってることは間違いではありませんよ。俺もスイ殿がいてくれるのであれば安心です。出産において『番《つがい》』でないアニマの俺に出来ることはありませんから」

「ディラン、そんなことはないって何度も言ったよね？」

「だがなイリス……」

「あーいや、うん。その話はここまでにしとこうか！　えっと、あれ？　そういえばセーレ君の姿が見えないけど」

再会したとき、海の中でイリスと共に歌っていた幼い人魚の子。可愛《かわい》い盛りだったあの子も大きくなっているはず。

「セーレはシーリン……仲の良い子と一緒にディランのお父様、デニスさんの家にお泊まりしてるんです。多分明日には僕たちより遅れて村に戻ってくると思うんですけど」

「一緒に帰るように勧めたんですけどね。シーリンもセーレも俺の実家に二人でお泊まりするんだー！　って張り切っちゃって、父も兄もそれを妙に喜んでしまって……」

「それはお義兄さんが……、あれ？　ディランもしかして気付いてない？」

イリスの意味深な言葉にディランは何をだ？　と不思議そうな顔をしている。ああ、これは知っている……。チカさん系統のにぶい人の反応だ……。多分色恋に関する系の……。

「デニスってのはお前さんの親父さんだったよな？　チカ達が会いたがってたぜ」

「ああ、そうなんだよ。ずいぶんと昔にこの国に来たときうちの両親がマーフィー商会にお世話になったってことは手紙にも書いたよね？」

僕の言葉にディランの表情が僅かに変わった。

「ええ、俺も驚いているんです。俺も幼かったとはいえあの頃にはもう物心がついていたのにどうしてスイ殿の姿を見てあのときのことを思い出せなかったのかと不思議でなりません」

確かにチカさんに聞いた話だと若かりし頃のデニスさんだけでなく幼いマーフィー兄弟にも会っているとのことだった。

「それはあれじゃないかな？　あのときディランはイリスのことしか見えてなかったからねぇ。ディランの中はイリスでいっぱいで過去の些細な思い出なんてそこから這《は》い出てくる余地なんてなかったんだよ」

僕の軽口にディランとイリスの顔が朱に染まる。この二人の反応はからかいがいがあって非常によろしいと思う。

「まぁ、うちの親のことについては追々ね。デニスさん以外にも思わぬ関係者が見つかってしまったし……。そういえばシーリンってあの子だよね、僕たちがマミナード村に着いてすぐにオクタングに襲われた人が大けがして僕が治療したときの」

「オクタングを倒したのは俺だけどな！」

「そう、襲われていたのがコーレ。その子供がシーリン。コーレは未だにスイさんとガルリスさんのこと、あがめ奉るんじゃないかってぐらいに感謝しているからね」

「医者としては当然のことをしただけなんだけどね。でもそっか、初めてイリスと会ったときだから……あの子ももう十歳は過ぎて……うわっそう考えるともうずいぶんと大きくなっただろうねぇ。僕の弟達もすっかり生意気盛りになっちゃったし。今回もフィシュリードに行くんだったら一緒に行くって泣かれるわ、お土産を頼まれるわでもう大変」

元気な四つ子達は僕が旅から帰るたびに大きく、パワフルになっていく。ヒト族の二人はともかく、獅子《しし》族の二人なんてじゃれつくだけで簡単に押し倒されてしまうほどだ。それでも可愛らしいと思ってしまうのは、やはり血を分けた家族だからなのかな。

そういえばチカさん家でお留守番をしてる僕が飼っている魔獣のクロもあの四つ子にはいつもかまわれおされている。嫌がってる訳じゃなさそうだけどあの子は賢いからどこかゲッソリとしているようにすら見えることもある。今回もチカさんの家に預けに行った途端四つ子に囲まれてもみくちゃにされて悲壮な顔でこちらを見ていた。

それでも今回の旅にクロを連れてきてやることは出来なかった。クリーグルという種族であるクロは潮風にとても弱いということがその生態を調べていくうちにわかったからだ。まぁクロはチカさんのことが大好きでチカさんもクロのことを可愛がっているから、今頃はチカさんの愛情を大人げない大きな獣二人と奪いあっていることだろう。

「スイさんのお家はずいぶんと大家族だったよね。僕は兄弟がいないし、セーレも今まで一人っ子だったから兄弟が出来るとどうなるのか楽しみだなぁ」

「いや、こいつの家はあてになんないぞ。なんつっても双子が二組に四つ子だぜ？　一人で生まれたスイが珍しい家なんてこいつの家ぐらいだからな」

「まっまあ、それは否定できないけど……」

そんな四つ子が僕を見送るときに着ていたジンベイという服は、昔のフィシュリードのお土産。子供の頃さんざん着せられたそれだが、物が良いのか今でも傷むことはなくサイズがぴったりになった四つ子達へ受け継がれていった。ただチカさんまで着せられていて、なぜか羞恥で頰を赤く染めたチカさんとそれを満足げに見る二人の父親に違和感を覚えて僕の口元も引きつっていたっけ。

だから父さん達からの、追加でチカさん用のキモノを買ってこいという圧力はきっと無視しないほうがいいだろう。

「兄弟というのは貴重な存在ですよ。その背中を追い続け、時に反発もする。ですが、両親と共に一番の理解者でもありますから」

「ああ、そういやお前さんの家は兄貴がいたな。うちも同じだが同意見だ。まぁうちの兄貴はちっとばかり堅すぎるがな」

「ガロッシュさんが真面目《まじめ》すぎるのは同意だけど、ガルリスが軽すぎるっていうのもあるんだからね？」

「そうか？　よく兄貴に似てるって言われるんだけどな」

「誰が言ってるんだよそれ……」

「えっえっと、だけどセーレも楽しみにしているみたいなんだよ。弟が出来ることもだけど何より僕たちの種族は小さい子が少ないから」

「そうだよね……。それぱっかりは一朝一夕に解決する問題でもないし、時間が解決してくれるのを待つしかないのかなぁ」

つい年寄りめいた言葉を口にして口の端を歪《ゆが》めた。

フィシュリードの風土病の研究のために訪れた地でイリスに出会ったのは、ついこの前だったような気がしたのに、気が付けば新たな命が生まれて育ち、次の命が生まれるほどの時間が経っている。ガルリスと共に旅をし、医者としての仕事も研究もとても充実しているからこそ本当にあっという間に日々が過ぎていくのだと改めて感じる。

それこそ過ぎ去った時間など考える暇などなかったほどだ。

そして、ふと考えてしまう。だけどそんな時間の流れも千年以上を生きる竜であるガルリスとその半身である僕の長い人生においてはほんの瞬きをする間の出来事なのかもしれない。

いつか僕たちを知る人たちは先にいってしまって、それでも僕とガルリスは生き続ける……。そのことはもうガルリスの半身となった時点で心を決めたことだ。

イリスの膨らんだお腹を見てそれを我が身に置き換えると小さく体が震えたのがわかった。

そんな気持ちを存外鋭いガルリスに気付かれる前に、僕はあえてどこまでも続く大海原へと視線を向けた。

帆を膨らませる風に乱れる髪を右手で押さえ、少し離れた所に立つガルリスを見上げる。荷物を片付けたガルリスは船縁から海を眺め、たまに高く跳ねる大きな魚についてディランに問うていた。

風に乱れて赤毛が舞い、精悍な横顔が露《あらわ》になっているガルリス。筋骨逞しい腕がディランの肩を叩き朗らかに笑う。苦笑ぎみのディランの様子からまたバカなことを言ってるんじゃないかと思うけど、大人な態度のディランは適当に流してくれていた。きっとあの魚は強いのか、あるいはうまいのか、というところだろうか。本当に呆《あき》れるほどに脳筋なんだけど、それがどうしたと流すガルリスもまた想像できてしまう。

そんなたわいないことがとても嬉しいと、『普通の人』でいられる今を穏やかな気持ちで味わっていた。

今の僕は間違いなく幸せなのだ。

積乱雲の名残《なごり》のまばゆい白い雲と、青い空が遠く海と混じり合うその広大さのお陰か不思議と僕の心は落ち着いていていた。

いつしかイリスとの会話が途切れていたが、互いにひどく穏やかな気持ちなのだと無言の中でも伝わってくる。船縁で身を寄せ合い、ただ白波が浮かぶ海面の色鮮やかな変化と波の音、潮の匂いがする風や明るい日射しの暖かさを五感で感じているだけだというのに。

いつもなら退屈しそうな状況で、僕は不思議なほどに心地よさを感じていた。

「もうすぐ着くよ」

それこそイリスが指さす先に視線を向けるまで、時間が経つのも忘れていたほどだった。

「えっ、ああ本当だ。陸地が見える」

空を飛ぶ鳥達の声が遠く聞こえる。海の色が明るい色に変わり、波が大きくなっていた。

イリスの声がけと、視界の変化に夢が破れたように呆然《ぼうぜん》としたのもつかの間、すぐに僕は遠くに見える浜辺にちらほらと家があるのを見つけた。

「あれがイリス達の村なんだね。ずいぶんと立派になった気がするけど」

「そうだよ。前にスイさんが訪ねてくれた場所を中心にして少しずつ整備をしていったんだよ。といってもほとんどマーフィー商会のお陰なんだけどね」

昔、マミナード村の人達が逃げるように去って辿《たど》り着いた、ウルフェア寄りの僻地。岸壁と森に囲まれた入り江の奥にある砂浜を中心とした村というのはどこか前の村と似ている。

「うーん、これはもう村って呼ぶのは失礼な気がするね」

瞬いた僕の翠玉色の瞳が写したのは、海に伸びる立派な桟橋と大きな倉庫。前にフィシュリードの都で見たことがある港に比べれば小さいが、それでも今乗っているこの大きな船が何隻も停泊できるだけの大きさが余裕であるように見えた。それに新しくなった村の家は前よりも数が多い。これはもう村じゃなくて町なんじゃないかと思えるぐらいだし、何より一番新鮮だったのは船が近づくにつれて見えた人影が人魚族ではなく見慣れた獣人であることだ。

いや、生活は豊かになったと、人魚族以外の人も住むようになったとは聞いていはいたし、あの村に向かうこの船だって、乗っている水夫達は他の種族ばかりだ。

「あの人達が前に言ってた人達?」

国（確実にうちの親族が一枚噛《か》んでいるのは確実として……）とマーフィー商会が中心となって集められた人魚の秘密が守れる信頼のおける人達――警備員や荷役夫、水夫達、そして人魚の伴侶達。

驚くことに存命中の人魚の伴侶達はそのほとんどが新しく恋人を作ることもせずに彼らを捜し続けていたらしい。イリスはいつか人魚はただ一人を愛する一途な種族だと言っていたが、そんな彼らに愛された人たちもまた同じだったのかもしれない。

「ここがいいと家族で移り住んでいる人達もいるんだよ。みんな、ちゃんと僕達のことを理解してくれている良い人達ばかりで。でもね、彼らは港側に住んでいて、人魚族はもっと奥側に住んでいるから、まだ完全に交流とまではいかないんだけどね」

人魚族はまだまだ数が少なくて、世間に広くその存在を知られてはいない。近くで暮らすようになっても、彼らの警戒心までは消え去ってないのだ。

人魚族に対する迫害の歴史が繰り返されないように、彼らの住処があるフィシュリードでも、縁があるレオニダスでも、国が協力して全てのことは極めて慎重に進めているところと聞く。

それでも、イリスの表情は昔よりずっと明るかった。いや、きっとここに住んでいる全ての人魚は今のイリスと同じ気持ちなのだろう。

「あの時スイさん達がマミナード村を訪れてくれたことはこの母なる海の大いなる導きなんだと思ってるんだ。ちょっと恥ずかしいけどね。だからスイさん、本当にありがとう」

前に再会したときにも何度も言われた感謝の言葉。手紙もいつもその言葉で締めくくられるほどで、僕としては人魚族の未来を作り出したのはイリスとディランだと思うから感謝の言葉はもうずっと固辞してきたんだけど、今日はもうそれを言わないことにした。

船が帆を上げていく。ゆっくりと操舵されて港へと進む船から新しい村を見つめる。

前より大きく発展した村、たとえ完全ではなくても交わる他種族の人達と人魚族。まだ一歩踏み出したばかりの村ではあるけれど、そんな村の未来が明るいものになるために僕自身が関われたことがとても誇らしく思えた。

それはヒト族と獣人が交わることを実現したチカさんとゲイル父さん、ダグラス父さんに少しだけ追いつけたような気もして……。

じっと村を見つめる僕の横でイリスが誰かを見つけたのか大きく手を振っていた。明るい日射しに照らされた桟橋に数人が立っているのが見え、彼らも手を振り返している。ヒト族と変わらない姿をした人と、明らかに大柄な獣人。仲睦《なかむつ》まじげに寄り添う姿に、僕の口元には自然に笑みが浮かんでいた。

❧❧❧

マーフィー商会の貨客船が接岸し、波が船縁と桟橋の間で大きく跳ねる。その水音よりも大きな声が私達を呼んだ。

「母さん、父さん、ただいま」

声の主は今では私のことを自然と父さんと呼んでくれるようになったイリス。一月ほど商会の仕事で都へと出ていたイリスは、身重だというのに軽々と急角度で隙間だらけのはしごを慣れた足取りで駆け下りてくる。その姿に私は慌てて手を差し出しかけたが、隣のシスランは苦笑を浮かべ苦言を呈しただけだ。

「お帰りなさい、イリス。ですが、いくら慣れているからといって妊娠中にそのように駆けてはだめですよ」

そんなイリスの後ろではイリスの伴侶であるディランも慌てた姿を見せていた。どうやらアニムスとアニマにとってそのあたりの感覚には大きな隔たりがあるのかもしれない。

いや、長くその存在すら知らなかったイリスという我が子に対するこれは父親としての親心というやつか。

長い間その存在を知らなかった我が子とは言え、それでも知ってしまえばこんなにも愛おしく、そして心配の種が尽きることはない。

「ごめんなさい、ついこのくらいならって思ってしまって……」

「イリス、君一人の体じゃないんだ。本当に気を付けてくれよ」

ディランに至ってははしごの途中から飛び降りてイリスの体に手を添えて心配そうな顔を見せている。アニムスの子を持つアニマの中には子の伴侶となるアニマに我が子をとられたような気持ちになる者もいるというが私にとって彼は、大事な子供を愛し守ってくれる同志のような存在だ。

「そういえば、セーレ達は？」

「うちの父と兄と一緒にいます。お泊まりが成功すれば明日には、もし帰りたいと言い出していれば少し遅れて着くかもしれません」

ディランの言葉で私もシスランも孫達が何を望んだのかすぐに理解する。

「そうですか……、お泊まりなら良いのですが、もし今遅れて向かっているのであれば沖合に嵐の気配を感じますので遭遇することになるかもしれませんね……」

「嵐……大丈夫なのか？」

思わず視線が海へと向かう。ここから見た海は穏やかで嵐の気配などないが、陸地では経歴だけは長い傭《よう》兵《へい》だった私も、海のこととなると未だに門外漢でしかない。

「あの規模の嵐ならば、商会の船は頑丈ですし皆さん慣れておられますので大丈夫ですよ」

シスランの言葉にそうかと頷く。海に関してシスラン人魚族《にんぎょぞく》の言うことに間違いはないから本当に大丈夫なのだろう。

「それよりもここに来る途中でお客様に会えたんだ。父さんにも紹介するね」

そう言ってイリスが踵《きびす》を返して船を示した。私達の視線も自然に船上へと向かう。

その途端、ざわりと鋭く強い疼《うず》きが背筋を走った。思わず手が腰の得物を探るのをかろうじて堪《こら》えたが五感がその原因となる存在を探る。長年冒険者生活をしてきた獣人としての本能が教えてくる絶対たる強者の存在。だが相手からは敵意は感じないのが救いか、変に相手を刺激するような行動はしないほうが良いと、冒険者としての勘が私に伝えてくる。


高い船上に見えるのは逆光のせいでまだ影ぐらいだ。その影が船縁を乗り越えてはしごを悠々と下りてくる。その第一印象は身体の大きさだ。獅子族の中でも大柄な私よりさらに大きく、頭上には豊かな赤髪が目立ち、その胸の辺りにどうやら人を抱えている。

「ああ、あの方々と……」

シスランがどこか懐かしく、そして嬉しそうに言葉をこぼした。

「知っている人達なのか？」

「ええ、何度かお伝えしたわたし達人魚族にとっての恩人といっても良い方達です。あの方達がいらっしゃらなければわたしとイリシードさんはこうして再会することは出来なかったでしょう。それはイリス達も同じことです」

「ああ、彼らがそうなのか。ならば私にとっても恩人だな。それに……」

「それに？」

その問いにあえて答えることはしなかった。私と彼らの関係を語るのはこの場ではなかなか難しい。

なればこそ私自身のこの反応の理由も分かる。私の親友の子供には特別な種族の守り手がついているということは知っていた。

しっかりとした足取りで不安定なはしごを下りきったやはり頭一つ分以上は大きなその存在が、小柄な青年を地面に下ろした。今や明るい日射しでその姿ははっきりと目に映る。

獣耳は持たないが圧倒的な強者としての存在感を放つ彼がヒト族であるはずがない、そして彼の傍に立つ小柄なヒト族は黒髪に親友と同じ翠玉色の瞳。

「ようこそ、マミナード村へいらっしゃいました」

シスランが懐かしげに彼らを出迎えた。

「お久しぶりです。ずいぶんとご無沙汰をしてしまって、今回は数日お世話になりますね」

ヒト族の青年の声が明るく響く。

脳裏にイリスとシスランに聞いた、彼らがこの村にとってどういう存在なのかという二人の話が甦る。私が人魚族の悲しい真実を我が事のように知ったのはシスランと再会した時のこと。

あの時、私は出会ったこともない彼らにどんなに感謝したことだろうか。

「君たちが竜族のガルリス殿と、そしてスイ君――あのゲイルとダグラスの息子なのかい？」

気が付けばそんな言葉が自然と口から出てしまっていた。あまり大きくなかったであろうその言葉が聞こえたのか黒髪に翠玉色の瞳の彼が私を見上げてきた。

「はじめまして、であってますか？　ダグラス父さんの従兄弟でゲイル父さんとは旧友のイリシードさんですよね？　正確にはゲイル・ヴァン・フォレスターとシンラチカユキの間に生まれた……えっとここではただのスイでお願いします。僕の後ろのでっかいのもガルリスであってます。人数多いときにしゃべると収拾がつかないことをしゃべり始めるので黙っているように言ってあるのですみません」

にっこりと微笑《ほほえ》む彼の瞳は、間違いなく親友と同じ色だ。だがかの親友は、時にその心情を知るのに苦労するほど言葉も表情も足りないが、スイ君はたいそう人懐っこそうで話しやすそうな雰囲気だ。そしてその背後でガルリス殿は仏頂面で腕を組んでいる。

「はじめましてであってるよ、スイ君。ダグの従兄弟でゲイルの友人のイリシードだ。村長であるシスランの伴侶で、今はこの村で自警団のまねごとや他にも色々なことをして暮らしている」

私の言葉にシスランがどこか憂いを帯びた表情を見せた。

私が元はレオニダスの王族に連なるものだということをシスランは知っている。だからこそ身分が不釣り合いだと思っていることも。自分の存在が私を縛り付けているのだとどこか割り切れない気持ちなのだろう。シスランは真面目で他者を思いやる気持ちが強いからこそ、私の言葉に憂いを浮かべたのだろうが、それは違うと私は彼の藍色の髪に指を絡ませた。

獅子族のしかも王族に連なるものの愛を受け入れるということはどういうことなのか、まだシスランは理解しきってないところがある。

「私はここの暮らしが気に入っている。シスランとイリスとセーレ達、皆と暮らせる幸せ。そして私にとって大事なものをこの手で守ることが出来ているのだという実感は何よりも誇らしく思えるのだ」

その言葉はスイ君にというよりシスランに向けた言葉だった。そのために私は長い間冒険者として鍛えてきたのだと、皆を守る力がある獣人で良かったと今はそう思っている。

「イリシードさん……」

「父達もそう言ってましたよ。自由を好んだイリシードさんが安住の地を見つけたのは喜ばしいことだと我が事のように喜んでましたから。ダグラス父さんは相手もいないのに一人で乾杯して祝ってましたし、ゲイル父さんはその様子を母と遠くから眺めてました」

「くっくっ、ダグは相変わらずのようだな」

考えるより先に、その姿が脳裏に浮かぶ。

「ということで手紙を預かっています」

脳裏に浮かんだ友人達の姿に懐かしさが込み上げつつも、またかと差し出された手紙を受け取ろうとして息を呑《の》んだ。

見慣れたサインのほうはダグの物だろうが、手紙はもう一通あった。ダグのそれとは違い、高品質な紙と繊細な透かし模様が入った封筒に表の丁寧なサイン。指先に触れた封蠟の紋様が見えなくてもそれがどこからなのかはすぐにわかった。

「これは……私の実家からか」

すぐに、これをしたためたであろう弟の表情の窺えない顔が脳裏に甦る。他者から怖いもの知らずと言われる私の唯一かなわぬ相手とも言えるだろうか、頰が引きつったのは弟に何もかも押しつけた負い目があるせいだ。

「イリシードさん、どうしたのですか？　まさか帰ってこいと……」

傍らのシスランの戸惑いに、自分の狼狽《ろうばい》が伝わってしまったのだと慌てて表情を改めた。

「いや、それはない。実家は弟が継いでその手腕を振るっている。継承権を放棄した長兄など戻ってこられても迷惑なだけなはずだ。今さらそんなことは言ってこないよ」

私よりはるかに政務に対し才覚のあった弟は、アルベルト前王と現テオドール王の側近としてその才を振るっていると先日のダグの手紙にも書いてあった。今さら私を呼び戻す必要などないことは、あの界わいでは周知の事実。

だが心配性で僅かな負い目を持ち続けているシスランは、私がいつかレオニダスに戻るのではないかと心配しているし、その憂いはそう簡単に取り除けないことは私もよくわかっている。

そんなことはあり得ないと、獅子族が自ら選んだ伴侶《もの》に対する愛し方を知っている者ならば自明の理であるが、シスランはまだその辺りが分かっていないのだ。長い時間を無駄にしてしまった分、今は一時も離れていたくないと願っているのだがどうすればこの気持ちをシスランに理解してもらえるのだろうか。

　そんなことは決してないのだと言い聞かせ、今も私の尾はシスランを離すまいと彼の腰に回っているほどなのだが、その意味をシスランは分かっていない。というよりこの場でその意味が分かっているのは意味ありげに笑みを見せたスイ君ぐらいだろう。

「えっと、ちょっと待って……。色々と……色々と衝撃なんだけど今の話を聞いた限りだと父さん……、父さんってスイさんと親戚だってことなの？」

　そんな私達の挙動に気付いているのかどうか、イリスが不意に話しかけてきた。その表情は混乱しきっており、視線は不思議そうに私の手元の手紙に向けられている。

　ああ、そういえばイリスには余計な混乱は与えまいとこのことは話していなかったことを思い出し、シスランと視線が交わる。

「ああ、私の父はスイ君のおじいさまの弟だったんだよ」

「弟……、えっとスイさんのお祖父さんって……確かレオニダスの前の前の王様で……？　えっ!?　ええっ!?」

　混乱の渦中にあるイリスの横でディランが必死にイリスを落ち着けようとしている。彼にもこのことは伝えていなかったがマーフィー商会の次男であり、元は外交官だ。きっと私の出自など全て調べているのだろう。

「やっぱり驚くよねぇ……。僕も驚いたもん。僕には父さんが二人いてそのうちのダグラス父さんとイリシードさんが従兄弟なんだよね。まあ僕はゲイル父さんの子だから血そのものはつながってないけど、まあ関係者とは言えるね」

「いやいや、待ってちょっと待って。情報が整理しきれない……」

　イリスの驚きも無理はない、私もその事実を知ったときには驚いたものだ。

初めて人魚族の情報を得た時には、まさか自分が関係者になるとは思ってもいなかった。だがまさかという思いもあったのは確かだ。だからこそ、シスランがそうではないかと気付いたのも早かった。

「イリス落ち着きなって、何がどうなる訳じゃないんだよ。ただ僕はイリスとそういう縁があったってことはとっても嬉しいよ」

「うっうん、僕もそれは嬉しいんだけど」

「それにね。うちの国の王族って皆どこかおかしいから気にしなくていいんだよ。なんていうかストーカー気質っていうか、ヘクトル祖父ちゃんはヒト族ストーカーだし、アルベルトおじさまはキリルおばさまのストーカーだし、テオ兄さんなんてうちの兄のストーカーだし……」

ストーカーという言葉が何を意味するのかはわからなかったがレオニダスの歴代国王に軽口をたたけるこの青年からダグの面影を感じてしまう。

「あっ、イリス。いいこと教えてあげよっか?」

「えっ何？　これ以上何かあるの？」

スイ君の表情はまさに悪戯っ子のそれで、それすらもダグの悪行に付き合わされた昔の思い出を甦らせてくるきっかけとなる。

「今のレオニダスの国王にはもう伴侶がいるんだけどね」

「あっ聞いたことがあるよ。王妃様だよね？　とっても物静かで穏やかな雰囲気の綺麗《きれい》なヒト族だって」

「それ僕の兄さん」

「…………………」

イリスは無言だったがもうこれ以上は許容範囲外だと明らかな表情を浮かべていた。それでも、イリスはなんとかディランに支えられて体ごと私の方へと向き直る。

「……ということは、父さんはレオニダスの王族なの？」

「今は継承権も貴族位も全て放棄している。ダグラス――スイ君の父上も私と同じ立場だな。まぁ、直系故のしがらみはあるだろうが……。私もダグも王族として生きるのは無理だと思ってな、冒険者稼業に身を投じたんだ。スイ君の父親であるゲイルとダグと三人で冒険者として稼いでいたこともあったな」

「そうそう、レオニダスの王族はそのへん本当に自由だから。ダグラス父さんも王族に向いてそうに見えるけど向いてないもんねぇ……。チカさんが頼めば喜んでやりそうな気もするけど……」

スイ君もどこか遠い目をして同調してくれた。

「なんかすごい……というかびっくりというか……」

「だから……という訳じゃないんだけどいつか一度イリスもうちに、レオニダスに遊びに来てね。チカさん達も会いたがってるし、あの人達は僕以上に自由になる時間がなかなか少なくて」

「うん、父さんがレオニダスの民なら僕のもう一つの祖国だもんね。必ず行くよ。子供達と一緒に」

イリスの瞳が純粋な羨望と希望の色を浮かべているのがどこか眩《まぶ》しい。

そういえばイリスはフィシュリードから出たことがなかったか。マーフィー商会の仕事でも、基本的にイリスの担当は国内の海沿いの集積所だった。ちらりとディランに視線を向ければそっと視線をそらされる。

大切な相手を一度目の前から失った彼の気持ちは私にはよく分かる。だがそれだけではなく、ディランはイリスが海から離れることになるのが嫌なのだろう。

私とて人魚族の習性を知った今、シスラン達を陸路の旅に連れていきたいとは思わない。

いくらかは安全になったとはいえ、水気から長く離れると弱ってしまう人魚という存在に長旅をさせるのは本人達が大丈夫だと言っても私たちに抵抗感がどうしても残る。

そういえば一人色々な場所へ伴侶を連れ回しているやつがいるが、まぁ互いに納得し、身を守る術《すべ》があるのであれば外野が口を出すことではないだろう。

イリスもセーレも、そしてこれから生まれてくる孫にも、できれば自由に生きてほしい。それでも彼らが最後に選ぶのはここだろう。それほど海は人魚族にとって大切な場所なのだ。

スイ君が語るレオニダスの話を楽しそうに聞いているイリスやシスラン達に、皆を案内がてら先に行くように伝え、手紙は懐へとしまいこんだ。

船にはたくさんの荷物が積まれているから人手は多いに越したことはないだろう。これは後でゆっくり読めばいい。どうせ、あの弟のことだから堅苦しい文章が並んでいるのだろうと苦笑いが自然と浮かんだ。


港で船の荷下ろしを手伝ってから家に戻ってみれば、シスランの姿はなかった。

再会して共に暮らすようになってから改めて感じたのは、シスランはあの北の町で見た姿と変わらずとても働き者だということだ。村長という立場もあるが、何においてもシスランは労苦を厭《いと》わず率先して動き、家の中でのんびりしているような時間はほとんどない。

そんなシスランを少しでも助けられるようにと動いてはいるが、海辺の暮らしも海産物の加工も初めてのことばかりでこちらが助けられるほうが多い。

しかも命のやりとりも多い殺伐とした傭兵暮らしが長かった私には、ここでの穏やかな生活や習慣には戸惑うことも多かった。

ただ少しだけ騒動が起きることもある。そうなれば私の出番だが、その大半がラシッドが起こすものばかり。あの血の気の多い豹《ひょう》は、腕っ節も強いが、少々喧《けん》嘩《か》っぱやいところがある。人魚族や弱い物へその力を振るうことは絶対ないが、水夫や警備員の喧嘩があれば、喜々として向かうところがあった。

先ほど浜のほうで大きな音がしたが、敵意も感じられなかったし、竜族のガルリス殿もいることを考えると、ラシッドが原因だろうと容易に想像ができてしまった。

外敵が侵入したり重大な問題が発生した場合に鳴る警鐘が鳴らないことも私が落ち着いている理由だ。

さてどうしたものかと、私はすっかり馴染《なじ》んだ家の奥へと進んだ。

二人で住む家に入ったときのなんとも言われぬ安堵《あんど》感に、私はいつも癒やされている。

私は日射しに照らされて熱をはらんだ髪を手で軽く梳《す》きながら、他より大きな椅子《いす》に腰掛けた。これは私の身体に合わせて村の者が作ってくれた私のための椅子だ。人魚族に比べて身体の大きい私のためにこしらえられた椅子は、素朴だがお気に入りの品の一つだ。

窓からは穏やかな日射しが入り、潮風が心地よく肌をくすぐる。文字を読むには十分な明るさがある場所で私は二通の手紙を取り出した。

一つ目は実家の封蠟で封じられた弟からの手紙。両親を早くに失った私に、実家で手紙を書く者は弟以外にいない。

真っ白で滑らかな紙質は相当に上等な部類だ。その白い紙に昔と相変わらず几帳面な文字が並んでいた。少し角張った右肩上がりの文字の癖は幼いころから変わらない。

弟と最後に会ったのはシスランを捜す旅の途中。その後ここに落ち着いたことを手紙で教えて以来の連絡に、さてと読み始めてみたのだったが。

「相変わらずだな」

時候の挨拶から始まった手紙の内容は、家の様子や国の出来事ばかりでどこか他人行儀、しかし実家に変わりはないことは十分に伝わる内容だった。旅暮らしだったせいで手紙のやりとり自体少ないが、そのころの手紙と基本的な内容は変わっていない。だからこそ変わりないのだと伝わってくる手紙で、私はただ懐かしく、そして弟が平穏に暮らしているのだと安堵の笑みをこぼして一枚目をめくった手が――止まった。

「一度私の家族に会いたいとは、珍しいことを言ってきたな」

そう口にするほどに珍しい弟の願いがそこにはあった。付け加えられたような一文は、少し弟の性質とはそぐわないような気がする。文章の流れも不意に思いついてつなげた感が強い。はてと首を傾げ、それでもそう要求されることはおかしいことではないかと私は開いたままの手紙を机の上に置いた。

弟は真面目で堅物、仕事の上では冷徹といっても良い仕事ぶりらしいが人としての情は深いやつだ。私の家族と会ってみたいと思うのも当然のことなのかもしれない。今までに考えたこともなかったが独り身の弟にとって私の家族は弟にとっても大切な家族なのかもしれない。だがレオニダスで要職に就く弟が休暇を取ってここまで来るのは難しいし、私自身、まだ幼い孫達を連れての旅は考え物。それを十二分に分かっている弟が、このような内容の手紙を寄越したということはどういうことなのか。

さて、どうしたものかと考えながら、私はその隣にあるもう一通の手紙に手を伸ばした。

こちらは乱雑に書き殴ったような見慣れた文字で、私は難題を先延ばしにしながら笑みを浮かべて封を切る。

こちらは中身は一枚だけ、一目で書かれた内容が見て取れる文字の量に、やっぱりかと今度は音にせずに呟《つぶや》いた。

シスラン捜しの旅の途中にレオニダスの王都に立ち寄ったとき、ダグには私の事情は話してある。だが、直接戻ってこの口から何がどうなって村に落ち着いたのか、一度こっちに来て詳細を話せという内容。

「ふむなるほど、ダグが弟をせっついたということか」

だからこその内容だと弟の手紙の二枚目の真意を悟った。押しの強すぎるダグに強く迫られて弟が敵うはずもない。

まあいつもの通りだと苦笑を浮かべながら手紙を置いたところに、扉が開く音がした。

「よっ、お邪魔するね」

シスランかと思えば、部屋に入ってきたその姿に思わず腰が浮いた。

「元気だったかね?」

「デニスさんこそ、お久しぶりです」

入ってきたのはディランの父親である大柄な犬族のデニス・マーフィー氏。現在は息子さんに会長職を譲ってはいるが、それでも一代でマーフィー商会を国一番の大店に仕上げた彼の一声は、国をも動かすほどの力を持っている。しかも彼らマーフィー商会は人魚族のこの村にとっては金銭的な収入という面でも恩人とも言うべき人だと、私はこの村に来て初めて知った。

何より彼は私の元の雇い主だ。そういえばシスランと出会ったあの北限の町へと赴いた時の商隊も彼のものだったはず……。彼の護衛はいつも波乱に満ちてはいたが、良い関係を築けて付き合いは楽しいことばかりだったのも確か。

そんな私達が今は伴侶となった子の親同士だというのだから縁というのはやはり不思議なものだと思わずにはいられない。

そんなことを考えながら、この村に来るときに世話になって以来の彼に笑みを浮かべ、対面の席を勧めた。

客人を案内するには狭い家で客室などというものはない。人魚族が数年前にここに辿り着いたときに建てた急ごしらえのままで、ほかの家は改築の進む村ではあるが、一人暮らしだったシスランはこの家を後回しにしていたのだ。

外の仕事から戻ってきたのかシスランがデニスさんの後に続いて入ってきて挨拶を交わすと、すぐに茶を用意し始めた。

この村の特産でもあるクロモを乾燥した茶で、滋養強壮効果がある人気商品の一つだ。

「おお、やはりこの村のクロモ茶はうまいですなあ。しかも飲んですぐに元気になるようで」

「私もここに来てから疲れ知らずですよ」

たかが茶一杯と侮ることなかれ、というやつで、高品質のクロモ茶は本当に身体に良い。

満足げに潮の香りがする茶を味わうデニスさんを前に、私は深々と頭を下げた。

「本当ならこちらからお礼に伺うべきでしたが、あの時は本当にありがとうございました」

シスランに会いに行くために船を出してもらったこと、それより前にイリスと連絡を取ってくれたこと。

「何、息子の伴侶が関わることだ、礼を言われるほどじゃないさ。それに今はもう互いに同じ立場、その堅苦しい言葉遣いはどうにかならんかね？」

あの時と同じように、穏やかな笑みを浮かべる。

「癖というのはなかなか抜けないものです。意識すればするほど難しい」

「そういうものかね？」

「ええ、そういうものです。私のように冒険者としての生活が長い者は特に……。それよりずいぶんと早いお着きですね？　セーレとシーリンがお泊まりをしてくると聞いたので明日以降の到着かと思っていましたが」

「ああ、イリス君を見送ってからすぐにセーレが泣き出してしまってな。それにつられたのかシーリンまで、里心がついてしまえばもう誰にも泣き止ますことが出来ず、慌ててイリス君達の船を追いかけたという訳だよ」

その光景が目に浮かぶようで申し訳ないと思いながらも自然と笑みが浮かんでしまう。

「それはそれは大変なご迷惑を……」

「いや、私としては早くにこの村に来ることが出来て喜んでいるぐらいだから問題はないのだが……」

「だが……？」

「デュークはずいぶんとがっかりしておったようでな」

その言葉の真意は理解できなかったがデニスさんの視線が、ふっと机上に置いたままだった手紙へと向けられた。

「おや、レオニダスからの手紙か」

「ええ、弟と従兄弟からです。レオニダスからやってきたイリスの友人が届けてくれました」

傍らに寄せていた手紙を取り上げて、ひらひらと振った。

「そういえば、デニスさんはこの従兄弟と面識があると聞いていますよ」

「従兄弟殿と言えば、ああ、ダグラス殿か。一度このフィシュリードに来訪されたときがあってね、伴侶のチカユキ殿と、ゲイル殿と一緒に。あの時の事はよく覚えている」

その話を詳しく聞こうとしたその時だった。

視界の片隅に収めていたシスランの表情が強張ったことに気が付く。空気が僅かに強張り、デニスさんの垂れた耳がぴくりと動くのが見えた。

私には届かなかったが、より近いところにいたデニスさんの犬族特有の敏感な聴力には届いたのだろう。だが俺もシスランが何を考えたか気が付いていた。

ダグラスからの手紙は少ないが、それでもレオニダスに関わる話題になるとシスランの感情はいつも揺れる。

先ほどスイ君が彼の父と従兄弟同士だという話をしたときも揺れたシスランの心。

そんなに心を痛めないでくれと願い、今もいつものように声をかけようとしたとき、それより先にデニスさんが口を開いた。

「イリシードさん、あなたとシスラン殿のことは私も聞いている。その残酷な運命の果てにようやく今があるということも。だが、君たちが別れてから再会するまでのことをどこまでシスラン殿に伝えているのかね？」

「え、それは……」

「詳しいことは教えてないのだね？　例えば、離別直後に酒場でやけ酒をあおった上に喧嘩をして幾つもの店から出入禁止をくらったこととか」

「え、いや！　デニスさん」

言えるわけがない。私とて矜持というものがある。シスランにそんな情けない自分の姿を伝えられるわけがなかった。

「荒《すさ》みに荒んで誰もが避けるような危険な任務ばかりを選んでその身をわざと危険にさらしていたことは？」

「デニスさんっ！」

当時冒険者仲間に流れた虚実入り交じった悪い噂の

話になりそうで、慌ててその言葉を大声で遮った。シスランが驚愕に目を瞠《みは》ったが、それよりも何か言いたげに笑みを浮かべるデニスさんを睨み付ける。だが獅子族の睨みも、百戦錬磨の強者であるデニスさんの笑みを深くさせるだけだ。

「とまあ、シスラン殿、今更かもしれんがあなたは彼のことをもっと知るべきだ。それは逆のことも言えるのだが……。とりあえず、胸に秘めていることがあるのであればこの機会にきちんと聞かれることをお勧めするよ」

「え、ですが……」

デニスさんが立ち上がり、その椅子にシスランを促して座らせる。

「私はちょっと孫達の様子でも見に行ってくるのでね。いや、可愛いんだよ。セーレも、シーリンも、じいちゃん、じいちゃんって」

「デニスさんっ」

呼び止めても返す言葉は孫のこと。その軽やかな身のこなしであっという間に部屋から出ていってしまう。

残ったのは、しーんと静まり返った部屋と私とシスラン。

いつもと変わらぬ互いの位置関係ではあるが、デニスさんが残した言葉が重くのしかかり互いの口を開かせない。だが私が思わず嘆息したその時、シスランが意を決したように私へと話しかけてきた。

「わたしは、ずっとこの村にいました。正確には前にあったマミナード村ですが、あなたともう二度と会うことはないと全てを諦めて戻ってきたんです。その後すぐにイリスを産んで、悲しかったけどイリスだけは育て上げないとという思いでいるうちに、村長職を継いで、あとはもうただ日々を生きるだけで何も考えないでいた」

それは前にも一度聞いてはいたことだ。私と再会した時に聞いたこと。だが、繰り返されるその言葉に、私は何も言えなかった。シスランが別の何かを言うために、その言葉を繰り返しているような気がしたのだ。

「その間、イリシードさんはわたしを捜してずっと旅をしていたと聞いています」

そうだ、私が話したのはそんな内容だった。シスランを捜して偶然にもラシッドとコーレの再会に関わって人魚族のことに確信を持ち、そして私はここに辿り着けた。

「だから……」

シスランは、私をその淡い水色の瞳で見据えて続く言葉を発した。

「もっと教えてください、このわたしに。イリシードさんがどんな思いで旅をされてきたか、それこそわたしが知らなければいけないことを」

デニスさんの言葉に、自分が知らない私がいることに気が付いてしまったのか。シスランの表情は真剣でその瞳は僅かに潤んで見えた。

「……正直あのころのことを話すのは恥ずかしいんだがな」

この村で村長として、イリスの親として一人で頑張っていたシスランとは違う。それに、あんな私のことを知ってしまったらシスランはどう思うだろうか。幻滅してしまうのではないか。

情けないことに、私の心の中に知られることへの恐れがあるのは確かだ。

「あのころのことはできれば私の秘密にしておきたかったというのは本音だ」

だが、と手を伸ばしたのは強く見据えたくせに、戸惑い不安げに瞳を揺らすシスランの頬。

「だが、君の不安を払拭するにはいいかもしれないな、恋に狂った愚かな人間の旅がどんなものだったか知ってもらうのは」

⁂

あの日、シスランが去った後、港に戻った私はとても近づける状態でも声をかけられる状態でもなかったと後から聞いた。そのぐらいその頃の私の記憶は薄い。

港は沈没した船の破片や荷物を片付けるのに人がたくさん出ていたが、私に声を掛ける者はいなかった。

気が付けば、私は誰に別れを告げるわけでもなく、適当に乗った乗合馬車で行き着いた町の冒険者ギルドで仕事を請け負っていた。

その後もしばらく、私の記憶はひどくあいまいだ。

シスランが最後に歌っていた内容。それは私に彼の事を忘れてくれという願い。

だが分かってはいても、納得はできない。

その感情が私の行動を……心を狂わせた。

愛している人がなぜ今この手の中にいないのだとそればかりを考えて、喪失感で埋め尽くされた生活に耐えられず、忘れたいという思いと忘れたくないという思いが己の中で渦巻いていた。だからこそ、死んでしまってもいいとさえ……いや死にたいと思いながら、とにかく仕事を詰め込んだ。ギルドの討伐依頼の中でも特に大型の魔獣を扱う危険な依頼は引き受ける者が少なく、仕事には事欠かない。

請け負う者が少ない故に、年を重ねて大きく育った魔獣相手に独りで戦う。手に慣れたはずの双剣が血に滑って飛び、獲物を失ったまま獣体で戦ったこともあった。獅子族の力をもってすれば知恵なき魔獣を屠《ほふ》ることなど問題なく、血まみれの姿でギルドに戻っては再び依頼を受ける日々。

討伐が済めば宿の外の井戸で頭から被《かぶ》るように全身を洗い、飯を食らい、宿で休む。

だが何も依頼がないときの眠りはひどく浅かった。依頼があれば、特に手こずらされる討伐が終わった後であれば熟睡できるのだが、そうでなければ私の眠りは熟睡とはほど遠かったと言っていい。微《かす》かな物音で目が覚め、そのたびに捜すのは失った人の姿やその温《ぬく》もりだ。けれど、闇を見通す私の視界にその姿はなく、伸ばした手は何にも触れることはなく、落胆の中で浅い眠りを繰り返す。

その繰り返しの間ずっと生きているという実感はなく、どんな大物を倒しても静かに討伐成功の手続きをするだけの日々だったが、私の名声だけは望まぬうちに高まった。

名が売れれば強者を求める別のギルドから討伐の指名依頼が来る。弱い魔獣を倒していても私の気は晴れず、強い獲物を求めてギルドを渡り歩く日々が続く。いつか私を倒せる魔獣が現れて、こんな惨めで憐れな私を一裂きにしてくれるだろうと、あの頃は本気で願っていたのだ。

そんな私の腕には、あの日シスランからもらった飾り紐がずっと巻かれていた。服は変えてもこの飾り紐だけは外せなかった。

不思議なことに魔獣の体液で汚れても水洗いだけで汚れは落ち、変色もしない。ひどく丈夫で珍しい素材だからこそ、これはシスランが与えてくれた特別なものなのだと私に知らしめてきた。あのシスランがこれを私に残した意味を、とても大事な思いが込められたものだと穿《うが》った考えをしてしまうのは間違いだろうか。

そのうちに毎夜、私はシスランに挨拶するように飾り紐に口づけをすることが習慣になった。それがシスランにつながっているような気がして、その時ばかりは私の心が穏やかに凪《な》ぎ、良い眠りが訪れる。シスランが一緒にいるように思えたのだ。

そんなある日、私はレオニダスの王都に足を踏み入れた。仕事先はレオニダスの北部であったが、その後王都に足を伸ばした理由は今でも思い出せない。

何か用事があった訳ではなくただふらっと立ち寄って、変わってないようでいてやはり目新しい物が増えた街並みを、私はしばしぼんやりと眺めた。

大きな変化と言えば、数は少ないながらもヒト族が表を歩いているのが見える。その身体を覆うように護る獣人も、その顔を見上げるヒト族の表情も明るくひどく幸せそうだ。

その幸せに満ちた表情が、私の胸の奥に小さな痛みを与える。

ヒト族が味わった悲惨な過去……だがシスランの抱

える秘密や私の前から去ってしまった理由はそれとは違うという確信があった。

だからと言って今の私に何が出来るわけでもない。

大通りの片端で、ふがいない己の象徴のように拳を握りしめ、人々の明るい表情を見送っていく。私の口からこぼれるのは深いため息ばかりだった。

そんな私に向けられる強い視線に気が付いたが、ぼんやりとたたずむ私の存在が物珍しいのだろうと自虐的に感じながらも無視していたのだが……。

「おいっ、イリシードじゃねえか、お前さん戻ってきてたのかっ！」

物陰に立ち尽くす私の耳に不意に懐かしい響きが届いた。振り返れば、金色のたてがみを連想させる少しくすんだ色の乱雑な髪が私の瞳を眩しく射る。以前と同じく無精髭を生やしたまま垂れぎみの目をさらに下げて喜びを見せている懐かしい親友の姿に、暗く澱《よど》んだ渦に沈み込むばかりの私の心も僅かながら浮上する。

数度瞬きした私は、思わず友の腕へと手を差し伸ばした。

「ダグ、お前もキャタルトンに行っていたんじゃないのか？」

「いつの話をしてんだよ。とっくの昔に戻って、伴侶を迎えたって連絡したじゃねぇか」

呆れたように返されて、「あ、ああそうだったか」と自身を納得させるように頷いた。

確かに旅の途中に届いた手紙にはレオニダスに戻って『番《つがい》』を得たと書かれていて驚いたことを思い出す。

「チカっていうヒト族なんだけどな、すっげえ可愛い俺の『番』だ。あっ、やらねぇからな」

ギルドの種馬とまで呼ばれてあちこちで浮き名を流していたダグだが、獅子族の性も露に、伴侶の名を口にしたときにはその瞳がギラつく。私とて獅子族の端くれ、その意味が分からないはずがない。

愛する伴侶を囲い込み深く愛する獅子族の執着と他者に対する警告の色を私にさえ見せるダグの姿は当然のことだ。

「遅くなってしまったがおめでとう。お前が大事な物を見つけられて私も嬉しいよ」

「お前さんがなかなか戻ってこねえうちに子どもも生まれたんだぜ」

僅かな警告の色はすぐに消え、再び親友との会話が戻る。だが私はダグに笑顔を見せながらも、胸の内に走る痛みに内心で顔を顰《しか》めた。

そうだ、その知らせを聞いてしばらくしてから私はシスランにあの町で出会ったのだ、と。

その心の痛みは隠したつもりだった。だが顔に出さなかったものの、私の意識がそれているのに気が付いたのだろう、ダグが私の顔を覗《のぞ》き込んできた。

「おい、どうした？　お前らしくもねぇな」

「いや、そんなことはないさ。お前に子どもが出来たということに少しだけ驚いたがな」

まったく、仲間内ではふざけた態度も多いダグだが人の機微に敏感なのは変わらない。

「それより確かゲイルとお前は同じ『番』を得たと聞いたが、一体どういう経緯でそんなことになったんだ？」

「おう、それはまあまさに運命ってやつでな。詳しい話も聞かせてやりてぇし、直接会わせてやりてぇんだが、チカとゲイルは近くの町に往診に行ってんのよ。あっ、チカは医者をやってんだけどよ。んー、イリシード、お前さんいつまでここにいるんだ？」

「……次の仕事があるんだ、延ばしても三日だな」

「おいおい、なんとかなんねえのかよ。それじゃ間に合わねえじゃねぇか」

ダグが残念そうに顔を顰める。

「仕方がないさ、旅団の護衛依頼を受けているんだ、出発日までには合流しておかなければな」

ダグは心底残念そうだが、私はそこまで残念ではなかった。別に会わなくても……、いや会いたくないとすら思っている自分に気が付いてため息を吐く。

親友のはずのダグラスやゲイルの伴侶に対して、関心が持てないとは。……そして妬ましいとすら思っている自分が心底情けなかった。そんな私にどうしたとばかりにダグが肩を抱いて顔を寄せてきた。

「やっぱりなんかあったんだな」

「いや、本当になんでもないんだ。忙しいのはいいことなんだが、確かにゆっくりできないのは残念だな」

「ふーん……お前さんもゲイルと一緒だな。嘘が本当に下手くそだ。なんだよこの伸び放題の髪と髭は」

「おい、ダグ痛いじゃないか」

伸びた髭を引っ張られて顔を顰めた。あまり気にしていなかったが、どうやら引っ張られるぐらいには伸びていたらしい。髪は適当に縛っていたが、手をやれば確かにかなり長い。

「嘘じゃない。忙しくて切る暇がなかっただけだ、髭も愛用の剃刀《かみそり》をなくしてしまってな」

「なんだなんだ、若い頃は俺とアニムスの関心を競ってたあの伊達男っぷりが台無しじゃねぇか」

「おい、やめろ」

わしゃわしゃと髪を掻《か》き回され、うっとうしさにその手をはね除《の》けた。

「まぁ、なんつうかわかりやすすぎるほどに色々あったって感じだな。よぉ、せっかくだ。ゲイルとチカがいねぇのは残念だが再会を記念して酒でも飲もうぜ」

誘われたことには異存がなかった。ちょうど何か食おうと思っていたところでもあったし。

「それはかまわないが子どものことは大丈夫なのか？」

「ああ、うちのクソ親父とテオがつきっきりで面倒みてるさ。最近じゃ父親の俺よりあいつらに懐いちまって、父ちゃんは寂しいったらないんだぜ」

「家族の仲が良いのはいいことだろうに……」

どこかふてくされた表情のダグはやはり昔と変わらぬままだ。だが、きっと俺が忘れられない重荷を抱えていることもお見通しなのだろう。

「そんじゃ俺の行きつけの店に行くとするか。イリシード、カラアゲって食ったことあるか？」

「カラアゲ？　なんだそれは」

「へへっ、それは食ってみてからのお楽しみだな。俺の大好物で酒にもあってうまいんだわ。ほら、行こうぜ」

ダグが私の肩を抱く力は強い。強引なダグに相変わらずだと苦笑を浮かべ、雑踏の中へと足を踏み入れた。


ダグの蘊蓄《うんちく》を聞きながら食べたカラアゲはたいそううまかった。薄くついた衣というやつが肉汁を閉じ込めており、噛み締めると香辛料と肉汁が口の中に染み渡る。熱した油に入れて作るのだと聞いて油っこいのかと思いきや、それほどでもないことに驚いた。しかもこのカラアゲというやつは確かに酒にもあう。食べては飲み、飲んでは食べてを繰り返す私とダグ二人の獅子族の食欲に、店員もどこか呆れたふうに休む暇なく皿を運んで来る。

何よりもこのカラアゲという料理を広めたのがダグの伴侶なのだというから驚きだ。

ダグにつられたせいでさすがに満腹感を訴える身体に、私自身も久しぶりに味を感じる食事というものに満足感を得た。シスランを失ってからの食事はただ空腹を紛らわすためのものに成り果てていたからだ。だが、その間ダグとゲイル、そして彼らの伴侶で『番』でもあるチカユキというヒト族の話を延々と聞かされ続けたのはさすがに閉口ものであった。

「ああ、イリシード。お前さんにもうちの可愛いチカを見せてやりてぇな、まぁやらねぇけどな」

「そんなに牽制しなくともお前の伴侶を奪おうなどそんな愚かなことを考えるはずもないだろう。私とて獅子族、愛すべき人は……そうだな、誰にも見せずこの腕の中に閉じ込めておきたいに決まっている」

だが指の間からすり抜けていく水のように、彼は私の腕の中から消えてしまった。去っていこうとしているのが分かったのに、伸ばそうとした手は伸びず、つかもうとした指はただ震えただけだった。耳に残る悲しみに満ちた旋律と声は、今でも私の心を縛って決して消えることはない。

シスランのことを思えば、彼のためにもそうしなければならなかったのだと、そう言い聞かせる自分がいる。

「おっ、お前にもいい相手がいるのか？　いやあ、伴侶の存在ってのは最高の幸せってやつだぜ、なあ」

「そうか……、いや、そうなんだろうな」

「んー、なんだお前さんの悩みってそっち方面のことか。昔から俺ほどじゃねぇけどうまくやってただろうに」

「お前ほどは余計だ……。だがいいな、互いに望み愛しあい、今幸せだと感じられるお前達は」

思わずそんな言葉が口からこぼれ、慌てて口元を覆った。

無言で視線を寄越したダグから逃げるように目をそらし、俯《うつむ》いた拍子に垂れてきた前髪を掻き上げた。

「マジで、どうしたんだ？　お前のとこの弟も、定期的に届いていた手紙がここ一、二年届かねぇって。まあギルド経由で活躍しているってのは知ってたから、生きているとは伝えといたけどよ」

「あ、ああ……忘れていた。すまない、手間をかけさせたか？」

そうだな、家を出るときに弟から年に一回は手紙を寄越すようにと言われて定期的に送っていたのだが、気が付けばそんな大事なことも忘れていたらしい。

「そんなことは大したことじゃねぇし。というか、何があったのか聞かせてみろって、お前の様子が明らかにおかしいその理由をちょっとこの頼れるお兄さんに教えてみ」

「何がお兄さんだ。昔は私の後をピイピイ泣きながら付いてきてたというのに」

「おまっ、そんな記憶、俺にはねえ！」

わざとらしいおどけた反応を見せるが、その瞳はこちらを鋭く見据えたままだ。私が本心を吐露するのを待っているのがわかる。

「全てを話すことはできないし、聞いても楽しい話ではないと思うぞ」

「まあいいからいいからそんなに難しく考えんなって、伊達男のくせして妙に品行方正だったお前さんとは違って経験豊富な俺ならなんかアドバイスぐらいはしてやれるかもしれないぞ。あっ言っとくが今はチカ一筋だからな！」

うまくいってる俺様の秘訣を教えてやるぜと宣《のたま》うダグに、私は苦笑を浮かべた。だがこの手の話は切り出しにくく、新たな酒を一気にあおり、過ぎた酒の酩酊感に身を任せる。

ダグが誘う言葉と酔いが私の重い口を開かせてくれて――いや、私自身が誰かに聞いてもらいたかったというのが正解か。

気が付いたらシスランとの出会いから別れまでを語っていた。ただ酔いに任せていたといっても話せることと話せないことの区別をつけるぐらいの理性は残っていた。

聞き終えたダグは酒をあおり、カタンとカップを机に置いた。

「それだけ聞くとお前が一人のアニムスに恋をして振られたって話に聞こえるが、まぁそれだけじゃねぇんだろうなぁ」

ぴたりと私に視線を合わせてにやりと笑う。その瞳に、口調に乗せられたからかいに悪いものは感じられない。反発すら起きぬ程度のその言葉に、私は首を縦にも横にも振れなかった。

視線は遠く、耳もどこか遠くの海の音に似たシスランの声を探すようにひくりと蠢《うごめ》く。

「そうだな。そうだったら、簡単に諦めがついたんだがな」

暗い小屋の中、身じろぎできぬ私の傍らで、シスランから告げられた言葉が脳裏に甦ってくる。

切なさと嗚咽《おえつ》混じりのあの言葉を、私は一言一句覚えていた。

『さようならイリシードさん、わたしが愛するのは今までもこれからもあなただけです。わたしはあなたのことを決して忘れません……。だけど、お願いですイリシードさん。あなたは私のことを忘れてください。どうかわたしのことを捜さないで、イリシードさんをわたし以上に愛してくれる人を見つけて幸せになってください」

「あの時、彼が私に伝えた言葉、残してくれたこの飾り紐、いくらか夢うつつではあったかもしれないが、だがあれは確かに現実のことだった……。忘れられないんだ、彼が流し私の肌へと落ちた涙の熱さまでも」

腕に巻いた飾り紐は確かにここに存在し、指先で刺《し》繍《しゅう》の模様を辿れば、あのときのシスランの言葉と表情がはっきりと脳裏に浮かんできた。

「ふん、そんでお前さんはその言葉を全部真に受けて今に至るって訳だ」

「彼がそう望んだからだ……」

「分かってねぇなぁ……。まぁ、それだけお前さんがその相手に対して真剣だってことなんだろうけどよ」

視線が手の中のカップに落ちる。琥珀色《こはくいろ》をした残り少ない酒が小さな波紋を作って、情けない私の顔を更に崩していた。

「ったく、なんつう顔をしてんだよ」

隣から重苦しいため息が聞こえる。

そんなダグに言葉を返すこともできない。ここは酒場で、辺りの喧噪《けんそう》はうるさいほどに届くのに、この二人分の席だけまるで別世界のように沈黙が続いていた。だが、どちらからともなく嘆息がこぼれたせいか、それともようやく意識が外に向いたせいか、先ほどとは違うざわめきが酒場の中にあることに気が付いた。

「なんだあ？」

先にダグが視線を向け、続いて私もその後を追った。

見えたのは、翼を持つ翼人種らしき子。翼人種の中でもあれは鳥族だろうが、美しく艶《つや》やかなその翼の紋様だけでは鳥族の中の種族までは分からなかった。だがまだ若い、成人したばかりだろうか、それとも子どもだろうか？

なんとも言えぬその子の隣ではこの酒場の主らしき獣人が腕を組んで顔を顰めていた。そこにあるのは怒りではなく困惑のようで、鳥族の子が何かしたというわけではないことは、遠目でも見て取れる。

「どうしたんだ？」

ダグが通り過ぎかけた店員を捕まえて問いかけた。

「演奏してくれる予定だった奏者が急病で休みになってしまって。あの子、ミスリアっていう踊り手で今日が初舞台だって張り切ってたんですけどね。この様子じゃ今日はダメかな」

舞台の袖で泣きそうな顔で俯く彼は、艶やかな翼を折り畳んだまま、所在なげに立ち尽くしていた。

「ここは食べる物も酒もうまいが、歌や踊りも名物でな。それを楽しみに来てる連中も多いんだが残念だったな」

「そうだな。それにしてもあの子、初舞台がこんな形で潰れてしまうとはかわいそうに。誰か客の中にでも奏者がいればいいのにな」

「そんな都合よく……。あっおい、そういえばお前得意だろうがトゥリングス、確か即興もできたよな」

「え、あ、それを言うならお前だって……。えっおいっ」

まさかと隣で勢いよく立ち上がるダグに手を伸ばすより先に、彼が店主へと声をかけていた。

「おーい、こいつ弾けるぜ。即興でも大丈夫だぞー」

私が断るなど考えもしないダグには呆れるしかないが、あっという間に話はついてしまい、気が付けば私は舞台の袖まで連れてこられていた。

そこでも断ろうと思えば断れたかもしれない。だが踊り手である小さな子にも泣きそうな顔で縋《すが》られては、拒絶の言葉を吐くことがひどく残酷に思えた。仕方なく了承の代わりに楽器を受け取り、何度か爪弾いて音を確かめながら準備された席に着く。

主人公となるのは踊り手である彼だから私は舞台の袖近くだが、どこかしたり顔のダグの姿ははっきりと見えしっかりと睨み付けておいた。

「あ、あのミスリアといいます。よろしくお願いします」

だがミスリアという名の彼が近づき頭を下げてくれば、今さら不機嫌を露にしても仕方がないと気持ちを切り替えるしかない。

「初対面でやるということ自体無理があると思うが、できる限りはやらせてもらおう。だが、君は自由に歌って踊ってほしい。なんとか私があわせてみよう」

「はい、わかりました」

少し目元が赤いのは泣く寸前だったのだろう。初舞台が潰れてしまうところだったのだと思えば、玄人《くろうと》ではない私の技術が少しでも役に立てば良いがと願う。

トゥリングス自体は物は悪くなく、調音がしっかりとされていて妙な癖もなさそうだった。確認のために一つ二つと鳴らす音が、酒場の喧噪を鎮めていく。

その様子があの北限の酒場でシスランの歌と共にトゥリングスを奏でた時のことを思い出させる。懐かしくも悲しい思い出が一気にあふれ出しそうになるのをあえて無視して、私はまずは指定された曲を弾いた。

追いかけるようにミスリアの声と踊りが旋律に重なっていく。

のびのびとした良い声だった。翼人種は総じて良い歌い手であり、踊り手でもある。時には翼が持つ揚力で軽々と宙を舞い、その華やかさは他の種族には真似《まね》出来ない。

空を飛ぶ力は失っているが、それでも彼らは高く跳ねる力を持っている。

そのミスリアが高らかに歌うのは酒宴の場にふさわしい恋の歌。踊りもあの若さで驚くほどの妖艶さを見せており、人々の情感を強くそそるものだった。

むくつけきアニマばかりの酒場にはそぐわぬ様子で客達は声も発さずその歌声に聞き入り、私の奏でる音が隅々まで行き渡っていく。

その様子が、抑え込んでいたはずの記憶を浮かび上がらせる。

ミスリアの声に被さって聞こえるのはシスランの声。

明るく伸びやかな声音が辺りに響き、私の冒険者仲間達がはやし立てる声が甦り、埋もれることのない記憶が強く私の心を揺さぶった。自然と震える手、だが目の前で初舞台を舞うミスリアのことを思ってかろうじて弾き終える。

音が全て止まった直後、客席からはやんや、やんやの喝采が起こり、拍手はいつまでも途切れない。ミスリアが頰を紅潮させて客に感謝の言葉を捧げている。皆が新しい踊り手の誕生を祝福していた。

だが私の心はどこか冷めて、その祝いの様子を無感情に眺めているだけだ。シスランの時はただ楽しくて、嬉しくて、彼の歌声に添えることがひどく喜ばしいことだと感じ、彼の歌をみんなに届けられることがとても幸せだと思っていた。

だが、今はそれがない。

こんなことを思ってはミスリアに対して失礼だとは分かっていても湧き上がる気持ちを抑えることがどうしても出来ない。

はっと息を吐くと、私はトゥリングスを店員の一人に渡して、興奮ぎみの客の間をすり抜けて席へと戻った。

「よくやったな、やっぱお前はうまい……って、どうした？」

「ん……」

何を問われたか分からなかった。ただ酒の入ったカップを取ろうを下を向いた時、鼻先から酒へと雫がぽたりと落ちた。

「イリシード、なんで泣いて……」

呆然としたダグの声だけが届いた。

私は自分の指で頰を伝う雫を掬《すく》い、それを見つめる。

そんな私の肩をダグが引き寄せた。

「なあ、俺にお前が全てを伝えてないことは分かってる。それが伝えられないことなんだってこともな。アニマとアニムス、恋や愛ってのはそんな単純なもんじゃねぇんだよな。俺は大事な伴侶を得てそのことを強く感じてる」

しみじみと呟くようなダグの言葉は、いつもの彼には似合わぬものだからこそ、彼が本心から何かを伝えようとしていることが分かった。

「なぁ、イリシード、もう一度自分の心に聞いてみな。お前はその彼の言葉をそのまま受け入れたとして本当にその相手以外と幸せになれるのか？　本当に忘れられるのか？」

問われて、自然と首を横に振っていた。

「ならそれが答えなんだけどな。なんつうかさ、相手に泣かれて、しかも捜さないでって言われた言葉がお前を縛ってるように思えるんだが、それは本当にそいつの本心だったのかね？」

「それは間違いない。本心、あれは確かに本心だった、間違いない」

彼が私に託した最後の願いだったと、きっぱりと言い切れる。

だからこそ私は彼を捜さなかった。捜してはダメだと思った。

「んーでもなぁ、世の中にはな、俺達みたいな力のある獣人と違って力を持たないのにやたらと強い人間もいるんだぜ？　そいつらは時に己を犠牲にして何かをなすことを躊躇《ちゅうちょ》しねぇ。こうと決めたら、何があっても変えやしねぇで、貫き通す強い意志ってやつを持っているんだ」

しみじみと呟くダグラスに、私の脳裏に浮かぶのは顔も知らない彼の伴侶の姿。

手紙だけでは全てを窺いしれないが、並々ならぬ苦難があったということだけは知っている。

「なんかさ、お前の相手もそういう人間なのかもしれねぇな。だからこそ本心でお前に別れを告げた。だから、本当の気持ちは違ってもそれはそいつにとってまごうことなき本心なんだろうな。だったらお前が出来ることは一つだけなんじゃねぇか？」

「私に出来ること……」

「そいつが隠して抱えているものをお前も一緒に抱え込んでやれば良い。全部飲み込んで、共にいることが幸せなんだと思わせてやればいい」

「何もかも……私が飲み込んで、共に抱え込んで。彼が持つ何かすらも」

彼があんなにも泣きながら別れなければいけなかった何かを私が共に抱えてやる……。

「……彼は、最後の願いを反故《ほご》にする私のことを許してくれるだろうか？　受け入れてくれるだろうか？」

「それは会って話してみねぇとわからねぇな。その答えを持っているのは本人しかいねぇんだからよ。それでも、もう一度本人に会って互いに嘘偽りのない全てをぶつけ合って、それでダメだったらそのときは諦めればいいんじゃねぇのか？」

そういってカップを掲げてにやりと笑う親友を私は呆然と見つめ、そして口の端をゆっくりと持ち上げた。

「無責任なことを言ってくれる」

「当たって砕けろって言葉がチカの世界にはあるらしいぜ。失敗するからって足踏みしててもしょうがねぇって意味だったたか、なんか今のお前さんには言い得て妙じゃね」

「当たって砕けろ、なるほど一歩踏み出さねば何も始まらないということか」

ダグの説明はあいまいながらその言葉の意味がすとんと私の中に落ちる。

シスランの言葉に従うことがこの愛の結末なのだと私は最初から諦めていた。だが本当にそれでいいのかという忸怩《じくじ》たる思いは消えずに残りずっと私を縛り続けているのも確かだ。こうしている間もシスランのことを思い、彼の傍に行きたいと願い、けれどできぬ自分を追い詰めていたのだ。

だが、もう一度だけでも彼に会って真意を問うことぐらいは許されるだろうか……。

いや、はなから諦めていたことなのだから僅かな可能性をつかめるのであれば私はどんな禁忌すら……。

「それになぁ、イリシード。お前は、もうちっとばかし俺達を頼ってもいいんだぜ。水くせえっつうかなんつうか、まるでチカに会う前のゲイルを見てるみたいだったぜ」

「私はゲイルほど真面目ではないだろう。だがお前のように奔放でもいられないだけだ」

「言うねぇ、だったらもっと俺達を使えよ、家の力もだぜ。お前の弟はお兄ちゃんが大好きで、いつだって手を差し伸べたいと思っているんだしよ」

「それは……」

提案されたその内容に思わず口ごもった私だが、ダグは私の肩を強く叩き、笑って言う。

「継承権なんてくそくらえって放棄した俺達だが家族との縁が切れるわけじゃねぇ。俺もチカのためだったら自分が王家の血筋だってことを最大限に利用する。クソ親父すら便利に使ってやってんだぜ。なぁイリシード、お前が欲しいものはなんだ？　そのためにするべきことはなんだ？　そのために利用できるものに遠慮なんかしている暇なんかねえんじゃねぇのか」

「それは……」

ダグの言葉に口ごもったのは、それが的を射ていたからだ。私が欲しいのはシスランだけだ。彼をこの腕の中に抱きしめ、共に過ごしていきたいとただ願う。

ダグに促されて、欲求が明確化していく。

「だったらな？　わかるだろ？」

カップを取り上げカツンと私のに当てたダグは、からかうような笑みを見せながら勇ましくも強い獅子の力を瞳に込めて私を圧倒する。

耳を垂れ、尾を力なく垂らした憐れなアニマの獅子に発破をかけて、私を立ち直らせてくれる親友。継承権などなくともダグはやはり生まれ持っての『獅子の王』らしい。

「ありがとう、ダグラス。我が友よ」

思わず口からこぼれた感謝の言葉に、ダグは揶揄《やゆ》することなく新たな酒をついできた。


「それから私は、シスラン、君を捜すためにレオニダスで文官をしている弟に、各国との貿易を担うその力を借りた。ダグ達もレオニダスの王家の情報網を使って色々なことを調べてくれた。もう諦めてうじうじすることは止めて、その後はもうただ前だけを見ていた。いつかシスラン、君と再会して今度こそこの手を握って離さないのだと」

手を伸ばし、対面にいたシスランの手を取る。

この再会は、確かにあのときダグに出会ったからこそ叶えられたのだと思っている。そしてダグの息子であるスイ君までもが私達を取り巻いていた運命に関わっているのだから、本当に縁というのは分からないものだ。

だが長い年月の果てに再会したときには私の子は成人し、すでに伴侶を見つけるような年になっていた。

その間にシスランはこの村の長《おさ》となって村を支えながらイリスを一人で育ててくれていたのだ。その手は荒れて働く者の手をしていたが、それでも私にとっては何よりも愛らしいシスランの手。私はあの時どうしてこの手を離しても大丈夫だと思ってしまったのか。なぜ諦められると思ってしまったのか。もう二度と手放せないと思うほどに愛おしい彼の手を再び握ることを。

そんな私の思いとは裏腹に彼は静かに涙を流し、申し訳ないと頭を下げてくる。

「私の浅慮な行いがイリシードさんをそんな辛い目にあわせてしまったのですね……。私は今、こんなに幸せを頂いてるのにどうすればあなたの気持ちと行いに報いることができるのでしょう……」

「そうして君が気に病むことは分かっていたからあまり伝えたくはなかったのだが……」

「いいえ、そんなことはありません。わたしはあなたのどんなことでも知りたいと願っています。それがわたしにとって自らの罪を自覚させることだとしてもです。こうしてお話ししてくださったことはとても嬉しいという気持ちもあるんですよ。イリシードさんの気持ちを更に深く知ることが出来て……。ですが、それと同じくらいに本当に申し訳なく思っています」

　生真面目なシスランは、私自身のことですら自分の責任のように嘆く。それを分かっているから、私も不要なことだと思い自身のことはあまり伝えてはいなかった。

　だがそれではダメなのだと、デニスさんの言葉は私に教えてくれた。

「シスランが気に病むことは何一つないんだ。結果こうして今君とここにいられるという幸せが全てなのだから。しかもイリスやセーレ、ディランといった家族まで私に与えてくれた」

「ですが……」

「シスラン」

　真面目で几帳面で人見知りとイリスがこっそり教えてくれたシスランの性格は、きっと村長を継ぐ者としての責任感が作り上げたものでもあるはずだ。

　私は腰を上げ、対面に座るシスランの脇に手を差し込んで彼の身体を持ち上げた。

「えっ、あの」

　彼の身体を高く掲げ、机越しに抱き寄せる。軽い身体はすっぽりと私の胸へと飛び込んで、腕の中で強張った身体が緩み身を預けた。

「イリシードさん……」

　さすがに文句を言いたげに私の名を呼ぶシスランに、私は軽く口づけた。

「シスラン」

　不意打ちに頬を赤らめ硬直する彼に、私は微笑みかける。

「シスランは悪くない、もし君に咎《とが》があったとしてもそれは私も共に抱え背負うべき物だ。その覚悟はとうの昔に出来ている」

「そんな……」

「それでも、シスランがどうしても気に病むというのであれば、一つ私の願いを聞いてほしい」

「願い？」

　見上げる明るい水色の瞳を覗き込み、笑みを深くする。あの日ダグラスと交わした酒に映った私の顔はなんとも情けないものだった。だが今彼の瞳に映る私の顔は、あの日ダグラスが見せた、やに下がった顔と同じものだ。

「どうかあの日あの時、私をその身で受け入れてくれた時のように、私のことはイリシードと」

「え……あっ」

「再会してから今までずっと君はさん付けだが、あの日約束しただろう？　もうそろそろ……というには随分な日を過ごしてしまったが」

あのころのことはどんなことでも忘れられない私だが、シスランも同様なのだろう。私の言葉にすぐに思い至ったのか、ぽかんとした顔が一気に紅潮した。

別れる前の交わりのさなか、望んだ私に応えてくれたシスランの告白交じりのたどたどしい呼びかけを忘れるわけがない。それはシスランも同様だったのだろう、あからさまな動揺に自然と悪戯心と期待が膨らんでいく。


「さあ」

「イッイ、イリシード……」

目元を赤らめ、たどたどしく呼ぶ名が耳に届いた途端、私はシスランをきつく抱きしめた。肩口に彼の顔を押しつけ、潮の香りがする藍色の髪に顔を埋《うず》める。

ようやくこの腕の中に戻ってきたあの時のシスランを、私はもう決して離さない。

「シスラン、愛している。君は私の最愛の伴侶、いついかなるときでも決してもうその手を離さない」

思いの丈を込めた呟きに、シスランの身体が震える。その手はきつく私の服をつかみ、離さぬとばかりに込められた強い力に白くなっていた。

「愛している。だから安心してくれていい。私はもう君を二度と一人にはしない」

「わ、わたしもイリシードを愛しています。だからもう二度と勝手には離れない」

文字通り胸に響く彼の言葉に、私はその身体を強く抱きしめた。

「シスラン、顔を上げておくれ」

「イリシード……」

腕の中で嗚咽を繰り返すシスランが泣き濡《ぬ》れた瞳を上げて私を捉える。私はその瞳を愛おしく見つめながら、口づけを落とす。近づけばなお深く香る潮の香りがひどく官能的に私の身体を熱くした。

「愛しているよ。もう二度とこの手を離すつもりも逃がすつもりもない。私の全てで君を愛そう」

この腕の中から消えるというなら、今後こそ閉じ込めて愛し尽くそう、愛おしい我が『番』。

耳元でそっと囁《ささや》けば、シスランは嬉しそうに頷いてくれた。

☙☙☙

「おい、コーレ。これでこっちの荷物は終わりだぞ」

力強い声に振り返れば、太陽に照らされた朱金色の髪が輝いていた。日に焼けた逞しい腕が持ち上げているのは大きな木箱。僕達のような人魚族であれば二人がかりとなる箱だが、大型獣人の豹族であるラシッドの手にかかれば片腕で十分なようだ。

彼と……いや、彼らと共に暮らすようになって、村での仕事は本当に楽になった。

イリスの伴侶であるディランさんやラシッドは僕たちとは根本的に体のつくりが違う。だからつい頼ってしまう僕達にラシッドはいつも明るく応えてくれる。

「ありがとう、ラシッド」

僕の礼の言葉に明るい笑みを見せて、その手で僕のくせっ毛を掻き回す。

「もっと頼っていいいんだぜ。俺は力仕事ぐらいしか能がないからな」

「そんなことないよ。ラシッドはなんといっても強いし、この村の皆を守ってくれてるじゃないか」

「この村はお前が住んでる村だ。ということは俺の村でもあるから守るのは当然だ。と言ってもまあイリシードさんも来たしな。あの人がいると俺の存在意義もな」

ほんの少し拗《す》ねたような口ぶりが聞こえ、僕は背伸びをしてラシッドの額を拳で軽く叩いた。ラシッドは強いのは違いないけど、いろいろな意味でイリシードさんにはかなわない。でもそれがどうしたと言うのか。

「確かにあの人は強いかもしれないけど、僕にとってはラシッドが世界で一番頼りがいがあるんだから」

僕が愛したのはラシッドの力だけではない、その優しさや明るさ、その内面からあふれ出るもの全部。僕を愛してくれる、僕の大好きな人なんだから。

「そうだな、大事なコーレとシーリンを護るために俺は戦うしここで働く。誰が来てもそれは変わらないか」

そういって僕を抱きしめ、口づけをしようとしたラシッド。僕も思わず彼の首に手を回し、それに応えようとしたのだけど。触れた腕の筋肉が強張ると同時に、視界の片隅で彼の耳と尻尾がピンと立ち上がった。

さっきまでの穏やかな表情が瞬く間に消え、強い警戒心も露に眇《すが》められた目が探るように動き、口の端から鋭い牙が覗いている。

「ラシッド、何っ！」

いきなり臨戦態勢になったラシッドの服にしがみつけば、彼が僕の身体を背後へと隠そうとする。

「何、何か起きてるの？」

「なんだろうな。今までに感じたことのない力を持った奴が近くにいる」

僕の問いに短く答えたラシッドが、近くに立てかけてあった剣へと手を伸ばす。警備の任に就くラシッドはどんなときでも近くに剣を置いていた。

「殺気は感じないが、なんなんだこれは……、全身の毛が逆立つようだ」

総毛立つとラシッドが自分の腕をさすった。

そんなラシッドの様子に、僕は不安に駆られながらも一つのことを思い出した。今日はそのために忙しくしていたのだということを。

「待ってラシッド、今日はイリスやそれにシーリンも戻ってくる日だから一緒の船に誰か乗ってきているのかもしれない」

そういえば先ほど港に船が入ったという合図があった。

「かもな、でもなんだこの気配、似たようなのは確か前に……」

ラシッドが何かに気付いたように目を眇めたとき、村の中心に向かっている人影が視界に入って僕は反射的に声をあげた。

「イリスっ！」

ああやっぱりイリス達が戻ってきたのだ。その後ろにはディランさんもいる。だけど、その傍らにいるのは。

「あっ、あれはもしかしてスイさん」

「スイ?」

僕の言葉にラシッドがそれは誰だと眉間のしわを深くする。

「前に教えたことがあると思うけど、僕がひどい怪我を負ったときに治療してくれたお医者さんだよ。それでそのそばにいるのはそのとき僕をオクタングから助けてくれたガルリスさん、とても強い人だよ」

思わずみんなに向かって手を振って駆け寄る僕にラシッドもついてくる。

「コーレ、ただいまっ」

「お帰りなさい、イリス。ディランさんも」

「ああ、特に変わりはないかな?」

「はいっ。大丈夫です」

いつもと変わらない挨拶を返していても、僕の視線は傍らの人たちに向けられていた。

「コーレは傷だらけだったし、あの時だけしか会ってないけど覚えてる?」

イリスが首を傾げて指し示したのは大柄な体軀の赤毛の人とその腕に軽々と抱え上げられた黒髪のヒト族。

「やだなイリス、命の恩人を忘れるわけがないよ」

今この命があるのは、オクタングに捕まった僕をガルリスさんが助けてくれて、その時の怪我をスイさんが手当してくれたからだ。しかも彼らは全ての人魚族にとっても恩人に他ならない。

「スイさん……」

僕の呼びかけに、ガルリスさんから下りたスイさんがにっこりと笑みを見せた。

「こんにちは、確かコーレさんだったよね」

「はい、あの節は本当にありがとうございました。十分なお礼もできずに本当に……」

「医者として当然のことをしたまで……って言っても、イリスも聞いてくれないしね。うん、気にしないで、僕としては後遺症もなく治ってくれているところを見せてくれただけで満足だから。医者にとって一番の報酬は自分が治療した人の元気な姿を見ることなんだ。まぁこれもチカさん——うちの母の受け売りなんだけどね」

小首を傾げて微笑む彼の漆黒の髪が風になびき、その髪に大きな手が優しく触れている。あのころと変わらず仲睦まじい様子に僕も笑みを浮かべながら、見上げるほどに大きなその人へと身体を向けた。

「ガルリスさんも、ようこそマミナード村へ。あの時はこの命を助けていただいて、シーリンともども感謝しております」

スイさんの背後に控えるガルリスさんにも言葉を掛けてお辞儀をすれば、なんのことだとこちらは本気で覚えてないのか不審げな声がした。それでも僕にとっては恩人に違いなく、スイさんに怒られながら説明されたガルリスさんがああと頷くのに笑みを向ける。

きっと彼にとってオクタングを倒すことなど記憶にとどめておくことですらないのだろう。

それから、と僕は隣のラシッドを紹介しようとしたとき、

「……もしかして……竜族か？」

驚愕に震える声と共に、ずっと僕の肩を抱いていた手に力が入るのが分かる。

ラシッドらしからぬその声は、僅かにうわずり興奮しているのが分かる。そんなラシッドの様子に、何事かと視線を向ければ、彼の視線の先にいるのはガルリ

スさんだった。

豹の紋が薄く入る朱金色の髪に縁取られた精悍な横顔を僕に見せ、ラシッドの尻尾が僕を守るように腰に巻き付いてくる。これは僕の身を守ろうとして彼の意志より先んじて動いてしまう彼の防御本能らしいのだけど。

相手が強いアニマで初対面な時にはその傾向が強く、僕はこうされると嬉しくて、ちょっと恥ずかしかったりする。思わず豹柄がはっきり出ている尻尾を叩いて外すように促すが、反対にぎゅっと締まってしまった。

対するガルリスさんも、腕の中のスイさんを大切に抱きながら、ラシッドから視線を外さない。

「ああ、そういうあんたはその豹紋からして豹族か」

「そうだ」

互いに顔を付き合わせる大柄な二人。赤い髪と朱金色の髪が浜風に吹かれて揺れている。

体格的には少しガルリスさんのほうが大きいだろうか、でも鍛え上げられた腕の太さや、獲物を見つけたように細められた瞳の強さ、笑みを見せた口角から覗く白い歯、醸し出す雰囲気はどことなく似ているように見える。

「昔、一度だけ竜族を見たことがあるが、あんたはそいつより強そうだな」

「んー、その竜族ってやつがどういうやつか知んねぇけど、まあそいつよりは強いんじゃねぇかな。竜族の中でも俺にかなう奴は少ないからな」

会ったこともない人より自分の方が強いと平然と口にする彼は、まるでそれが当然だと言わんばかりの態度だ。つまりはそれは真実なのだろう。

だがこのままでは少し好ましくない方向に行くのでは、と思ったときには遅かった。

「なぁ、だったら俺と勝負してくれないか」

「ラシッドっ！」

予想したとおり、いきなり話がとんでもない方向に行きそうになって、僕は慌ててラシッドの腕を引っ張った。

一緒に旅したことで理解したのだが、ラシッドは強い相手には目がない。それは戦うことを生きがいとする獣人にとっては多かれ少なかれある部分だそうだけどラシッドのそれは飛び抜けている。

もちろん命をかけるようなことはしないし、彼曰く胸を借りて相手をしてもらうだけという言葉に間違いはないだろう。この村でも港の警備員や入港した水夫達と、一見喧嘩に見えるような試合をよくやっている。

彼らは僕にとっても大切なお客様だと伝えたつもりだったのだが、それでもラシッドの強者に対する思いが先に来るとは思わなかった。

僕がその腕を引っ張って止めようとしているというのに、ラシッドはすでにやる気まんまんで、ガルリスさんまでにやりと笑い「いいぜ」と答える始末。隣でスイさんが苦笑をしているけど、止める気配はないもよう。

「あー、もう本当にガルリスも好きなんだから。力加減をあやまったらダメだからね」

「任せろって試合みたいなもんだ。それにな、あいつは強いぜ。種族の差はあるにしてもそんな相手に手加減するのは失礼ってもんだろうが」

不思議なやりとりが交わされ諦めの嘆息を吐くスイさん。

一刻も時間が惜しいとばかりに今ではすっかりラシッドのための試合場となっている村の外れの荒れ地までの移動も、自然と足早になっている。

大きな倉庫一軒分は建ちそうな広場の中心に二人が向かい合い、僕達はと言えば外周で揃《そろ》って観戦する姿勢。

「ごめんなさいスイさん、ラシッドは強い人と戦うのが大好きで」

「いいんだよ、ガルリスもそれは同じだから。獣性の強い獣人のアニマはそういうもんなんだよ」

苦笑混じりでそう言ってもらえると本当に助かる。

そんな僕達の横にはイリスとディランさんがいて、ディランさんはラシッドには何度も付き合わされている人だから、その表情には苦笑だけが浮かんでいるし、イリスもそう。

「本当に楽しそうだね、二人共。そういえばディランも十分大型の獣人だと思うんだけどそういう欲求ってないの？」

「ないわけではないんだけどね。俺が戦うのはイリスや子供達のためだけと決めているからこういう試合はあまりね」

「はぁ、ディランさんの爪の垢をラシッドに煎じて飲ませてやりたい……。ディランさんも……本当にいつもラシッドに付き合ってもらって申し訳ないです」

「暇なときしか言ってこないから大丈夫だよ。もっとも俺程度の腕だとラシッドも物足りないみたいだけどね」

ディランさんはそう言うけど、ラシッドはディランさんの腕を認めている。互いに試合をした後にラシッド自身がそう言っていたのだから間違いない。ただ型にはまった綺麗すぎる剣さばきが惜しいとは言っていたけど、それがどういう意味か僕には分からなかった。

そんな僕達をよそに、盛大な音を立てて試合が始まった。

とりあえず今日は素手でやるみたいで、ラシッドがその敏捷性を活かして試合場を走り回っては、ガルリスさんに飛びかかり、ガルリスさんはそれを片手であしらっているように見える。

最初のうちは、派手な動きがあるたびにどよめいていた僕達だけど、それでも見ているだけではだんだん飽きてくる。すでに心配という言葉は、試合が進むうちにどこかに忘れ去っていた。

それはイリス達も同じで、イリスがふと何か思いついたように僕達に話しかけてきた。

「そういえばさっきスイさんも父さんもレオニダス出身って話を聞いたんだけど、ラシッドさんってどこの出身？　確かコーレは行ったことがあるんだよね」

「ラシッドはキャタルトンっていう国。この大陸の東にある国なんだけどその砂漠地帯にある街だよ」

あのときの光景を忘れることはないだろう。見渡す限り砂しかない大地が延々と続いている場所。

目の前に広がる海の砂浜とは広さもその成り立ちもまったく違うからか、同じ砂とは思えない。いや、砂の海といった方がいいのだろうか。

「えっ、コーレさんキャタルトンに行ったの？　昔とはずいぶん変わったとは思うけど他の国に比べてあそこの治安はちょっと悪めだし、何よりコーレさん達は水がないと……」

スイさんが翠玉色の瞳を大きくして僕の方へと身を乗り出してきた。

「僕達が言ったときにはもう悪名が高かったっていう王様が変わった後だったたし、それにラシッドが一緒だったから。えっと水は……」

このことを言っていいのか僕はイリスへと視線で伺いを立てる。

するとイリスは頷き、両手で何か大事なものを包むような仕草をしてその手の中に小さな水珠を創り出していた。

その光景にスイさんは目を見開いて明らかに興味津々といった様子。

「スイさん、これは水珠っていうんだけど僕たち一族だけが創れる海の恵み。この珠は水の清浄な気を集めた水の魔力の結晶体なんだけど、海や川から離れた僕たちをこれが守ってくれるんだ」

「そっそれは興味深い……ね。普通の水の精霊術とも違うみたいだし、ああ研究してみたいけど……。いや、ごめん忘れて僕の悪い癖がでちゃった。でも、教えてくれてありがとう」

「スイさんが本当に調べたいっていえば誰も拒む人はいないと思うけどね」

首を傾げるスイさんにイリスが笑う。

「僕がラシッドの故郷に行けたのはスイさんやマーフィー商会のお陰でもあるんですよ」

「マーフィー商会はともかく僕の？」

「ほら、僕たちはぱっと見ればヒト族じゃないですか。

だから、レオニダスの存在は本当に心強くて」

「ああ、うちの祖父ちゃんの仕業か」

そして僕は今も大事に首から提げている一枚の小さな金属板を取り出した。

「それにイリスも持っているよね、この印の入っている板」

表にはマーフィー商会の印、裏には僕の名前と現会長デュークさんの名前。それにレオニダス王家の紋章。ギルドカードのように魔力を流すとこれが正式な証明書であり、マーフィー商会とレオニダス王家が庇護している者だと分かる仕組みになっている。一般的にはこれが僕達の身分証となり、商会や取引先の人たちは優先的に僕達に物資や旅の足を提供してくれた。

「手形ってデュークさんは言ってたっけ」

「うん、今やマーフィー商会の名はこの国のみならず他国にも売れているからね。とても大事なものだよ」

イリスの言葉に、ディランさんも頷いた。

「それじゃもう一つ聞いてもいいかな?」

「僕が答えられることならなんでも聞いてください」

「コーレさんがラシッドさんの故郷に行った時の事が聞きたいなーって、ね。イリスも詳しいことは聞いてないんでしょ?」

「あっそういえばそうだった……」

「そんな事で良ければいくらでも、あれは僕にとっても一生忘れることの出来ない大切な旅でしたから」


僕達がラシッドの故郷に行くことになったきっかけは一通の手紙だった。

「なんだ、なんでミスリアから俺に手紙なんか」

眉間にしわを寄せてつかんだ手紙の内容を探るように陽の光に透かすラシッドに、僕も不思議に思いながらその手紙を見つめた。

ミスリアさんというのは僕がラシッドと再会するためにシーリンと訪れた先で、彼と同じキャラバンにいた翼人種の人だ。ラシッドのことが好きで、そんなラシッドの前に過去の亡霊のようにして現れた僕との間にはシーリンを巻き込んでちょっとした事件もあった。ラシッドを愛する気持ちがそれだけ強かったのだろうと今の僕にはそれが少しは理解も出来る。そのことに関してはすでに謝罪を受けて解決したけど、それでもこんなふうに手紙が送られてくるのは少し不思議だった。

手紙は遠くの人と連絡を取り合うには便利だけど、そもそも僕とラシッドの居場所をミスリアさんがよく知っていたなという驚きもある。

出会ったときはキャラバンで踊り手をしながらの旅暮らしだったけど、今もあのキャラバンにいるんだろうか。

だがあの事件の詳細を知らないシーリンは、「ミスリア」という名前に目を輝かせて、乗り出してきた。

「ミスリアおにーちゃんの手紙、ぼくも見たいっ！」

ラシッドの膝にいたシーリンが手紙に手を伸ばす。

一時は命の危険すらもあったシーリンだけど本人にその自覚はなくて今でもシーリンは親切なお兄さんのミスリアさんが好きだ。時々話に出てきて、会いたいなと無邪気に言われると、僕もラシッドも苦笑を浮かべることがあった。彼に思うところはもうないが旅を続ける彼に会わせてあげることは難しいからだ。

シーリンが握ったせいでしわになった手紙の裏には送り主のサインが連名で記されていて、その内の一人がミスリアさんで、もう一人は。

「こっちは誰？」

どこかで聞いたことがあるような名前ではあったけど、思い出せない。

「こっちはあん時のキャラバンの隊長だな」

「えっ隊長ってイリシードさんじゃなくて？」

「イリシードさんはキャラバンの安全を守る護衛隊長、そうじゃなくてキャラバン全体を取り仕切る商隊長がいるんだ」

そう言われて思い出す。シーリンが行方不明になったとき出発をぎりぎりまで遅らせてまで捜してくれた人だ。

「あっだからミスリアさんは僕たちの居場所が分かったんだね」

「ん？　ああ、そういうことか。そうだろうな、商隊長はマーフィー商会ともつながりがある信用できる人だからな」

「あけてー、よんでー」

「ああ、分かったから、ちょっと待ってろ」

シーリンのお強請《ねだ》りにとても弱いラシッドが封筒から手紙を取り出せば、丁寧に書かれたものと乱雑に乱れた文字のものと二枚入っていた。

「ミスリアおにーちゃんのは？」

「こっちか、えーと、ごめんなさいって書いてあるな」

「えー、なんでおにーちゃんが謝るの？　おとーさん、なんかしたの？」

「……してねえよ」

若干の間とためらいがちな声に、シーリンがじっとラシッドを見つめる。シーリンを捜すためではあったことだが、理性を飛ばして全力の殺気をぶつけたことはラシッドの反省点ではあるらしかった。しかも恋情を寄せられていたことに気付いていたのにわざと適当にあしらい続けたのも、イリシードさんには問題だったと怒られたらしい。

そんなラシッドに向けられる探るようなシーリンの瞳の強さに彼は苦笑を浮かべ、自身と同じ朱金色の癖の強い髪を掻き回した。

「きゃあー」

いささか乱暴な行為ではあってもそこに自分への愛情があると知っているからか、シーリンは喜んで満面の笑みで声を上げる。

「おとーさん、ひどいーっ、ぐちゃぐちゃーっ」

ぷんぷんと可愛い怒りを見せるシーリンを膝に抱え直すラシッドは意外なほどに子煩悩で、シーリンが向けるさまざまな表情を見るためにいつもわざと構い倒すのだ。それはまるで生まれたことも知らなかった我が子の全てを知りたいとでも言うように。それが分かるから僕はラシッドのしたいようにさせている。シーリンが本気で嫌がっていない限りはだけど。

「おかーさん、助けてぇ」

シーリンが笑いながら僕に助けを求めてくる手を握手のように握って、ちょっと乱暴に揺らすと明るい笑い声が室内に満ちた。

「ラシッド、ほら、手紙がしわくちゃになっている」

二人の間で薄い紙は今にも破れそうだ。

「ああ、あれ……ん？　へぇ……」

ミスリアさんの手紙に目を通したラシッドが、何かに驚いたように目を瞬かせている。

「何？」

「ミスリアが俺の生まれた町にいるらしい。そういや前に話したことがあったな」

「それって砂漠の町？　あのラシッドが僕にくれた布の産地の」

ラシッドとの出会いは僕が熱にやられて倒れそうになっていた時。その時かけてくれた白い布の由来と共に聞いたことだ。薄いのに熱を遮り、日射しを和らげる不思議な織物は、今はシーリンのフードにその形を変えてしまったけど、あれがラシッドが僕にくれた大切なものなのは違いない。

「ああ、そうだな。へえ、商隊長があの近くに商売をしに行って、俺の話を思い出して寄ったんだと。そしたらいいもうけ話があって今はそこを拠点にレオニダスや、フィシュリードで主に商売をしているそうだ」

「それでミスリアさんもラシッドの故郷にいるって？」

「まあ手紙が届くのに時間がかかるから、キャラバン自体は移動しているかもしれんがミスリアは俺の故郷に住み着いたらしい。舞い手としてオアシスを回っているみたいだが何を好き好んで田舎に」

ラシッドには見当もつかないようだけど僕にはなんとなくその気持ちが分かってしまう。かつて本気で愛した人のその名残をそこに見ているのかもしれない。だけどそれはとても辛いことのような気もする……。

二枚の手紙を読み終えると、ラシッドの目が自らが田舎と称したその故郷を懐かしむように細められた。

昔、話をしてくれた遠い異国の彼の故郷は、見渡す限り延々と続く砂が波のようにうねり、普通の植物が育たない、人を寄せ付けない場所の中にあるという。そんな地でもまるで戯れか何かのように点在する水源の周りには緑が広がっていて、人はそこに住んでいるのだそうだ。

そんな厳しい環境の中であっても、熱い日射しを遮るために発展した美しい織物と、水の少ない土地でも育つ香辛料や果物、砂漠の珍しい魔獣の肉などを特産物としていて、東方の交易の中心地でもあるらしい。

そんな街でラシッドは育ち、他の世界への憧れから旅をするようになったと聞いている。

「もしこっちに来ることがあればいつでも寄ってほしいって書いてるぜ。そういや前に約束したよな、連れていってやるって」

それは僕も忘れたことのない約束だった。外の世界に行きたい、いろんなものを見てみたいと願う僕に、ラシッドが応えてくれたときのこと。

「でも僕を連れてなんて難しいよ。それにシーリンだっている」

ラシッドを捜しに行くときですらいろんな人の世話になった。しかもあの時は旅程の大半を船で移動できて幸いだったが、話を聞いた限りではラシッドの故郷は東の国キャタルトンの町。その道のりのほとんどが陸路になるはずだ。しかも目的地は暑い砂漠の地で水がとても貴重という、人魚族である僕にとっては悪条件が重なっている。

僕が聞いた通りのことを思い出しながら言うと、ラシッドが首を横に振った。

「まあな、確かに今のシーリンをこの国から連れ出すのはまだちょっと無理かもしれないが、あくまで今の・・・・・シーリンはだ。水珠……だったか？　あれが十分にあれば無理な距離でもないんだがな。うーんと、こっからレオニダスの国境までは船、そっからキャタルトンまでは陸路で俺が運ぶし、砂漠の端からは砂船に乗れるはずだから、片道最短で一週間ぐらいか」

「砂船……？　あっいや、一週間かぁ……確かにそれなら水珠さえ準備しておけば砂漠の中でも問題はなさそうだけど」

「全部陸路で人の足だと一月以上はかかるし、キャラバンだと町に寄るからもっとかかる。だが俺達だけだと、目的地までどこも寄り道しなければその程度だな。船だと宿屋のまま運ばれているようなもんだから身体も楽だと思うぜ」

「そうなんだ。それならなんとかなるかも」

旅に慣れたラシッドの話だから、話半分に聞いておいたほうがいいぐらいだということは僕も旅をしたことがあるから知っている。

「だからシーリンがもっと大きくなったら行ってみようぜ」

「うん、そうだね。約束だもんね」

今はもうこの村が俺の村だと言ってはばからないラシッドだけど、それでも彼にとっては生まれた地が思い出の地なんだろうことは話す端々から伝わってきた。

太陽と焼けた大地が似合う僕の大切な朱金の豹が生まれた地にいつか必ずみんなで行こうと、そんな言葉を返そうと口を開きかける。

「えーっシーリン、お留守番するよ。だから行ってきなよ！」

ラシッドの膝の上から、ぴょんとシーリンが床に飛び降りた。止めようとしたラシッドの手が宙をかき、駆け寄ってきたシーリンが僕の顔を仰ぐ。

「ぼくね、大きくなったらデュークおじちゃんに連れていってもらう約束したんだ。ちゃんとお留守番できるから、おかーさんとおとーさんで行ってきて」

まだ小さいと思っていた、だけど胸を張って満足げに言うシーリンは決して無理をしているようには見えない。デュークという名前が出て、若干不機嫌そうに尻尾を床に打ち付けるラシッドの様子が少しだけ気にはなるが……。

「でもお留守番と言ってもたぶん一月《ひとつき》ぐらい帰ってこられないよ。そんなに長い間お留守番って大変だし……」

ずいぶんと大きくなって大人びた言動も多くなってきたけど、まだまだこの子は子どもなのだ。

そう思ったのにシーリンはむうっと唇をとがらせる。

「シーリンもうおっきいもん。それにおかーさんもおとーさんも本当は行きたそうなの、そんなのぼくも分かるもん。それにね、ぼくより小さいセーレもお留守番できるんだよ！」

「それはみんながセーレのことを見ていてくれるし、シスランさん達もいるから……」

「大丈夫だよ！　僕がデュークおじちゃんにお泊まりさせてってお願いするから！　それにおとーさんとおかーさんの大事な約束なんでしょ？　約束はまもらないとダメなんだよ」

その言葉だけで本当は十分だった。胸の奥がどことなく熱くなるような思いでシーリンの頭を優しく撫《な》でていると、シーリンはさらに言葉を続けてきた。今度はお願いをするように僕を見上げながら。

「あのね、ぼく、おにーちゃんにバイバイもしなかったの。ミスリアおにーちゃん泣いてたのに勝手にいなくなってごめんなさいも言えなくて、馬車とバイバイしたときにはぼく寝ちゃってたし。だからおかーさんがぼくの代わりに、ごめんなさい、してきてくれる？」

その言葉に息を呑む。

あの出来事がシーリンの中で小さなしこりとなっていたことに気付きもしなかった。

そんなシーリンに何か言ってあげようと思ったのに言葉が出てこない。

「あのね、ぼくミスリアおにーちゃんに渡したいものがあったの。ようやく渡せるね」

ニコニコと嬉しそうに笑うシーリンだったが、その時になって僕はラシッドの口から絞り出すような低い声がこぼれていることに気が付いた。

「デュークと……なんでデュークの奴と……」

「あのね、デュークおじちゃんとこで今度お祭りがあるんだって。セーレはデニスおじいちゃんとこ泊まるの、ぼくもね、おいでってデュークおじちゃんに言われてるんだ」

「えっとシーリン、ちょっと待ってね」

嬉しそうに語るシーリンを僕は思わず止めようとしたけれど。

「デューク、あのやろうっ！」

ちょっと遅かった。旅のことよりすでにラシッドの頭の中はデュークさんへの複雑な気持ちでいっぱいなのは明白だ。

「ちょっとラシッド、落ち着いて」

「あーっ、シーリンを誘うなら俺を通すのが筋ってもんだろうが！　あの野郎うちのシーリンに目をつけやがって。いや、シーリンは可愛いからしょうがないんだけどな。だが、こんな小さなシーリンをあいつ!!」

「ラシッド、ラシッドってば、まだシーリンは子供だよ？　デュークさんもそんな……」

「いいや、俺はアニマだから分かるんだ。あいつはシーリンを……！　ダメだこれ以上は口にしたくねぇ！　したくはねぇがコーレを手に入れた俺にはあいつの気持ちも分かるから余計に!!」

デュークさんとシーリンのことになるとラシッドはいつもこんな風に自問自答を始めてしまう。たとえ、二人がそうだとしてもデュークさんは良識のある大人だ。こんな小さなシーリンと何かあるはずがないのに。

そんなラシッドを横目にシーリンの中ではもう僕たちは旅行に行って、自分はデュークさんのお家でお留守番をすることが決まっているみたいで……。

「お泊まり楽しみだなー。セーレとデニスおじいちゃんと一緒に大きなお風呂で泳ぐんだ！　お祭りに行ったらいっぱいお菓子食べてもいいかな？」

「うっうん、それは良いんだけど。シーリン、本当に大丈夫？　寂しくなってもすぐには帰ってきてあげられないんだよ？」

「うん、大丈夫。だからおとーさんもおかーさんも約束、きちんとまもらなきゃね？」

その言葉が決め手となった。

しばらくして落ち着いたラシッドやイリス達一家、そしてマーフィー家の皆さんとも相談することにした。

イリス達は快くそれを受け入れてくれ、デニスさんも旅は若いうちにいっぱいするものだと反対されるどころか逆に背中を押されてしまい、デュークさんの事も心配するなととても良い笑顔で告げられた。

デニスさんの出来た人柄やその優しさは僕も強く感じているが、ラシッドから見ても『強い人』である彼は尊敬に値する人物のようだ。

そんな人に後押しをされてしまえば、ラシッドもそれ以上何も言うことはなかった。

ラシッド自身にも故郷へと帰れる喜びもあったに違いない。

そして、僕たちの旅は始まったのだ。


旅自体はなんの問題もなくとても順調だった。

水珠も十分すぎるほどに準備したので何の心配もない。

僕自身、船も、馬車も、ラシッドの背に乗っての陸路も経験したことがある。決して楽なことばかりではなく大変だったし、身の危険を感じたこともあった。だけど旅自体は楽しいし、見知らぬ土地を訪れる事には好奇心をそそられる。

そして、それ以上にまだ見ぬラシッドの故郷に対する期待が僕の中には育っていた。

大海を渡る船旅ではラシッドはずいぶん退屈そうだったけれど、普段見ているのとは違う海の姿やその命の息吹に僕は何度も息を呑んだ。

特に大海原に太陽が沈む瞬間の色の変化はいつも本当に美しく、それに見とれていれば隣にいるラシッドが僕の腰に腕と尻尾を回して、二人で空と海が闇の色に変わるまで黙って眺めていた。

船から下りた陸路も、旅慣れたラシッドがいれば何の問題もなかった。強い獣人であるラシッドがいるお陰で魔獣に襲われることもなく、夜は獣体となったラシッドの温かい毛皮に包まれて眠った。

海から離れることにより乾いた空気が僕の肌を刺激することはあるが、それでも潤沢に用意した水珠と、重い荷物を引き受けてくれるラシッドの存在は何よりも僕を安心させてくれる。

二人だけの旅だから何かもが自由で、時に景色の綺麗なところで休憩をし、森の中の小さな泉の傍らで触れあうだけの睦み合いもしてしまったほどだ。

それにラシッドが旅の最中にしてくれる話は聞いていてとても面白い。

陸路で立ち寄った山の中にある宿では、川の魚を初めて食べ、その味の違いに驚いた。同じ魚の形なのに、どことなく違う味わいに目を瞠った僕にラシッドが穏やかに笑う。そんなラシッドは山菜の一部が持つ特徴的な苦みが苦手らしく、油で揚げたというそれらの品はまとめて全部僕に押しつけてきた。そんなときに僕が見せた含み笑いにその精悍な顔を顰めながら、癖のある味わいが後を引くのが嫌なんだと言い訳をする姿すら可愛く見えて楽しい。

僕も初めて食べたけれど、塩に何かの香辛料が混ざったものを付けて食べると単体で食べるよりもあっさりとして食べやすい。残念ながら僕の村では油は潤沢でないから難しいかもしれないけど、小さな魚を丸ごと揚げてこの味付けをしたら美味しいかもしれないと好奇心をくすぐられた。

宿を出れば、緑濃い山の次は岩ばかりの足場の悪い地が続き、僕はしなやかに伸びるラシッドの獣体にしがみつき風のように走る豹の背に乗り運ばれた。

できるだけ無理はしないで休憩はとってほしいとお願いしたのに、これぐらい平気だとばかりにラシッドは駆け続ける。時折自慢げにこちらを見上げ、僕の嬉しそうな笑みに満足するラシッドに、僕は僅かな呆れと喜びを改めて感じながらもその身体にそっと寄り添った。

そんなラシッドがようやく足を止めたのは、国境を越えてレオニダスの街に下る大河の源泉だという湖のほとり。僕達はそこで陸路最後の野宿をした。

二つの月がとても明るく、澄んだ空気がどこか神々しく、僕は獣体のラシッドに包まれるようにして眠りにつく。

その日は水の精霊に護られているように静かな夜で、僕達は二人寄り添いながらとても優しく楽しい夢を見続けた。


「えーとこれって……船、だよね？」

あの日から数日、緑あふれる山を越え、岩と乾いた土からなる大地を一日駆けた僕達を待っていたのは、信じられないものだった。初めてそれを見た僕はしばらく呆然と立ち尽くしたほどだ。

それは大海原を駆けるマーフィー商会の帆船と同様の形状をした、確かに船と呼ばれるものに違いない。

商会の船よりは少し小さめで、どちらかというと横幅が広くてずんぐりとしていて、帆柱は三本で帆布の数が多いように見える。

これが海や川ならば、それに違和感などなかったに違いない。だけどと僕はそっと岸壁から下を見下ろした。

「砂……だよね」

船の喫水線より下にあるのは砂、大量の砂だ。海の濡れて沈んだ色の砂とは違う、乾いて明るい色の砂が港と呼ばれた場所からずっとその先までどこまでも続いていた。

乾いた土と岩の大地から次第に砂ばかりになった地を駆けてきた僕達だけど、目の前の景色全てが砂漠と呼ばれる砂の海となっている状況にはただ圧倒されるしかない。

風が吹くたびに乾いた砂の音が僕の耳に響き、その音が強くなれば肌にはチリチリとした慣れぬ痛みが走る。沖合に視線をやれば、まるで大きな波がうねっているようにすら見えて、これで砂が海の色をしていれば、まさに海と見まごうばかりだった。

「コーレ、乗るぞ」

乗船手続きをしてきたラシッドが荷物を抱えながら僕の手を握る。軽い足取りで上がるはしごの下もやはり砂。ただ日除けのフードから覗く肌は乾いた風を感じ、細かな砂が肌を刺激して水の気はまったく感じないどころか火の気すら感じた。

思わず頭から被った布を引き寄せれば、あの時と同じで強い日射しを遮り、熱気を遮断してくれる。

そうして辿り着いた甲板も確かに見た目は船でしかない。

「ラシッド、もう一度だけ聞くけどこれって船だよね……？　下は砂ばっかりだけど船なんだよね？　どうやって動くの？」

「風だ、海と同じで帆に風をはらんで動く」

それはそうなんだろうと想像していた。だけど、気になるのは。

「水じゃなくて砂の上を走ることができるの？」

「ああ、まぁ初めて見ると不思議に思うかもしれないがこのあたりではこれが普通だからな」

確かにそうかもしれない。だけど自分の中の船というものの印象があまりに水と結びついているせいでどうしても違和感が拭えない。

「まあ見てろ。そろそろ出航だ」

促されて船縁へと近づくと、そこに見えるのは海の港となんら変わらない出港風景だった。見送る人が手を振って、見送られる人がそれに応えている。

そんな中汽笛が鳴れば、船員達が声を上げて出港の合図を伝えた。帆が風を大きくはらみ、碇《いかり》が音を立てて上げられる。あれもこれも海と同じだ。

「最初のうちは港にいる風使いが風を起こして船を沖に出す」

「そこも海と同じなんだ……。海でも風向きによっては風を起こして沖に船を押し出すよね」

船を動かすだけの風の力を帆が受けて、砂の海へと乗り出していく。思ったより揺れがないのは、海とは違って波がないからか。

じわりと船が速度を上げていく。船首が砂をかき分け、脇に避《よ》けられた砂がうねった波紋を残していた。船尾へ視線を走らせれば、船が通り過ぎた名残の線が港までずっと続いている。

港側には建物の周りに少ないながら緑の大地が広がっているけれど、視界を先へと転ずれば今度は見渡す限り砂ばかり。

「僕にとっては不思議な光景だけどこれがラシッドにとっては普通なんだよね……。やっぱり世界って広いし面白いや」

本当にこの先に人が暮らす街があるんだろうかと思うぐらいに、船が進むほど周りが砂ばかりになってしまった。

「このあたりは特に、場所によってかなり景色が違うからな。北から更に東へ進めばそれこそ何もない死の砂漠が広がり、逆に北から西へと進めば雨が多く湿った森林が特異な植物や生き物を育てていて、人はその周りで村を作り生きている」

「ここはキャタルトンっていう国の中でも南側だったよね？」

「そう、北側も砂漠が広がっているが、こっちは人が砂漠を制している……はずだ。砂漠と共に暮らしているというかそれを糧に生きていると言えばいいんだろうか……」

ラシッドにも言葉にしきれない何かがあるらしい。首を傾げて考え込み、最終的に諦めたように手のひらを上にかざして苦笑した。

「まぁ、俺は北よりこっちのほうがいいと思うけどな。旅も楽だ」

北や中央よりは南側のほうが裕福で商売の往来も盛んなのだと教えてくれた。だからこそ、点在する村や町をつなぐこの砂船が大活躍なのだと。

そんな砂船の帆には、僕が見たことのない紋章が大きく染め抜かれている。

「あれは……」

「キャタルトン王家の紋章だ。俺から見てもろくでもない国だったが色々あってな、今はずいぶんと住みやすい国になったみたいだぜ。そうでもなけりゃお前を連れてこようとも思わなかったからな。この砂船も庶民が利用しやすいようにと新しい王族が頑張ったらしい」

そのお陰で交易が盛んとなり、消滅しかけたオアシスですら活気づいているという。

キャラバンの商隊長からの情報だと教えてくれたラシッドは、砂漠を船が進むほどに強くなる風をものともせずに大きな波のように見える砂の山を見つめている。僕はその横顔をそっと見上げた。

明るい日射しが彼の朱金色の髪を煌《きら》めかせ、日に焼けた肌が砂の色によく映えた。逞しい豹族のラシッドの煌めく金の瞳が強く砂漠を見据えている。

強い太陽の日射しを浴びるラシッドは、海の傍で見るのとは別人のようでラシッドに本当にふさわしいのはこういう場所なのではないかと僅かな戸惑いが僕の中に生まれてしまう。

そんな僕の頭をラシッドがまるでシーリンにするようにくしゃくしゃと掻き回す。

「ちょっとラシッド！」

「つまんないことを考えるんじゃないぞ。俺の居場所はお前の傍だ。それを忘れるな」

真剣な顔でそう告げられると僕に返す言葉はなかった。愛しい豹の姿に見入り、珍しい砂漠の海にも見とれているうちに僕は時間を忘れていたようだった。

気が付けば、身体が火照《ほて》っていて少し怠《だる》い。

太陽自体はマミナード村で見るものと同じはずなのに、砂漠の日射しはとても強い。乾いた空気が体内から水分を奪っていき、汗が肌を濡らす前に蒸発していた。風によって舞い上がる乾燥した砂が肌に触れ、熱の気を伝えてくる。

これは水珠の力を少し強めないといけないかもしれない。

「ラシッド……」

身体が示す僅かな不調を伝えようとラシッドに手を伸ばせば、彼は大きな手で僕を抱え込んだ。

頭上から舌打ちが強く聞こえ、強くなるラシッドの腕の力が焦りを伝えてきた。

「今は一番日射しが強い時間だった、少し長居をしすぎたな。すぐに船室へ行こう」

見上げれば僕を窺う金の瞳が労《いたわ》しげに細められていて、半ば抱えられながら船内へと運ばれていく。

厚くて重そうな鉄で補強がされた出入口をくぐるとすぐに背後で音を立てて扉が閉まった。明るかった外から中に入ったせいで視界が闇にとらわれる。肌に触れる空気がひやりとした涼感を誘い、熱を逃すように数度大きく息を吐けば僕は少し楽になってきた。

それに併せて水珠が放つ水の魔力も少し強めておく。

その内に視界が明るさを取り戻し、深い呼吸をすれば涼しい空気が胸の中に広がって、自分が体内にどれだけ熱をはらんでしまっていたのかが分かってくる。

船室に入ればすぐにラシッドが水の容器を出してくれて、僕は飢えた子どものように何度も水を飲み干した。

「悪かった。オアシスはまだいいんだが、砂海の辺りはこの辺りの人間でも長く日なたにいれば体調を崩す奴もいる。お前のことをもっと気遣ってやるべきだった」

「ううん、僕もつい見入っちゃってたから。それに見たかったんだ、砂の海っていうものを。うん、とっても綺麗だったよ」

言葉には出来ないけどラシッドも普段より何倍も素敵に見えた。

火の気が強い場所とラシッドはとても合う。精悍さとどこか粗野な雰囲気、まさに肉食獣らしいその風貌《ふうぼう》。髪の色や瞳の色もあいまって海とは違うまばゆい煌めきを持つ砂漠の熱量はまるでラシッドそのもののようだとも思った。

「加減は分かったからもう大丈夫だと思うよ。水珠の力も調節したし、せっかくここまで来たんだからラシッドの生まれ育った世界をもっと見ておきたいし」

太い指が僕の頰に触れ、額がこつんと僕のそれに当たる。

「くれぐれも無理はしないでくれよ。時間は十分あるんだ。コーレにはまだまだ見せたい物がたくさんある。太陽が砂漠の向こうへと沈む姿も、月に照らされる夜もな」

「うん、今から楽しみだよ」

海も朝や夜、時間によって僕たちに見せてくれる姿は変わる。この砂漠でもきっといろんな姿を見せてくれるだろう。

「水珠は足りそうか？」

「大丈夫、海で十分すぎるほどに作ったから。それに、さっきは驚いて少し力を強めちゃったけど船室内は涼しいからもっと力を抑えても大丈夫そうだし」

「そりゃ良かった。この国は気温は高いが、日射しが遮られているだけで過ごしやすさがずいぶんと違うからな。オアシスも水源と緑がある分、砂漠よりは快適なはずだ」

「楽しみだなぁ。でも、砂の上を進む船かぁ。これはイリスにも話してあげ……えっ」

僕が少し寝台に横になろうとした時、いきなり室内に鼓膜を刺激する大きな音が響いた。

「これは何？」

強い音に耳を塞ぐように手を当て、ラシッドへと問いかける。

「魔獣が出たか」

ラシッドの手が腰の剣の柄に添えられる。豹の耳がびくりと蠢き、細められた瞳が見えない何かを探ろうと輝きを強くする。

「こんなところにも魔獣が？」

「海や川にもいるだろう水棲《すいせい》魔獣ってやつが。あれと同じようなやつで砂魔獣って呼ばれているやつだ」

確かにどんなところにでも魔獣がいるとは言われているけれど。

「大丈夫かな？」

未だ鳴り止まない音に僕は少し心細くなりラシッドの腕をつかんだ。

「危険を示す警報ではないから安心していい。航路で魔獣を発見したら見つけた船が退治するように求められているからな、護衛の他に乗船している冒険者に協力を求めてるんだ。だが鳴り止まないということは、あまり人がいないのかもしれないな」

ラシッドが小さく舌打ちをし、「ちょっと俺も行ってくるか」と言葉もそこそこに扉から出ていこうとするので、僕は慌ててその腕をつかんだ。

「僕も行く」

「ここのほうが……いや、そうだな。一緒に行こう。だが、俺の指示には従うんだぞ？」

「うん」

戸惑い躊躇したのも一瞬で、僕が返事をするのと同時にラシッドは僕の腰を抱くとすぐに走り出した。

「足手まといにならないようにするから」

「お前を一人にするほうが心配だ。一人でいるより船員がいるところにいたほうがいい。それに、そんなに心配するような相手じゃない。こんな航路上に紛れ込んでくるやつはな」

「ラシッドも退治したことがあるの？」

「ああ、航路上の魔獣退治はこづかい稼ぎになるし、特典もあるんだ。まさにおいしい仕事ってやつだからな」

そう言ってラシッドが僕を連れてきたのは食堂のような場所だった。そこには僕達以外にも乗船客が集まっている。

「この船、さっきより速度が落ちて……停まってる？」

「ああ、魔獣退治を優先するつもりなんだよ。ほら、あれだ」

ラシッドが窓越しに指さした先で、巨大な芋虫のような魔獣が数頭、船と併走していた。

魚の中にはヒレを翼のようにして水面を跳ねながら滑空するものがいるけれど、それと同じように砂の中に潜ったと思ったら勢いよく飛び出して進んでいる。

「アーマーディー、一匹一匹はたいしたことないが群れるし、なおかつ放置しとくと船壁をかじるんで討伐対象になっている。砂に潜るんでやっかいだが習性や弱点がわかっているから退治は簡単だ。コーレはここにいてくれ。すぐに片付けてくる」

それはとても軽く、まるで近場に遊びにでも行ってくるような声色だった。それこそ、イリシードさんやディランさんに試合をしてもらうときのほうがよっぽど気合いが入っていると思うほどに。

ふらりと揺れる尾、ピンと立ち上がった耳、その瞳は獲物を見つけた歓喜に輝き、口元は楽しげに緩んでいた。

「ラシッドっ」

離れた彼に手を伸ばそうとするが、そんな僕にラシッドふてぶてしく笑みを見せた。

「たまにはお前にも俺のアニマらしいところを見せておかないとな。俺がお前の伴侶にふさわしいってところを」

そうまで言われては僕も見送るしかない。

ラシッドは強いのだ。そうでなければ商隊の護衛なんて務まらない。百戦錬磨のイリシードさんに期待されるほどの技量を持っている。だけど僕は、彼が試合以外で戦う姿を見たことがなかった。

僕は窓の一つに縋り付いて、じっと砂と空しか見えない世界の中で魔獣やラシッドを探す。

「あっ、みんな出たぞ！」

誰かの叫び声につられて振り返り、その人が指さす方向へと視線を向けた。

「あっいた」

思わず声が出た。そこにいたのは朱金色に輝く髪を煌めかせたラシッドの姿。

黒々とした豹紋を浮かばせた長い尾を揺らし、しなやかに跳躍したと思ったら高い位置から落ちるように突っ込んだ。その目標は長さがラシッドの数倍はある魔獣の身体。

煌めく刃が、その身体に根元まで沈み込めば、胴回りもラシッドより大きな魔獣がくねり暴れて砂に潜ろうする。だがラシッドは砂地に飛び降りると同時に刃の先にひっかけるようにして、魔獣を宙へと跳ね上げた。そして見ればほかにも獣人がいてラシッドが飛ばして、落ちてくる魔獣を貫いたり、切りつけたりしている。

「あの、あれは何を?」

近くにいた船員に問いかければ明瞭な答えが返ってきた。こういう事態に慣れているようで、焦りも何も感じない。

「アーマーディーは砂に潜るとどこから出てくるか分かりませんから、地上で退治することが推奨されています。ですが、あのように空中へと的確にアーマーディーの身体を跳ね上げるとは……」

その内に、動きの止まったアーマーディーの身体が砂の上に転がり始めた。その身体はもう砂の中に潜ることもない。

「すごい、本当にあっという間……」

僕が思わず呟けば、先ほどの船員が満足げに頷いた。

「やはりラシッド様はお強いですね。当船の護衛達もきっと感謝しているでしょう」

「え、ラシッドのことをご存じなんですか?」

僕が驚いて尋ねると、彼は笑みを見せながら頷いた。

「ああ、あなた様はラシッド様のお連れの方でしたね。ラシッド様と僕は同郷なのです。と言っても僕が幼い頃には町を出ていかれたので、交流があった訳ではないのですが。しかし、町の剣技大会では必ず上位にくい込み、熟練者を打ち倒し優勝されたこともあって、皆の憧れでした」

僕の知らないラシッドの勇姿がこんなところで聞けて、僕は驚きに目を瞬かせた。

「そんな頃から強かったんですね……」

「ええ。あっもう終わったようですね。ラシッド様をまずは浴室へご案内しますが、ここで待たれますか?それともお迎えに」

「浴室……？　あっ、いえ行きます」

人懐っこい船員は僕の言葉に笑みを見せ、それではどうぞと案内してくれる。

「ラシッドっ」

僕達が浴室の手前に辿り着くと同時ぐらいにラシッドも戻ってきた。

「コーレ」

「大丈夫？　怪我は——っ……この臭い……」

駆け寄った僕を迎えたのは、なんともいえない生臭さと青臭さが一緒になったような臭い。彼に縋ろうとした手は鼻を押さえるために使われ、足も動かなくなった。

「ああ、やはり臭うだろ。あの戦い方するとどうしてもアーマーディーの体液が身体や装備につくからな」

「あっ、だから浴室へ」

「そうだ、洗わないとこいつは取れないからな」

「ラシッド様、ご助力に感謝いたします。また後ほどご挨拶に伺うかと思いますがまずはこちらの浴室をお使いください」

苦笑を浮かべるラシッドに対し、船員が慣れたふうに案内をしてくれる。

「服はそちらに脱いでおいていただければ洗濯してお返しします。とりあえずですが代わりの服をご用意しておりますので」

「ああ、すまないな」

船員の言葉に頷くラシッドが、僕を手招きする。

「そうだな、お前も入るか？」

「えっでも」

「ああ、コーレ様もどうぞご一緒に。魔獣退治にご助力いただいたお礼ですので」

戸惑う僕に声をかけ、彼は頭を下げて出ていった。そんな彼を見送り、ラシッドを振り仰ぐ。

「これがお礼？」

「ああ、砂漠で水は貴重だからな。船室には水回りはないし、風呂もない。せいぜいが濡らした布で身体を拭くぐらいだが、魔獣退治をすると風呂が使える」

そう言って招いてくれた場所に入った途端、僕は魔獣が残した臭いも忘れた。狭い部屋ではあるが、感じるのは洗練された水の気。思わず大きく息を吸い込んで、その水の気を体内に取り込んでしまう。

「水風呂だがな。身体を洗う水も含めての量だから使いすぎたらなくなっちまうが」

それでも十分な量の水を蓄えた浴槽がそこにあった。

「沸かすこともできるが、コーレは水のままがいいだろう。ほら、入れよ」

「えっ、ラシッドが先に」

「俺は先に身体と装備を洗うからな」

そう言ってさっさと服を脱ぐと、水を張ったたらいに服や装備を浸す。それだけで一気に不快な臭いは消えていき、さらに数度水を被ればもう完全に消えた。

「アーマーディーの体液は水に融けると臭いがなくなる。ついでに体液が融けた水にこの薬を入れれば……」

そういって棚に置いてあった瓶の中身をたらいに入れてかき混ぜると、白い泡が大量発生した。

「泡がいっぱい」

「汚れ落としになるのさ。匂いも良いんだぜ」

「ふわあっ」

思わず声が出たのは、さっきの生臭い臭いはどこに行ったのかと思うほどに、良い香りがしたからだ。

「今ごろ、港に連絡がいって魔獣の死体の回収隊が向かっているはずだ。魔獣の脂肪で作った汚れ落としはレオニダスでは高級品らしいからな」

大切な輸出品だと言いながら、ラシッドは僕を抱え上げて水風呂の中にざぶりと浸かった。荒い入り方に水面が波立ち、僕の身体が不安定に揺れる。慌てて背中側のラシッドに身体を捻《ひね》りながら縋り付き、頭上の金色の瞳を睨み付けた。

「ちょっと、まだ服を脱いでないのにっ」

「着替えはあるさ。ほら、貴重な水、しっかりと浸かっとけって」

「もう……でも、気持ちいい」

外に比べて船内が涼しいとはいえやはり火の気が多

い空気には違いなく、こうして水の中に浸かるとほっとする。

背にラシッドの逞しい身体を感じながら僕は身体の力を抜いた。

頭に感じるのはラシッドの熱い吐息だ。前に回された腕の力が強くなり、彼の鼓動が僕の心臓と同じ調子を刻む。

旅の中で密接な触れ合いは少ない。

こうして密着していると水風呂の中にいるというのに身体がどんどん熱くなる。

「コーレ……少しだけ」

「うん……ラシッド」

振り返り顔を上げれば、彼の肉厚な唇が下りてくる。水に濡れた唇はすぐに熱い舌先でこじ開けられて、彼の侵入を許した。

腰に当たる熱い塊を意識して、お腹の奥がじわりと疼く。

「コーレ、俺の『番』」

その言葉と共に潮の香りが強くなった。海の物と似て非なるその香りは、僕とラシッドが『番』である証《あかし》。

目を閉じれば、海の中でラシッドと戯れている気分になる。

「ラシッド来て」

僕はためらうことなく彼を求めた。


船の旅は快適で、目的地で降りたときには少しだけ残念な気持ちすら湧き起こった。

だが、それでも見知らぬ土地……いや、ラシッドの故郷に辿り着いたという好奇心に、そんなことはすぐに忘れてしまう。

「……海とはまったく違うと思っていたけど、こうして地面に足を着けると揺れてないって思うところは海と同じだね」

硬い大地に足を着けて、僕は石を積み上げて作った砂避けの壁を見上げた。

港はこの壁の向こう側にあって、階段を下りればもう壁の中だ。

「高い壁、砂漠が全く見えないや」

「この辺りから町に向かって吹く風は年中強くて、壁がないとすぐに砂に埋もれるんだ」

確かに高い壁がなかったら、壁の内側はあっという間に砂だらけになってしまうだろう。

「砂漠が見たいなら、もう少し北に行けば壁がないから見れるぜ。南北はそれほど風が吹かないから壁がない」

「じゃあ、西側には壁が？」

「いや、そっちも壁はねえな、あるのは街の東だけだ。西には近くにでっかい岩山があってそれが風を遮ってくれる」

「その先も砂漠？」

「らしいが俺はまだ行ったことはない、未開の地だって話で町もないしな。当然船もそっちには行かない。

ああおい、これを被っとけよ」

ふわりと白い布が宙を舞う。頭から足元まである白い布は、日射しと砂避けのためのこの地方独特の織物だ。昔ラシッドと知り合ったときにもらった布と同じ類《たぐい》のもの。

あの時が初めだったと懐かしく思いながら、顔まで覆うほどに深く被った布の下から空を見上げれば、あれだけ強く照らしていた太陽を目視することができる。

「ありがとうラシッド」

本当は町に入ってから買おうと思っていたこの布を、何枚あってもいいからと船の中で購入してくれたのはラシッドだ。昔もらった布はシーリンにあげてしまったから、この町で買おうという約束はしていた。

だけど店に行くまでも必要だと、割高な船内だというのにラシッドが買ってくれた。しかも一番値が張るやつを。

「いいやつほど遮光効果ってやつが高いし涼しいっていうしな。だいぶマシだろう？」

「うん、気持ちいい。なんだか出会った時のこと思い出しちゃうね」

「そういやそうだったな」

　きっとあの瞬間、僕はラシッドに恋をしたんだと今ならそう思える。

　ラシッドも同様の布を被っているが、そちらはラシッドがずっと持っていたものだ。端もほつれているし、足元近くには穴も開いている。だからこそ僕だけ新品なのが申し訳なかった。

「お店ではラシッドの布も買うからね」

「ああ、シーリンのもな。お土産は大事だってディランの奴もよく言ってるからな」

　肩を竦《すく》めて苦笑交じりで言うけれど、その瞳に浮かぶ色はとても優しい。きっと本心ではシーリンにも自分の故郷を見せたかったはず、それを諦めたのはシーリンの事を思っているからこそ。でもこの砂漠の暑さではやはり置いてきて良かったと僕でも思う。

「そうだね、お土産と土産話、どっちもいっぱい持って帰ってあげないと」

「ああ、待ってる人間がいる旅ってのはいいもんだな。おっとこっちの道から行けば中心街だ。あそこに湖が見えるだろ、あれはこのオアシスの水源でラミドラ湖。湖畔の南側が商業街で、北側には畑や果樹園が広がっている」

　そういってラシッドが指さした先、ううん、その前から僕は気が付いていた。豊かな水の気の存在が僕を誘っていたからだ。実際建物の間にキラキラと輝く水面が見えている。

「行くか？」

「うん、ぜひ」

　そういって連れてきてもらった湖畔で、僕はその心地よい風に吹かれながら静かな湖を見つめた。湖面は穏やかで、魚か何かの生き物の気配がしているところが微かに波打っている程度。澄んだ水の底はやはり砂だけど、見える緑色はこの湖がちゃんと生きていることを伝えてきた。

「気持ちいい」

湖面に触れると清らかな水の気が手のひらに伝わってくる。周りがこれだけ強い火の気だというのに、それに負けないほど強い水の気がここにある。たくさんの水の精霊がこの場所を愛しているのだと、僕にはわかった。

湖畔には木が何本も生えている。高い位置にだけ葉がある木はその葉の根元に大きくて丸い実をたくさん付けているし、低い木は赤色の熟した実をたくさん付けていた。どちらも見たことがない木で小さな虫が戯れている。

周りはどこまでも一面の砂だというのに、オアシスだというこの空間はまるで別の世界のよう。

僕達は水に触れ、赤い実を食べ、静かな湖畔をゆっくりと散歩した。

身体を覆う布と懐に入れた水珠のお陰もあって、強い日射しも僕の身体に影響はないし、何よりここにラシッドがいて、僕の傍にいてくれることがとても幸せだ。

だからラシッドがふと空を見上げるまで、そんなに時間が経ったとは思わなかった。

「だいぶ日が傾いたな」

その言葉に誘われるように僕も空の彼方へと視線を移せば、太陽がずいぶんと低く、空の色が薄青から赤味を帯びた色へと変わっていくところだった。

「うわぁ……」

太陽が沈むところなんて過去に何度も見たことがある。海で見る朱色に染まった太陽が揺らめきながら波間へと沈んでいくその色の変化が僕は大好きだけど、それと同じようで違う美しさがこの砂漠にはあった。

世界が揺れているように太陽の周りが揺らいでいる。大気も砂も、太陽自身でさえも。明るい黄色に暗色が交じり、赤味が増え、炎の色になっていく。澄んだ薄青色の空が次第に濃く暗い色に染まり始めていた。

砂漠に触れた太陽がまるで融けるようにその姿を徐々に小さくして消え失せても、名残の明かりと熱が辺りを揺らしていた。

「すごい……なんて言えばいいんだろう。この光景は確かにここじゃないと見れないね。まるで、太陽が融けていったみたい」

「それ、俺がマミナード村で海に沈む太陽を見たときと同じ感想だな」

僕の言葉を受けてラシッドが思い出したとばかりに喉の奥で笑った。

「そしてコーレ、お前が言ったんだ」

「うん、覚えてるよ。……これからずっと一緒に見られるんだね、ってすごく嬉しかったことを」

覚えているとその時の言葉を続ければ、ラシッドが満面の笑みで頷く。

海面に沈む太陽を見てラシッドも、海の中に融けていったみたいだな、と確かにそういった。

「お前が俺に見せてくれたように、俺もお前に見せたかった。だから今俺は本当に幸せなんだ」

ラシッドの手が僕の頭に触れる。僕もラシッドの逞しい背に手を伸ばした。紺色の髪が彼の指に絡まり、引き寄せられる。

朱金の瞳が残り火の強い赤色に染まり、朱金色の髪は燃える太陽の光が燃え移ったみたいに見える。

「ラシッド……」

「コーレ……愛している、お前とこうしてここにいることが夢のようだ」

感極まったようなラシッドの言葉に、僕も頷く。そうして見上げたときにはもう彼の顔がすぐ近くにあって、僕はそっと目を閉じた。


「そろそろ夜の街も動き出す、行くか？」

昼間の肌を刺すような熱気は急速になりを潜め、肌に触れる風は少し冷たい。これが砂漠の寒暖の差だと船上でラシッドに教えてもらったけれど、改めてそのことを強く感じた。吐息が僅かに白くすら見える激しい気温差に胸元を深く合わせながら僕はラシッドに謝った。

「長居しちゃったね、ごめん」

「構わんさ、この湖畔の景色はこの街の名物だ。お前が気に入ってくれたのなら何よりだ」

言葉通り、本当に嬉しそうに言われて僕の笑みも深くなる。

二人して街へと向かえば、すぐに高い煉瓦《れんが》造りの建物越しに明るい光が見えた。太陽の明かりではない明るさは光の精霊術がもたらす灯《あか》りだ。

湖畔の固められた砂ではない硬い石畳の道を進めば、街の賑わいが強く感じられるようになる。

辺境の田舎だとラシッドは言っていたけど行き交う人は多く、活気のある声がそこかしこから聞こえてくる。

昼は頭から足元まで日射しや砂避けになる布を被っている人が多くてどんな獣人なのか分からなかったが、日射しがなくなったせいか今はほとんどの人が頭を出し、そこからは獣人の耳が覗いていた。

多様な種族が暮らすフィシュリードの都に比べると長身で細身だけど鍛えられている体軀の人が多く、彼らの腰にあるのは反りの強い長刀が目を引く。

「大きい人が多いね」

「旅暮らしの商人やその護衛が多いからな。あとはその商人に物を売りに来た連中とかな。砂漠《ここ》は恵みも多いが過酷な地だ。自らの力はあるにこしたことはない」

「そういう世界でラシッドは生きてきたんだね?」

「まあ、それが当たり前だったからな。お前達が当たり前のように海で生きているのと同じだぜ」

そうなんだと感心しながら頷き返し、中心部に近づくにつれて賑やかさが増す通りを抜けていく。

「あっちの広場がキャラバンが露店を出すところだな。キャラバンがまるごと乗り付けてそのまま店にしてる」

いっそう賑やかな区画を示して教えてくれていたラシッドの言葉が不意に止まった。

「……ん?」

たくさんの幌付き荷車が並んでいる中の一群にラシッドの目が向けられ、すぐに早足で歩き出した。

「どうしたの、ラシッド？」

「いたぞ、おやっさん達だ」

「え？」

　広い場所の一角にある荷車の幌には全て同じ紋様が描かれていて、それが同じ商隊なのだと一目で分かった。その一角で采配をしているらしい髭が濃く、恰幅の良い人にラシッドが駆け寄っていく。そんなラシッドに向こうも気が付いたようで振り返った途端、彼の目が大きく見開かれたのとラシッドが声をかけたのは同時だった。

「全く変わらないな、おやっさん」

「……お、おお、ラシッド、ラシッドかっ」

　一拍遅れてラシッドがおやっさんと呼ぶその人も喜色を浮かべて声を上げた。

「おめぇ、キャラバンから突然抜けたと思ったら音信不通にまでなりやがって、イリシードさんに居場所を聞くまでどうしたもんかとやきもきしたじゃねえか」

「悪かったよ。こっちにもちょっとばかり事情があってね。おやっさんは知・っ・て・る・んだろ？」

　その言葉に慌てて僕もラシッドの隣で頭を下げて挨拶をした。

「あの……その節はご迷惑をおかけしたばかりかお礼もそこそこに離れることになってしまって。ラシッドのことは僕に責任がありまして、本当にすみませんでした」

「ん、ああ、あんたあの時の。いやいや、どうせこのラシッドが先走ったんだろ？　マーフィー商会の会長さんとイリシードさんから話は聞いてる。な、まあ良かったじゃねえか、どうせこの甲斐性無しのラシッドがふらふらしてたのも原因の一つなんだろうしよ」

「うるせえよ」

　彼の言い分にラシッドが不満そうに唇を歪めたけれど、それに僕はうまいこと言葉を返すことが出来ずに、互いに苦笑いをして受け入れるしかない。

「まあ立ち話もなんだ、あっちに俺らが野営をしている場所があるから、飲みながら話でもしようぜ」

「おい、忙しいんじゃないのか。ここにいるってことは商売しに来たんだろう？」

「今や俺も楽隠居の身よ、まだまだ任せっきりにはできねえからさっきみたいについつい口を出しちまうがキャラバン自体は息子らが仕切っているんだぜ」

そう言われては断るのも悪く、僕達は目線で頷きあうと指で招かれるまま彼についていけば、さっき来た道を戻るようなことになる。目的地はどうやらさっき僕達がいたラミドラ湖の湖岸近くのようだ。

幌付き荷車がそのまま簡易の宿泊施設になっていて、少し離れてほかにも似たようなキャラバンがいる。

そんな中、焚き火を囲んでいたキャラバンの人達がラシッドを見つけて、歓声を上げた。あっという間に取り囲まれた僕達は、遠慮などする暇もなく、席を設けられて今はもう宴会のさなかだ。

僕も目の前に所狭しと並べられたこの地名産の香辛料をふんだんに使ったという辛みの強い料理に舌つづみを打ちながら、皆の話を聞いている。

最初はいきなりキャラバンから離れたことに皆から軽い調子で小突かれ軽口を叩かれていたが、それでもずっと捜していた思い人と再会して一緒に暮らすようになったという件《くだり》を改めてラシッドの口から説明したときには、良かったなと乾杯までしてくれた。

そして相手が僕だということを知るとなおのこと皆は祝福してくれた。ヒト族が相手であれば突然消えたのも納得がいくとその場のアニマもアニムスも僕やラシッドに出会いやそれからのことを興味深そうに聞いてくる。どうしても嘘をつく必要があるので心苦しかったけれど、それを聞かれることは決して嫌なことではなくみんなが笑顔で祝福してくれるのを素直に受けることにした。

「手紙をもらったときには何事かと思ったんだが、今はここを拠点に商売してるんだろ？」

「おうっ、お前が教えてくれたここの特産物は素晴らしいぞ。うまく売ればいい商売になりそうだと思ってな、そしたらこれがもう大当たりよ。特にレオニダスは今や食の最先端だろう、ここのいろんな食材が売れるわけよ。あの織物も素晴らしいぞ。キャタルトンの都やフィシュリードではあっちの方がよく売れるな」

「そりゃ良かった。まぁ、おやっさんの商才ならどこでもうまくやっていけるんだろうけどな。俺の故郷の物が役に立ったなら少しは恩返しが出来たかね。そういや、俺も今や商売人の端くれなんだぜ？　こいつと、コーレや子どもと住んでいる村で作った海産物を売ってるんだからな」

「おう、マーフィー商会の会長さんに聞いたぜ。あの剣を振るうしか能がねえ暴れん坊のお前が、商売をしてるって聞いたときには天変地異でも起きるかと思ったもんだ。だが、フィシュリードの海産物か……俺の直感がもうけ話の匂いを嗅ぎつけてるんだよな。今度ちーっとばかし、マーフィー商会に一口かませてもらえるように聞いてみるか」

「おい……暴れん坊ってどういうことだよ……。まぁ、村の警備も担当しているからそれも関係ない訳じゃないが。まあイリシードさんには負けるけど。うちの村の特産物をおやっさんが扱ってくれるならそれは心強いな」

「だろう？　よしそれならすぐにマーフィー商会の会長さんに連絡をつけておくか……。んで、イリシードさんもそっちにいるんだってな。あの人も元気か？」

「俺と同じでイリシードさんも本当に幸せそうだぜ。だけどな、いつまで経っても勝てない。いいところまではいけるんだがあと一歩で展開をひっくり返される」

「当たり前だ、あの人とお前じゃ経験値に圧倒的な差があるからな。だけどな、それはお前にとっては良いことなんじゃねえのか？　同じ村で暮らしてるなら鍛えてもらい放題じゃないか。イリシードさんはお前のことを経験さえ積めば自分などあっという間に追い越されてしまうと自分から言ってたぐらいだからな、しっかり鍛えてもらえよ」

「イリシードさんが俺のことを？」

僅かな驚きと苦笑を浮かべるラシッドだが、隊長さんからの思わぬ言葉に内心は嬉しくてたまらないはずだ。

広い夜空には二つの月がのぼり、僕達を静かに照らしている。湖面には大小二つの月が鏡のように映り、まるで四つの月が存在しているかのような錯覚を覚えるほどだ。

その月を見ていると賑やかな中にどこか静謐《せいひつ》な空気を感じる。

そんなことを思って僕が湖面の月に見入っているときだった。

「おお、ミスリア、久しぶりだな！」

キャラバンの人が上げた声に僕もラシッドもそちらを振り返る。

そこにいたのはこちらに向けて微笑を浮かべる翼人種の美しい翼を背にたずさえたミスリアさんだった。僕が初めて会ったときと整った顔立ちも体つきも、美しい紋様の翼も変わらないけれど、あの時とは違いどこか落ち着いた雰囲気が感じられた。


「ミスリアか」

「ご無沙汰しています。ラシッド、そしてコーレさん」

ミスリアさんが僕達の前まで来て頭を下げる。気を利かせてくれた隊長さんが僕たちの周りから人払いをしてくれた。

「ああしてお手紙を出させていただいたものの、まさか本当に来てくださるとは思ってもいなかったので、知り合いからお二人がここにいらっしゃると聞いて慌てて参りました。コーレさん、あの時は本当に申し訳ないことをいたしました。私のせいであの子は……」

「もうそれはあのとき終ったことだろう。俺もお前には悪いことをした、コーレもお前を憎んでいないし、謝罪をしてほしいわけでもない。そうじゃなけりゃお前のいるこの町に来たりしないさ」

「そうですよ、ミスリアさん。あのときのことは互いにもう忘れましょう？　あのことで不幸になった人はいないんですから……、あっいえ僕があなたをラシッドから……」

「それも違いますよコーレさん。あのときの私はただただ私を守り、庇護してくれる都合のよい存在が欲しかった。ただそれだけだったんです。そしてその相手として申し分ない存在がラシッドだった。あれが恋ではなかったのだと今ではわかるんです」

そう口にするミスリアさんの顔が少し朱に染まっているのは焚き火に照らされているせいだろうか。

「なんかそれだと俺に魅力がないように聞こえるんだが、まあそういうことなら謝ったり謝られたりはもう終わりだ。ミスリア、それでいいな?」

「はい、そうですね。ごめんなさいではなく今の私の境遇を考えればありがとうというべきかもしれませんん」

「シーリンも本当はあなたに会いたがっていたんです。さすがにまだ長旅に連れ出すことはできなくて……。あっそうだ」

僕は慌てて荷物を漁《あさ》って小さな包みを取り出した。旅の間、布にくるんで大切に持ってきた一つ。

「これ、シーリンがあなたにって」

「え……あの子が?」

驚きに目を瞠ったミスリアさんの手にそっとその包みを置いた。それを両手で受け取ったまま動かない彼を促す。

「どうぞ、開けてみてください」

僕の言葉に、こくんと頷いたミスリアさんが、そっと包みを開いていった。

そこから現れたのは、薄桃色の珊瑚《さんご》の枝がつらなった腕輪だ。僕はシーリンが一生懸命それを作っていたことを知っている。穴開けは手伝ったが、それ以外は全部シーリンが一人で作った物だ。さすがに珠にはできる大きいものは見つからなくて枝状のままだけれども、それでも角が出ないように丁寧に磨いて子どもが作ったとは思えない見事な装飾品になっている。

「僕達の村では災難避けの意味で薄桃色のこの珊瑚で腕輪を作る風習があるんです。これはシーリンが自分で珊瑚を集めて作ったものなんですよ」

海底で生きている珊瑚の群れから少しずつもらうということを繰り返して時間をかけて集めていく。桃色珊瑚は比較的早く成長するが、それでも大きく成長するのにはある程度の時間がかかるから綺麗な珠はなかなか作れない。

「あの子が私に、こんな……そんな大変な思いをして集めたのなら大切なものじゃ」

「シーリンがあなたのために作ったものですからそういうことなんです。あと、シーリンから伝言も預かっています。きちんとバイバイ出来なくてごめんねと、あのときシーリンのために泣いてくれたあなたの事をずっと思っていたみたいなんですよ」

ミスリアさんは呆然と手のひらの腕輪を見つめていたけれど、不意にとても優しく笑みを浮かべた。

「……ありがとうございます、大切にしますと、私の宝物にしますとあの子に伝えてもらえますか」

優しく腕輪を手の中に包み込み、祈るように額に寄せた。その口が音もなく、ありがとう、と動くのが見え、瞳から一粒の雫がこぼれ落ちた。

涙が流れる頬を拭い、ミスリアさんが自身の左手首に腕輪を取り付ける。あつらえたようにぴったりとはまったそれに指を這わすミスリアさんの頬に新たな雫が流れ落ちた。

落ち着いたミスリアさんがすっかり酒が入ってできあがった周りから求められて舞いを披露することになった。その準備がされている最中、ふとラシッドがどことなく不機嫌な様子に気が付いた。怒っているというよりは拗ねているのだと気付く程度には、僕もラシッドを理解できている。

「ラシッド、どうしたの？」

だから彼の傍らに座り、窺うようにその瞳を見上げたのだが。

「俺もシーリンからもらってねえのに、なんでミスリアに」

「……」

聞いた瞬間、聞かなきゃ良かったと一瞬思ったけど、僕はなんとか笑みを浮かべてラシッドの手を取った。

「シーリンはまだ子どもだし、純粋にお礼ってことなんだと思うよ。そんなことを言えば本当はラシッドの分は僕が作って渡すべきだったたんだよね。ごめん、戻ったら絶対に作って渡すから」

いつもラシッドが傍にいるからそれだけでとても幸せだったし、何よりラシッドには桃色珊瑚は可愛らしすぎてあまり似合わないような気がしたから意識から抜けていたのかもしれない。

というのは建前で、実はこの手の加工が僕は苦手だった。シーリンのように枝の形のままだといいが、それにはラシッドには可愛すぎて似合わない。そうなると珠のほうがいいのだが僕がやるとどうしても歪《いびつ》になるのだ。

けれど、欲しいというラシッドのためなら僕も帰ったらもっと頑張ろうと内心で強く決意する。

「コーレがくれるのか？」

「うん、ラシッドのものは僕が作りたい」

そんな言葉にラシッドの機嫌がすぐに上昇してくれる。

「でも、やっぱりシーリンが作ったのもほしいな……。二つつけてもいいんだろ？」

「それは構わないと思うけど……」

とりあえず戻ったら絶対シーリンに口止めをする必要がある。特にずいぶん前にデュークさんに渡しているなんてことは絶対に。

そんなことを考えていた僕は、僕の名前が呼ばれていることに気付かなかった。

「コーレ、ミスリアが呼んでいるぞ」

ラシッドに促された僕が慌てて振り返ると、鮮やかな衣装に身を包んだミスリアさんが僕の手を引っ張る。

「コーレさんはとても歌がお上手だとラシッドから聞いています。よろしければ、ぜひ歌ってもらえませんか？　自由に歌ってもらってかまいません。ここの伴奏者はとても腕が良いのでコーレさんが歌いやすいようにどのようにでも奏でてくれるはずです。私もその歌と曲に合わせて踊りますから」

「え、でも」

戸惑う僕の耳に楽団が奏でる音色が届く。それは僕もよく知っているもので、この曲なのかと目線で窺えばミスリアさんが頷いた。

「コーレ、俺も聞きたい。本当は独り占めしておきたいが、ここにいる奴らは俺の仲間だ。俺の大切なコーレの歌を聴かせてやりたい」

戸惑ったが、ラシッドにまでそう言われてしまえば断る理由もなく、僕はじゃあと舞台袖まで移動する。村では人前でも歌うことはあるけれど、そうでない場所でこんな大勢の知らない人の前では初めてのことですごく緊張する。

緊張で身体が強張るのがわかるけれどそれも楽団が本格的に旋律を奏で始めて、ミスリアさんが舞台上から僕に視線を送るまでだった。


音が音色が耳を通して身体の中に染みこんでくる。明るく弾む音と共に薄い衣が宙に舞う。ミスリアさんが踊り出し、衣装や髪に編み込まれた飾りが灯火の煌めきを放った。まるでそれ自体が旋律のように。そこに被さるのは僕の歌声。

身体の奥から放つ声は僕の力を帯びて高らかに響き、湖面にたなびいていた水の気が風に吹かれたように舞い上がった。波打つ海の飛沫《しぶき》のように舞い上がった水の気は、目に見えぬほど細かいままに乾いた大気と馴染み、夜の砂漠を通る優しい風に乗って周りの人にまで届いた。

そんな水の気の動きに慌てて力を抜いたけれど、そのことに気付いたのはラシッドだけだったようだ。内心で安堵しながら僕は音楽に合わせてこの世界では誰もが知る、幸せで希望に満ちた恋の歌を歌った。

次第に人の視線が集まってくる。知り合ったキャラバンの人たちだけでなく、近くにいた別のキャラバンの人たちも近づいてくる。

そんな彼らが聴くのは僕の歌だけど、視線はミスリアさんに釘付けだ。

腕が伸びて指先が軽やかに踊り、視線を引きつけられると同時に翼が広がった軽やかな跳躍。跳ね上げられた足先が美しく弧を描き、しなやかな身体が宙を舞って着地する。

鮮やかな翼の色と動き、衣装の煌めく飾りはそれでなくても人の目を引きつけるものだし、ミスリアさんの踊りには艶《なま》めかしさと躍動感があって、傍らにいる僕ですら視線が外せなかった。

その一挙手一投足につられるように、僕も精一杯歌う。

そんなミスリアさんの手首には、他の飾りより地味で素朴なシーリンの腕輪が月の光を受けて輝いていて、それを見ている僕の胸の奥が熱くなった。

ほんの少し前まで、僕達は大人になるまで村から一歩も出ることなく、一緒に遊ぶ友達は数少なくて遊び相手は海の生き物ばかりだった。大人になってもこんな風に見ず知らずの人の前で歌うことなんて考えられもしなかった。

あの腕輪だって大きくなるまでに何個も作るけれど売り物は別として家族以外に渡す人はいなくて、できたそれらは小箱に詰められそのままだ。

でもシーリンにはあんなふうに渡せる相手がいる。

同じ人魚ではなくても大切にしたいと思う相手がいる。

それが嬉しくて、シーリンの思いを届けられたことが喜ばしくて、僕は両手を胸の前で組み、祈りを込めるように歌い続けた。

いつか僕達のことを受け入れてくれる人が増えて、つながりがもっと持てるように。

シーリンが、新しく生まれる子らが人魚族で良かったと、生まれてきたことを幸せに思えるように。

希望の歌に思いを寄せて、僕は心を込めて歌い続けた。

旋律が消え、歌が終わり、ミスリアさんが静かに動きを止める。

その途端、大きな歓声が辺りに響き、無数の拍手が湖畔に轟《とどろ》いた。

舞い上がった水の気が震えるほどの勢いに、僕は夢から覚めたような気分で瞬きをし、辺りを見渡せば、周りの人がずいぶんと増えている。

しかも大半の視線はミスリアさんに向けられているようだが、一部はなぜか僕にも向いている。

人々の熱気に驚き、どうしたものかとおろおろしていると僕の元へとラシッドがやってきて僕をその背に隠す。

「歌は聴かせてやりたいと言ったがそんなに見ても良いとはいってないぞ。俺のコーレが減る」

「ちょっと、ラシッド……」

そんなラシッドの言葉にあたりには笑い声が響き渡った。

そして、観客に優雅に一礼したミスリアさんが僕の方へとやってきてその柔らかな手で僕の手を包み込む。

「ありがとうございます。コーレさんの歌、本当に素晴らしかったです。まるで歌に舞うための力をもらっているようなそんな歌声でした。ラシッドが自慢することはありますね」

その言葉に、ミスリアさんに向けられていた周囲からの讃辞が僕にも向けられて、綺麗な歌声だった、また歌ってくれよ、といった言葉が届いてくる。

慣れぬことに戸惑ったのもつかの間、次第に胸の奥が熱くなり、深い喜びが僕自身を支配する。目立つことに慣れていないが故にあった羞恥が昂揚感へと変わり僕は思わずラシッドの背中越しに観客の彼らに満面の笑みを見せたらしい。

途端に強くなる歓声の中で、僕はミスリアさんの手を握り返した。

「あの、僕も楽しかったです。こんなふうに知らない人たちの前で歌うことってなかったですし、僕の歌であんな素晴らしい舞いを舞ってもらえたことにこちらこそ感謝しています」

歌うことは人魚族にとって日常の生活の中にある。そして人生の最期を見送るときですら僕達は歌う。

「どうかこれを最後にせず、またいつか必ず一緒に。そのときはあの子のシーリン君の歌も聞かせてくださ い」

「ええ、ぜひ」

「だけどなミスリア。なんで、お前はこの町に定住することにしたんだ？　お前ほどの踊り手ならどこでも引く手数多だったんじゃないのか？」

周囲のざわめきも収まりつつある中、僕たちは席に戻って再び酒を酌み交わす。

「ラシッド、あなたと同じ理由ですよ。私も旅の中で見つけたのです」

「なるほどな。それはめでたいことだ」

「ええ、だからこそ私はお二人に感謝してもしきれないのです。あの人と出会えたのはあなた達のお陰でもあるのですから」

なんのことかとしばらく考えてようやくピンと来た。そういうことか、僕にとってのラシッドをミスリアさんもラシッドの故郷であるこの町で見つけたのだろう。

「ミスリアさんは今幸せなんですね？」

「はい、とても。あのときの愚かな私に今の私を見せてあげたいぐらいには」

そう呟くミスリアさんの横顔は驚くほど美しく見えた。

そうして酒宴は幕を引き、僕たちは宿に戻る前に少しだけ夜空の下で二人きりの逢瀬を楽しんだ。

獣体となったラシッドの温かい毛皮に包まれて二人で過ごすあまりに幸せな時間。

「ラシッド、もう聞き飽きたかもしれないけど本当にありがとう。僕を見つけてくれて、僕を愛してくれて、僕をこの町につれてきてくれて」

『ん、なんだ？』

僕の言葉に獣の顔をこちらに寄せてそのざらりとし

た舌で僕の頬を一舐《ひとな》めするラシッド。僕は笑いかけながら大好きな豹の顔へと両手を伸ばす。

「もしラシッドに出会えてなかったら僕の世界はあの村の中だけだったよ。シーリンを授かることもなく、ミスリアさんと出会うこともなく、こうして違う世界を知ることもなく。そんな僕に全てを与えてくれたのはラシッドだから。ありがとう」

そんな僕の言葉にラシッドは目を見開き、けれどすぐに面はゆそうに笑みを見せて頷いてくれる。

「お前がそう思うのと同じように俺も全くおなじことを思ってるんだぜ。それに違う世界で育って、生きて来た俺たち。コーレと俺では何もかもが違った。だけど今は同じところがいっぱいある」

「同じところ?」

「ああ、そのうちの一つはお前が俺を愛してくれるように俺もお前を愛してるってことさ」

太陽が似合う朱金の豹の再度の抱擁に、僕は全身を預けて彼の香りに包まれた。

☙☙☙

そんな懐かしい思い出に浸りながら語った話も終盤になり、僕は今は上半身裸でガルリスさんと取っ組み合いをしているラシッドを密かに応援しながら話を締めくくる。

「大変なこともあったけど、やっぱり旅っていいなって思ったよ。見たこともない場所、新しい世界、僕の中の常識が打ち壊される出来事、他にもいろんなことを知ることができたんだ。何より、ラシッドのことをもっと知れたことが本当に嬉しくて」

スイさんの前では硬くなってしまっていた口調も話している最中にいつの間にか気安いものへと変わっていた。

「すごいな。コーレさんとラシッドさんラブラブだね。うちの両親に負けてないかも……」

「らぶらぶ……?」

「ああ、互いに強く思い合ってることをそう呼ぶんだってさ」

「それなら確かに僕とラシッドはらぶらぶなのかも……、イリスのところもらぶらぶだもんね。スイさんとガルリスさんもらぶらぶなんですか？」

その言葉にスイさんの顔が苦虫をかみつぶしたようなしかめっ面になってしまう。

「自分で教えておいてなんだけどこれはきついな……。僕とガルリスはまぁイリスやコーレさんのところほどじゃないと思うよ」

「だけど何度聞いてもすごいな、火の気が多い砂ばっかりのところなんて僕、想像ができない。それに砂の上を走る船って……」

イリスが呟きながら、ディランさんに視線を向ける。

「ディランは行ったことがある？」

「砂漠はないな。俺が外交官をしていたころはキャタルトンとはまだ国交が十分回復してなかったから。特に俺の担当はレオニダスだったし、マーフィー商会にしても、俺は国外のことにあまり関わらないからね」

「そっか、そうだよね、ここで扱うマーフィー商会の商品は国内の食材が主だしね。今は特に海産物だったら国外にも出ていくけど、キャタルトンなんかはこれからだもんね」

「だが話に出てきたレオニダスで人気だという汚れ落としは見たことがある。もし欲しいなら手に入れることも可能だが」

「えっ、そうなの？」

「あ、あれ、その……出来ればお金は払うので僕も欲しいです。あの時お土産に買って帰ったんですけど、すごく香りが良くて汚れ落ちもいいんです。原料を想像するとちょっと嫌かもしれないけど」

ディランさんの言葉に思わず食いつくほどに、あれはまた欲しい。話に出せなかったあの時の触れ合いもとっても気持ちが良かったと今さらながら思い出して頬が熱くなりそうなのを隠した。

「キャタルトンの高級汚れ落とし……って、あれか、うん、あれはいいよね。原料がまさか魔獣とは思わなかったけど」

微妙な表情を見せるスイさんも、その効果は体験済みのようだ。

「確か父が懇意にしている交易商が取り扱っているはずだから、声をかけてもらうよう頼んどくよ」

「そういえば僕も父さんたちに、昔デニスさんに手配してもらったこの国の伝統衣装を買ってくるように頼まれていたんだった」

不意にスイさんも思い出したとばかりに、手を打った。

「それなら父に手配を頼むのが一番早いでしょうね。伝統衣装というとキモノやサムエ、ジンベイあたりを一式。体つきなど大きく変わられてませんか?」

「僕たち子どもは成長しちゃったけど両親は大丈夫。それに四つ子へのお土産はそのときの僕たちぐらいの大きさだって伝えてくれればデニスさんならわかるんじゃないかって」

「ああ、父なら大丈夫でしょうね。我が父ながら計り知れないところのある人ですから」

その言葉に、スイさんは安心したように微笑み、僕とイリスも楽しみだと笑みを浮かべる。

「そういえばそのデニスさん達がこちらに着くのって明日か明後日ぐらいかな?」

「いえ、お泊まり計画は失敗だったようですよ。先ほど父の船が到着した汽笛が聞こえましたから」

「えっ!? そうなの?」

ディランさんの言葉にイリスが驚いている。だけど、そういうことであればシーリンも……。

「もしかして迎えに行った方が?」

「いや、父と一緒に兄も来てるだろうから大丈夫。向こうからこっちに来てくれるだろう」

そうは言われてもそろそろ夕暮れ近くになって空は色を落とし、海鳥が鳴き声を上げながらねぐらへ帰り始めている。

そろそろ僕達も夜の準備をしないととは思うのだけ

ど。

「よっし、今度は得物付きでやろうぜ」

「ああ、お前は得物ありで構わないぜ。俺の得物はこの拳だからな」

あれからどのぐらいの時間戦っているのか、さらに盛り上がりだした状況に、スイさんがぽつりと呟いた。

「ガルリスがそうなの《脳筋》はわかりきってたけどラシッドさんも結構アレな人なんだね……」

その言葉に、そこにいる誰もが頷いた。

⁂

砂浜の砂が空高く舞い上がり、潮風にも負けず育っている大きな木が震動に揺れる。

地響きを立てる地面に座っていた僕達は、渋い表情と呆れ果てた視線で赤い髪の大柄な竜族と朱金色の豹族の勝負を眺めていた。

空中に舞った砂がパラパラと落ちてきて、剝《む》き出しの肌に当たってちょっと痛い。

顔はかろうじて遮ったが、髪にはたくさんの砂が降りかかってしまった。頭を振るえば、小さな砂粒が辺りに散るほどだ。

「はぁ……砂だらけだよ」

嫌そうに呟きながら叩き落とそうとするが、じんわりと滲む汗のせいで砂は肌に張り付きなかなか落ちない。立ち上がり、服に付いた砂も払って落とすが隙間にも入っていそうだ。

「すまない、間に合わなかったな」

ディランが申し訳なさそうに頭を下げるが、彼がその大きな身体で壁になってくれなかったらもっとひどいことになっていたのは違いない。

「いや、悪いのはうちの脳筋《ガルリス》だから」

「だけど、二人とも本当に楽しそうだね。ディランも混ざりたいんじゃないの？」

イリスの問いにディランは小さく肩を竦めて応える。

それに苦笑を浮かべるイリスは括《くく》った髪の中に砂が

入り込んでいるみたいだし、巻きの強いコーレさんの髪には奥まで入り込んでしまったようで、何度も髪を振るっている。

「二人の勝負が終わったら水浴びしようか」

「そうだね、そのほうが取れやすいかも」

「僕も水浴びしたいや。お風呂でもいいんだけど」

「この村にはまだ大浴場しかないんだよ。しかもアニマとアニムスの交代制でほとんどアニマしか使わないんだ。今の時間はアニマの時間だし……。そのうち各家にもって父さん達は考えてるみたいだけどほら僕たちはね」

そこまで聞いてなるほどと思い出す。目の前のアニムス二人は海を糧とし、海から命を授かる人魚族だったことを。

「僕達は習性的に普段は水浴びだけなんだ。水を浴びるか海に入るだけでいいんだよね。それだけで身体の汚れも全部綺麗になっちゃうから。他の人達は違うって聞いて驚いたよ」

「慣れたら確かにお風呂も気持ちいいんだけど、熱すぎるお湯に長時間浸かるっていうのは僕はちょっと苦手かな。あっ、でもシーリンは温かいお風呂が好きだから生まれ育った環境によるのかなぁ」

イリスとシーリン君が顔を見合わせながら新たな人魚族の事実を教えてくれる。つい僕はまじまじと彼らの姿を見直してしまう。

「ラシッドも砂漠地帯の出身だから水浴びで十分らしいけど」

「でもディランはお風呂が欲しいんだよね。セーレも好きだしね。それでイリシード父さんがね」

イリスが村の奥を指さす。そこには真新しい板材と切り出された石が積まれている。あれがきっとお風呂の材料になるのだろう。

「じゃ今は水浴びだけなんだ。どこでしてるの？」

「シスランさん家の北側で」

「山の湧き水から水路を引いて水場に流しているんだ。僕達の飲み水にもなる大事な水源だよ」

イリスの説明に僕は頷いた。

「じゃさ、まだ当分続きそうだし、この二人は放っといて水浴びに行かない？」

「ああそうだね。行ってくるといい。二人のことは俺が見ているし、それに早くしないとセーレ達が来てしまう」

そうディランが言った時にはすでに遅かったようで。数歩も行かないうちに、小さな影がイリスとディランの元へと飛び込んできた。

「おかーさん、おとーさん、ただいまっ」

「セーレっ、お帰りなさい」

飛びかかってくる小さな子をイリスが抱きかかえる。

「やあ、やっぱりこっちだったんだね。二人とも絶対こっちにいるって言うから」

その後ろから来た彼は、ディランによく似ていた。

「お久しぶりですね、スイ殿」

「こんにちは、デュークさん。殿は必要ないですよ。普通に呼んでくれれば」

イリスの事件の時にディランの家で何度か、そしてその後処理の際にも彼には会っている。

ディランの兄であるデュークさんは僕の言葉に目尻だけ下げて小さく笑う。

「それにしても、やはりあの音はラシッド君がらみか。相手はガルリス殿か、いやはやなんともすさまじいものだな」

「ガルリスもちょっと本気を出しちゃってますからね。あんな良い笑顔で戦うガルリスを見たのは久しぶりだし」

レオニダス……いや、世界で最強の執事の弟子となったガルリスは竜族という下地を含めても本当に強い。そのガルリスにかなわぬまでも善戦するラシッドさんを、ガルリスが気に入っているのが十分見てとれる。

「おかあさん、ただいま」

そんな二人が土煙を未だ上げる最中もう一人、セーレより大きな子がコーレさんの腕を引っ張った。朱金色のくるくるした巻き毛の髪が、数年前の記憶と重なる。あの時、傷ついたコーレさんの横で泣いていた子だ。

もう幼児とは呼べないほどに大きく、けれど大人というにはまだ幼さが残る顔立ちはコーレさんとよく似ていた。けれどその髪の色はラシッドさんと同じで、二人を知っている者が見ればすぐに親子だと分かるほどに、三人のつながりを感じる。

「お帰り、シーリン。思っていたより早かったけどデユークさんにご迷惑はおかけしませんでしたか？」

「やあ、コーレ、俺のほうは何も問題はないよ。いつでも遊びに来てくれて構わないからね」

そんな穏やかなやりとりを交わす僕達の背後では、吹っ飛んだラシッドさんの身体が小さな小屋を破壊し、ガルリスの蹴りで木の幹が砕け、ラシッドさんの剣とガルリスの拳が砂浜にいくつもの穴を作っている始末。

「おとーさん、何やってるの？」

心底不思議そうにシーリン君が無邪気な声をあげる。

「うーんと、お母さんの知り合いのねガルリスさんて人が来たから訓練してもらっているの」

ただの試合なのだとは言えないのか、コーレさんが苦笑いを浮かべて説明していた。

喜々としたラシッドさんの姿を見たシーリン君は、「おとーさん、好きだよね。訓練するの」とさらりと言うぐらいには、こういった状況は見慣れたものなのだろう。

「ごめんね、あのガルリスっていうおじさんも大好きなんだ、こういうの」

一応ラシッドさんのフォローもしておこう。というか、ここにダグラス父さんがいたら、いの一番で飛び入り参加していたに違いない。いや、ゲイル父さんもチカさんが見ていなければ、無言のまま大剣を構えていつの間にか仲間に入っているだろう。

獣性の強い獣人というのはそういうものなのだとよく聞かされはしたけれど、それをいえばディランやデユークさんも同じはず。犬族だけに何か違いがあるとでもいうのだろうか。

「セーレおなかすいた……」

「そういえばぼくもおなかすいちゃったよ」

幼子達の言葉にそういえばとその場にいる皆で顔を見合わせる。

「確かにもう良い時間だよね。水浴びと食事……悩ましいところだけど」

「今日の夕食は母さんが準備をするから皆さんでご一緒にって」

「ええ、シスラン殿が腕を振るうと張り切っておられましたから」

「やったー！　今日はシスランおばちゃんのご飯なんだ！　あのね、コーレかーさんのご飯も美味しいけどシスランおばちゃんのご飯もとっても美味しいんだよ！　だからね、デュークおじちゃん、一緒に食べよう」

「ああ、ありがとうシーリン。そうだね、一緒にごちそうになろうか」

「それでね、お風呂にも入りたーい！　お風呂、ぼくだけじゃ入れないもんっ。デュークおじちゃん、一緒に行こっ」

「いや、それは……」

にっこりと可愛く笑みを見せてデュークさんの腕に縋り付く。

だけどその言葉に硬直するデュークさん。ああ、そういうことかと腑に落ちる。この二人がそうなのだということがすぐに分かった。だけど、さすがデュークさん、そのあたりの理性というか常識はきちんと持ち合わせているようで一安心。

それで良いんですよデュークさん。間違ってもうちの両親のように子ども達に変な常識を植え付けてはいけません……。

そんな事を考えていると、戦闘なんてからっきしだめな僕でも、背中がぞわりと総毛立つような気配に背筋が自然と伸びた。

「だーれが、一緒にお風呂だって」

先ほどの剣戟《けんげき》とは別の意味で地鳴りがするような低

い声が僕の横を通り過ぎた。

「え、いや俺は……。なぁ、シーリン？」

それをデュークさんは引きつった笑みでシーリン君へと問いかける。

「許すかっ！　シーリンはまだうちの子だからな！　当分はよそにはやらん！」

風が通り過ぎたと思ったら、朱金色の塊がデュークさんの前で着地し、抜き身の刃が喉元に突きつけられた。

「はやっ」

思わず口にしたほど、その動きは目に入らなかった。なるほど豹族、噂に違わずとんでもない瞬発力だなと関心する。

「危ないなあ、本当に」

それこそ切っ先が触れるかどうかぐらいの剣戟に誰もが息を呑んだ。だが当のデュークさんは引きつった笑みを浮かべながらも、その切っ先を摘《つま》んで首元から外させる。ラシッドさんとて本気で貫くつもりはなかったのだろう、すぐに剣を収めたがその鋭い視線は変わらず、喉の奥が警戒するようにぐるぐると鳴っている。

普通の人間であればその場で下手に動いて大けがでもしかねない、だけどマーフィー商会の現会長さんはずいぶんと豪胆に見える。それを分かっててラシッドさんがやっているのであればデュークさんもきっと『強い人』なのだろう。

「ああ、いい汗かいたぜ。おっスイ、そんなしかめっ面でどうしたんだ？　それよりちょっと身体を動かすとやっぱり腹が減るな。今日の晩飯はどうするか決めたか？」

僕の傍らまでやってきたガルリスが、目の前の光景など一切目に入っていないような我が道を行く言葉を僕へと投げかけてくる。

突っ込むのも面倒くさくてそうだねと小さく頷けば、ガルリスは、で？　何食うんだ？　と再度問いかけてきたがそれは無視。

「よしシーリン、父さんが風呂に連れていってやる」

「おとーさんと？　うん、おとーさん、いっぱい汗かいて臭いもんね。お風呂いかないと」

シーリン君からうんと言われて喜び、臭いと言われて明らかに落ち込むラシッドさん。

「じゃあデュークおじちゃん、後でご飯一緒に食べようね？」

「ああそうだね。待ってるからゆっくりしておいで」

その言葉にラシッドさんが盛大に舌打ちをするがコーレさんが何かを囁いている。

「シーリンの大好きなお菓子も分けてあげるからね！デュークおじちゃん」

満面の笑みで誘いをかける姿は、傍から見たら可愛い少年の無邪気な言葉。

だけど、なんでだろう、シーリン君がどこかデュークさんを手玉に取っているように見えるのは。

そして僕の目に映るのはそれぞれの家族と友人達がふれあうありふれた一場面。


「でもいいね、こういうの」

僕の口から出た言葉に、ガルリスが不思議そうに首を傾げる。

「何がだ？」

「一つの種族だけでなくて、こうやっていろんな種族が集うってこのマミナード村ではすごいことだから」

初めてマミナード村を訪れたときには、どこか暗く排他的で停滞感が拭えない印象だった。海が綺麗でのどかな村ではあることは今と変わらなかったけれど……。

だけど今はこうしてアニマとアニムス、人魚ではない獣人種そしてその子ども達や友人が喧嘩が出来るほどに近くで共に生きている。

それは、この村の未来が明るいものだと僕に強く感じさせた。

あの時、僕があの村を訪れたことで何か大きな運命が動いたのだとしたら、本当に嬉しいことだ。僕達が結んだ縁がその運命を良い方へと導けたのだとしたら、こんなに嬉しいことはない。

「あの時、この村に立ち寄って良かったなあって思うよ」

僕は少し感傷的になり、ガルリスに寄り添い呟く。こつんと彼の汗ばんだ腕に額を当てれば、潮と砂の匂い、そして馴染んだガルリスの体臭が僕の鼻孔をくすぐった。そこにはたっぷりと汗の臭いも含まれている。

「ガルリス……、汗臭いんだけど」

「おっそうか?」

「うん、僕達は水浴びしてくるからさ。ガルリスはお風呂に入ってきなよ。そしたら皆で夕飯をごちそうになろう。きっと美味しいものがいっぱい食べられるから」

「そりゃいいな、んじゃぱぱっとひとっ風呂浴びてくるか」

腕を上げて自らの臭いを嗅ぐガルリスへと告げれば、ガルリスが笑い、それにつられたように皆が笑って、僕達はそれぞれの目的地へと足を進めた。

⁂

その日の夕食は、僕達を歓迎してくれるとのことで村の集会場で行われた。

前に来た時の食事は村長宅でだったけど、この人数だとシスランの家では狭いかららしい。

案内された僕達を迎えてくれたのは、イリシードさんとシスランさんだ。

イリシードさんのピンと立った先が黒い金色の耳も、長い尻尾の先の房がゆらりと揺れて動くその悠然とした立ち姿も、どこかダグラス父さんを彷彿とさせる。まぁ従兄弟なんだから似ていて当たり前ではあるのだけど双剣使いというところも一緒だし。

「すぐに準備できるから、奥で座っていてくれ」

そう言われた先で僕は改めて、マーフィー家のデニスさんとデュークさんに頭を下げられてしまった。

「本当にその節は息子がお世話になりました。改めてお礼を言わせてください」

　垂れ耳の犬族二人が深々と頭を下げてくると、思わずその耳に触れたくなってしまう。背後で揺れる尻尾のふさふさ感にもひどくそそられてしまうのを、ぐっと我慢する。

　チカさんからの遺伝なのか、僕ももふもふしたものは大好きだ。だが時と場合というものがあることぐらい理性があるので、チカさんよりは多少分別はあるつもり。

「あの時は僕達もお世話になりましたし、僕がこちらへ来た元々の目的と合致しただけですから本当に気になさらないでください」

　初めて会ったときは息子や弟に待ち受ける運命に動揺が隠し切れていなかった彼らだが、今は堂々とした大店の会長と元会長のたたずまいを見せている。これが彼らの本当の姿なのだろう。

「それに両親が以前にずいぶんとお世話になったことも伺っています。その時の事は何度も両親が話してくれました。それほど思い出深い旅だったんだと思います。もしお会いできたらよろしく伝えてくれとの伝言も預かってますから」

　チカさんと父さん達が以前、国賓としてこの国に招かれた時にどうやらマーフィー商会の皆さんと大きく関わることになったらしい。

　それはあの仲の良い三人にとっても忘れられない思い出のようで我が家にはそのときのお土産がいたるところに飾ってある。

　僕がそれを伝えれば、デニスさんもデュークさんもその時のことを楽しげに、懐かしそうに教えてくれた。当事者以外の口から語られる話にどこか面はゆい思いもしながら、だが本当に仲の良い両親達の姿が想像出来た。

　そんな話をしていればデュークさんとデニスさんの元へとシーリン君とセーレ君がやってきて二人の膝に上って和んでいる姿にどこかうちの四つ子達のことを思い出した。

遠くからシーリン君とデュークさんを見つめ、父親としての嫉妬心を隠さないラシッドさんの姿にはヒカル兄さんとテオ兄さんへのダグラス父さんの姿を思い出した。

目の前に並べられたのは机を埋め尽くさんばかりのフィシュリード料理。

魚介類を主体に生魚が調理されたものまであるそれは決してレオニダスではお目にかかることが出来ないものばかり。

イリスからの説明もそこそこに我慢できないとばかりにガルリスが料理へと手を伸ばせば、あっという間にその無限の胃袋へと消えていく。

僕がもっと味わって食べなよと言っても十分味わって食べてると素知らぬ顔でそんな僕らの様子に苦笑いを浮かべたシスランさんが次々とおかわりを運んでくれるのが本当にありがたい。

ガルリスの勢いはずば抜けているがそれは他のアニマ達も同じようで特にラシッドさんとガルリスはあの試合の後も意気投合したようで酒を酌み交わしながら楽しげに笑っている。ディランは常にイリスの事を気にかけながらもそんなアニマ達に混ざり、イリシードさんと共に自分のペースで食事も酒も楽しんでいた。

僕達は僕達でアニムス同志、共通の話題で盛り上がる。もっともフィシュリードの料理のことを僕が聞いてそれを教えてもらうという流れがほとんどではあったのだが。

ふっくらと焼き上げた白身魚の切り身に、魚卵を煮付けたもの、透明感のある緑のウミクサを刻んだサラダ、食欲をそそる香ばしくあぶられた魚の干物に、ぷりっぷりで大ぶりの貝の身からはショーユだけでなくそこはかとないお酒の香りもする。

そして、フィシュリードでしか食べられない生の魚や貝のお刺身。

華やかな盛り付けとかそういうものはない。お皿だって、添えられた飾りだって自然なままの色あいだけど、この魚介類の新鮮さこそがごちそうだ。レオニダスでは海で採れる食材は高価で、ましてや新鮮さが何より大事な生のお魚なんてかなり貴重だ。

生のお魚が大好きなチカさんがなんとかしたいと色々研究をしているみたいだけどあのセバスチャンとの共同研究でもまだ実りがでていないから実用化に至るのは先が長そうだし。

コーレさんが皆の目の前に、ねばりのある芋やお野菜がたっぷり入った汁の椀を配り、その横にはゆでた根菜に甘いタレが載ったお皿が置かれている。

そしてイリスが差し出してきたのは串に刺さった吸盤っぽいものがついた、どう見ても触手。それに、思わずのけぞってしまったけどクラッケの足の串焼きなんだとか。

頭の中で前にチカさんが作ったクラッケ料理を思い出す。焼かれてくるんと巻いた肉厚の板状になっていたやつ。そういえば、僕、元のクラッケの姿を知らないかもしれない。

「あっそうか、おもてなし料理のときってクラッケは胴体だけしか出さないんだっけ。これはクラッケの足の部分をショーユを付けながら焼いたものだよ。胴体とはまた違った歯ごたえがおいしいんだ」

イリスがぱくっと加えて嚙みきる様子を見せてくれる。

「う、ん……、あっおいしいかも」

僕も見よう見まねで食べてみたけど、確かに前に食べたクラッケ料理と同じような味だ。それに吸盤の部分のこりこりっとした食感が意外なことにくせになりそうだ。何事も食わず嫌いは良くないと改めて感じる。これでもチカさんのお陰で好き嫌いはなく育った方ではあるのだけれども。

そんな僕の傍ではガルリスが躊躇することなくクラッケの串焼きを二本手に取り、それらが一瞬で口の中へと消えていった。

「ぼくも食べたい、おかーさん」

「はい、どうぞ」

イリスがセーレに渡せば、満面の笑みで口をもぐもぐさせている。

「この国のお祭りの屋台ではクラッケ焼きは定番なんだ。セーレも屋台が出てたら絶対食べるんだよね」

「うん、これと、あと雲みたいなお菓子も好きー。デニスおじいちゃんに買ってもらったっ」

「あっ、それは知ってるかも。雲みたいな飴だよね、確か。前にセバスチャン——うーんとうちの家族の一人が作ってくれたっけ、懐かしいや」

まだ小さいころの話だけど目の前で大きくなっていったふわっふわの甘い雲の姿に、僕もヒカル兄もリヒト兄も釘付けになったっけ。三人とも口の周りをべとべとにして舌も変な色になって笑い合った覚えがある。

「本当は僕の父さんが作ってくれようとしたんだけどね」

ゲイル父さんはなんというかとても不器用な人で、繊細な火と風の魔力操作が必要な雲の飴を作るなんてとても無理で、軸になる木の枝ではなく自分の腕に巻き付けてしまって、その熱さに顔を顰めてたっけ。

そういえば、その時着ていたのが真っ赤なデーメ柄のジンベイだった。フィシュリード土産のジンベイはいろんな柄があったけど、どれもリヒト兄さんが着て、次にヒカル兄さんが着て、そして僕が着て、アーデやベルクが着て、四つ子たちも着ているほど家族みんなのお気に入りだ。

ただなぜかダグラス父さんだけは、デーメ柄のそれを見るたびに眉間にしわが寄っていたのが子供心に不思議だったけど。チカさんにそれを聞いても、お父さん達にも色々あるんだよとどこか遠い目をしていたのを思い出す。

「スイさん、今度はこっちもいかがですか」

ついつい懐かしい思い出に浸っていると、コーレさんが別のお皿を差し出してくれた。

「えっこれって？」

その皿に載っていたのは丸い形をした色とりどりのラヒシュのおにぎり。と言っても、いつも僕たちが作るものよりずっと小さくて、親指と人差し指で丸を作ったぐらいの大きさ。

「一口大だと子ども達は食べやすそうだね。それにこの色合いはそれぞれ混ぜてるものが違うんだ。すごいな」

小さく切った葉物や実、魚の身をほぐしたものなどがラヒシュの粒の間に見えて、それぞれの味が想像できるようになっているし、彩りもいい。

「前にスイさんがお弁当にってカリルの実の酢漬け入りのおにぎりを作ってくれたのを参考に、中身を色々と工夫してみたら村のみんなに好評だったんだ。そしたらコーレがラヒシュに混ぜてもおいしいんじゃないかって」

「ぼく、お魚のがいい」

「ぼくは赤い実のっ」

「スイさんが言ったとおり子ども達には特に人気で」

「「おいしー」」

両手に違う色のおにぎりを持ちながら、満面の笑みを見せる子ども達。そんな二人を見ていると、幸せな思いが満ちてくる。その子達を膝に乗せてるデュークさんとデニスさんも破顔している。その様子でふと気付いた。ああこの二人はうちの兄達を膝に載せた時のテオ兄さんとヘクトル祖父ちゃんにそっくりだということに。

それにと僕はやたらに賑やかな声のする方へ視線を走らせた。

そちらではガルリス達が酒の飲み比べを始めているようだった。

だけどあの調子で飲んでたらこの村の酒がなくなっちゃうんじゃないかと少し心配になるほどの勢いで。

意外だったのはイリシードさんの飲む速度が一番はやいことで周りの皆はほどよく酔いが回っているのに対して、その顔色は何一つ変わっていない。

「驚くでしょう？　わたしもちょっとその意外性に驚いたぐらいですから。はいこちらもよろしければ」

シスランさんがイリシードさんのそんな姿を愛おし

げに見つめながら差し出してくれたのはよく見たことのある唐揚げだった。

「オクタングのカラアゲです」

確か以前にガルリスが倒した海の魔獣、それがオクタング。丸い頭に八本の長い足、ちょっとクラッケに似てるけどよく見ればまったく違うそれがオクタング。

確か前は刺身にして食べたんだっけ？

どんな味がするのだろうかと興味津々で一つ口に運べば自然と声がでてしまう。

「うわっ、これおいしい」

「なんだこれ、うまいなっ」

僕とガルリスの声がでたのがまさかの同時。

「何これ、塩味とオクタングのうまみと衣の味付けが絶妙すぎる」

レオニダスにはない味だと感嘆の声を上げれば、僕たちへと視線を走らせたデニスさんが教えてくれた。

「このフィシュリードでも、新しい食の名物を開発中でしてな。オクタングという奇怪だが調理すればうまい海魔獣の食材をどう活かすかという試みの一環で生まれたものですぞ。チカユキ殿のお陰でこの国の食材はどんどん世界で受け入れられていってますから」

「コーレが旅先の料理で気が付いて小魚のカラアゲを作ったのが始まりなんだ。最近は油もたくさん手に入るようになったから」

「おいしいよこれ、うん早くレオニダスにも輸出してほしい」

「オクタングって屋台で売ってる角焼きにも使うんだよっ」

シーリン君の言葉に、僕の意識が引っ張られる。

「角焼きってあれだよね。凸凹のある鉄板の上に野菜とかが入った生地を流し込んで焼いて上にソースをかけて食べるやつ。でも僕が食べた時は中身はお肉だったけど」

「本来はオクタングの足を角状に切って作るのが角焼きです。そちらでは、オクタングが手に入らないので別のものを使われたのでは？」

「あーそうかもしれない」

コーレさんの説明に僕も納得。

そういえばゲイル父さんが好きな料理の一つだが、本場とは違うと嘆いていたような。

「普通のものであれば都にある屋台なら食べられます。都にお寄りになるのであればご案内いたしますよ」

「お願いしますっ」

気が付けば、そう言いながらデュークさんに頭を下げていた。

☙ ☙ ☙

いつの間にか都のマーフィー商会本宅にお邪魔する約束をしてしまっていたけれど、それでもそんなことが気にならないぐらい楽しい一時だったしお腹もいっぱいになった。

新鮮な食材で作られた海鮮料理がおいしかったのもあるけど、何より皆の幸せな雰囲気に僕も当てられてしまったと言えばいいのだろうか。

一通り食事が終わり、飲み過ぎた酒に賑やかを通り越してうるさいぐらいのアニマ達の……主にガルリスの声も気にならないぐらい、僕はみんなとの話に夢中になっていたのだが。

それは突然だった。

穏やかな笑みを見せて楽しそうに話をしていたイリスが不意に顔を顰めて前屈みになり、小さな呻《うめ》き声をあげる。

「あれ……うそ……痛……い……」

「イリス?」「イリスっ!」

イリスの異常にいち早く気付いた僕とディランの声が室内に大きく響いた。皆の視線が一斉に彼らへと向くのと同時に「かあさんっ」とセーレの声が被さった。

慌てて僕がイリスの顔を覗き込めば脂汗を流し顔面は蒼白、駆け寄ったディランに片腕を取られたまま床にうずくまるようにしたイリスが苦しげに呻いている。

「ん、大丈夫、ちょっと痛みが強くなっただけ……今は落ち着いてきてる……から」

顰めた顔からして急な痛みに襲われたということなのだろうが……。

「痛みはいつから？」

「本当についさっき。あれって思ったら急に強くなって……っ、くっまた」

痛いと言いつつ押さえているのは下腹部。

「イリス、もたれていろ」

ディランが背後から抱え込むようにイリスを抱き上げる。

「これは出産が始まったのかも……」

記憶にある症例から導き出される解を伝えれば、コーレさんとシスランさん、イリスですら「えっ」と声を上げた。

「でも、セーレの時はこんなに痛くなかったけど」

「私もシーリンを産んだときは痛みなんて」

「人魚族の出産は大抵穏やかなものです。こんな強い痛みがあるなんて聞いたことがありません。ただ全身から魔力を奪われるような倦怠感は強くなりますが」

シスランさんの言葉に僕は頷き返した。

「出産という行為自体が母体の魔力に全てかかっているといってもいいぐらいなのでその感覚に間違いはないはずです。ですが、痛みを覚える出産というのは魔力が少ない獣人に多い症状で……。そういう場合は痛みは出産が始まる合図となって、少ない魔力をお腹の子に与えることを優先するから痛みが強くなり倦怠感が増すし体温も下がる。生命維持に必要な魔力以外をお腹の子に回してしまうから起きる現象なんですが……」

「そんな、イリスの魔力は十分にあるはずでは」

ディランが不安を押し殺したような低い声音で僕に聞くが、僕は頷くしかない。

「そう、だけどセーレ君を産んだときと何かが絶対に違うはずなんだ。今まで順調だったと聞いているけど、ここに来て魔力を大量に消費することが起きていると見たほうがいい。ディラン、そのままイリスの手を握って支えてあげて」

「分かった」

「イリス、痛みはどう？」

「ん……少し弱まったかも」

「動けそう？」

「ちょっと……難しいかも、我慢できないほどじゃないけど動くのは……」

となると僕を産んだときのチカさんの状況よりはマシなのかもしれない。チカさんは自分のことすら後進のためにと症例を仔細に残してくれているが、その時のチカさんは動けないほどの激痛に襲われて、父さん達二人分の魔力を注いでも足りなかったぐらい。もっとも僕自身の魔力の容量が半端ではなかったというのもあるけれど。

「とにかく、産屋《うぶや》に移動しましょう。人魚族《わたしたち》は海の中でお産をします。子どもは人魚族の獣体の姿で生まれますから、スイさん手伝っていただけますか？」

「もちろんです、ディラン。イリスを抱えてそっと運んでもらえる？」

「分かった」

「おかーさんっ！」

イリスを抱き込むように抱え上げたディランの足元にセーレ君が追いすがる。

「セーレ、イリスは大丈夫だ。今からお前の弟が生まれるんだ。だから、その間おじいちゃんと一緒にいてくれるかい？」

再度かがみ込んだディランが、セーレの頭を撫でながら言い聞かせる腕の中で、イリスも脂汗を流しつつも弱々しい笑みを見せてセーレ君の頬に触れていた。

「大丈夫だよ。セーレの元気で可愛い弟を産んでくるから、ちょっとだけ待っててね」

「おかあさん……だいじょーぶ？」

「うん、大丈夫」

イリスがはっきりと頷くと、セーレもわかったと頷いた。

「おいでセーレ」

差し出されたデニスさんの腕に縋り付き抱きかかえられ、それでも心配そうにイリスを窺う。

「ガルリス、僕の荷物から医療用具を持ってきて」

「おう」

「ラシッド、念のために入り江付近の警戒へ入ってくれ、私は港側を担当しよう。今日は沖合で嵐があったというし、漂流した海の魔獣が入り込んだら面倒だ」

「了解、シーリン、お前はセーレと一緒にデニスさんの所で待っていてくれ」

「おかーさんは？」

「ごめんね、シーリン。僕はイリスが元気な子を産めるよう手伝ってくるから。セーレの弟でシーリンの新しいお友達をね」

「うん、分かった」

イリシードさんがラシッドさんを連れて武器を片手に移動し、シスランさんがコーレさんと共に産屋の準備に走る。

僕は荷物を持ってきたガルリスと共にその後を追い、小さな小屋へと入る前に一度立ち止まる。

任せてくれと自信を持って言い切った。いや、自信がないわけじゃない。僕はチカさんの『至上の癒し手』を継ぐ者だ。たとえどんなことがイリスの身に起こっていようと必ず助けてみせる。

だけどどうして鞄を持った手が震えるんだろう。どうして、足が前に進まないんだろう。

怪我人の治療とは違う、新しい命が生まれる出産。通常の出産にしか立ち会ったことのない僕で本当に大丈夫なのか。お前にできるのかと耳元で誰かが囁いた。

そんな僕の顎を大きな手が上へと向ける。

「スイ、スイ。こっちを、俺を見ろ」

言われるがままに視線をあげればそこにあるのは赤銅色の力強い瞳。

「お前なら大丈夫だ。絶対に何も起きやしない。お前に出来なければ誰にも出来ない。お前がそんなでどうする？　お前はあいつのチカユキ達の子どもだ。お前は誰よりも賢く強い」

ガルリスが立ち尽くす僕に覆い被さるようにして力強く抱きしめてくれる。それは苦しいほどでだけど心地よいもので……。

「それにお前はこの俺が選んだ半身だぞ？　こんなことにおびえてどうするんだ。自信に満ちて生意気なのがお前だろうが。だから大丈夫だ。行ってこい」

ガルリスの身体が僕から離れるのと同時にその言葉も終わる。そして僕の手はもう震えてはいなかった。一歩ずつ前へと歩いていける。僕は急いで小屋へと足を進めた。

そして一度だけ振り返ってガルリスへと言葉を紡ぐ。

「ありがとう。大好きだよガルリス」

「ああ、俺もだ」

イリス達に僅かに遅れて僕は小屋の中へと足を踏み入れた。

「これが人魚族の産屋……」

見た目は作業小屋のような海に張り出して作られた建物だ。中の半分は板間で、そこから海に向かって斜めに床が沈み込んでいる。

人魚族の子は生まれる時に海の中にいる必要があるという。出産自体、海が含む多量の水の気が魔力の足しになるからだという話を僕はあらかじめ聞いていた。陸上で産んだ子は育たずに死んでしまうというぐらいそれぐらい海が大事なのだ。

「コーレさん、この鞄から荷物を出してそこに並べてもらえますか？」

普通だったら必要ない用具達。だけど万が一を考えれば準備しておくにこしたことはない。僕の精神は張り詰めているが冴え渡っている。これも全て愛しい半身のお陰。

僕の指示通りに道具を並べるコーレさんを尻目に、僕は再び呻きだしたイリスへと意識を向けた。

イリスの手を握り魔力を注ぎ続けるディラン、頭側にシスランさん、そして足下には僕。

「イリス、ヒト化を解きなさい。そのほうが楽だから」

シスランさんが発した言葉にイリスは辛そうにしながらも頷いた。その直後、彼の身体が虹色混じりの水しぶきに覆われたと思ったら、ふっと霧散した。

僕は初めて見たその姿にそんな場合じゃないというのに口を開けて見入ってしまった。

基本的な姿はヒト族のそれ。だけど、足には微妙に色の交じった真珠色の鱗が生え、薄布をまとったようなヒレがふわりとなびいている。耳の位置は変わらないけど、その耳の後ろからヒレが立ち上がり、しかもイリスの髪の色は銀が交じったような紺碧色へと変わっていた。まるで深い海の色のようだと昼間見た海を思い出した。そのせいで、まるで別人になったようにすら見えた。

どうして今まで考えがそこに至らなかったのだろう。獣人には獣体と、獣の耳と尻尾を持つヒトの姿があるように人魚にも純粋な人魚としての獣体と獣の特性を残したヒトに似た姿があるのだということに。普段の彼らは魔力を用いて僕達ヒト族に擬態しているだけだということを今になって思い出す。

「これが人魚族の本来の姿なんですね」

「はい、普段は常に魔力で全身を覆って殻に包まれているようなものです。その殻の姿がヒト族とそっくりなのはどういう訳か、その理由はわかりません」

そこにあるのは人魚族の苦難の歴史だ。生き延びるために、人魚族であることを隠すために得た力。いつか彼らがそんな力を使わなくても生きていけるようになればいいのに。脳裏にセーレ達子どもですら意識もせずにヒトへと擬態していることを思えば、そんな願いが湧いていくる。

「んっ」

海の中に腰から下を浸けたイリスが、小さく息を呑んだ。僕は慌ててイリスへと意識を集中する。腹を抱えるようにうずくまる様子に、慌ててその身体を斜めの板に横たえる。

「どんな感じ?」

「熱いのが……集まってきた感じ、まだちょっと痛い……かな」

「うん、ちゃんと進んでいるね。大丈夫、たぶんお腹の子の魔力の容量が大きいんだよ。それでぎりぎりしかイリスの魔力が残ってなかったのかもしれないけど……」

ヒト化も魔力を無意識に使っていたはずだからそれがなくなれば少しは違うだろう。

「大丈夫、順調だよ、イリス」

「うん、うん」

「だけどこれ以上痛みがひどくなるようならすぐに教えて、僕の魔力をイリスにあげる」

「それはっ！」

僕の提案にディランが声を荒らげる。その気持ちはわかる。『番』ではない他人への魔力の譲渡はひどい苦痛を伴うからだ。

「大丈夫、僕を信じて。詳しい説明をしている時間はないけど僕の魔力は特別なんだ。だから絶対に痛くないし、苦しくもない。だけど、そのお腹の中の子はディランとイリスの子。そこに僕の魔力という不純物を出来れば混ぜたくないんだ。たとえ痛みがなくともわかるよね？」

ディランが頷き、痛みの感覚が弱まったのか、イリスも唸《うな》りながら僕に頷いた。

叫び声を上げるような痛みではなく、ただ継続的に続く痛みが苦しそうだ。それでも、魔力がほとんどない人のお産に比べれば、順調とも言える。

ディランがイリスを励まし、シスランさんがイリスの汗を拭く、その横でコーレさんがイリスの背中をさすり続ける。

僕は些細な変化も見逃すまいとイリスの容態から決して目をはなさない。

それからどれぐらいの時間が経ったのだろうか。あまりに集中していたせいか短かったのか長かったのかそれすらも分からない。

だがその変化は突然訪れた。

「ん……あ……そろそろ……」

一人目を産んだことのあるイリスだから、自分でその瞬間が分かったのだろう。僕よりも早くよほどしっかりその瞬間に気が付いた。

僕達みんなの視線が彼の腹へと移る。そしてそれは思っていた以上に穏やかな瞬間だった。

最初は淡い光だったもの。すらりとした足の間からこぼれるように出てきた光が次第に収束し、両手の手のひらに乗るぐらいの大きさになる。そんな光の塊が海の中で漂い、波に揺れる。

「ああイリス、産まれましたよ。さあ、抱いてあげて」

そう声をかけるのはシスランさん。あたりに張り詰めていた空気が一気に緩んだ気がするがそのときイリスが再び苦痛の声をあげる。

「うん……うっでもっ……ああっ！」

「イリス？」

「また熱くてっ、痛いっ」

「えっ？」

「待って、これは」


僕は慌ててイリスに近づいた。そして気が付いた。魔力が十分すぎるほどにあるイリスが苦痛を感じたその原因を。そう、チカさんが僕の双子の兄を産んだその時と同じ。

「イリス、もしかして」

「ま、まだ中に……う、産まれるっ」

その変化はあっというまのことだった。

チカさんの話によれば双子はもう少し間があくはずなのに、イリスはすぐに次の子を産み落とした。先ほどと同じ、光の塊が海の中を漂う。

「イリス、子ども達を」

「ご、め……むり……」

二人の子を立て続けに産んだイリスは全ての魔力を使い切ったのだろう疲労困憊で起き上がれない。僕はそんなイリスにようやく自分の魔力を思う存分分け与えることが出来る。僕がイリスの手を握りゆっくりと魔力を渡しているその横で慌ててシスランさんとコーレさんが海に入り、二人分の光の珠――イリスの子ども達を拾い上げようとした。

そのとき、不意に一つの珠が——たぶん先に生まれたほうが瞬きながら後から生まれた光の珠に意思があるかのように近づいてもう一つの光の珠を包み込んだ。

「え……」

戸惑いながらもシスランさんがその珠を受け止めて、両腕で抱えるようにしてイリスの近くへと連れていく。その腕の中で次第に光が消えていき、子どもの姿が僕達の目にも捉えられるようになってきた。

「双子……しかもこれは、信じられない……」

シスランさんが呆然と、腕の中の二人を見つめていたが僕もすぐには動けなかったほどの驚きを味わっていた。

そこにいたのは一人は人魚族の姿をした子、煌めく紺碧の髪と虹色に煌めく真珠色の鱗に包まれた魚と同じ下半身を持つその子は、小さな腕を伸ばしてもう一人の子をしっかりと抱え込んでいた。

水の中でその毛は身体に張り付いて波に揺れてはっきりとは見えない。だが赤味の強い金色の毛皮に包まれた垂れ耳の子は、どう見てもディランと同じ犬族でしかなかった。

ディランもイリスも目を見開いてその双子の様子に息を呑んでいる。その横のコーレさんとシスランさんも似たような状況で。

僕の口から自然と疑問がこぼれるまで誰も言葉を発しなかった。

「えっ、ちょっと待って……人魚族の子は人魚族しか生まれないって、あれ?」

「え、ええ、間違いありません。私が今まで見てきた限り……いえ、私が聞き知っている限り人魚族の子は必ず人魚で……」

信じられないと慌てる僕達だったけど、不意に人魚族の子がまるで押し上げるように犬族の子をイリスの腹の上へと押したのだ。

「あ……」

僕の魔力を受けて力を取り戻しつつあったイリスの

伸ばした手が犬族の子を取り上げる。自然に海面から掬いあげられたその子が、ぶるりと震え、小さな声と共に鼻と口からケホッと水を吐き出した。

「あ、そうだっ、犬族だったら水の中じゃ息ができない！」

そんな当たり前のことに今更ながら気付いて慌てるがもはや後の祭り。

人魚族なら本能的に水の中で呼吸ができる。幼いうちはそのほうが楽なぐらい自然なことだ。だからこそ海の中での出産だったけどこれが犬族ならばまったく別。

「ど、どうしようっ、どうしよう、スイさんっ」

震える子どもを手に、慌てるイリスは真っ青だ。

「大丈夫だよ、大丈夫」

僕は急いで小さな子を受け取って鼻と口を塞ぐようにして口で覆い、その中に残った海水を吸い出してやれば、それだけでその子は産声を上げ、元気に手足をばたつかせた。

それにしても、一人目の人魚の子が光の珠の状態の時からもう一人の子を守っていたように見えたのはなんなんだろう。包み込み、実体を持った後も空気のある海面上へと押し上げようとしていたように見えたし、まさかこの子を守っていたというのだろうか……。

だが今はそんな疑問の答えを見つけるより先にすることがある。

「大丈夫、元気だよ。ほら、ディラン、抱いてあげて。シスランさん、何かこの子の身体を拭くものはありませんか？　イリスは人魚の子を抱いてあげて」

「ありがとう、スイさん。ああ、この子が……ディラン、その子の顔も見せて」

「ああ、スイ殿、ありがとう……ありがとう」

感極まったという表情で涙を浮かべながらディランは自分と同じ犬族の子をシスランさんから受け取って布の上から優しく抱きしめる。

「あっ、僕は皆に無事に産まれたって伝えてきますね！」

「ありがとうコーレ、傍にいてくれて。セーレ達のことお願いしてもいい？」

「もちろん、すぐにつれてくるから待っててね」

産屋から走り去っていくコーレさんを見送れば、イリスの腕の中では人魚の子の小さな瞳がそっと開かれる。その瞳は金褐色で、イリスの存在を確かめるように動いていた。

その姿に肩の力が抜けて、ようやく深い息を吐く。

「イリス、さあ準備ができましたよ」

シスランさんが大きめのかごとも桶ともつかぬ物を海の中に吊るし、イリスがその中にそっと人魚の子を下ろした。底は深く開口部がぎりぎり海面下になる容器は人魚族のゆりかごで、この中で海水に浸かりながら二カ月ほど過ごすのだという。海水を満たしたまま運べば数時間は外にいても大丈夫なのだそうだ。

波で柔らかに揺れるその中で、その子は気持ちよさそうに瞳を閉じて眠っていた。

そしてもう一人はディランの大きな手の上、ようやく毛が乾き、ふさふさになった犬族の子はピスピスと鼻を鳴らしながら眠っている。

「双子、ということ自体人魚ではまずないことなのです。その上、父親と同じ種族の子が生まれるなんて」

海から上がってきたシスランさんが、信じられないと何度も呟く。

「本当に？　全く心当たりはありませんか？」

シスランさんが嘘をつく理由なんて何もない。人魚族からは人魚しか生まれないからこそ子どもをなしたアニマとアニムスには悲しい運命が待ち受けていたのだから。だがこの世界の摂理から考えれば、それは非常に歪なことなのだ。

「そう……ですね。この現実を目の前にして思い返せば一つだけ、古老からの教えのなかに、伴侶に強く愛された子が月と海の導きの力でアニマの子を産んだという言い伝えがあります。ただそれはアニマと愛しあってその子を産んだという意味だと、そう思っていたのですが」

「うん……ですが、捉えようによってはアニマの子、アニマと同じ種族の子を産んだと捉えることもできますね……」

古来から伝わる伝承なんてそんなものだ。不明瞭な言い伝えは口伝として伝えられるうちにその解釈が変わってくることなんていくらでもある。

「これは僕の推測にしか過ぎないというか只の仮定……いや、希望っていうのかな。もしかしたら、これが本来の人魚族なのかもしれないよ」

僕の言葉に、イリスとシスランさんが首を傾げる。

「だって人魚族から人魚族しか生まれない、これって明らかに歪なんだよ。この世界の理に反してる。だから、例えばこう考えたらどう？　かつては人魚からも両親どちらかの種族が生まれていた。だけど、悲惨な運命の渦中で数を減らした人魚達はどうしても自らの種を残したいと願ったとしたら。そして、その願いを誰かが叶えてしまったのだとしたらどうかな。少しでも人魚を増やすために人魚からは人魚しか生まれない。だけど、人魚の運命は変わり、まだ数は少ないけれど幸せな未来が開けてきた。だから、もう人魚だけが生まれてくる必要がなくなったんだって」

「だけどそんなことが……」

イリスの呟きはとても信じられないという気持ちを隠せていない。当たり前だと思う。僕だって信じられないことだからだ。

「本当は僕も神様がどうとかっていうのはあんまり好きじゃないんだけど。身近にそういう神と呼ばれる何かや人知の及ばざる者が関与したとしか思えない人がいるからね。全くあり得ないことじゃないと思うんだ」

「そう……ですね。それで良いのかもしれないです。私達人魚が愛するのは生涯に只一人だけ。たった一人しか愛せない私達が、その愛すべき人と別れてしまえばそれ以上は子は生まれませんから先祖達がスイさんのおっしゃることを願ったとしても不思議ではない」

シスランさんが人魚族の子を撫でながら切なそうに呟いた。きっと悲惨な運命に飲み込まれてしまった祖先の事を思っているのだろう。

「俺もそれで良いと思うよ。いや、そう思いたい。今の人魚達は幸せなんだと。こうして俺たち獣人の子を望むほどに俺たちの事を許し、そして愛してくれてるんだと」

乾いた体毛が空気をはらみ、一回りも二回りも大きくなった犬族の子を愛おしげに見つめて、ディランは海からゆっくりと上がったイリスを抱きしめた。

「イリス、ありがとう。セーレだけじゃなく君は俺にこんなにも幸せをくれる。何があろうと君やこの子達のことは俺が守ると誓うよ。この命にかえても」

「ダメだよディラン。命にかえちゃダメ。僕とセーレとこの子達とそしてディランがいないと僕達は幸せになれないんだから」

「ああ、そうだったな。君達の傍から離れないと約束しよう。それは俺にとっても幸せなことだ。お疲れ様イリス。愛してるよ」

「ありがとう、ディラン」

犬の子を抱えながら優しげな抱擁を交わす二人の姿。その傍らでは海の水が満たされたゆりかごの中で、大役を果たして誇らしげに見える子が丸くなって眠っている。

それはまさにこれからの人魚族の未来を暗示しているかのようだった。

その様子を見て涙を流すシスランさんにつられてしまったのか僕の頬にも熱いものが伝っていた。

目の前にいる喜びに満ちた人たち、これから人魚族の未来を担う小さな二人。そして小屋の外では、きっと期待に満ちた人たちが待っている。

なんだろう、このどこからともなくあふれ出てくる多幸感は。

「スイ殿、この子を抱いてもらえますか。あなたが切り開いてくれた未来のお陰で生まれた子です」

ディランが僕に差し出してくれた犬族の子はやわらかくふわふわだ。僕の手では両方の手のひらからはみ出るぐらいの大きさで、しっかりと深い息をして胸が動いている。小さな手が何かを探すように動くので指を差し出すと、引き寄せられてぱくりと噛まれた。こくこくと喉が動くところからしてお腹が空いたのか。

「大きくなって、強くなって、お兄ちゃん達を守ってあげてね。生まれたときには守ってもらったんだよ」

残った指で頬を撫でると、ふにゃりと笑う小さな子。

もっとも大きくなったときに、お兄ちゃんに助けてもらったことをこの子は覚えていないだろう。それでもこの村の子として愛されて育って、この子も幸せになるだろう。

「スイさん、この子もお願い」

イリスがゆりかごを差し出してくる。僕は犬族の子をイリスに預け、水の中に浸かったままのその子にそっと手を添えた。冷たい海の水に大丈夫なのかと心配するけれど、触れた感触は温かく、ぽこりぽこりと泡が口元から上がってくる。手足や耳にあるヒレや魚の尾のような形の下半身以外はヒト族の子と変わらない。

「大きくなったらイリスみたいにすてきな人を見つけるんだよ」

皆に愛されるであろう愛し子を見つめながら、僕はそんな言葉を思わず呟いていた。


結局イリスの出産が終わってもやることは多く、朝日も昇ったころにようやく眠りについて起きてみればもう昼も遥かに過ぎた頃。

目が覚めてガルリスと共にイリスの元へと向かえばそこではお兄さんとなったセーレ君が興奮しきりの様子だった。

「きゃー、かわいー、かわいーね、セーレのおとーとたち、かわいーね。ぼくはセーレおにいちゃんだよ！」

目をキラキラさせて、水の中の弟を見つめながらその腕には小さなもう一人の弟がしっかり抱きしめられている。それをはらはらとしながら背後から支えているデニスさんの瞳からは光るものがあふれ出て止まらない。その口は新しい孫達を見たときからずっと「ありがとう」と繰り返されていた。

その横ではイリシードさんもシスランさんの腰を抱き瞳を潤ませて、自らの孫達をじっと見続けている。

デュークさんに連れられて入ってきたシーリン君は、目をくるくるさせて犬族の子とディランを見比べて、「そっくりだね」と明るく笑い、デュークさんまで「確かにディランの小さいときとそっくりだ」と頷いている。

「そんなにそっくりか？」

照れるディランに、デニスさんまでが「ああ、そっくりだとも」と泣き笑いで返し、またイリスに「ありがとう」と頭を下げている。もう止めるのも諦めたイリスは苦笑を浮かべているだけだ。

シーリンが今度は海の中のゆりかごを覗き込む。

「人魚の子もちっちゃいね、ぼく、今度泳ぎ方を教えてあげるね」

「やー、ぼくがおしえるの、ぼくのおとーとだもん」

そんな微笑ましい雰囲気に僕も当てられたようにさっきから笑みが止まらない。

緩んだ顔を叩きながらそっと産屋を出たのは、家族水入らずにさせてあげたかったし、なんとなく人恋しくなったせいだ。

外では村中に賑やかな声が響いている。新しい命の誕生に、犬族の子という奇跡に皆が歓喜の中にいた。

そんな中、大柄な影が僕に気付いて近寄ってきた。

「よお、昨日はお疲れさん」

「あっ起きたんだ。大きないびきかいてたからまだ当分起きないと思ったんだけど。……うん、本当に疲れた。いろんな意味でね」

結局僕は医師としてなんの役にも立てなかったけど、思いもしないことが起きて驚き疲れたと言ったほうがいいかもしれない。

「でも心地よい疲れだよ。いっつもこんなんだったらいいのにね」

こんな幸いと心地よさに満ちあふれたものだったらいつだって味わいたい。

「それにしても村の方が賑やかだね、何かするのかな?」

気が付けば、村人全員ではと思うほどの人々が浜辺に集まり、何事か相談しているようだった。

「今日の夜、祝いの儀式をやるらしいぜ。とにかくめでたい日となった上にちょうど時期も良いらしい。なんか昔はよくやってた古い儀式らしいんだが」

「へえ、お祝い事か、それは絶対に見なくちゃね。儀式の内容も気になるし、確かにこの村にとって特別な日だからね」

まさにイリスの出産はこの村にとって再度の新たな門出と言っていいだろうか。

この村にとっても、この世界にとっても、一つの種族が本来の姿を取り戻す第一歩を踏み出したことになるのだから。


それからしばらく村の中を見て歩き、改めて自宅に戻ったイリス達に呼ばれて向かえば子ども達の名前を教えてもらえた。

「人魚族の子はリーラ、犬族の子はラーディ。どちらも人魚に伝わる古い言葉なんだけどリーラは『紡ぐ者』、ラーディは『歩む者』っていう意味があるんだ」

「『紡ぐ者』に『歩む者』かこの子達にぴったりの名前だと思うよ」

「いやー久しぶりに生まれたばかりの子どもを見るがやっぱりちっせぇなぁ。俺たち竜族の子はこうもうちょっとでかくてだな」

相変わらず空気を読まないガルリスの発言は右から左へと流しながら再度子ども達の様子を見る。

ゆりかごの中から抱き上げたリーラは海水がなくなったことに驚いたように手をばたつかせ小さく泣いたが、イリスが抱けばすぐにおとなしくなった。

「不思議、水の中にいても平気で寝ているのに、そうやって空気の中にいても平気なんだ」

「僕達には普通のことだけどね。赤ちゃんの時から少しずつこうやってならしていって、もう地上で暮らしても大丈夫ってなるには一カ月ぐらいかかるな。でもしっかり海の気をもらうために二カ月以上はゆりかごの中。海に入れるように家を作ってもらって良かったよ、すぐに海水が手に入るから」

笑いながら、ラーディも抱き上げる。

「はは、犬族の子って重いんだね。ずっしり来るよ」

「獣人の子は大変だから覚悟しておいたほうがいいよぉ？　うちの兄達も獅子とヒトだけどヒト族の赤子とは違った意味で目が離せなかったってチカさんが言ってたし」

「うっそうなんだ……。覚悟しとくよ」

苦笑交じりの言葉ながら、その声音には幸せが満ちている。

「ところで今日の儀式、スイさん達も来てくれるんでしょう？」

「もちろん、参加しない理由がないからね。こっちからお願いしようと思っていたぐらいだもん。デニスさん達も数日滞在するんだって？」

「そうなんだ、あれからさっきまでずっと『可愛い、可愛い、ありがとう、ありがとう』って言いっぱなし。デュークさんが、親父が壊れたって失礼なこと言ったら、いつものデニスさんに戻ってくれたけどね」

「よっぽど嬉しかったんだよ、本当に可愛いし」

「セーレの時も思っていたけど、もっと甘やかしてしまいそうで」

「……一つ忠告するけど権力を持ってる爺バカは時に手に負えないことをするから気を付けてね」

僕の脳裏に当然のように浮かんだ爺バカ代表に顔を顰めてしまう。

「そんなに？」

「そんなに。ディランに頼んでフィシュリードの都でマーフィー商会が何か暗躍してないか調べてもらったほうがいいと思うよ。……あれ、でもイリスの子ってなったら、うちの爺バカからしたら遠いとは言え親戚の一人。もしかしたらその辺に……いやさすがにね」

「え、何、それ？」

「ああ、ごめん、さすがにそこまではない……と思うから。うん、大丈夫」

さすがにこのフィシュリードまで来ることはないはず。可愛いもの好きで、ヒト族とよく似ているという人魚族のことも知ったときにはひどく気にしてはいたけれど、さすがにここまでは……と信じたい。

「それより、今日の儀式ではイリスも歌うって聞いたけど」

「ああ、それ、そうなんだよね。僕、そんなに歌がうまくないのに、村一番の歌い手のコーレや、母さんと一緒に歌うなんて。しかも一番目立つ主役なんだよ？　もう、すっごい緊張する」

「大丈夫だろ。スイに比べたらお前さんの方が遙かに上手に歌えると思うぜ？」

余計なことを言うなと無言でガルリスの足を全力で踏みつける。それでも、痛みすら感じていないその表情が憎らしい。

獣耳があったらへたりと伏せてしまうほどに沈み込んだイリスに、僕は元気づけるようにその背を叩いた。

「祝いの歌は、お祝いされる人が歌うって聞いたよ。だったらイリスが選ばれるのは当然じゃないか。それにイリスの歌は素晴らしいってディランも言ってるじゃない。さっきシスランさんから聞いたけど、主役の歌を支えるのが補助役の二人なんだって、シスランさんもコーレさんもイリスのためにって張り切っていたから」

「そう言っていたけどね、本当コーレも母さんもホールイーが応えてくれるほどの歌い手なんだよ、僕は未だに応えてもらってないし」

「ホールイーって海の魔獣？」

「そう、とっても大きくて頭が良くて人魚とは仲の良い歌が好きな魔獣。魔獣だけど僕達の友達みたいな存在で、上手じゃないと応えてくれない。そんな僕が主役なんてさ」

不安なのか視線がさまよい、抱いた二人を見下ろした。

「んーでもラーディもリーラもイリスの歌、聞きたいよね」

「そんな、スイさんったら」

「あうー」「んみゅう」

「「え?」」

何気なく言った言葉に、小さな声が被さって、僕達は二人揃って顔を見合わせた。

「今返事した?」

「えー、まさか、偶然だよ」

それでも、確かに返事に聞こえた。

「不思議な子達だから、きっと聞きたいって言ったんだと思うけどね。イリス、あんまり気張らないでこの子達に聞かせるためにと思って歌ったらいいと思うよ」

「……そう、だね、この子達に贈る感謝の歌だと思えばいいのかな。そっか、そうだよね」

子どものため、その言葉でイリスの顔つきが変わる。

純粋にすごいなと思うぐらいに、イリスからためらいが消えた。

「うん、頑張って、楽しみにしてるからさ」

だから僕も応援する。すごいな、母親って。そう思ったのと同時に、脳裏に浮かぶのはチカさんの顔。僕を産んだときどんなに大変だったか、それでもずっと僕を心配してくれていたチカさん。

僕も子どもを産んだらそんなふうになれるのかな。子どもの事を心から愛せるのかな……ふっとそんなことを考えて、脳裏にガルリスの姿が浮かんでくる。

「ねえ、当たり前のことを聞いちゃうけど。イリスは子どもが生まれて幸せだよね?」

「えっ、もちろんだけど。どうしたの、スイさん」

「ううん、なんでもない。じゃ今日は頑張ってね。でも無理はしないように」

「ありがとう」

僕はもう一度可愛い二人の頬をつんと突いてから、手を振ってガルリスを伴い部屋を出た。

人の多くない村だが、集まってみればこれだけの人がいたんだなと改めて思う。見回せばシスランさんと同じような世代の人が多いように見える。だけどこれからは少しずつもっと若い世代が増えてくることだろう。

二つの月は高く、海面でも小さな光の影がゆらゆらと揺れている。波は静かで陸地から海に向かって心地よい風が吹いていた。

僕とガルリスは同じ敷布に座り、その隣にはイリシードさんやラシッドさん、シーリン君が腰を下ろす。その横にデュークさんが座って早速ラシッドさんからものすごい目で睨まれてシーリン君に怒られている。反対側はデニスさん、そしてディランとセーレ君。

ラーディはディランが膝の上に乗せたセーレ君が抱いていて、リーラはデニスさんが大事に抱えて持ってきたゆりかごの中でお休み中。

祈りの儀式と言ってもただ海への感謝を歌うだけだと教えてくれたのはシスランさん。今彼は、この村の村長として始まりの挨拶をしたところだ。

イリスが双子を産んだことは皆知っていたけれど、その一人が犬族だったことが改めて伝えられて驚愕と歓声が入り交じる。中には泣き崩れる人もいたけれど、それはどう見ても嬉し泣きだった。

そんな中、シスランさんと共に薄い衣をまとったコーレさん、そして強張った表情のイリスが、入り江の突端に作られた場所へと移動する。半ば海に沈み込み、足を波にさらわれるような場所だ。僕だったら海にさらわれるようなところ。

でも、緊張に顔を強張らせているイリス以外はみんな楽しげな笑顔だ。

闇の色がさらに濃くなる中、その場所だけが仄《ほの》かな明かりで照らされていた。

並んだ順番は、真ん中に主役のイリス、向かって右手にシスランさん、左側がコーレさん。

袖なしの前合わせの衣装の上に薄く透けた大きな布を羽織っている。イリスは髪を高く結わえて後ろに流し、コーレさんは金の髪飾りでまとめ、シスランさんは幅広の帯状の紐を額の上からうなじにかけて巻いて、余った部分を肩から垂らしている。

その衣装や出で立ちも素敵なのだが、それ以外に感じた何かに僕はすぐに気付けなかった。

「え……もしかしてみんなヒト化の擬態を解いている？」

ようやくそのことに思い至った僕が呟けば、ざわめいたのは彼らの伴侶達だった。

「あの姿は人魚族にしか見せられないってシスランは言っていたのだが」

と、イリシードさん。真面目なシスランさんは頑《かたく》なに解こうとしなかったと苦笑交じりに呟いた。

「俺は一度見せてもらった。なんか、陸上ではヒト化したほうが楽だと言うから忘れてたわ」

そう答えたのはラシッドさん。肩を竦めた後は、「やっぱ綺麗だよな」と見入っている。

「思うところがあったようですよ。人魚にとって時代が変わるのだから祝いの儀式ぐらい本来の姿でしてもいいのではないかと」

ディランがしみじみと言いながら、腕の中のセーレ達を抱きしめていた。

「あれが彼らの本来の姿……」

デニスさんが感慨深げに目を細め、あの姿が見られるとはと遠い目をする。

「古い歌い手、海の守り手、誰よりも海に愛された古い種族……やはり彼らのことだったのだ。その姿を見て、歌をこうして聴けるとは」

その言葉に、デュークさんが「なるほどあれが」と呟いた。

「そうか。前に親父に聞いたことがあった、愛された海に豊穣を願う者達の話、あの守り手とはシーリン達のことだったのか」

デュークさんの言葉はシーリン君の耳には入らなか

ったようで、シーリン君は「ぼくも歌いたいなあ」とうらやましげに舞台を見つめるばかりだ。

「ぼくもうたいたーい」

つられてセーレ君までもが手をあげるが、ディランにあやされて不承不承落ち着いた。

そんな中、不意に高く伸びる音が空気を震わせた。ざわめきが一瞬で消えて、皆の視線が音の元へと集まる。

両手を胸の前で合わせ、祈るような姿で声を出したのはシスランさん。すぐにコーレさんの少し高く涼やかな声が重なり一つの音となる。

伴奏はないのだとここで気付いた。だが波の音が曲を奏でるように鳴り響き、二人の声が旋律を奏で、まるで歌声を誘われているような錯覚すら覚える。

だけど真ん中に立つイリスは、硬い表情で何度か口を開けては声を出そうとして出せぬままに口を閉じてしまっていた。緊張しているのが伝わるほどその顔は強張り、きっと血の気を失っているのではと思われた。

さっき励ました手前、声をかけてあげたいけどそれは儀式の邪魔になるだろう。

「イリス、大丈夫だ。自分を信じろ」

ディランが小さく呟くのも聞こえたけれど、僕の力ではその言葉をイリスにまで届けてあげられない。

どうしたらいいかジレンマに陥っていた時、セーレ君がはいとばかりにディランにラーディを預けて走り出した。その姿にシーリン君も後を追う。

二人の子ども達を大人達は慌てて追いかけようとしたが、それより先にぴかっと光った二つの身体がそのまま海へと飛び込んだ。波間に垣間見えたのは長い尾びれを持った人魚となった二人で、互いに跳ねながら波間を進む。

それこそあっという間の出来事で、この場にいる僕達に出来ることはない。

そんな間にもシスランさんとコーレさんの歌声はあたりに響き渡っている。そこに突然可愛らしいとしか言いようのない歌声が加わった。セーレ君とシーリン君の声だ。

　卓越した技巧はそこにはない、ただのびやかで自由な歌声がコーレさん達の歌声に被さっている。いつも歌う歌ではなく旋律だけの音だと僕は知らなかったけど、二人共まるで練習していたみたいに息が合っていた。そんな二人の歌声にイリスも気付いたようで一瞬呆気《あっけ》にとられたような表情をしたけれど、すぐにふっと肩の力が抜けたように微笑む。

　その瞬間、確かにイリスが何かから解放されたのだということが僕達にまで伝わってきた。

　大きく息を吸い目を閉じたイリスが最初の音を発する。その伸びやかで心地よい声が旋律に乗り、歌声となって届く。

　だれどその言葉の意味が分からない。

「ああ、あれは……」

　デニスさんが再び感極まったように言葉をこぼした。

「フィシュリードの豊漁祭で歌われるものと似ている……いや、まさにそのものだ。我々には失われた古い言語だが、もっと発音がしっかりしている。これこそがまさに豊漁祭のあるべき姿なんだということがよく分かる」

　失われたはずの知識と失われなかった歌、人魚族にもフィシュリードの民にもあるそれらを組み合わせれば、もしかするともっといろんなことが分かるかもしれないだろうとデニスさんがしみじみと呟く。

「この歌、魔力が乗っているな。水の気がちょっとばかし強すぎるが、悪いもんじゃない」

　ガルリスが空中に視線を這わせ不思議そうに言いながら、身体を揺らして音を拾っている。

　僕もなんだか引きずられるような気分になっていた。三人の歌声に二人の幼い子どもの歌声、そして波の音。明るく、涼やかに伸びる歌声は、あまりに荘厳で、皆はただただそれに聞き入っていた。

「おや、これは?」

　不意にディランの耳がぴくりと動いた。垂れ耳がさらなる音を拾おうとばかりに蠢いている。

「これって」

それに少し遅れて僕の耳ですらも歌声以外の音を拾った。

風や波の音のような自然の音ではなく、もっと不連続でもっと低い音。だけれども不思議と歌に重なって、輪唱でもしているように僕達にまで届けられている。

「おい、なんか近づいてくるぞ」

魔力に長《た》けたガルリスが何かの存在を感じると遠くを指さす。見れば沖合から複数の物体がイリス達に近づいてきていた。

「え、イリス達、危ないんじゃ」

「いや、大丈夫ですよ」

思わず腰を上げかけた僕達を制したのはディランだ。

「あれはホールイー、彼らの歌声に惹かれてやってきたんでしょう」

「優れた歌い手にはホールイーが応えてくれるんだと、コーレやシスランさんはホールイーも認めた歌い手だからな、近づいてきただけだ」

あぐらをかいて座り込んでいるラシッドさんが落ち着けとばかりに僕達を座らせる。

その話は聞いたことがあるようなってそういえばイリスが言っていたことだ。

「でもすごい数じゃないの、あれ」

「確かに多いが、ホールイーは人魚族の友人のようなもの。よほどこの歌声が気に入っているんでしょう」

そう言われれば、ホールイーの鳴き声も楽しそうに聞こえるし、何度も大きな身体を水面で跳ねさせて、まるで遊んでいるようにすら見える。

「おや、ホタリオンまで光り始めたな」

「ホタリオン？　あっ、海が青く光っている」

波にあわせて横に長く、闇が沈んで黒っぽい海の中で青い光が筋のように瞬いていた。

その明滅は不規則だ。だが不思議とそれすら歌声と共鳴しているように見える。

その神秘的な明滅に誘われるように、他の人魚族の人たちが海に入っていった。僕達も波打ち際まで進み、足元を浸しながら幻想的な海の風景に見入っていた。

海の中で光るホタリオンの明るい光がいくつも瞬いては消え、そんな中で獣体としての人魚、魚の尾と長いひれを持つ美しい彼らが岩場の岩に、入り江の端に、波の間に姿を現し、声を張り上げる。

そしてイリス達も海に入り、さらに声を張り上げて歌う。その声は月まで届くのではと思うほどに美しく荘厳で。

「これこそが本来の人魚族の祝いの儀式なんじゃないのかな」

ふと僕はそんなことを思って口にした。シスランさんは歌を納めるだけだと言っていたけど、こうしてみんなが自由に歌い、海の生き物達も交えた宴こそが、本来の祝いではないのかと。

それは僕の完全な憶測だけれども。

月明かりの夜空の下で、幻想的な青い光が明滅する中、美しい人魚達の群れが歌う。祈りが込められた魔力を乗せた歌は、聞く者の心を直接揺さぶるようで僕達全員を歓喜に満ちた軽い酩酊状態にすら陥らせている。

そんな人魚達に寄り添うように小さな魔獣達に気付く。

「あれは？」

「あれもホールイーですね。ホールイーは生きた年月分大きくなるという特徴があって、あの沖合にいるのは最大級の大きさのもので、彼らは中には入ってこられないから、近くまで来ているのはここ一、二年で生まれたばかりの個体だと聞いています。人魚族と遊ぶのが大好きな子どもなんですよ」

ディランが教えてくれる。

「イリスは自分の歌にホールイーが応えてくれないと言うが、海に入っていると必ずあのぐらいのホールイーが遊びに来ている。俺にしてみれば十分応えてくれていると思うんですけどね」

「僕もそう思うよ。よく見て。あの小さなホールイー達の動き、イリスの歌声と同調してると思わない？」

「ああ、確かに……。このことを知ればイリスも喜ぶでしょうね」

「こんなにたくさんのホールイーが一度に見られるなんてな。ホールイーの別名は、海を統べる王なんだ。海の生き物の守り神と言われることもあるほどに賢くて、水夫や漁師もホールイーだけは傷つけるなって最初に叩き込まれるんだ」

そういうデュークさんの視線は、ずっと遠くで歌うシーリン君に注がれていた。そこにこもる熱い思いが僕にも伝わってくる。

ラーディを抱いたディランも、ラシッドさんも、イリシードさんも、見つめているのはそれぞれが愛する大切な人達。

楽しそうに歌い続ける伴侶を見つめる彼らの熱いまなざしに、僕も当てられてしまったのか自然にガルリスの腕に寄り添っていた。

そんな僕の視界に片隅に入ったのは、デニスさんに揺らされゆりかごにいるリーラ。目を覚ましたのか不思議そうに金褐色の目を見開き、歌っているかのように口を動かしている。

生まれたばかりだというのに、人魚族の祈りの歌が分かるんだろうか、産みの親が歌っていることが分かるのだろうか。

伸ばした手が指し示す先がイリスだと思うのは僕の勝手な思い込みじゃないと思う。

子どもってすごいな。もし僕がガルリスの子どもを産んだら、その子はどんな子になるんだろう。

気が付いたら僕はそんなことを考えていた。

「ねえ、ガルリス」

自然に口が開いた僕の呼びかけに、ガルリスが「ん?」と視線を落とす。

そのまなざしの優しさにほんの少し戸惑ったのは、実は恥ずかしさが込み上げたというか、なんというか。

そんな目をして見ないでほしいと視線を外し、僕は俯きながらその言葉を口にした。

「あのね、僕とガルリスのこれから……子どものことなんだけどさ」

　静かな楽曲と潮騒の音に紛れて海魔獣達の鳴き声が響く。

　ガルリスからの返事はなかった。ただ強い視線は感じる。

　僕はいたたまれないような気持ちになって、更に顔を俯ける。

　どうしよう、まだ早かったんだろうか、それとも聞こえなかったんだろうか、いや僕の様子や下手をすれば考えていることまで離れていても分かってしまう半身のガルリスが、僕の言葉を聞き逃すはずがない。

　ああどうしよう、もう一回問おうか、それとも何でもないとごまかそうかと思った瞬間だった。

「俺の子か……」

　しみじみと、それこそガルリスらしくないほどしみじみと呟く声。

「そう、ガルリスと僕の子どものこと」

「でも、お前悩んでるだろ？」

　そう、それはまさに図星だった。

「うん、悩んでる」

「何をだ？」

「ガルリスはこの世界でもある意味特殊な存在の竜族。そして僕は異世界人を母に持ちその『至上の癒し手』としての力を受け継いでいるんだよ。そんな僕達の子はどんな特殊な力を持って生まれてくるかわからない」

「それで？」

「僕は自分が特殊な人間だっていう自覚があった。下手をすれば誤った方向に進んだかもしれないし、なんで自分は生まれてしまったんだろうって思う可能性だってあったはずなんだ」

「だが、お前はそうじゃない」

「それはチカさんやゲイル父さんにダグラス父さん、そして大切な家族がいてくれたから……。もちろんガルリスも、だけど僕は……。僕はチカさんみたいになれるのかな？　本当に子どもを愛してやることが出来るのかな？　僕は自分勝手で自分が大事でわがままで……チカさんと同じなのは見た目だけ、あんな風に誰にでも優しくなんて僕には……」

人魚達の声が少しずつ小さくなる。そろそろ歌の終わりが近づいているのだろうか。

月の光が海面を照らし、海の上に姿を現したホールイーが何度も跳ねては海へと戻っていく。明滅する多くのホタリオンが相変わらず幻想的な光景を醸し出し、波の音がいつまでも伴奏を繰り広げる。

「はあ、お前は本当に頭の良い馬鹿だな」

「どういうこと？」

「余計なことを考えるなってことだ。昨日俺が言ったこと忘れたか？　もしお前に自信がないなら俺が支えてやる。お前が道を違えれば俺が正してやる。まぁ、そんなことは絶対に起こりえないことだけどな」

「どうしてそう言えるの？」

「それも昨日言ったぞ。この俺がお前を選んだんだ。間違いはない。子どもだってお前が望まないなら別に良い。だけどな、お前の本心なんて分かってるんだよ。子どもが欲しいからそんな風に考えてるんだろうが」

ガルリスが僕を人目もはばからずに抱き寄せる。

「それでも不安なら俺と一緒に不安をなくしていけばいい。チカユキやお前の親父達とも話そう。俺の兄貴やユーキも力になってくれるはずだ。シンラもいることだしな。だから、お前が俺との子を望んでくれるなら俺にとってそれは喜びしかない」

大きな身体で抱き込まれると僕の体はすっぽりと隠れてしまう。水の気が蔓延しているというだけでなく、夜も更けて気温が下がって冷えた全身が熱で包まれるようだ。

「スイ」

ひどく愛おしげな声が僕の耳に届く。そのまま頭の中まで甘く痺《しび》れるような響きを持った呼びかけに、僕は顔を上げることで応えた。

「俺はお前の子どもが欲しい。俺にお前の子どもを与えてくれるか？」

「ふふ、ガルリスが望んでくれるなら、僕の答えは一

つしかないってわかってるくせに」

そうして触れあう唇は優しいのに荒々しく、まるで僕の全てを奪うような力強さで。

伸ばした腕は、ガルリスの背へ回り、抱きしめられた腕は僕の身体を一周する。

激しい口づけと絡み合う舌の熱量を感じながら、彼の思いを受け止める。

互いの喜びに触れあうように深く混じり合う僕達も祝福の対象だとでも言うように、ホールイーの優しい鳴き声と人魚達の歌声は僕とガルリスにもしっかりと届いていた。

Fin.

あとがき

こんにちは茶柱です。

まずはこの本を手にとってくださった方、本当にありがとうございます。

もう隠す必要もないと思いまして、サブタイトルにもどーんと人魚！　って入っておりますが今回は人魚族にまつわるお話の総集編となっております。

この巻から恋に焦がれる獣達を初めて手に取ってくださった方というのはまずいらっしゃらないと思いますが恋に焦がれる獣達一巻に収録されているイリスとディランのお話が大前提となっておりますのでもしそちらをまだ読まれておられない方はぜひそちらから読んでいただけると大変うれしく思います。

イリスとディラン、コーレとラシッド、シスランとイリシードそれぞれのお話とその後のお話。

（実はもう一組将来的に確実に結ばれるカップルがいるのですがこちらもうバレバレですね）

ラシッドのお話とイリシードのお話は小説ビーボーイさんに寄稿させていただいたものでして、あちらで十分ハッピーエンドだとは思うのですがどうしてもその後を書きたくなってしまい、書き下ろしという形で人魚族の総まとめとなるお話も収録していただきました。

それぞれのお話が綺麗に終っていることもあって書き下ろしが蛇足になっていなければと心配しておりますが、私としては大変楽しく書かせていただきましたので読者の皆さんにも楽しんでいただけることを願っております。

また、作中で登場するチカ達にフィシュリード旅行についてはこの春に小説ビーボーイさんに寄稿させていただいたお話です。あちらとリンクするネタも多く取り入れておりますのでよろしければあわせてご覧いただけると大変うれしく思います。

と、宣伝ばかりになってしまい恐縮ですが気がつけばこちらの本でとうとうリブレ様からの九冊目の紙書籍です。数年前の自分にこの事を告げても絶対に信じてもらえなかったと思うとともに、こうしてここまで物語を書き、読者の方へとお届けすることが出来たのも応援してくださった読者の皆様のお陰だと心から感謝しております

また未熟な私を導いてくださる担当様やリブレの皆様、そしてイラストレーター様とデザイナー様、そして書店員の方までこの本に携わってくださった方全てこ心から御礼申しあげます。

次でとうとう二桁の大台となります次回はそれにふさわしい原点回帰のチカユキさん達の物語をお届けする予定です。

少しずつ世間の不安定な状況も落ち着きつつあるこの頃ではありますがまだまだ予断を許さない状況であることに変わりはないと思います。

どうか読者の皆様がご健康に過ごされ、この物語が少しでも心の癒しになることを願っております。

まだまだ未熟者ではありますがどうぞこれからも茶柱の描く物語をよろしくお願いいたします。

令和三年　九月　茶柱一号

初出一覧

朱金の豹と紡ぐ恋歌	小説ビーボーイ(2019年秋号)掲載
流浪の獅子と忘れぬ歌声	小説ビーボーイ(2020年秋号)掲載
海辺の国のその後の話	書き下ろし

弊社ノベルズをお買い上げいただきありがとうございます。
この本を読んでのご意見、ご感想など下記住所「編集部」宛までお寄せください。

リブレ公式サイトで、本書のアンケートを受け付けております。
サイトにアクセスし、TOPページの「アンケート」から
該当アンケートを選択してください。
ご協力お待ちしております。

「リブレ公式サイト」
https://libre-inc.co.jp

恋に焦がれる獣達3
人魚たちの恋 ～愛を与える獣達シリーズ～

著者名　茶柱一号

発行日　2021年10月19日　第1刷発行

発行者　太田歳子

発行所　株式会社リブレ
〒162-0825 東京都新宿区神楽坂6-46
ローベル神楽坂ビル
電話03-3235-7405（営業）　03-3235-0317（編集）
FAX 03-3235-0342（営業）

印刷所　株式会社光邦

装丁・本文デザイン　円と球

Printed in Japan
ISBN978-4-7997-5461-0